약속

약속

박도 장편소설

눈빛

박도

1945년 경북 구미에서 태어나다. 고려대학교 국문학과를 졸업하다. 한국작가회의 회
원이다. 33년간 교단생활 뒤 지금은 원주에서 글쓰기에 전념하고 있다. 작품집에는 장
편소설 『사람은 누군가를 그리며 산다』 『제비꽃』, 산문집 『비어 있는 자리』 『일본 기
행』 『안흥 산골에서 띄우는 편지』 『그 마을에 살고 싶다』 『로테르담에서 온 엽서』 등
이 있고, 역사유적답사기 『항일유적답사기』 『누가 이 나라를 지켰을까』 『영웅 안중근』
『백범 김구 암살자와 추적자』 등이 있다. 이밖에 엮어 펴낸 사진집으로 『지울 수 없는
이미지 1·2·3』 『나를 울린 한국전쟁 100장면』 『한국전쟁·Ⅱ』 『사진으로 엮은 한국독립
운동사』 『일제강점기』 『개화기와 대한제국』 『미군정기(근간)』 등 다수가 있다.

약속
박도 장편소설

초판 1쇄 발행일 ― 2015년 2월 9일
발행인 ― 이규상
편집인 ― 안미숙
발행처 ― 눈빛출판사
　　　　　서울시 마포구 월드컵북로 361 이안상암2단지 506호
　　　　　전화 336-2167 팩스 324-8273
등록번호 ― 제1-839호
등록일 ― 1988년 11월 16일
편집 ― 성윤미
인쇄 ― 예림인쇄
제책 ― 일진제책사
값 12,000원

ISBN 978-89-7409-894-0　03810

인간생명의 존엄성에 대해 증언

염무웅 <small>문학평론가</small>

남북이 분단된 지 70년이 됐는데도 통일의 꿈은 멀고, 전쟁의 포성이 멎은 지 60년이 넘었는데도 평화는 요원하다. 오늘도 현실은 지뢰밭을 걷는 듯한 불안에 싸여 있다. 대체 왜 우리는 악몽의 그늘에서 벗어나지 못하는 것인가.

　박도 선생의 장편소설 『약속』은 이 무거운 주제를 뿌리에서부터 살펴보고 있다. 하지만 이 작품이 나에게 특별한 울림으로 다가오는 것은 그런 문제의식 때문만은 아니다. 38선 이북 강원도 어촌에서 태어나 경상도 산골에서 6·25를 겪은 나 같은 사람의 가슴에는 늘 '피난민'의 정서가 깔려 있는데, 그렇기 때문에 『약속』 주인공의 기구한 삶의 역정은 단지 소설적 허구로만 읽히지 않는 것이다.

　주인공 김준기는 시인 김소월이 "영변에 약산 진달래꽃"이라고 노래했던 그 평안도 영변 출신으로서, 중학생 때 6·25전쟁이 발발하자 말단 위생병으로 낙동강전선에 투입된다. 생사를 넘나드는 전장 한복판임에도 분홍빛 사랑을 만나고, 그 인연으로 도망병이 되었다가 여러 번 죽음의 고비를 넘긴 끝에 포로수용소에서 석방된다. 그가 도망병으로, 또 이북 출신 외톨이로 수십 년 겪어야 했던 고초는 이루 말할 수 없는 것이었다. 그러나 그는 모든 난관을 극복하고 헤어진 여자를 만나며, 미국 시민권자로서 고향 어머니를 찾아가 마침내 감격의 상봉을 한다.

하지만 이 작품의 훌륭한 점은 그런 상투적인 성공 스토리에 있는 것이 아니다. 이념적 편향에 사로잡히지 않는 공정한 시선을 통해 전쟁의 실상에 더 가까이 접근하고자 시도한 것, 그럼으로써 남북 정치체제의 모순을 더 신랄하게 비판할 수 있었던 것, 그리고 이를 통해 체제의 논리를 넘어선 민족통일의 가능성을 암시하고 인간생명의 존엄성에 대해 증언한 것이야말로 이 작품의 진정한 미덕이다.

차례

[추천사] 인간생명의 존엄성에 대해 증언 l 염무웅   5

1. 바다안개   9

2. 입대   15

3. 야전병원   35

4. 다부동   55

5. 탈출   72

6. 약속   91

7. 금오산   108

8. 이별   126

9. 체포   144

10. 포로수용소   164

11. 남이냐 북이냐   180

12. 구미   198

13. 동대문시장 216

14. 한밤의 신문 236

15. 서울로 가는 길 256

16. 아메리칸 드림 (1) 275

17. 재회 294

18. 추억 여행 311

19. 아메리칸 드림 (2) 325

20. 용문옥 341

21. 평양 359

22. 묘향산 374

23. 고향집 393

[작가의 말] 향연(香煙) | 박도 405

1
바다안개

거제포로수용소 일대는 초저녁부터 먹물에 잠긴 듯 컴컴했다. 그날은 유엔군 측이 부산포로수용소 포로들을 새로 지은 거제포로수용소로 이송을 막 끝낸 1951년 7월 초로, 음력 5월 그믐께였다. 포로수용소 철조망 위 감시초소 서치라이트는 밤이 깊어지자 더욱 가쁘게 좌우상하로 어둠을 갈랐다. 밤 10시 무렵 짙은 해무(海霧)가 갑자기 남해안 일대를 덮었다. 그러자 포로수용소 언저리는 한 치 앞도 분간할 수 없는 짙은 어둠과 묵직한 안개로, 거제도 섬 전체가 마치 바다 깊숙이 가라앉은 듯했다.

　자정이 가까운 한밤중이었다. 허름한 작업복에 해진 작업모를 깊숙이 눌러쓴 세 사내가 제73동 내무반 천막 문을 열어젖히고 불쑥 나타났다. 그들은 이미 사전 답사를 한 듯 내무반 가장자리 가마니를 깐 바닥에서 막 잠든 김준기를 잽싸게 덮쳤다. 그들은 매우 익숙하게 검은 천으로 준기의 눈을 가리고 입을 강제로 벌려 나무 막대기로 재갈을 물렸다. 그런 뒤 포승줄로 준기의 입 언저리를 무지막지하게 묶었다. 잠깐 새 결박

9

을 끝내자 그들 가운데 한 사내가 준기의 배에 올라타며 물었다.

"106564번, 김준기 동무지?"

"…"

그는 김준기의 포로번호 앞 네 자 '50NK'는 뺀 채 자그맣게 불렀다. 포로수용소 내에서는 통상 그렇게 통했다. 하지만 준기는 재갈 때문에 입을 열 수가 없었다. 순간 준기는 그들이 소문으로만 들었던 해방동맹[1] 소속 공작대라는 짐작이 갔다. 그러면서 마침내 올 것이 왔다는 생각이 번쩍 머리에 스쳤다. 해방동맹 공작대는 부산포로수용소에서 거제포로수용소 이송 후 수용소 내 실권을 완전히 장악하고 무소불위의 권력을 행사하고 있었다. 그들은 포로들의 과거와 현재를 몰래 낱낱이 조사했다. 곧 포로들이 수용소로 온 경위, 포로수용소 입소 뒤 반공포로로 전향한 자, 유엔군 측에 군사정보를 밀고한 자들을 족족 찾아냈다. 그런 뒤 혐의자를 한밤중에 어디론가 데려가 인민재판이나 약식재판에 붙였다. 재판이 끝난 혐의자들은 대부분 드럼통을 잘라 만든 칼이나 곡괭이 자루, 각목 등으로 끔찍하게 처형당했다.

내무반 동료 포로들 가운데 몇몇은 잠에서 깼을 테지만 그들의 정체를 짐작한 듯 아무도 나서서 준기를 도와주지 않았다. 포로수용소 포로들 세계에서는 자신과 이해관계가 없는

---

1. 한국전쟁 당시 거제포로수용소 내의 '친공' 포로 조직

일에는 나서지 않는 게 불문율이었다. 그 짧은 명재경각의 순간, 준기는 컴컴한 어둠 속에서 저승사자를 만난 가위 눌림에 천 길 낭떠러지로 떨어지는 느낌이었다. 곧 준기의 감긴 눈앞에 검은 그림자가 스멀스멀 드리워졌다.

'나는 이렇게 죽는구나!'

그러면서도 '호랑이에게 물려가도 정신만 차리면 산다'는 말이 번쩍 떠올랐다. 준기의 배를 올라탄 공작원이 목에 칼을 들이댔다.

"야, 소리치거나 반항하믄 이대로 목을 따는 거야."

"…."

"네레 김준기 동무가 맞으믄 고개를 좌우로 흔들라."

준기는 그의 말대로 고개를 조금 흔들었다. 그러자 다른 두 대원은 준기를 일으킨 뒤 양 겨드랑이를 잽싸게 끼고 막사 밖으로 끌고 갔다. 하지만 그 순간부터 준기는 본능으로 저항했다. 준기는 팔꿈치로 그들 가슴을 치고 발을 뻗대며 끌려가기를 거부했다. 마치 도살장에 끌려가는 소처럼. 그들에게 끌려가는 것은 곧 죽음을 의미했기 때문이다. 양 겨드랑을 낀 두 공작대원 가운데 선임이 뒤따르는 대원에게 말했다.

"동무, 안 돼가서. 아무래도 손 좀…."

"알가시오."

그 말과 함께 뒤따르던 공작대원은 들고 있던 곡괭이 자루로 준기 어깨를 도리깨질하듯 후려쳤다. 준기는 그 한 방에 어깨가 으스러지는 아픔과 함께 쓰러졌다. 그 공작대원은 다시 곡괭이 자루로 준기 엉덩이를 복날 개 패듯 후려쳤다. 준기는 별이 우수수 쏟아지는 충격에 그만 정신을 잃고, 회초리를 맞은 개구리처럼 땅바닥에 죽 뻗었다. 두 공작대원은 땅바닥에 뻗은 준기의 양팔을 잡고 해방동맹 본부가 있는 제77 수용동으로 질질 끌고 갔다.

그 시각 포로수용소의 서치라이트는 아무 소용이 없었다. 그믐밤 먹빛 어둠과 짙은 안개로 더욱이 감시초소에서 삼백여 미터나 떨어진 제77동까지는 서치라이트 불빛은 미치지 않는 무용지물이었다.

제77동 내부는 다른 천막 막사와 비슷했다. 통로 끝에는 초여름치고는 더운 날임에도 목이 긴 가죽장화를 신은 한 사내가 나무의자에 앉아 있었다. 그는 거제포로수용소 포로들의 자치 대대장이었다. 그의 오른쪽 뺨은 깊은 칼자국이 선명했고, 수염은 텁수룩했다. 그의 얼굴 칼자국 중간중간에는 X자로 봉합한 실밥 자국이 훈장처럼 그대로 남아 있었다. 그에게 칼자국 상처는 목이 긴 장화와 함께 포로수용소 자치 대대장의 권위를 상징했다.

대대장 옆 바닥 좌우에 두 명씩 앉아 있었다. 그들 네 명은 해방동맹 대대 간부들이었다. 세 공작대원은 준기를 끌어 대대장 앞에 놓았다. 준기에게 몽둥이질을 한 선임 행동대원은 의자에 앉은 대대장에게 거수경례를 한 뒤 보고했다.

"지령하신 대로 김준기 반동을 데려왔습니다. 오는 도중에 뻗대기에 손 좀 봤더니 기절한 모양입니다."

"알가서. 안대와 재갈을 풀어 주라."

두 공작대원은 준기의 눈가리개와 입의 재갈을 풀었다. 대대장은 바닥에 앉아 있는 한 참모에게 말했다.

"윤 감찰이 말한 도망병이 맞소?"

그 말에 윤성오 감찰은 자리에서 다소 불편하게 일어났다. 그는 대대장 옆 램프 등을 들고 절름거리며 두어 발자국 옮겨 통로로 갔다. 윤 감찰은 거기에 쓰러진 준기의 얼굴을 램프로 확인한 뒤 고개를 끄떡이며 말했다.

"맞습니다."

그러자 대대장은 공작대원에게 명령했다.

"찬 물을 끼얹어라."

선임 대원이 통로에 놓인 양동이에서 국자로 물을 가득 담은 뒤 준기 얼굴에 끼얹었다. 준기가 약간 꿈틀거리더니 그대로 쓰러졌다. 대대장은 다시 명령했다.

"아주 양동이째로 부어!"

"네!"

두 공작대원이 양동이를 들고 그대로 준기 온몸에 물을 부었다. 별다른 반응이 없었다.

"과하게 손을 봤군."

"죄송합니다."

선임 대원은 머리를 조아리며 말했다.

"일없어. 제 놈 목숨이 길믄 깨어날 거야. 동무들 수고했어. 기럼 74동 반동을 데려오라. 그 반동은 아예 발까지 묶어 동무들 어깨에 메거나 업고 오라!"

"네! 알갓습니다."

세 공작대원은 일제히 복창한 뒤 대대장 앞 쓰러진 준기를 끌어 출입문 입구에 패대기치고 바깥으로 휭 나갔다.

얼마간 시간이 지나자 준기는 의식이 차츰 돌아왔다. 순간 어깻죽지와 엉덩이뼈가 으스러진 듯 아팠다. 그와 함께 막사 안 먼 곳에서 대대장과 참모들의 윽박지르는 말소리가 희미하게 들렸다. 한 포로를 꿇어앉힌 채 신문하는 소리였다. 준기는 혀를 깨물어 터져 나오는 비명을 참았다. 그대로 비명을 질러 봤자 그에게 다가올 것은 잇따른 신문과 욕설, 그리고 드럼통으로 만든 칼로 자기 몸뚱이를 각 뜰 것이 뻔했기 때문이다. 준기는 그대로 눈을 감았다. 그는 인민군에 입대할 때 아바지(아버지)와 오마니(어머니)가 당부하던 말이 환청처럼 들렸다.

"부디 몸 성히 돌아오라."

"오마니는 영웅훈장보다 그저 몸성히 무사히 돌아오기만 빌가서."

2
입대

1950년 6월 25일 새벽, '꽝꽝' 북녘에서 울리는 천둥 같은 대포 소리는 한국전쟁 발발의 첫 신호였다. 그날 38선 전 전선의 인민군 야포들은 국군 진지를 겨냥하여 마냥 불을 뿜었다. 사실 그 이전에도 38선 부근에서 남북 간에 크고 작은 군사충돌은 있었다. 하지만 본격적인 한국전쟁은 이날 새벽 야포들의 포격에 이은 인민군들의 대규모 기습 남침으로부터 시작되었다. 이날 새벽, 야포의 포성이 멎자 38선 일대에 전진 배치된 인민군 전 병력은 소련제 T-34 탱크를 앞세우고 거대한 해일처럼 남쪽으로 내려왔다.

북한 당국은 마치 이날을 손꼽아 기다렸다는 듯, 곧장 전시 체제로 전환했다. 그러자 북한 전역은 거대한 병영처럼 돌변했다. 이날 아침 평양방송은 인민군의 남침 사실은 일체 함구한 채, 아나운서의 우렁찬 목소리를 쏟았다.

"오늘 새벽 1시 남조선 국방군이 38선을 넘어 우리 공화국을 침범하였다. 위대하신 김일성 수령께서는 김책 전선사령관에게 6월 25일 04시를 기하여 남반부 국방군 놈들을 더욱 가열하게 반격하라는 명령을 내리시었다."

그날부터 평양방송은 아예 정규방송을 중단한 채 전시체제로 돌입했다. 평양방송은 정규방송 대신 군가와 행진곡을 줄곧 내보내며 간간이 아나운서가 격한 구호를 쏟았다.

요동만주 넓은 뜰을 쳐서 파하고
여진국을 토멸하고 개국하옵신
동명왕과 이지란의 용진법대로
우리들도 그와 같이 원수 쳐보세
……

평양방송은 〈용진가〉에 이어 〈조선인민군 행진곡〉 〈적기가〉 〈김일성 장군의 노래〉 등을 하루 종일 내보냈다. 군가와 행진곡이 방송되는 중간중간, 아나운서가 결기에 찬 목소리로 핏대를 세우며 외쳤다.

"영용한 우리 조선인민군 전사들은 북침한 남조선 국방군 괴뢰들을 전 전선에서 가열하게 물리치고 있다. 원쑤 리승만 도당들을 이 땅에서 아주 몰아내자!"

"모든 힘을 우리 조선인민군대의 해방전선을 원조하는 데 돌려라!"

"모든 힘을 적들을 소탕하는 데 돌려라!"

"조선민주주의인민공화국 만세!

그날 이후 평양 방송은 날마다 국군의 북침을 계속 반복 강조하며, 대한민국 정부에 적개심을 불러일으키는 구호를 마구 쏟았다. 북한 인민들은 아나운서의 우렁찬 구호와 군가, 그리고 인민군들이 38선 이남의 옹진, 연안, 개성, 배천 등 여러 도시를 해방시켰다는 전황 보도에 들뜨기 시작했다.

한국전쟁 발발 당시 김준기는 평안북도 영변군 용산면에 있는 용문(룡문)중학교 4학년이었다. 전쟁이 일어난 다음 날인 월요일에 등교하자 예삿날과는 달리 학교 본관 스피커에서는 행진곡이 울리고 있었다. 그날 아침 운동장 조회시간에는 남조선 국방군 침략자들에 대한 규탄대회가 열렸다. 학생회 간부가 머리에 붉은 띠를 두르고 연단에 올라 주먹을 휘두르며 구호를 외쳤다.

"미 제국주의자들을 이 땅에서 몰아내자!"

"매국역적 리승만 괴뢰 도당을 타도하자!"

일부 학생들은 단상으로 달려 나아가 이로 손가락을 깨물어 붉은 피로 '조국통일' '남조선 해방' '조선민주주의인민공화국 만세!' '영명한 지도자 김일성 장군 만세!' 등의 혈서를 썼다. 그런 뒤 혈서를 단상에서 펴 보이면 연단 아래 학생들은 박수와 함성으로 호응했다.

개전 사흘 후인 6월 28일, 인민군이 서울을 점령했다는 평양방송의 전황 보도에 북한 인민들은 열광했다. 곧이어 인민군이 7월 3일과 4일은 수원과 인천을 점령했다는 보도에 잇달아 7월 5일에는 오산 죽미령에서 미군 스미스 부대를 단숨에 격파했다는 전황 보도가 이어졌다. 이 승전 보도에 평양방송은 마치 조국해방이 바로 눈앞에 닥친 것처럼 호들갑을 떨었다. 그러자 북한 전역은 더욱 들떴다. 아울러 당국은 북한 전 지역 주요도시 시청이나 역 광장에 남조선 지도를 그려놓고 인민군이 날마다 새로 점령한 도시에 인공기를 꽂았다. 그 광장 언저리에는 하루 종일 인민군 군가와 행진곡이 크게 울렸다.

북한 당국은 그런 분위기를 틈타 인민들에게 전시동원령을 내렸다. 그러자 18세부터 36세에 이르는 젊은이들은 앞다퉈 인민군에 입대했다. 각 직장과 학교에서는 인민군 지원입대 열풍이 몰아쳤다. 중학생들은 대부분 전시동원령에서 제외된 나이였다. 하지만 전쟁 발발 열흘이 지나자 젊은 교원은 물론, 나이 많은 교원조차도 자원 입대자가 속출했다. 그러자 중학교 상급학년 학생도 대부분 인민군에 자원입대했다. 그들은 머리에 붉은 띠를 두르고 마을 주민들의 열렬한 환송을 받으며 전선으로 떠났다.

그 무렵 북한에서는 조국해방전쟁[2]에 참전치 않으면 사람 축에 들어가지도 못할 분위기였다. 김준기는 한국전쟁 당시 16세로 징집연령 미달이었지만, 그 분위기에 휩싸여 부모님에게 자원입대의 의사를 밝혔다.

"부디 몸 성히 돌아오라."

용문탄광 책임비서였던 아버지 김만돌은 딱 한마디만 했다. 하지만 준기 어머니 강말순은 아들의 입대에 걱정이 이만저만

___
2. 북한 측에서 부르는 '한국전쟁'의 명칭.

아니었다. 네 어깨에 총을 메면 땅에 닿겠으니 그만 주저앉으라고 했다.

"오마니, 사나이가 약속한 이상 기럴 순 없습니다. 내레 꼭 영웅훈장을 따 오가시오."

"오마니는 영웅훈장보다 그저 몸성히 무사히 돌아오기만 빌가서."

준기 어머니는 아들을 껴안고 눈물을 뚝뚝 떨어뜨렸다.

"오마니, 안심하라요. 내레 꼭 살아 돌아오가시오."

"네레 무사히 살아 돌아올래믄 입이 바우처럼 무거워야 돼."

"네, 오마니 말 명심하가시오."

"이 오마니는 눈을 감을 때까지 너를 기다리가서."

인민군 초모(招募, 모병) 군관 지동수 상위[3]가 준기의 인민군 입대지원서와 자그마한 몸집을 작은 뱀눈으로 훑으며 고개를 갸우뚱거렸다.

"동무의 충성심은 좋소. 하지만 나이두 어리구, 키두 작아 우리 인민군 전사로는…."

그 말이 끝나기도 전에 준기는 지동수 상위 앞에서 크게 외쳤다.

"군관 동무! 나폴레옹은 키가 작아두 야전군사령관이 됐다 하더만요."

---

3. 북한군 위관급 계급

"아, 내레 그걸 미처 몰라서. 기럼, 작은 고추가 더 맵지."

지 상위는 큰 인심을 쓰듯이 김준기의 입대원서에 허가 도장을 '꽝' 찍었다. 그 광경을 바라보던 다른 인민군 군관과 뒷줄의 지원자들이 박수를 쳤다.

1950년 7월 10일 아침, 준기는 학교와 마을의 여러 친구들과 함께 머리에 붉은 띠를 두르고 고향 영변군 용산면 구장역에서 남행 입영열차를 탔다. 만포선 구장역 플랫폼에는 인공기가 나부끼고 군가와 행진곡이 요란하게 울려 퍼졌다.

용산면 인민들과 인민위원회 관리들은 플랫폼에서 전선으로 떠나는 입대자들을 열렬히 환송했다. 구장역 안팎에는 긴 장대에 입대자의 이름과 무운장구를 기원하는 걸개 글로 뒤덮었다. 이윽고 남행 기차가 증기를 내뿜으며 출발신호로 긴 기적을 울린 뒤 천천히 움직였다. 구장역 플랫폼에서 준기 아버지가 소리쳤다.

"영용한 인민의 전사가 되라."

"네, 아바지! 안녕히 계시라요."

준기 어머니는 저고리 소매에서 손수건을 꺼내 눈물을 훔치며 아들을 불렀다.

"준기야…."

"오마니! 꼭 살아 돌아오가시오."

준기의 작별인사가 열차 출발 기적소리에 묻혔다. 객차 내 입대자들 차창으로 모두 얼굴을 내민 채 부모형제와 고향사람들에게 작별인사를 했다.

한국전쟁이 발발할 당시 최순희는 서울적십자 간호고등기술학교 학생이었다. 6월 28일 아침, 최순희는 밤새 북쪽에서 들려오는 대포 소리를 듣고 조금 두려웠다. 순희는 라디오 뉴스를 듣고자 쪽문을 열고 무허가 간이이발소로 갔다. 아버지는 예삿날과는 달리 손님 맞을 준비도 하지 않은 채, 의자에 앉아 라디오에 귀를 기울이고 있었다. 고물 라디오라 잡음이 심했다. 순희도 손님이 머리 감을 때 앉는 보조 나무의자에 앉아 근심스러운 얼굴로 라디오 소리에 귀를 기울였다.

"정부는 대통령 이하 전원이 평상시와 같이 중앙청에서 집무하고, 국회도 수도 서울을 사수하기로 결정하였으며, 일선에서도 충용무쌍한 우리 국군이 한결같이 싸워서 오늘 아침 의정부를 탈환하고, 물러가는 적을 추격 중입니다. 국민 여러분은 군과 정부를 신뢰하고, 조금도 동요함이 없기를 바라는 바입니다. 나 리승만은…."

순희는 그 방송을 들은 뒤 말없이 책가방을 들고 학교로 갔다. 그날 학교에서 오후 수업이 막 시작될 무렵 갑자기 비상종이 울렸다. 선생님들은 전교생을 강당에 모았다. 그 시각 어디선가 '두두두…' 하는 따발총 소리가 울렸고, 서대문 네거리 일대에는 매캐한 화약 냄새도 났다. 교장선생님은 단상에서 다소 떨리는 목소리로 말했다.

"당국의 긴급 지시로 오늘 이 시간부터 임시 휴교한다. 모든 학생들은 이 시간 이후 즉각 학교를 떠나라. 등교 날짜는 비상 연락망을 통해 알려주겠다."

그날 순희가 학교에서 곧장 집으로 돌아오는데 벌써 중앙청 국기게양대에는 인공기가 펄럭였다. 난생 처음 보는 T-34 소련제 탱크도 풋나무를 잔뜩 꽂은 채 요란한 엔진소리를 내며 줄이어 중앙청 광장으로 들어가고 있었다.

순희가 안국동 네거리에 이르자 그새 몇 사람은 인공기를 들고 거리에서 "조선민주주의인민공화국 만세!"를 불렀다. 순희가 재동 네거리를 지나 원서동에 이르자 몇몇 청년들은 붉은 완장을 차고 거리를 바삐 오갔다. 그 이튿날 저녁에는 붉은 완장을 두른 청년들은 총을 메고 집집마다 식량 보유량을 조사하며 쌀을 거둬 갔다.

"우선 가진 것을 나눠 먹읍시다. 인민공화국에서는 1주일 안으로 식량을 배급해 줄 겁니다."

순희 어머니는 아무 말 없이 쌀뒤주에 남은 쌀 가운데 절반을 청년들이 끌고 온 리어카 위의 쌀가마니에 부어 주었다. 그들은 쌀을 거둬 간 지 일주일이 지나도 식량배급은 꿩 구워 먹은 소식이었다.

대한민국 시절 서울시민들은 쌀 한 가마니 값이 2천 원을 넘었다고 행정당국에 아우성을 쳤다. 그런데 인민군이 들어온 뒤 쌀값은 천정부지로 치솟았다. 그래도 어느 누구도 드러내 놓고 불평하는 사람은 없었다.

대부분 서울시민들은 전쟁 중이니까 그럴 것이라고 체념했다. 서울시민들은 양식이 떨어지자 장롱 속 패물이나 옷가지를 들고 나가 서울 근교 시골에서 곡식을 구해 오는 집들이 늘어났다. 그런 형편도 안 된 집들은 사대문 밖 여기저기 산과 들에서 푸성귀를 뜯어다가 쌀이나 보리를 한 줌 넣고 멀건 나물죽을 끓여 배를 채웠다. 미처 피난치 못한 서울시민들은 인공치하 새로운 생존법칙에 순응하고 있었다.

거리에는 이따금 "조선민주주의인민공화국 만세!" "조선인민군 만세!" "김일성 장군 만세!" "박헌영 선생 만세!"와 같은 군중 외침이 울렸고, 인도에 늘어선 사람 가운데는 급하게 만든 인공기를 흔드는 사람도 있었다.

서울시청 광장과 국회의사당에서는 사회 각계 인사들이 참여한 가운데 '서울시민인민군환영대회'가 열렸다. 인민군 진주 이후 서울 거리에는 스탈린과 김일성 사진이 날로 부쩍 늘어만 갔다. 서울 시내 각 동마다 갑자기 만들어진 인민위원회는 무소불위의 권력으로 '반동' 곧 친일파, 민족반역자, 경찰, 군인, 관료를 찾아내 연일 인민재판에 회부했다. 대부분 서울시민들은 이런 변혁에도 입을 굳게 닫은 채 숨죽이며 살았다. 며칠 새 서울에는 거리마다, 집집마다 온통 인민공화국기로 뒤덮였다.

그 무렵 서울시내 집집마다 대문에는 "조선민주주의인민공화국 만세!" "영명한 지도자 김일성 장군 만세!"와 같은 구호를 적은 글들이 덕지덕지 붙었다. 붉은 완장을 차고 다니는 사람들도 늘어났다. 그 완장에는 '○○동 인민위원회' '○○동자치대' 등이라고 쓴 것도, 그저 붉은 헝겊 조각을 팔에 두르고 다니는 사람도 있었다. 그 시절 '붉은 완장'은 권력의 상징으로, 시민들은 그 붉은 완장에 잔뜩 주눅이 들었다.

최순희는 임시휴교 닷새 만에 비상연락을 받고 등교했다. 그날 학교 교문에는 장총을 멘 인민군이 보초를 서고 있었다. 며칠 만에 만난 친구들은 얘깃거리도 많았을 테지만 보초병 탓인지 모두들 표정이 굳은 채 입을 열지 않았다. 학교는 다시 문을 열었으나 어딘지 모르게 긴장되고 썰렁했다. 어느 대학교나 중학교에서는 몇백 명, 심지어 동덕, 숙명, 이화 같은 여학교에서조차도 숱한 학생들이 인민의용군에 지원했다는 얘기가 나돌았다.

서울시민들은 180도로 달라진 염량세태에 얼떨떨했다. 하지만 곧 서울시민들은 인민군 치하에서 살아남기 위해 새로운 분위기에 함몰되고 있었다. 그들은 어쩔 수 없이 공산주의에 물들거나, 평소 그 사상에 공감하여 동조하는 등, 그때 서울은 온통 붉은 물감으로 한창 채색되고 있었다.

7월 3일 최순희가 비상연락을 받고 등교하자 학교는 그날 수업을 전폐하고 강당에서 미 제국주의와 리승만 괴뢰도당 규탄대회를 열었다. 강당 이곳저곳에는 대회명과 이런저런 붉은 구호들이 이미 나붙어 있었다. 그새 새로 생겨난 각종 여맹 산하 세포위원과 인민위원회 젊은 위원들은 붉은 완장을 두르고 강당을 메운 학생들 사이에 서성거렸다. 규탄대회가 시작되자 붉은 완장을 두른 이들은 잇달아 등단하여 외쳤다.

"조국과 민족의 자주독립을 위하여 우리는 악랄한 미 제국
주의와 그 주구인 매국 역적 리승만 괴뢰도당들을 쳐부숩시
다!"

"미제와 그 앞잡이 주구들을 이 땅에서 몰아냅시다!"

그날 단상에서 붉은 완장들은 '강도 미제' '매국 역적' '괴뢰
도당' 등 이런 말들을 거침없이 뱉으며 주먹을 마구 휘둘렀다.
곧 장내 분위기는 바깥 기온만큼 금세 후끈 달아올랐다. 이때
단상에서 붉은 완장을 두른 이가 부르짖었다.

"우리 모두 조국해방전쟁을 수행하는 영용무쌍한 인민군 대
열에 지원합시다!"

그 말에 단하에서 호응하는 소리가 여기저기서 터져 나왔
다.

"옳소!"

"찬성이요, 찬성!"

그러자 붉은 완장을 두른 이는 의용군 입대지원서를 쳐들고
외쳤다. 그는 찬성하는 사람은 의용군 입대지원서에 서명하라
고 했다. 그는 적십자간호학교 학생들은 총을 들고 싸우는 게
아니라 전후방 병원에서 우리의 영용한 조선인민군 부상병을
치료하는 일이라고 했다. 이는 적십자정신에도 알맞은 거룩하
고 영광된 일로 조국해방전선의 간호전사로 동참하자고 권유
했다.

서울시임시인민위원회에서는 다른 여학교 학생보다 유독

적십자간호학교 학생들의 인민의용군 입대를 독려했다. 이는 적십자간호학교 학생들은 간단한 교양교육 이수 후 별다른 주특기 교육 없이 곧바로 실전에 간호병으로 투입할 수 있다는 이점 때문이었다.

한 학생이 앞에 나가 연단 위에 놓인 인민의용군 입대지원서에 이름을 쓰고 손도장을 찍었다. 그러자 단상의 붉은 완장을 찬 이는 그를 연단 위로 오르게 한 뒤 벌써 '영용한 인민의용군전사'로 추켜세웠다. 그러자 다른 학생들도 입대지원서를 쓰고자 앞으로 나갔다. 그날 규탄대회는 시간이 지날수록 의용군 지원자가 점차 늘어났다. 그날 그 자리에서 최순희는 문득 얼마 전에 읽은 나이팅게일의 전기에서 읽은 "위험이 있는 곳에 기회가 있다"라는 말이 떠올랐다. 또한 나이팅게일은 크림전쟁에 참전하였기에 '백의의 천사' 칭호를 받았다는 대목이 그의 마음을 사로잡았다. 순간 순희는 지금이 자기에게는 기회로, 불쑥 이번 조국해방전쟁에 참전해야겠다는 생각이 들었다.

'그래, 도전해 보는 거야. 최순희가 가난한 이발사의 딸로, 그저 그런 간호사로, 평생을 썩힐 순 없지.'

그런 생각이 미치자 곧장 순희는 연단 앞으로 나가 의용군 입대지원서에 이름을 쓰고 손도장을 찍었다.

이튿날 순희가 인민의용군 지원병 소집장소인 용산 집결지로 가는데 아버지와 어머니가 굳이 따라나섰다. 순희는 절름거리는 아버지가 가여운 나머지 집 앞에서 작별인사를 했다.

하지만 두 사람은 기어이 종로2가 전차정거장까지 따라왔다.

"얘, 순희야. 내 여태 계집애가 군대 간다는 이야기는 못 들어봤다."

"엄니, 인민공화국 세상은 남녀가 따로 없대요."

"얘, 뭔 귀신 씻나락 까먹는 소리냐?"

"정말이에요."

"천지개벽할 소리다."

순희는 어머니를 간곡히 설득했다. 자기는 전쟁터에 나가도 총 들고 싸우는 게 아니고, 부상당한 조선인민군 전사들을 치료하는 간호병으로 간다고 했다. 그래야 나중에 해방된 조국에서 떳떳이 살 수 있고, 큰 병원에 취직할 수 있을 거라고 말했다.

"얘, 사람은 분수껏 살아야 돼."

"엄니, 기회는 자주 오는 게 아니에요. 이번 조국해방전쟁은 올 8월 15일 안으로 끝난대요."

간밤에 이어 순희 어머니는 여러 말로 딸의 의용군 입대를 만류했지만 끝내 딸의 뜻을 꺾을 수 없었다. 순희 어머니는 예로부터 "자식 이기는 부모는 없다"라는 말을 실감했다. 마침내 순희 어머니는 딸의 의용군 지원입대 만류를 포기하고 말했다.

"이것아. 아무튼 꼭 살아와야 해."

그새 동 인민위원으로 뽑혀 붉은 완장을 두른 순희 아버지 최두칠은 절름거리며 말했다.

"얘, 순희야. 너 참 잘했다."

"아버지는 역시 인민의 편이에요."

"노동자 농민의 세상이 온다니 이 얼마나 좋은 일이냐?"

"여보! 그만 좋아하시구려. 좋은 일에는 곧 화가 따라요."

순희 어머니는 딸이 전선으로 가는, 억장 무너지는 화를 남편에게 뱉었다.

"임잔 우리가 그동안 무식하고 돈 없다고 구박받고 살아온 게 억울치도 않소!"

"그저 난리 통에는 쥐 죽은 듯이 엎드려 있는 게 상수랍니다."

순희 어머니는 남편에게 한마디 된통 쏘아붙이고는 슬그머니 딸을 불렀다.

"얘, 순희야. 너, 나 좀 보자."

순희 어머니 오금례는 낙원동 좁은 골목길로 딸을 데리고 갔다. 그는 속곳 주머니에서 자그마한 비단주머니를 꺼낸 뒤 순희 손에 쥐어주었다.

"내 시집올 때 네 외할머니가 준 거여."

순희가 비단주머니 속에 것을 꺼내자 쌍금가락지와 약간의 비상금이 나왔다. 순희는 눈이 휘둥그레지며 말했다.

"엄니! 나 이런 것 필요 없어요."

"잔말 말고 받아 잘 간수해."

그러면서 순희 어머니는 딸에게 사람이 살다 보면 죽을 고비가 몇 차례 있다면서 "황금은 귀신을 부려서 맷돌도 돌린다"라는 평소 외할머니가 자주 하는 말씀도 전했다.

"전쟁 때는 이 금붙이와 돈이라도 지니고 있으면 생명줄이 될 수도 있어."

그 말에 순희는 비단주머니를 받아 고쟁이 주머니에 깊숙이 넣었다.

"목숨보다 더 소중한 게 없어!"

순희 어머니는 다시 다짐하듯 강조했다. 순희는 대답 대신 고개를 끄덕였다.

종로2가 전차정거장에서 순희 어머니는 막 도착한 전차에 오르는 딸에게 찰밥을 싼 보따리를 건네주며 훌쩍거렸다.

"아무튼 몸 성히 돌아오너라."

"너 덕에 이제 우리 집은 인민의용군 용사의 집이다. 내 딸 최순희 만세다!"

최두칠은 전차정거장에서 두 손을 번쩍 치켜들며 전차를 타고 떠나는 딸을 환송했다.

"아버지, 엄니! 안녕히 계세요."

순희는 전차 안에서 아버지 어머니가 보이지 않을 때까지 손을 흔들었다.

6월 28일 서울에 진주한 인민군은 사흘간 머문 뒤 한강 도하 작전을 펼쳤다. 7월 3일, 마침내 인민군은 국군의 한강 방어선을 돌파한 뒤 그날로 수원과 인천도 점령했다. 인민군이 이들 두 도시에 진주했을 때는 마치 유령의 도시처럼 텅 비어 있었다. 국군은 전 지역에서 인민군에게 제대로 대항치도 못한 채 지리멸렬 후퇴하기 급급했다.

그즈음 국군 수뇌부는 인민군이 감히 전면으로 남침해 오리라고는 전혀 예상치 못했다. 미군도 마찬가지였다. 특히 미군들은 애초부터 북한 인민군을 '농민군' 정도로 형편없이 깔보았다. 그들은 오산에서 최초 교전에 앞서 인민군은 전선에서 미군을 보기만 하면 지레 겁먹고 도망갈 것으로 생각했다. 그 당시 미군은 세계에서 가장 악독한 독일군과 일본군을 물리쳤다는, 이제 그들이 세계 최강이라는 자만심에 한껏 빠져 있었다.

7월 1일 미 제24사단 예하 제21연대 제1대대장 찰스 스미스 중령은 일본 후쿠오카에서 C-54 수송기로 부산에 도착한 뒤 7월 5일 오산 북쪽 죽미령전투에 투입되었다. 그는 전투에 앞서 큰소리를 쳤다.

"인민군 따위는 문제도 안 된다. 우리 부대는 오늘 밤에 수원까지 진격하겠다."

하지만 스미스 부대는 단 한 차례 전투에서 540명 병력 가운데 150여 명의 사상자를 냈고, 박격포 등 주요 공용화기를 잃었다. 미군과 인민군의 첫 전투는 뜻밖에도 미군의 참패로 끝났다. 미군의 졸전은 오히려 인민군의 사기를 높여 주었다. 이 전투로 인민군은 미군에 대한 공포감에서 벗어났다. 그때부터 인민군은 국군에 이어 미군도 우습게 여겼다.

한국전쟁이 발발하자 미국 수뇌부는 마치 이를 기다리고나 있었다는 듯 재빨리 대응했다. 미국 시간으로 6월 25일, 애치슨 국무장관은 트루먼 대통령의 승인을 얻어 유엔에서 한국전쟁 문제를 논의할 것을 결정하였다. 그런 뒤 곧바로 유엔안전보장이사회에 제출할 결의안을 작성하였다. 그 내용은 북한이 한반도 평화를 파괴하고 있으며, 적대행위를 즉각 중지하고, 남침한 북한군을 38도선 이북으로 철수시키라는 것이었다. 이때 이미 북한은 국제적으로 침략국으로 규정되었으며, 이로써 미국을 비롯한 우방국은 유엔군을 조직할 명분을 마련하였다.

6월 26일과 28일에 긴급 소집한 유엔안전보장이사회의 결의에 따라 7월 7일 유엔군사령부가 창설되었다. 그런데 소련은 유엔안전보장이사회의 상임이사국인데도 이사회의에 참석치 않았다. 이 중요한 회의에 소련 대표가 참석치 않은 것은 매우 이례적으로 미국으로서는 대단한 호재였다. 사실 1950년 초부터 소련은 유엔안전보장이사회의에 참석을 거부하고 있었다. 그 까닭은 소련은 중국에서 공산주의 혁명이 성공하자 유엔안전보장이사회의의 중국 대표를 국민당에서 공산당으로 바꿔야 한다고 주장했기 때문이다. 따라서 소련은 그때 자신들의 의지를 관철코자 유엔안전보장이사회의 참석을 거부할 즈음이었다. 아무튼 유엔에서 소련과 첫 대결에서 부전승을 거둔 미국은 기세등등하게 주일 미군의 한반도 파견을 즉각 결정했다.

1950년 7월 7일 유엔군사령부가 창설되자 미국은 유엔군사령관에 미 극동군사령관 맥아더 원수를 임명했다. 곧이어 자유진영 연합국의 병력들이 속속 한국에 도착하여 마침내 유엔 군이 편성되었다.

1950년 7월 20일, 호남과 영남으로 갈리는 교통의 요충도시 대전조차도 인민군에게 맥없이 함락되었다. 대전 전투는 유엔 군에게 뼈저린 패배였다. 이 전투에 참가한 미 제24사단 3천9 백여 명 가운데 1천1백여 명이 전사하거나 포로가 되었으며, 대부분 군장비도 빼앗겼다. 더욱이 사단장 윌리엄 딘 소장마 저도 인민군의 포로가 되었다. 인민군은 대전을 점령한 뒤 파 죽지세로 계속 남하했다. 7월 말에 이르러 인민군은 대구와 부 산을 중심으로 한 경상도 일대만 조금 남겨 두고, 남한 전 지 역, 약 90퍼센트를 점령했다. 그 무렵 한반도 지상은 인민군이 주도권을 잡고 있었지만 하늘과 바다의 사정은 달랐다. 미군 은 제공권과 제해권을 확실하게 장악하고 있었다.

김준기는 해주 부근 임시 인민군 신병교육대에 입대한 이후 기초 전투교육을 2주 동안 속성으로 받았다. 그는 기초 전투교 육이 끝나자 주특기 심사분류에서 나이도 어리고 체구가 작다 고 위생병 병과를 배정받았다. 다시 1주간 단기 주특기 교육 을 받았다. 인민군 지원병들은 교육이 끝나자 곧장 그날 밤 전 선부대로 떠났다. 그들은 미군 전투기의 공습을 피해 주로 야 간에 이동했다.

5백여 신병들이 대전에 이른 것은 7월 31일 새벽이었다. 대 전에 있었던 임시 인민군 전선사령부는 신병 가운데 4백 명을 주 공격선인 낙동강전선에 투입했고, 나머지 일백여 명은 호남 쪽으로 진격 중인 인민군 제4사단과 제6사단으로 각각 배치했다.

8월 1일 밤 대전역 이남은 철도 파괴가 심한 탓에 전선으로 가는 신병들은 황간까지 트럭으로 이동했다. 하지만 그곳에서부터는 트럭 이동이 매우 위험하다고 한밤중 행군으로 남하했다. 신병들은 밤을 새워 행군한 끝에 추풍령을 넘어 이튿날 새벽녘 김천에 닿았다.

김천 시가지 밖 한 중학교는 그 무렵 인민군 임시보충대였다. 신병들은 그 보충대에서 아침밥을 먹은 뒤 각 교실로 흩어져 밤샌 행군으로 못 잔 잠을 보충했다.

신병들은 오전 11시 30분에 기상하여 점심을 먹은 뒤 곧장 다시 배치받은 전선부대로 출발했다. 이렇게 임시보충대에서 위험부담이 따르는 주간 행군을 강행한 것은 전방 전투부대에서 병력 보충을 빗발치게 요구했기 때문이었다.

임시보충대에서는 상주 방면의 제13사단, 선산·해평 방면의 제15사단으로 각각 100명씩 배치하였다. 남은 200명은 가장 병력 손실이 많았던 낙동강 최전선 왜관에서 전투 중인 제3사단으로 집중 배치했다. 김준기는 제3사단 야전병원으로 배치명령을 받았다. 제3사단 신병들은 병력을 보충받고자 대기 중인 제3사단본부 인사 담당관 마두영 상사에게 인계되었다.

"동무들은 대구와 부산을 해방시키는 데 영광스러운 전사가 되라."

마 상사는 신병들에게 환영사를 한마디 한 뒤 그들을 인솔하고 전방부대로 떠났다. 신병들은 낯선 전방 접적지역이라 긴장했는지 행군 중 어느 누구도 쉽게 입을 열지 않았다.

3
야전병원

1950년 여름은 예년에 볼 수 없는 불볕더위였다. 신병들은 섭씨 35도를 오르내리는 뜨거운 뙤약볕 열기로 김천 시가지를 벗어나자 등이 땀으로 흥건히 젖었다. 마 상사는 한 시간 정도 행군한 뒤 인솔 전사들을 길섶에서 쉬게 했다. 그러면서 그는 휴식시간에도 신병들에게 개인 위장을 지시했다.

"동무들, 전선에서는 철저한 위장만이 살 길이야. 더욱이 주간 행군 중에는."

그 말에 신병들은 도로에서 가까운 산으로 달려갔다. 하지만 워낙 가뭄으로 메마른 산이라 위장할 푸나무도 마땅치 않아 한참 헤맨 뒤에야 간신히 칡넝쿨을 구해 온몸을 칭칭 감았다.

김천에서 구미로 가는 도로 언저리는 대부분 시뻘건 민둥산이었다. 그 민둥산은 바라보기만 해도 한여름의 더위에 더욱 숨이 막힐 지경이었다. 그러다 보니 인민군 전사들은 행군 중 수통이 금세 바닥났다. 그들은 쉬는 시간이면 길섶 수로의 물을 수통에 담아 소금을 넣은 뒤 흔들어 마셨다. 일사병 방지에는 소금물이 특효약이었다. 그새 신병들의 전투복은 땀이 말라 생긴 소금자국으로 하얗게 얼룩이 졌다. 마 상사는 행군 중 이따금 뒤를 돌아보며 신병들에게 큰소리로 주의를 줬다.

"그저 쌕쌕이 소리가 들리믄 별명 없이도 용수철처럼 튀어 아무 데나 엎드려 숨어라."

"알갓습니다!"

행군하던 신병들이 복창했다. 마 상사는 계속 신병들에게 주의를 줬다. 미제 쌕쌕이가 없었다면 인민군은 벌써 남조선을 해방시켰을 거다. 행군 간 서너 걸음씩 떨어지라. 우리 동무들이 여기까지 내려오는 동안에 트럭째로 떼죽음을 당한 게 한두 번이 아니었다는 둥, 그의 잔소리는 계속 이어졌다. 그 말에 신병들은 잔뜩 긴장을 하고 이따금 하늘을 쳐다보며 아무 말 없이 계속 발걸음을 떼었다. 도로 곁에는 이따금 폭격을 맞아 부서진 인민군 트럭이나 T-34 탱크도 보였다. 경부선 김천역 아래 대신역을 지나 아포역에 이를 즈음, 한 차례 미군 전투기 편대가 요란한 굉음을 내며 지나갔다. 그러자 신병들은 혼비백산하여 들로 산으로 튀었다. 아마도 조종사가 미처 행군 대열을 보지 못한 듯 그냥 지나쳐 갔다. 전투기가 기다란 비행운을 남기며 사라지자 신병들은 다시 행군대열을 가다듬었다.

"동무들이 철저히 위장한 결과야."

마 상사는 전투기가 사라진 하늘을 쳐다보며 안도의 말을 뱉었다. 신병 행군은 김천에서 구미까지 20킬로미터 남짓 했지만, 도중에 틈틈이 쉬고 전투기를 피하느라 그날 밤 늦게야 구미면 원평동 구미초등학교에 도착했다. 그 무렵 구미초등 학교는 인민군 제3사단 임시보충대였다. 김천도 그랬지만 그 새 구미 시가지도 반 이상 불타거나 부서져 있었다. 구미초등 학교도 대부분 교실들이 미군 전투기의 폭격으로 지붕이 불탄 채 내려앉았다. 그러자 사단 임시보충대는 부서진 교실을 피 해 운동장 한편에 있는 큰 미루나무 아래에다 천막을 치고 있 었다. 천막 위는 푸나무로 잔뜩 위장을 했다.

그날(1950년 8월 2일)은 날씨가 어찌나 더운지 가만히 있어 도 땀이 주룩주룩 흘러내렸다. 신병들은 그날 밤 인민군 제3 사단 임시보충대인 구미초등학교 천막 막사에서 잠을 잤다. 심한 무더위로 새벽녘에야 간신히 눈을 붙였다. 하지만 날이 새자 곧 기상하여 아침식사를 끝내고 각자 배치된 전방부대로 떠났다. 그들 대부분은 마 상사의 인솔로 떠났고, 다만 위생병 김준기 전사와 남포중학교에서 입대한 손만호 전사만 남았다. 이들도 곧 야전병원 소속 장남철 상사에게 인계되었다. 그날 은 아침부터 불볕더위였다.

"날씨가 좋은 날은 미제 쌕쌕이들이 시도 때도 없이 날아오 니까 도락구를 타고 가기보다 걸어가는 게 더 안전하지."

장 상사는 뙤약볕 속에 신병들을 도보로 인솔하는 게 미안 한 듯 친절하게 그 까닭을 말해 주었다. 그는 개인 배낭은 저 녁 보급차편에 보내 줄 테니 보충대에 두고 단독군장으로 따 르라고 했다. 두 신병은 단독군장으로 장 상사를 따라나섰다.

그들이 곧 구미 시가지를 벗어나자 미루나무 가로수가 곧게 뻗은 도로가 나왔다. 도로 중간중간에는 '대구 42Km' '대구 41Km'라고 쓴 이정표가 나왔다. 그 길은 대구로 가는 도로였다. 그 도로 곁 미루나무 가로수에 붙은 매미들은 발악을 하듯 울어댔다. 장 상사가 오랜 침묵을 깨며 말했다.

"매미들은 여름 한철 울려고 여러 해 동안 땅속에서 산다지."

"몰랐습니다. 미리 알았다믄 기렇게 잡지 않았을 건데."

손만호 전사가 대꾸했다.

"사실 이 세상에 귀치 않는 생명은 없지."

"기렇습니다."

줄곧 손만호 전사만 대꾸했다.

"긴데, 김준기 동무는 벙어리인가?"

"듣고 있습니다."

"하긴 사내자식 입은 무거워야 돼. 자칫하믄 제 혓바닥에 휘감겨 뒈지기두 하지."

행군 중 오른편 하늘에 우람한 산이 우뚝 서 있었다. 산봉우리가 마치 누워 있는 사람의 모양이었다.

"저 산 이름이 뭡니까?"

손 전사가 그 산을 손가락으로 가리키며 물었다.

"금오산이야."

장 상사는 이어 그곳 언저리의 지형을 일러 주었다. 왼편 산봉오리가 넓적한 산은 천생산이고, 거기서 남쪽으로 조금 떨어진 산이 유학산이라고 했다. 도로에는 자갈이 많았다. 지열과 태양열로 자갈도 후끈 달아 있었다. 그들은 발걸음을 떼어 놓을 때마다 그 자갈로 발바닥이 아프고 뜨거웠다. 곧 등줄기에서는 땀이 주르르 흘러내렸다. 구미에서 대구로 가는 도로 언저리에는 드문드문 사과밭이 있었다. 사과밭 나무 사이에는 인민군 탱크와 122밀리 곡사포, 120밀리 박격포 등이 풋나무가 꽂힌 위장망을 잔뜩 뒤집어쓰고 포문을 남쪽으로 향하고 있었다. 이따금 하늘에서 비행소리와 함께 미 폭격기 편대가 저공비행으로 도로 상공을 휘저으며 사라졌다. 그때 세 사람은 각자 도로에서 튀어 사과밭에 숨었다. 폭격기 소리가 멀어진 뒤에 세 사람은 다시 도로로 나왔다.

"동무들 환영 인사야."

장 상사는 하늘을 쳐다보며 대수롭지 않게 말했다. 그는 군복에 묻은 흙을 털고는 다시 앞장섰다. 그들은 무더운 날씨에다가 폭격기 출몰로 늦은 점심때에야 인민군 제3사단 임시야전병원에 도착했다.

그 무렵 인민군 제3사단 야전병원은 구미면 임은동에 있었다. '임은동(林隱洞)'은 동네이름처럼 낙동강 옆에 대숲으로 폭 파묻힌 은폐된 마을이었다. 그래서 야전병원 입지로 아주 알맞은 천연지형이었다. 마을 가운데 대나무 숲에 싸인 오래된 한옥은 구한말 13도 창의군 군사장 왕산 허위 선생 생가였다. 한국전쟁 초기 그 집은 야전병원 본부 겸 외과 수술실이었고, 일대 숲에 친 천막 막사와 피난을 떠난 빈 초가집들은 환자 회복실 겸 야전병동이었다. 장남철 상사는 흰 가운을 입은 인민군 중좌[4] 문명철 병원장에게 귀대 보고를 한 뒤 김준기와 손만호 전사에게 전입신고를 시켰다. 두 사람은 문 중좌 앞에 나란히 선 채 거수경례를 붙인 후 신고를 했다.

"전사 김준기는…."

"전사 손만호는…."

"그만 돼서."

문명철 중좌는 미소를 띠며 그들의 신고를 만류했다. 그는 야전병원에 대한 간단한 소개와 전선 현황을 설명해 주었다.

"동무들, 강 건너에는 국방군과 미제 놈들이 개미떼처럼 우글거리고 이서. 언제 어디서 포탄과 폭탄이 떨어질지 모르는 곳이야. 늘 정신 바짝 차리라."

"네, 알갓습니다."

두 전사는 합창하듯 대답했다.

"아무쪼록 부상당한 동무들의 생명을 많이 살려 내라."

"네!!"

두 전사는 부동자세로 크게 대답했다. 문 중좌는 그 자리에서 김준기는 최순희 간호병 조수로, 그리고 손만호는 장 상사를 보좌하면서 행정반 일을 보라고 두 신병에게 보직명령을 내렸다.

"최순희 동무!"

---

4. 북한 영관급 계급

문 중좌가 야전병원 본부를 향해 소리쳤다.

"예."

빨간 위생병 완장을 팔에 두른 한 간호전사가 수술실에서 재빨리 달려오며 대답했다.

"김준기 전사를 최 동무 조수로 발령을 하였으니 잘 가르쳐 주라."

"예! 알겠습니다."

최순희가 문명철 병원장에게 거수경례를 하며 대답했다. 그는 서울 말씨로 곱상한 얼굴에 몸매가 날렵하고 당차 보였다. 그 순간 준기는 숨이 막힌 듯하고, 심장은 쿵쿵 마구 뛰었다.

"야, 김 동무! 멀거니 쳐다보지만 말구 최 동무에게 신고하라. 최 동무는 김 동무보다 일주일 먼저 입대한 선임이야."

"기건 기래. 오뉴월 하루 볕이 어딘데."

장 상사의 말에 문명철 병원장이 훈수하듯 말했다.

"… 김준기 전사, … 전입 … 신고합니다."

김준기는 얼굴이 빨갛게 물든 채 최순희 간호전사에게 거수경례를 하며 떠듬거렸다.

"반갑습니다. 최순희 간호사예요."

최순희는 싱긋 미소 지으며 거수경례로 답례했다.

"평안도 영변 촌놈이 서울 아가씨 앞에서 아주 단단히 얼어 버렸구만."

장 상사의 말에 김준기의 얼굴은 더욱 새빨갛게 물들었다.

"잘 … 부탁합니다."

"오히려 제가 잘 부탁드려요."

두 사람의 눈길이 다시 마주쳤다. 순간 서로 멈칫 놀라는 눈치였다.

'저 쪼그만 어린 동무가 여기까지 오다니….'

'숨 막힐 듯 깜찍하게 예쁜 서울 아가씨를 이 전선에서 만나다니….'

서로 간 놀람의 눈빛이었다. 장 상사와 문 병원장은 두 전사가 첫 인사하는 모습을 흐뭇하게 바라보았다.

일찍이 손자는 "적을 알고 나를 알면 백 번 싸워도 위태롭지 않다"라고 했다. 그런데 한국전쟁 당시 남북 양측은 이를 역행한 채 시행착오를 거듭했다. 먼저 이승만 대통령을 비롯한 남한의 국군 수뇌부는 인민군의 전력을 형편없이 과소평가한 채 시시때때로 걸핏하면 '북진통일'을 외쳐 댔다. 사실 그 무렵 인민군의 전력은 국군보다 훨씬 더 막강했다.

북한 역시 마찬가지였다. 그들은 미국의 의도를 모른 채 전쟁을 일으켰다. 곧 북한은 전쟁이 일어나도 '애치슨 라인'을 굳게 믿고 미국이 개입치 않으리라 판단했다. 이 '애치슨 라인'은 1950년 1월, 미 국무장관 애치슨이 발표한 것으로 미국의 극동 방위선은 알류산열도와 일본열도, 그리고 필리핀열도를 연결하는 선으로, 한국과 대만은 이 방위선에서 제외한다는 것이다. 북한은 이 '애치슨 라인'을 스탈린과 마오쩌둥(毛澤東)의 영토적 야심을 저지키 위한 미국의 고도 술책으로 해석치 않았다. 이는 북한을 비롯한 공산군 측의 크나큰 오판이었다. 미국은 애치슨 라인이라는 미끼를 던져 소련과 중국이 덥석 그 미끼를 물기를 바랐다. 그러면 이를 빌미로 미군은 한반도에 재상륙한다는 전략으로, 이 '애치슨 라인'은 큰 고기를 낚으려는 미끼요, 고도의 노림수였다.

게다가 북한 수뇌부는 인민군이 남으로 밀고 내려오면 남한 전역에서 지하남로당 주도로 민중봉기가 일어날 것이라고 판단했다. 하지만 그것도 오판으로 남한에서는 한국전쟁 전에 이미 그 싹을 무자비하게 잘라 버렸다. 그때 미처 자르지 못한 좌익 혐의자들은 보도연맹이라는 올가미에 묶어 대부분 형무소에 가둬 두고 있었다. 그러다가 한국전쟁이 일어나자 전국 곳곳에서 이들을 골짜기로 데려가 집단 처형해 버렸다.

또 북한은 미 공군력에 대한 대비는 거의 무방비, 무대책이었다. 인민군은 전쟁에서 가장 중요한 군수품 보급로는 생각지도 않고 속도전으로 계속 물밀 듯이 삽시간에 낙동강까지 남하했다. 이는 결과적으로 인민군이 미군의 전략에 말려든 꼴이 되고 말았다. 곧 미군은 전선을 길게 늘어뜨려 놓은 뒤 전폭기로 전후방의 보급로를 차단시켜 인민군의 전투력을 고갈시키는 전술을 쓰고 있었다. 이는 제2차 세계대전 당시 독일의 롬멜 전차군단이 아프리카 전장에서 본국의 군수보급지원을 받지 못해 영국군 앞에 자멸한 작전을 원용한 듯했다.

한국전쟁이 발발하자 곧 미국의 주도로 1950년 7월 7일 유엔군사령부가 창설되자 곧이어 자유진영 연합국의 병력들이 속속 한국에 도착하여 마침내 유엔군이 편성되었다. 유엔군에는 미국을 비롯한 호주·벨기에·캐나다·콜롬비아·프랑스·영국 등 16개국 군대가 참가했다. 유엔군 가운데 공군의 98퍼센트, 해군의 83퍼센트, 지상군의 88퍼센트가 미군이었다. 미국을 제외한 다른 참전국 병력은 유엔군에 배속되면서 유엔군사령관 맥아더 원수의 지휘를 받았다.

하지만 그 무렵 국군은 유엔군에 배속되어 있지 않았다. 이에 대한민국 정부는 유엔군의 원활한 작전수행을 위하여 국군 작전지휘권을 유엔군사령관에게 넘기는 것을 논의하기 시작했다. 1950년 7월 16일, 국군이 계속 인민군에게 밀려 지리멸렬 후퇴를 거듭하자, 이승만 대통령은 국군 작전지휘권을 맥아더 유엔군사령관에게 넘겼다. 우리 국군 자주성을 작전의 효율성이라는 명분 아래 결과적으로 우리 스스로 유엔군에게 국군 작전지휘권을 헌납한 꼴이었다.

인민군은 한국전쟁 발발 한 달 후인 7월 말에는 부산, 대구 일대를 제외한 남한의 나머지 지역을 점령했다. 김일성은 단시일에 이룬 그들의 전과를 직접 두 눈으로 확인하고자, 비밀리 남한 점령지를 내려온 뒤 8월 15일까지 남한을 속전속결 해방하라고 지령을 내렸다. 그 무렵 북한 문화선전성은 남한의 전 점령지에 선전벽보를 덕지덕지 붙이며 독전했다.

"부산으로! 진해로! 최후 승리를 향하여 번개같이 진격하자"
"적들을 일층 무자비하게 소탕하라! 부산과 진해는 지척에 있다. 승리의 깃발 높이 들고 앞으로! 앞으로!"

"조국을 위하여 모두 다 전선에로!"

김일성은 전 인민군에게 남조선 전 지역의 빠른 해방을 독전했다. 이런 분위기에 편승, 인민군의 공세는 속도전으로 사뭇 거침이 없었다. 하지만 유엔군은 개전 초기와 달리 줄곧 당하지만은 않았다. 유엔군은 작전상 후퇴 중에도 '최후의 보루'인 부산과 대구를 지키고자 적절한 지연작전을 썼다. 그 작전의 하나로 유엔군은 인민군 주력 일부를 호남지방으로 끌어들였다. 이에 인민군 제4사단과 제6사단이 서남방으로 우회하여 전북과 전남을 휩쓸며 남하한 뒤 진주, 마산 방면으로 동진했다. 이는 유엔군의 양동작전에 인민군이 말려든 셈이었다.

1950년 7월 말, 대한민국 영토는 부산과 대구를 비롯한 낙동강 동쪽 일부만 남아 있었다. 더 이상 밀릴 수 없었던 유엔군은 8월 1일, 군 수뇌부 합동작전회의에서 부산과 대구를 교두보로 최후의 방어선인 '워커 라인'을 만들었다. 유엔군 측 작전권을 쥐고 있는 미8군 사령관 워커 중장의 이름을 붙였다. 이 '워커 라인'은 마산 서남쪽 진동을 기점으로 시작하여 낙동강 본류와 남강이 합류하는 창녕군 남지읍을 거쳐 낙동강을 거슬러 올라 왜관, 거기서 안동, 영덕을 잇는 선으로 남북 약 135킬로미터, 동서 약 90킬로미터의 네모꼴이었다.

1950년 8월 초순 양측은 이 '워커 라인'에서 대대적인 공방을 벌였다. 인민군은 이 '워커 라인'을 뚫어야 대구과 부산을 점령할 수 있었고, 유엔군은 이를 지켜야만 대한민국을 지킬 수 있었다. 인민군은 2개 군단의 5개 사단 병력으로 이를 돌파하는 남하작전을 폈고, 유엔군은 미 제8군 4개 사단, 그리고 국군 6개 사단 병력으로 이를 방어하는 총력작전을 펼쳤다. 그러자 낙동강을 사이에 둔 남북 강변인 낙동, 선산, 구미, 해평, 산동, 왜관, 약목, 다부동 일대에는 양측 병력이 까마귀 떼처럼 집결했다.

8월 4일 새벽, 유엔군은 '워커 라인' 방어선을 지키고자 낙동강의 모든 다리들을 폭파시켰다. 하지만 이튿날 인민군은 낙동강 도강을 감행하여 유엔군의 '워커 라인'을 압박했다. 그러자 유엔군은 낙동강 남쪽 강둑에 기관총을 걸어놓고 강을 건너오는 인민군을 향해 결사적으로 난사했다. 인민군들은 빗발치는 총탄에 도강치 못하고 북쪽으로 후퇴했다. 한편 미군 전투기들은 낙동강에다 휘발유를 쏟아붓고, 거기다가 네이팜탄을 쏘아댔다. 그러자 강물은 삽시간에 온통 불바다였다. 후퇴하던 인민군들은 강물 위에서 우왕좌왕 화마를 입는 생지옥 속에 수장되었다.

하지만 인민군은 유엔군의 불벼락 작전에도 도강을 포기치 않았다. 그들은 지난날 소련군이 썼던 전법으로, 유엔군이 미처 예상치 못했던 수중교를 낙동강에 가설했다. 인민군은 유엔군의 공습이 없는 야간에 수심이 얕은 낙동강 마진나루에다 모래를 넣은 가마니와 드럼통 등으로 강물 속에 다리를 만들었다. 이 수중교는 탱크까지 건널 수 있게 만든 일종의 부교였다. 8월 초순까지 지상전의 주도권은 인민군이 쥐고 있었다. 하지만 그 이후 한동안 양측의 전투력은 서로 팽팽히 맞서다가 날이 지날수록 점차 화력이 우세하고 군수보급이 원활한 유엔군 측으로 기울어져 갔다.

인민군 야전병원에서는 부상자 후송으로 그날 전투의 강도를 판가름했다. 초기 전투에서는 후송 환자들이 대부분 경상자로 그 수도 적었다. 하지만 천생산, 유학산, 수암산 등지에서 치열한 고지 쟁탈전이 벌어지자 부상자들이 속출했다. 그 가운데는 팔다리가 잘려 나가거나 가슴에 총상을 입은 중상자가 속출하자 야전병원은 간이병동조차도 부족했다. 다행히 여름이라 야전병원에서는 계속 숲 속에다 천막을 친 뒤 가마니를 깔아 임시병동을 급히 만들었다. 하지만 부상자들이 나날이 넘쳐나자 야전병원 의료진은 턱없이 부족했다. 게다가 보급선이 유엔군 공습으로 끊어지는 바람에 의약품도, 심지어 환자 급식용 식량조차도 부족했다. 그러자 야전병원은 초비상이었다.

전투의 시작은 인민군과 유엔군이 달랐다. 인민군은 야포의 포격으로부터 시작했지만, 유엔군은 L-19 정찰기의 '윙' 하는 비행소리가 전투 개시의 전주곡이었다. 유엔군 측은 야포의 포격에 앞서 먼저 정찰기를 띄워 적정부터 살폈기 때문이다.

양측은 보병의 공격에 앞서 포병들이 적진지에 야포 포탄을 30분 내지 한 시간씩 마구 퍼부었다. 그런 뒤 인민군 측은 탱크를 앞세워 적진지로 돌진했고, 유엔군 측은 다시 폭격기로 적진을 초토화시킨 다음, 뒤따라 보병들이 공격했다. 대체로 인민군은 야간 전투에 강했고, 공군력과 화력이 앞선 유엔군은 주간 전투에 강했다.

비가 오거나 날씨가 흐린 날은 유엔군 측 비행기가 뜰 수 없기에 그런 날은 인민군 측에서 바짝 더 공세를 취했다. 그래서 전방고지는 밤낮으로 주인이 바뀌거나, 그날 날씨에 따라 상황이 달라졌다. 한 차례 전투가 끝나면 야전병원에는 의료진이 미처 감당할 수 없을 만큼 숱한 부상병들이 몰려왔다.

야전 부상자 대부분은 야포의 포탄이나 폭격기의 폭탄, 수류탄의 파편, 소총이나 기관총 총상 등에 따른 외상이었다. 이들 상처는 세균감염으로 금세 살이 푹푹 썩어 들어 갔다. 그래서 썩은 부위는 곧장 절단해야 목숨을 건질 수 있었다. 김준기와 최순희는 병원장 문명철 중좌의 수술을 도왔다. 문 중좌는 경험이 많은 외과의사로 주로 생명이 위독한 중상자 수술을 전담했다.

초기 야전병원에는 의약품 구색이 갖춰져 수술 전 마취로 환자의 고통을 덜어줬다. 하지만 미군 전투기의 공습으로 의약품 보급마저 끊어지고 부상자가 속출하자 마취 없이 수술하는 경우가 많았다. 그러자 환자들은 팔이나 다리 절단 수술을 할 때는 비명을 지르거나 그 공포와 고통에 못 이겨 몸을 뒤틀기 마련이었다. 그때마다 준기는 환자의 상체를 붙드는 역할을 맡았다. 이럴 때는 환자도, 집도의도, 위생병도 모두 홍역을 치르기 마련이다.

"김 동무, 소(Saw)[5]!"

"…."

전입 초기 준기는 문 중좌가 말하는 의료기구를 몰라 멀뚱히 바라보기가 일쑤였다. 그러면 순희가 외과용 의료기구함에서 절단기를 재빨리 찾아왔다. 그런 일이 반복되자 순희는 준기에게 주요 의료기구 이름을 몽땅 수첩에 적어 준 뒤 외우게 했다. 일주일이 지나자 준기는 문 중좌가 지시하는 의료기구를 아주 적확하게 갖다줄 뿐 아니라, 곧 문 중좌 지시 이전에도 미리 의료기구를 들이밀 정도로 숙달됐다. 어느 하루 수술이 끝난 뒤 쉬는 시간이었다.

"김 동무, 엄마 젖은 떼고 입대했소? 아주 귀여워요."

"뭬라구? 내레 티꺼워서…."

김준기 전사가 화를 벌컥 냈다.

"근데 어떻게 그 많은 기구 이름을 빨리도 외웠소?"

"머, 이 정도야…."

최순희의 칭찬에 준기는 금세 화가 풀렸다.

"어느 학교 다니다 입대했소?"

"평안북도 영변에 있는 룡문중학교입니다."

"그 약산이 있다는 그 영변 말이에요?"

"어드러케 동무가 내레 고향 약산을 다 아십니까?"

"김소월 시인의 「진달래 꽃」이란 시로 알지요. 영변에 약산

---

5. 의료기구 중 하나로, 수술용 절단기를 일컫는다.

/ 진달래 꽃 / 아름 따다 가실 길에 뿌리오리다. /…."

"와, 최 동무는 문학소녀이구만요. 시를 외는 간호전사는 환자에게는 천사지요."

"좋게 봐줘 고마워요. 근데 김 동무는 막둥이요?"

"내레 동생이 자그마치 셋이야요."

"그래요?"

"우리 동네에서는 '그 아바지에 그 아들'이라고 소문 낫시오. 내레 아바지는 왜정 때 독립군 군자금을 운반하다가 왜놈 순사한테 붙잽혀 인두로 허벅지를 지져두 끝내 동지를 불지 않았다고 하더만요."

야전병원 의료진들은 하루 종일 환자를 돌보고 나면 온몸이 땀으로 흥건해졌고 저녁이면 몸이 끈적거렸다. 어느 하루, 후송자가 많아 밤늦게야 부상병 수술이 겨우 끝났다. 그날 밤, 최순희는 준기에게 멱 감으러 가는 데 같이 가자고 했다.

"뭬라구?"

준기의 큰 눈이 더욱 커졌다.

"내가 멱 감을 동안 김 동무는 강가에서 보초 좀 서 주시오."

"쳇! 내레 최 동무 몸종이오?"

"사수의 명령이오."

"기런 사적 명령은 따를 수 없소."

"좋아요. 그럼 나 혼자 가지요. 대신 내일 조수를 바꿔 달라고 병원장 동무에게 건의하겠어요."

"알갓습니다. 앞장서라요."

그들은 야전병원 후문을 통해 낙동강으로 내려갔다. 참 아름다운 강마을이었다.

"정지! 동무들 어디 가오?"

후문 보초가 물었다.

"우리 낙동강에 내려가 땀 좀 닦으려고 그래요."

순희가 대답했다.

"기럼, 나두 같이 갑시다."

"뭐요! 보초가… 동무! 정신 있소?"

"…."

최순희의 대꾸에 보초가 머쓱해졌다.

"동무! 부대나 잘 지키세요."

"알갓습니다. 날래 다녀오시라요."

"수고하시오."

"야, 김 동무는 좋캇다."

그들은 낙동강 강가로 갔다. 하현달빛이 어슴푸레 강물에 비쳤다. 아름다운 달밤이었다.

"내가 멱을 감는 동안 동무는 멀찍이서 보초를 서다가 서로 임무교대합시다."

순희가 겸연쩍게 말했다.

"알가시오. 날래 감으시라요."

준기가 퉁명스럽게 대꾸했다.

"동무는 내가 멱 감을 동안 하늘만 쳐다보세요."

"알갓습니다."

준기는 사방을 살핀 뒤 곧 하늘을 바라보았다. 은하수의 별
들이 금세 쏟아질 듯 반짝거렸다. 순희도 강물 속에서 멱을 감
으며 콧노래를 불렀다.

"창공에 빛난 별 물 위에 어리어…."

준기는 순희가 부르는 노래에 맞춰 휘파람을 불었다. 그 순
간 그 일대는 전선 같지 않았다. 순희는 준기를 보초로 세운
채 자기가 먼저 멱 감는 게 미안한 감이 들었다.

"동무도 강으로 들어와 멱 감으시오. 단, 내 곁 10미터 내로
접근치 마시오."

"알갓습니다."

준기는 발가벗고 강물로 들어갔다. 그는 곧장 강심 쪽으로
헤엄을 쳤다.

"동무! 위험해요."

그 말에 준기가 되돌아왔다.

"내레 어린 시절 여름이믄 날마다 청천강에서 살아시오."

"그래도 여긴 전선이에요."

"긴데 국방군이라도 오믄 어쩌지요?"

"걔들은 야맹증이라 밤에는 꼼짝 못해요."

"기럼, 왜 보초를 서게 하오?"

"혼자 오면 무섭기도 하고…."

그들은 강물 위로 고개를 쳐들고 하늘을 바라보면서 소곤거
렸다.

"참 아름다운 밤이네요. 물도 맑고 별도 많고."

"내레 고향 청천강에서 여름밤 멱 감을 때 오늘 밤처럼 별들이 찬란했지요."

"그랬어요? 어디나 밤 경치는 비슷하군요."

"긴데 청천강은 강물이 어찌나 맑은지 강 이름에도 맑을 '청(淸)' 자를 썼지요."

"내가 살던 서울 한강도 아주 맑아요."

"하긴 우리나라 강은 어디나 다 맑고 아름답지요."

"고향 영변 이야기 좀더 해주세요."

그 말에 준기는 자기 고향 묘향산부터 자랑했다. 묘향산은 향나무도 많고, 그 향기가 좋아 묘향산이라는 이름을 얻었다. 그리고 영변 약산은 기암괴석들이 층층이 쌓여 경치가 매우 좋다. 그 약산 바위 가운데 가장 널찍한 게 동대다. 그 동대는 봄에는 진달래꽃, 가을에는 단풍이 절경이다. … 준기의 고향 자랑은 그칠 줄 몰랐다.

"통일이 되면 꼭 한번 가 보고 싶네요."

"기때 내레 안내하지요. 가능한 봄에 오시라요."

"왜요?"

"약산 진달래 꽃방맹이를 만들어 순희 동무에게 바치가시오."

"네에?"

"우리 고장에서는 총각이 처네(처녀)에게 바치는 사랑의 증표지요."

"그 아주 재미있는 풍습이네요. 그런데 오늘은 김 동무의 말수가 많소?"

"새들을 보라요. 사랑의 계절에는 아주 야단스럽게 지저귀지요. 내레 마찬가지야요."

"아무래도 조수를 바꿔 달라고 건의해야겠어요."

"마음대로 하시라요. 기럼, 나두 최 동무와 낙동강에서 발가 벗구 멱 감았다는 얘기를 소문낼 거야요."

순희는 두 손으로 강물을 준기에게 끼얹었다. 그러자 준기도 지지 않고 두 손으로 순희에게 강물을 끼얹었다. 서로 상대에게 물을 끼얹는데 달빛에 두 사람의 앞가슴이 다 드러났다. 곧 순희는 그 사실을 알고 화들짝 놀라며 앞가슴을 물속에 얼른 감췄다.

"김 동무! 내가 잘못했어요. 이제 그만 갑시다."

"갑시다. 앞장서라요."

"아니예요. 동무가 먼저 나간 뒤 곧장 강둑으로 가세요."

"알갓습니다."

"역시 동무는 나의 착한 조수요."

"뭬라구?"

"김 동무는 영용한 우리 인민전사라구요."

"체, 아주 가지고 노시라요."

4
다부동

그해 여름 낙동강 다부동전선은 뜨거운 태양열로 용광로처럼 이글거렸다. 게다가 야포의 포탄과 전투기의 폭탄으로 지상 열기는 더욱 치솟았다. 왜관에서 낙동강, 칠곡 가산면의 다부동으로 잇는 다부동전선은 유엔군 인민군 쌍방의 총탄, 수류탄, 포탄, 폭탄에다 지열, 태양열로 사람들은 이래저래 숨이 막혔다. 인민군은 8월로 접어든 뒤에도 유엔군 측의 '워커 라인'을 뚫지 못한 채 다부동전선에서 머물고 있었다. 유엔군 측은 이전과는 달리 '워커 라인'에 사활을 걸고 좀처럼 물러나지 않았기 때문이다. 그러자 양측은 낙동강 다부동전선에서 지루한 공방전을 벌였다. 그런 가운데 날이 갈수록 전세는 유엔군 측으로 기울었다. "급히 먹는 밥은 목이 멘다"라는 속담이 있다. 인민군은 개전 후 속전속결로 낙동강까지 밀고 내려왔지만, 유엔군이 쳐 놓은 '워커 라인'에서 그만 목이 멨다.

8월로 접어들자 인민군은 유엔군의 잦은 폭격으로 병참선이 그만 단절되었다. 인민군은 각종 군수품 보급이 원활치 못하자 날이 갈수록 점차 전투력이 약해져 갔다. 반면 유엔군은 병력과 각종 군수품이 잇달아 미국과 일본 등 군수기지에서 부산항으로 들어와 전투력은 나날이 증강돼 갔다. 게다가 유엔군은 미 공군에다가 미 제7기동함대의 지원으로 하늘과 바다는 그들의 독무대였다.

미 해군 항공모함과 미 공군의 폭격기는 인민군 전후방의 군수공장과 전방으로 연결된 병참선을 모조리 끊어 버렸다. 미 폭격기들은 후방의 인민군 군수품 공장이나 창고도 용케 찾아 마구 폭격했다. 그 결과 인민군 전방부대에서는 모든 보급품이 달렸다. 가장 기본인 양식조차도 부족하여 급식량을 줄이거나 하루에 한두 끼만 급식하는 비상사태에까지 이르렀다. 전방 인민군은 또 하나의 전쟁인 보급투쟁까지 벌여야만 했다.

야전병원은 의약품 보급을 받지 못해 웬만한 부상병은 응급조치가 고작이었다. 부상자들은 치료 못지않게 영양보충을 제대로 해야 상처 회복이 빠른데, 세 끼 기본 급식조차도 할 수 없을 정도로 식량 사정은 어려웠다.

장남철 상사는 인민군 점령지에 급조된 인민위원회를 통해 곡식과 가축을 거둬들였다. 처음에는 곡식과 가축을 돈으로 샀지만, 그마저 떨어지자 후불어음인 '원호증'을 주고 곡식이나 가축을 징발했다. 그 원호증은 인민군 제3사단장 리영호 이름으로 발행했다. 원호증에는 '환산가격 백미 1두, 또는 소나 돼지 1마리'로 적은 뒤, 적 전후방에서 인민군들에게 물질로써 원조한 애국인민들에게 조국의 해방과 함께 조국해방전쟁의 공로자로 인정하며, 타인에게 넘기는 것을 금한다고 기록돼 있었다.

장남철 상사는 구미나 고아, 약목 등 각 마을인민위원장을 앞세워 이 원호증을 주고 일대 마을에서 소나 돼지, 그리고 양곡을 거둬들였다. 장 상사가 곡식이나 가축을 거둬 온 날이면 야전병원은 도살장으로 한바탕 잔치가 벌어졌다. 그런 날 오랫동안 굶주린 환자들은 밥과 고기를 배불리 먹고 나면 마치 시든 나무가 단비를 맞은 것처럼 생기가 돌았다. 환자뿐 아니라 의료진이나 행정요원도 마찬가지였다.

임은동 야전병원 일대는 전투가 없는 때면 요란한 매미소리로 예사 강마을이나 다름이 없었다. 하지만 시도 때도 없이 하늘에 불쑥불쑥 나타나는 미군 폭격기는 강마을의 고요와 평화를 송두리째 깨트렸다. 특히 미군 폭격기의 저공비행과 기총소사는 인민군들에게 공포의 대상이었다. 그래서 야전병원에서는 환자들을 되도록 분산수용했다. 다행히 한여름이라 중상자가 아닌 경우는 가마니를 깐 야외 천막 병동에다 띄엄띄엄 수용할 수 있었다.

개전 초 김일성은 8월 15일까지 부산을 해방(점령)하라고 지령했다. 하지만 뜻하지 않게 미군을 비롯한 유엔군이 조기에 참전하였고, 유엔군 측 '워커 라인' 방어선이 예상 외로 완강해지자 8월 15일까지 우선 대구만이라도 해방하라고 지령을 수정했다. 이에 인민군은 8월 15일을 앞두고 유엔군 방어선을 대대로 공격했다. 양측은 워커 라인에서 처절한 혈전을 벌였다. 전선은 피아 근거리로 소총사격보다 수류탄을 던지는 혈투가 밤낮으로 이어졌다. 그러다 보니 다부동 일대는 고지마다 양측 병사들의 시체가 쌓이고, 그 시체를 방패 삼아 싸우는 혈전이었다. 그 혈전은 이튿날 새벽까지도 이어졌다. 8월 14일 밤 전투에서 인민군은 마침내 수암산과 유학산 839 고지를 손아귀에 넣은 뒤 다부동까지 밀고 내려왔다.

유학산 정상 839 고지는 대구가 빤히 바라보이는 중요한 지형이라 유엔군 측은 결코 포기할 수 없었다. 이 고지 쟁탈은 곧 다부동전투의 승패를 가름했다. 왜관에서 다부동에 이르는 다부동전선은 대구와 부산을 점령하려는 인민군의 주 공격선인 반면, 유엔군에게는 그곳을 지키는 주 저항선이요, 최후의 보루였다.

유엔군은 8월 15일 전투에서 유학산 고지를 인민군에게 빼앗기자 미8군 사령부에 급히 지원을 요청했다. 이 지원 요청에 따라 미8군 사령부는 이튿날인 8월 16일 정오 전후로 낙동강전선 전방지역에 융단폭격을 실시한다는 작전계획을 내려보냈다.

이 융단폭격은 대상을 가리지 않는 무차별 폭격으로, 마치 물뿌리개로 꽃밭에 물을 주는 것처럼 하늘에서 폭탄을 쏟았다. 이는 제2차 세계대전 당시 연합군이 노르망디 상륙작전에 앞서 프랑스 해안에 쏟아부은 대폭격 작전의 원용이었다. 이 대폭격 작전계획에 따르면, 유엔군 각 전방부대 병사들은 호를 깊이 파고 들어간 뒤 낮 12시 전후에는 절대로 머리를 땅

위로 들지 말라는 별도 긴급 지시도 포함되었다. 하지만 인민군이나 약목과 구미 일대 주민, 그리고 이 지역에까지 내려온 피난민들은 이런 지시를 알 리가 없었다.

1950년 8월 16일 오전, 임은동 야전병원은 전날 치열한 전투로 후송 부상자가 예삿날보다 두세 배 더 많았다. 의료진들은 꼬박 밤을 새우다시피 부상병들을 응급치료했다. 인력도, 약품도 달려 정상 치료는 할 수가 없었다. 우선 부상병들의 피가 쏟아지는 상처는 소독한 뒤 지혈대를 대고 붕대로 감싸는 게 고작이었다. 의료진들은 아침밥도 잊은 채 부상병 치료에 매달렸다. 그날 정오에 이르렀을 때야 부상병들의 응급치료가 겨우 끝났다. 그때까지 아침밥도 먹지 못한 최순희는 의료기구를 닦고 있는 조수 김준기를 불렀다.

"김 동무, 우선 밥부터 먹읍시다."

"알갔습니다."

준기도 그때까지 아침밥을 먹지 못한지라 하던 일을 미뤘다. 그들은 본부 수술실에서 막 나와 취사장으로 가는데 그 순간 B-29 폭격기의 요란한 굉음이 귀를 때렸다.

"동무우!"

준기는 순희의 팔을 잡아당기고 곧장 야전병원본부 뒤꼍 대나무 숲으로 냅다 뛰어들었다. 잠깐 사이 야전병원 일대에는 미 공군 B-29 폭격기들이 폭탄을 마구 쏟았다. 융단폭격의 시작이었다. 이날 오전 11시 58분부터 오후 12시 24분까지 26분 동안 왜관 약목 구미 일대 너비 5-6킬로미터 거리 12킬로미터에 걸친 폭격지점에 B-29 폭격기 5개 편대 98대가 약 960톤의 폭탄을 마구 쏟았다. 마치 염소들이 똥을 누는 것처럼. 그러자 그 일대는 삽시간에 지축이 흔들리는 듯 폭풍의 불바다로 변했다. 피폭지점 일대는 폭음과 폭풍, 그리고 검은 연기와 파편으로 하늘조차 뿌옇게 가려졌다. 그런데 폭탄이 떨어진 곳은 인민군 진지만은 아니었다. 하늘에서 무차별 투하한 폭탄이라 인민군 진지 이외 장소에 더 많이 떨어졌다. 그러다 보니 인민군 못지않게 민간인들과 피난민의 피해도 매우 컸다.

그 무렵 낙동강 일대는 인민군들이 기습적으로 진주하여 미처 피난하지 못한 주민이 많았다. 게다가 낙동강 철교와 인도교의 폭파로 북쪽에서 남하한 피난민들은 더 이상 남하치 못한 채 그 일대에 머물고 있었다. 피폭지점 한복판인 선산군 구미면 임은동, 상모동, 형곡동, 광평동, 사곡동, 송정동 그리고 칠곡군 북삼면 오태동 마을 주민이나 피난민들은 이날 융단폭격으로 떼죽음을 당한 집이 숱하게 많았다.

이날 공습이 끝난 뒤 준기와 순희가 대숲에서 고개를 들자 야전병원 일대는 마치 산불이 난 듯 온통 잿더미로 변해 있었다. 20여 명의 병원 인력 가운데 10명이 즉사하고, 나머지 10여 명만 겨우 목숨을 부지했다. 그 가운데 다섯 명은 팔다리가 잘려나가는 등 부상을 입었다. 병상에 있었던 200여 명의 부상병들도 대부분 그 자리에서 폭사하거나 불에 타 죽었다. 이 폭격으로 문명철 병원장과 행정반 손만호 전사는 그 자리에서 폭사했고, 장남철 상사는 왼쪽 귓바퀴가 절반 떨어져 나가는 중상을 입었다. 김준기와 최순희 전사는 천만다행으로 약간의 찰과상과 화상만 입었다. 그들은 피폭 순간 야전병원 본부 뒤 대나무 숲으로 급히 피하여 눈을 감고, 두 손으로 귀를 막았기 때문이다.

유엔군은 융단폭격이 끝나자 전날의 패배를 만회하기 위하여 대반격 작전을 펼쳤다. 그날 국군 1사단 13연대는 수암산 건너편 328고지를 다시 빼앗았고, 1사단 12연대는 다부동까지 침투한 적을 밀어낸 뒤 유학산 8부 능선까지 탈환했다. 또 1사단 11연대도 가산 고지를 되찾았다.

그날 융단폭격에 살아남은 임은동 야전병원 요원들은 폭격 뒤 수습으로 꼬박 밤을 새웠다. 살아남은 환자들 가운데 일부 중상자는 후송시켰지만, 남은 부상자들은 응급처치만 했다. 융단폭격에 전사한 시신들은 너무 많아 남아 있는 의료요원으로는 사체 매장은 엄두를 낼 수 없어 군데군데 모아 우선 거적으로 덮어두었다. 융단폭격 이후 임은동 야전병원은 의료진과 의약품 및 장비 부족에다가 화재로 더 이상 그곳에 남아 있을 수가 없었다.

마침내 인민군 야전지휘부는 임은동 야전병원을 폐쇄했다. 그리고 살아남은 의료요원들은 낙동강 건너 유학산 기슭 성곡리 마을로 이동하라는 명령을 내렸다. 의료요원들은 그 명령에 따라 깊은 밤 임은동을 떠나 다부동 들머리 성곡리 계곡에 터를 잡은 뒤 간이 야전병동을 설치했다.

낙동강 방어와 유학산 정상 839고지를 둘러싼 '다부동전투'

는 한국전쟁 중 최대 격전지로 1950년 8월 초순에 시작하여 그해 9월 24일에 끝났다. 50여 일 동안의 다부동전투에서 유엔군 1만여 명, 인민군 1만7천여 명의 사상자가 발생했다. 이 기간 중 유학산 839 고지는 아홉 차례나 주인이 바뀌었다. 그러자 유학산 능선과 골짜기는 온통 시체로 산을 이루고, 전사자의 피로 시내를 이룬 '시산시해(屍山屍海)'의 혈투가 거의 날마다 이어졌다. 8월 16일 인민군은 유학산 고지 일대를 유엔군에게 빼앗겼다. 그러자 8월 18일부터 인민군은 그 고지를 빼앗은 뒤 대구를 점령하고자 거칠게 공격했다. 그들은 모든 화력을 집중시켜 유엔군 진지를 포격한 뒤 유학산 고지를 향해 미친 듯이 돌격했다.

양측 병사들은 소총의 실탄이 떨어져 수류탄을 던졌다. 그들은 수류탄을 너무 많이 던져 어깨가 퉁퉁 부었다. 양측 모두 초기에 투입된 병사들은 그동안 전투로 전사하거나 부상을 당한 만큼 신병으로 교체되었다. 신병 가운데는 정규 신병교육대 훈련도 받지 못하고 일주일 정도 현지에서 약식으로 사격훈련만 받고 전선에 투입된 의용군이나 학도병들이 많았다.

양측 병사들은 고지전투에서는 탄알이나 수류탄이 떨어지면 육박전을 벌였다. 피차 칼을 들고 상대를 찌르는 원시 전투였다. 그러다 보니 전선에서 이탈하거나 돌격조에 가담하지 않는 전사들이 나왔다. 그러자 인민군 지휘부에서는 이를 막고자 독전대를 만들어 전선에 배치 감독케 했다. 독전대는 전선에서 낙오한 자나 전투에 태만한 전사에게는 즉결처분권도

줬다. 그러자 인민군 전사들에게 독전대는 저승사자로 공포의 대상이었다.

8월 21일 전투는 개전 이후 최대 격전이었다. 이날 인민군은 '워커 라인' 돌파를 위한 벼랑 끝 작전으로 전선의 탱크나 야포로 전방을 한 시간 남짓 포격한 뒤 돌격을 감행했다. 이에 국군도 뒤질세라 기습에는 기습, 돌격에는 돌격으로 맞받아쳤다. 인민군은 제1열, 제2열, 제3열, 제4열, 제5열까지 각 전열 전후좌우에 독전대를 배치하여 돌격을 감행하자 유엔군 측은 계속 덤비는 적으로 지쳐 버릴 정도였다.

이런 전투가 여러 날 계속되자 전선 곳곳에는 피아 병사들의 시체가 산더미로 뒤덮였다. 그날 전투가 끝나면 까마귀 떼가 날아와 사람의 시체를 마구 뜯어먹어도 누구 한 사람 쫓는 이도 없었다. 심지어 국군 진지에서는 인민군의 시신에 흙을 덮어 연락호를 쌓기도 했다. 날이 갈수록 많은 병사들의 시체가 뽕잎 채반의 누에처럼 널브러진 채 유학산 일대를 뒤덮었다. 그해 여름은 그렇게 악몽처럼 깊어 갔다.

성곡리 인민군 간이 야전병동은 유학산 계곡 깊숙한 곳에 위치해 있었다. 야전병동이라기보다 나무 사이에 천막을 친 뒤 가마니를 깔아 만든 부상병들의 임시 피난처였다. 이곳에는 전문 의료진도, 약품도 모두 부족해 간호병이나 위생병들이 부상병의 상처를 소독한 뒤 붕대를 감아 주는 게 고작이었다.

8월 25일, 야간 육박전에서 부상당한 윤성오 상등병이 야전병동으로 들것에 실려 왔다. 그는 대검에 가슴이 찔리고 다리마저 수류탄 파편으로 중상을 입었다. 그는 최순희 간호사와 김준기 위생병 도움으로 파편 제거와 가슴 봉합치료를 받은 뒤 그날 해거름 때에야 깨어났다. 며칠이 지나자 다소 회복이 된 그는 상처에 빨간 약(머큐로크롬)을 바르고 붕대를 감아 주는 준기에게 물었다.

"동무, 어느 학교 댕겼나?"

"영변 룡문중학교야요."

"나는 룡강인민학교에서 아이들을 가르쳤지."

"아, 예. 교원이셨구만요."

그는 준기에게 간밤 전투 얘기를 했다. 윤 상등병과 한 국군 병사는 육박전을 벌였다. 국군병사가 "이 인민군 괴뢰군새끼야!"라고 외치면서 대검으로 윤 상등병의 가슴을 찔렀다. 그러자 윤 상등병도 맞받아 "이 국방군 괴뢰새끼야!"라고 고함치면서 총검으로 국군 병사의 배를 찔렀다. 그런 뒤 정신을 잃었다. 준기는 윤 상등병의 얘기를 다 들은 뒤 물었다.

"호상 간 괴뢰라구 불렀구만요."

"기런 셈이지."

"…"

"조금 전 깨어나니까 가슴에 칼로 찔린 상처보다 국방군이 나한테 '괴뢰'라고 한 말이 더 아프게 들려와서. 곰곰 생각해 보니까 피장파장이더만."

"우리는 소련이 준 따발총을 들었구, 국방군들은 미국이 준

엠원(M1)총을 들었으니 기런 셈이지요."

"맞어. 우리 어릴 때 왜놈 총을 들고 설치던 만주군 아새끼들을 '만주군 괴뢰'라구 불러서. 긴데 이 전선에서는 양측 전사들은 호상 간 '괴뢰'라구 부르니 참 기가 막힐 노릇이야. 이 전선에서 서로 총질하는 우리 전사들은 한 탯줄에서 태어난 형제일 수도, 같은 마을이나, 같은 학교 동무일 수도 있지."

"기럴 테지요."

"지금은 미소 갸네가 공짜로 무기를 줘서 북남 인민들이 전쟁 놀음을 하구 있지. 긴데 세상에 공짜는 없어야. 언젠가는 우리 인민군이나 국방군들이 갸네 무기를 아주 비싸게 사다가 호상 간 치고받을 거야."

"…."

김준기는 말없이 고개를 끄덕였다. 윤 상등병은 이번 전쟁이 쉽게 끝나지 않을 것 같다고 했다. 그 까닭은 피차 배후에는 미소가 떡 버티고 있기 때문으로 '고래 싸움에 새우 등 터진다'는 말 그대로 조선인민들은 바로 그 새우 꼴이라고 인상을 찌푸렸다. 그러면서 북남 인민들은 그런 사실조차도 잘 모른 채 서로 치고받으며 바보처럼 죽어간다고 입에 거품을 물었다.

"쉬, 윤 동무. 말조심하시라요. 누가 듣갓습니다."

"와, 내레 틀린 말했나?"

"우리 오마니는 늘 혀 밑에 죽을 말 있다고 해시오."

"기래서 내레 동무에게만 몰래 하는 말이야."

"예로부터 낮말은 새가 듣고, 밤말은 쥐가 듣는댓시오."

"알가서. 김 동무 말이 백 번 옳아. 앞으루 내레 말조심하지."

낙동강전선에서 인민군들은 아침이 오는 게 두려웠다. 날만 새면 유엔군 진지에서 포탄이 날아오거나 하늘에서 미군 폭격기들이 폭탄을 마구 쏟았기 때문이다. 야포의 포탄이나 폭격기의 폭탄 피폭지점은 종잡을 수가 없었다. 상대 적진에 떨어지는 것 못지않게 그 외곽에 떨어진 경우도 흔했다. 그러다 보니 민간인 피해도 엄청 많았다. 전투가 벌어진 도시는 성한 건물이 거의 없었다. 유엔군들은 공격에 앞서 적진지에 일단 폭탄을 떨어뜨려 도시나 마을을 초토화시켰다. 그러자 인민군 전사들은 미군 전투기의 폭격소리와 포탄 폭발소리에 가위가 눌려 전의를 잃은 전사들이 점차 늘어갔다. 그럴수록 독전대들이 더욱 설쳤다. 그 무렵 유엔군에게 포로로 잡힌 인민군들은 신문에서 이구동성으로 미군 쌕쌕이가, 다음으로 독전대가 가장 무서웠다고 말했다. 이들은 이 밖에도 항상 배가 고팠기에 투항했다고 하소연했다.

낙동강 다부동전투가 장기전으로 이어지자 그 일대는 피아 병사들의 사체가 가을 낙엽처럼 흩어져 있었다. 그 사체들은 8월의 뜨거운 태양 아래 푹푹 썩어 갔다. 다부동전선 일대 산야에는 사람의 사체만 널브러진 게 아니었다. 소나 말도 군수품을 산으로 나른 뒤 포탄이나 폭격에 맞아 그 자리에서 죽었다. 사람이나 소와 말의 사체에는 파리들이 새까맣게 달라붙어 피를 빨거나 구더기가 허옇게 들끓었다. 그 사체 썩는 고약한 냄새가 유학산 일대에 진동했다. 병사들은 전투 중 식수를 현장에서 자급하기 마련이다. 그런데 계곡물에는 사체 썩은 물이 시뻘겋게 흘러내려 하는 수 없이 그 옆에다 땅을 판 뒤 괸 물을 마셔야 했다. 병사들은 그런 물을 마시다 보니 복통을 앓거나 심한 설사병을 앓았다.

양측 모두 전쟁터에 날마다 죽어가는 병사만큼 신병들이 떼지어 몰려 왔다. 초기에는 자원입대한 경우가 많았지만 날이 갈수록 거의 강제징집이었다. 한국전쟁 기간 동안 젊은이들은 길거리에서 누구에게 붙잡혔는가에 따라 인민군도 되고, 국군도 되었다. 이들 애송이 인민의용군이나 국군학도병에게 무슨 대단한 이데올로기가 있었으랴. 그들은 미제 M1소총 또는 소련제 따발총을 잡고, 북쪽으로 또는 남쪽으로 총구를 겨냥하고 방아쇠를 당겼다. 그러다가 형편에 따라 다시 총도, 총구도 바꾸는 어처구니없는 일도 벌어지곤 했다.

미군 폭격기의 공습이 무서운 것은 인민군만 아니었다. 국군도, 피난민도 마찬가지였다. 한국 지형에 낯선 미군 조종사들은 심심치 않게 아군 전투지역에도, 피난민 대열이나 움막에도 폭탄을 떨어뜨렸다. 일부 유엔군 가운데는 인민군과 피난민을 구별치 못하고 오인사격하는 경우도 많았다. 졸지에 부하를 잃은 지휘관들이나 가족을 잃은 피난민들은 그저 애꿎은 하늘을 바라보며 시절을 한탄했다.

인민군전선사령부는 다부동전선에서 시도 때도 없이 쏟아

지는 유엔군 측의 폭탄과 포탄으로 간이 야전병동조차도 제대로 운영할 수 없었다. 거기다가 전선도 뒤죽박죽이었다. 다부동전투가 길어지고 병력 손실이 많아지자 인민군은 병사들의 병과와 주특기 분류조차 의미가 없어졌다. 전선에서 총탄, 수류탄, 폭탄과 포탄은 앞에서만 날아오는 게 아니라, 뒤에서도, 옆에서도, 머리 위에서도 날아왔다. 모든 인민군들은 마침내 벼랑 끝 작전으로 주특기 구분 없이 모두 총과 칼, 그리고 수류탄을 들었다. 김준기 위생병도 야간 돌격조에 차출되어 총칼을 들고 나섰다.

1950년 8월 27일은 음력 7월 14일로 초저녁부터 달빛이 밝았다. 하지만 이날 자정을 넘기자 유학산 일대는 갑자기 짙은 안개로 아무것도 보이지 않았다. 인민군 전선사령부는 그 며칠 전에 혈투로 점령한 유학산 839고지를 이틀 전에 다시 빼앗긴 뒤 호시탐탐 재탈환의 반격을 노리던 중이었다. 그러던 가운데 갑자기 안개가 짙어지자 이를 호기로 판단했다. 특히 야간 전투에 능수능란한 그들은 28일 새벽 2시 30분, 고지탈환을 위한 돌격명령을 유학산 일대 전 병력에게 내렸다.

그날 새벽 전투는 매우 치열했다. 그러자 전선의 인민군은 곧 기본 휴대 실탄도, 수류탄도, 모두 다 떨어졌다. 유학산 839고지를 방어하던 국군도 마찬가지였다. 그러자 유학산 정상 일대 양측 병사들은 피아를 구분할 수 없을 정도로 서로 뒤엉켜 백병전을 벌였다.

이럴 때는 암구호를 묻고 대검으로 상대를 찌르면 늦었다.

양측 병사들은 뒤엉킨 채 서로 머리를 만져 보고 머리털이 손에 잡히면 국군으로, 민둥 머리이면 인민군으로 식별했다. 그런 뒤 병사들은 적군이면 즉각 대검으로 상대 복부나 가슴을 찔렀다. 곧 '너 죽고 나 살기' 식의 처절한 원시전이 펼쳐졌다. 김준기는 한 국군 병사와 뒤엉켰다. 김준기가 먼저 국군 병사의 가슴을 대검으로 찔렀다. 그러자 또 다른 국군 병사가 대검으로 김준기의 배를 찌른 뒤 벼랑으로 밀었다. 김준기는 '으악!' 비명을 지르며 곧장 절벽에서 떨어졌다.

"김 동무, 김준기 동무…."

준기는 희미한 의식 속에 누군가 자기를 부르는 소리가 들렸다. 최순희 위생병 목소리였다. 준기는 그 목소리에 눈을 번쩍 떴다. 천연으로 은폐 엄폐된 어둑한 동굴 속이었다. 가마니를 깐 동굴 바닥에는 붕대를 감은 10여 명의 부상병들이 누워 있었다.

"어드러케 요기를…."

준기가 돌격조로 차출된 아침이었다. 인민군 3사단 수색조가 절벽 아래 칡덩굴 위에 쓰러져 있는 김준기를 이 동굴로 업고 왔다. 높다란 절벽에서 떨어지고도 살아있는 게 기적이었다. 아마도 칡덩굴이 김준기를 살린 듯했다. 최순희가 안도의 숨을 내쉬며 말했다.

"간밤에 누군가 정화수 떠놓고 김 동무를 위해 빈 탓으로 살아났을 겁니다."

"오마니가 기랬나 봅니다. 최 동무, 제발 날 살려 주시라요. 내레 꼭 살아 오마니에게 돌아가야 합니다."

순희는 아무 말 없이 준기의 상처와 밖으로 쏟아져 나온 창자를 깨끗이 소독한 뒤 배 속으로 정성껏 도로 집어넣었다. 그런 뒤 수술용 바늘과 실로 준기의 복부를 꿰맸다. 마취 없이 복부를 꿰매는 수술이라 바늘이 준기의 살갗에 들어갈 때마다 비명을 질렀다. 순희는 이미 수술 전 수건으로 준기의 입을 틀어막았고, 팔과 다리를 묶었다. 하지만 준기는 워낙 고통이 심한 탓으로 몸부림쳤다. 그러자 옆자리에 누워 있던 윤성오 상등병은 일어나 준기의 상체를 잡았다.

"김 동무, 참아라. 기래야 산다."

순희는 구슬땀을 흘리며 준기의 찢어진 뱃가죽을 한땀 한땀 꿰맸다. 준기의 비명이 커지며 몸을 뒤척이려 하자 옆의 또 다른 부상자가 달려들어 하체를 껴안았다. 곧 준기는 생살을 꿰매는 아픔에 고함을 지르다가 지쳐 그만 의식을 잃었다.

낙동강전선의 인민군은 무엇보다 병참선이 끊어진 게 전세가 기울어진 결정타였다. 전투에서 병참선은 생명선이나 다름이 없었다. 굶주린 병사는 전투력이 떨어지기 마련이다. 게다가 인민군 전사들은 미군 쌕쌕이 소리에, 대포 소리에 주눅이 들고 사기마저 떨어졌다. 날마다 미 정찰기에서 뿌려 대는 투항권유 삐라도 그들 사기 저하에 한몫을 했다. 미군 비행기에서 뿌린 각종 삐라들은 산과 들, 그리고 마을을 하얗게 뒤덮었다.

"안전보장증명서 북한군 장병에게. 살려면 지금 넘어오시오."

"이미 연합군포로수용소에 있는 그대의 전우들은 잘먹고 행복한 생활을 하고 있다. 또 그들은 재빠른 치료를 받고 있다."

"일만 명 그대들의 전우가 이미 연합군포로수용소에 수용되어 좋은 음식과 치료를 받고 있다. 맥아더 장군은 전쟁이 끝나면 그들을 곧 집으로 돌려보내겠다고 성명하였다."

이런 삐라와 이미 투항한 인민군 병사들의 권고문은 전선에서 굶주리며 사투를 벌이는 인민군 전사들의 마음을 뒤흔들었다. 차츰 전선에서는 도망자나 투항자가 생겨났다. 그러자 인민군 독전대는 더욱 눈에 핏발을 세우고 전사들을 닦달했다. 그들은 인민군 전사의 주머니에서 유엔군 측의 투항권유 삐라만 나와도 즉결처분을 내릴 정도로 예민해 갔다. 독전대가 독사처럼 무섭게 전사들의 도망이나 투항을 막았지만, 이미 떨어진 인민군의 사기는 계속 추락했다.

5
탈출

준기는 응급치료와 봉합수술을 받은 지 일주일이 지나자 상처
가 아물었다. 다행히 복부의 상처는 그리 깊지 않았다. 최순희
간호전사가 소독을 잘하고 상처를 정성껏 꿰맸기에 별다른 후
유증도 없었다. 준기가 봉합수술을 한 지 아흐레 지난 날, 순
희는 봉합 실밥을 모두 뽑았다. 다시 사흘이 지난 초저녁에 순
희는 준기가 있는 간이 야전병동으로 찾아왔다.

"김 동무, 이제 걸을 만하오?"

"기럼요, 이젠 살가시오."

"그럼, 우리 오늘 밤 사과 서리 갑시다."

"머이? 갑자기 웬 사과 서리야요?"

순희는 손가락을 입술에 대고 사과가 먹고 싶다고 나직이
말했다. 준기는 갑작스러운 순희의 제의지만 선뜻 응했다. 그
제는 그믐께로 어둠이 짙었다.

"나두 사과 맛 좀 보여주라요."

옆자리에 누워 있던 윤성오 상등병이 눈을 감은 채 말했다.

"그럼요, 우리만 먹고 오지는 않겠어요."

순희가 찔끔 놀라며 대꾸했다.

"기럼, 잘 다녀오우."

"날래 갔다 오가시오."

준기가 윤 상등병에게 말했다. 순희와 준기는 성곡리 윗말
간이 야전병동을 나섰다. 거기에서 낙동강까지는 4킬로미터
정도였다. 구미, 약목, 왜관 일대 낙동강 갯밭에는 사과밭이
많았다. 그들은 어둑한 산길을 도둑괭이마냥 살금살금 내려갔
다. 성곡리 들머리에 독전대 초소가 있었다.

"정지! 손들어!"

순희와 준기가 손을 번쩍 들었다.

"누구야?"

"최순희 간호전사예요."

최순희는 아주 태연하게 대답했다.

"어, 웬일이오? 이 밤중에….."

평북 정주 오산학교 출신의 독전대장 남진수 상위였다.

"사과 서리 가요."

"뭬라구?"

"김준기 동무랑 사과 서리 가요."

"이 동무들! 도대체 정신이 있간?"

"남 대장 동무, 잠깐 눈 한번 질끈 감아 주세요."

남 대장은 잠시 머뭇거리더니 선심을 쓰듯 말했다.

"날래 다녀오라. 내레 최 동무니까 특별히 봐주는 기야."

"고맙습니다."

73

그들은 손을 내리고 독전대 초소를 통과했다. 준기는 초소를 한참 지난 후 순희에게 물었다.

"이거 어드러케 된 일이야요?"

"지난 전투에서 남 동무 허벅지에 박힌 수류탄 파편을 내가 꺼내줬지요."

순희가 소곤거렸다. 그때부터는 비탈길을 준기가 앞서고 순희가 뒤따랐다. 낙동강 어귀 성곡동 아랫마을에 이르자 순희가 말했다.

"우리 낙동강으로 가요."

"머이, 낙동강? 이 시간에 멱 감자는 말이오?"

"아니예요. 들길이 나오면 말할 게요."

준기는 이 밤중에 낙동강으로 가자는 순희의 말에 예사롭지 않음을 느꼈다. 마침내 그들은 성곡리 아랫마을과는 멀찍이 떨어진, 낙동강이 보이는 호젓한 들길에 이르렀다.

"김 동무, 우리 예서 잠깐 쉬었다가 갑시다."

뒤따르던 순희가 앞선 준기의 손을 잡았다. 두 사람은 컴컴한 들길 옆 풀밭에 나란히 앉았다.

"우리 유학산에서 이대로 죽을 거예요?"

"…"

곧 순희는 준기의 가슴에 얼굴을 묻었다. 준기는 순희의 난데없는 행동에 당황과 함께 황홀했다.

"김 동무, 우리 이 전선을 벗어나 각자 집으로 가요."

"머이! 도망가자는 말이오?"

순희는 고개를 크게 끄덕였다. 준기는 그 말에 까무러치도록 놀랐다. 그의 심장은 마구 두근거렸다. 순간 준기 머리는 복잡해졌다. 문득 고향 집을 떠날 때 아버지 어머니 말씀이 떠올랐다.

'부디 몸 성히 돌아오라.'

'오마니는 영웅훈장보다 그저 무사히 돌아오기만 빌가서.'

준기는 부모님의 말씀이 환청처럼 들렸다. 준기는 재빠르게 머릿속으로 헤아려 보았다. 어느 것이 부모님의 약속을 지킬 수 있는가를. 이대로 전선에 머물다가는 전사하기가 십상이었다. 하지만 전선 탈출은 상당한 위험이 따랐다.

"내레 최 동무의 말을 듣지 않은 걸로 하가시오."

"두려워서 그런 거죠?"

"그것두 있지만 내레 조국을 배신할 수가…. 최 동무, 혼자 가라요."

"여기 남아 있으면 김 동무는 까마귀밥이 될 거예요."

"…."

순희는 조용히 흐느꼈다. 준기는 그 흐느낌에 마음이 흔들렸다. 순희는 자기의 생명을 구해 준 사람이 아닌가. 그리고 그는 곁에 있기만 해도 황홀하고 행복했다. 준기가 오랜 침묵 끝에 말했다.

"붙잡히면 총살 감이야요."

순희는 울먹이며 말했다.

"알고 있어요. 하지만 더 이상 이 전선에서 견딜 수가 없어요. … 쌕쌕이 소리도 이젠 지겨워요. 의약품도 없는 부상병 치료도 진저리가 나고요. … 살고 싶어요. 여기로 온 전사 가운데 이미 반 이상은 죽었어요. 그동안 용케 살아났지만, 이제 곧 우리 차례예요. 우리 이 길로 도망가요."

"…"

순희는 울음을 그치고 나직이 준기를 간곡하게 설득했다.

"그동안 우리 참호 속에서 무참히 죽어간 전사들을 보았지요. 그건 인권유린이에요. 작전상 불리하면 후퇴할 수도 있는 거지요. 조국해방은 어디까지나 평화적이고, 정치적인 대화로 해결하는 게 옳아요."

순희의 말을 잠자코 듣던 준기가 말했다.

"나두 육박전 때 또래 국방군 어린 전사를 보구 많이 괴로웠지요."

"내가 오늘 아침에 준기 동무 완치 보고를 하자 오철수 사단작전참모는 곧장 내일…. 동무가 유학산 고지 방어참호조로 투입되면 십중팔구 살아날 수가 없을 거예요."

"머이?"

"솔직히 나도 살고 싶지만, 어쩐지 준기 동무도 살리고 싶어요."

"…"

그제야 순희는 지난번 융단폭격 이후 전선에서 살아남기 위해 탈출을 결심했다고 속내를 털어놓았다. 하지만 준기는 아무런 대꾸가 없었다. 순희는 초조한 나머지 다시 애걸했다.

"우리 집으로 가요."

"하지만 요기서 우리들 집은 너무 멉니다."

"아무리 멀더라도 북쪽으로 가다보면 언젠가는 닿을 테지요."

"……."

순희는 더 이상 말없이 조용히 흐느끼며 준기의 입술을 더듬었다. 곧 두 사람의 입술이 포개졌다. 준기는 순희를 감싸안았다. 그 긴 키스가 끝나자 순희는 준기의 가슴팍에 얼굴을 묻었다. 그 순간 준기는 어떤 용기가 치솟았다. 그러면서 순희의 말을 따르기로 결심했다. 준기는 흐트러진 마음을 다잡았다. 한참 후 두 사람은 자세를 가다듬었다. 준기가 먼저 침묵을 깼다.

"까짓것, 기럽시다."

"고마워요."

순희가 준기를 꼭 안았다.

"우리 요기를 떠납시다. 어디 사람이 두 번 죽나요."

그 순간 준기는 두려움이 사라졌다. 순희는 이미 오래전부터 탈출을 작정한 듯, 지형을 자세히 익혀 두고 있었다. 순희는 우선 낙동강을 건넌 뒤 철길 따라 북으로 가자고 했다. 그러다 보면 서울도 나오고, 평양도, 영변도 나올 거라고 했다. 그들은 낙동강 마진나루 수중교 일대는 틀림없이 또 다른 독전대가 지키고 있을 거라고, 그들 눈에 익은 하류 임은동 쪽으로 내려갔다.

"강이 깊으면 어쩌지요. 난 수영이 서툴러요."

"내레 걸음마 적 때부터 청천강에서 헤엄을 쳤으니까 염려 마시라요."

앞장선 준기의 발걸음이 다부졌다. 그들 머리 위 은하수는 황홀찬란했다. 풀벌레 소리, 개구리 울음이 요란했다. 그들이 임은동 건너편 새터 마을에 이르렀을 때까지 하현달은 솟아오르지 않았다. 무척 다행이었다. 달빛이 비치면 아무래도 독전대에게 발각될 위험이 높다. 준기는 강가 버드나무에서 가지를 하나 꺾었다. 그런 뒤 순희에게 강을 건너는 동안 그 나뭇가지를 절대 놓치지 말라고 당부했다.

그들은 낙동강에 이르렀다. 그들은 모래톱을 살금살금 지나 옷을 입은 채 강물 속으로 들어갔다. 순희는 구급낭을 허리에 꽉 조였다. 준기가 앞서고 순희는 버드나무 가지를 움켜잡은 채 조심조심 뒤따랐다. 9월 초순이었지만 밤 강물은 뼛속에 스미도록 찼다. 준기는 이를 악물었다. 뭔가 준기의 발에 걸렸다. 곧 강물 위로 떠오르는 게 사람의 시체였다. 아마도 강 상류에서 떠내려 오는 전시자의 시체 같았다. 순희는 '으윽!' 하는 비명을 질렀다. 준기는 무심코 터져 나온 비명조차도 혀를 깨물고 참았다. 순간 순희는 공포감에 준기의 등을 껴안았다. 그들은 강물에 떠내려가는 사체를 바라보며 잠시 눈을 감았다.

준기는 수심이 얕은 곳에서는 순희의 손을 잡은 채 강을 건넜다. 마침내 강 한복판에 이르자 수위가 가슴팍을 넘었다. 준기는 더 이상 순희의 손을 잡고 건널 수가 없었다. 준기는 버드나무 가지를 허리춤에 묶었다. 순희는 그 버드나무 가지를 꽉 움켜잡았다. 앞장선 준기는 한 길이 넘는 강심에 이르자 거기부터 모재비 헤엄을 쳤다. 뒤따르는 순희는 그만 꼬르륵 물을 마시다가 나뭇가지를 놓쳤다. 그 순간 순희는 허우적거리며 강물에 휩쓸려 둥둥 떠내려갔다. 준기는 떠내려가는 순희 쪽으로 급히 헤엄을 친 뒤 재빠르게 왼손으로 낚았다. 그러고는 오른손과 두 발로 안간힘을 다하며 헤엄쳤다. 그런데 순희는 두려운 나머지 준기의 몸을 와락 끌어 잡은 뒤 거머리처럼 달라붙었다. 그 바람에 두 사람은 함께 물에 잠겼다.

준기는 그 순간 발길로 순희를 찼다. 그러자 순희는 다시 허우적거리며 떠내려갔다. 준기는 온갖 힘을 다해 순희에게 다가가 떠내려가는 순희의 머리끄덩이를 왼손으로 잡았다. 그런 뒤 모재비 헤엄으로 강물에 따라 떠내려가며 건너편 모래톱으로 조금씩 나아갔다. 하지만 준기도 몇 차례 물을 마신 데다 기력이 달려 모든 걸 포기하고 순희를 껴안은 채 발을 강바닥에 내딛자 땅에 닿았다.

그 순간 준기는 살았다는 안도감으로 크게 숨 쉬었다. 준기는 강을 건넌 뒤 물을 잔뜩 마신 순희를 등에 업었다. 순희는 마신 물을 토하며 연신 콜록거렸다. 준기가 모래톱에서 언저리를 살피자 눈에 익은 임은동 마을이 보였다. 준기는 순희를 업고 가까운 뱃사공 집으로 갔다. 임은동 뱃사공은 잠귀가 밝은지 인기척에 방문을 열었다. 다행히 사공은 홀로 집을 지키고 있었다.

"어이 들어온나."

사공은 직감적으로 그들이 도망병임을 짐작한 듯했다. 그러면서도 그는 아무 말이 없었다. 오랜 세월 동안 사공으로 살아온 슬기였다. 준기가 순희를 업은 채 안방을 들어서자 사공은 곧장 돗자리로 방문을 가린 뒤 성냥을 찾아 등잔불을 켰다. 그리고는 방바닥에 요를 폈다. 준기는 그 요 위에다 순희를 엎드려 눕힌 뒤 등을 두드리며 마신 물을 마저 토하게 했다. 그런 다음 바로 눕히고는 가슴을 누르면서 입으로 인공호흡을 했다. 그러자 순희의 호흡도 차차 정상으로 돌아왔다.

그새 사공은 부엌으로 가서 물을 끓여 사발에 담아 꿀을 담은 종지와 함께 안방으로 가지고 왔다. 준기는 더운 물에 꿀을 타 숟가락으로 순희의 입에 조금씩 넣었다. 순희는 뜨거운 꿀물을 마신 탓인지 조금씩 기력을 회복했다. 순희는 그 꿀물을 반 이상 받아 마시더니 언저리를 살피면서 곧 일어났다. 그러자 준기는 반갑게 말했다.

"우린 이제 강을 건넸시오."

"네에! 고마워요."

순희는 준기의 손을 잡으며 말했다. 순희는 사방을 두리번거리더니 사공에게 고맙다는 목례를 보냈다.

"쪼매 더 쉬었다 가라."

사공은 건넌방으로 갔다. 두 사람은 서로 등진 채 젖은 옷을 벗어 데워진 방바닥에 말렸다. 그리고는 두 사람 모두 지친 듯 눈을 붙였다. 얼마쯤 지난 뒤 순희가 먼저 깼다. 순희는 방바닥에 널린 옷을 걷어 입고는 준기를 깨웠다.

"김 동무, 어서 우리 여기를 뜹시다."

그 말에 준기도 깜짝 놀라 후딱 일어났다. 준기는 방바닥의 옷을 집어 등을 돌려 입었다. 그들이 바깥으로 나오자 옆방의 사공은 낌새를 알아차리고 밖으로 나왔다. 순희는 구급낭에서 젖은 돈을 한 장 꺼내 사공의 손에 쥐어 주었다.

"아무 말 말고 받으세요."

사공은 고개를 끄덕이며 돈을 받은 뒤 손을 흔들었다. 그제야 하현달이 솟아올랐다. 두 사람은 그 달이 반갑기보다 오히려 무서웠다. 그들은 달빛 때문에 가능한 몸을 낮추고 나무 그늘을 찾으며 걸었다. 새벽녘이라 날씨가 몹시 찼다. 게다가 옷도 완전히 마르지 않아 온몸이 덜덜 떨렸다. 달빛도 파랬지만 두 사람 입술도 파랬다. 그들은 철도가 있는 상모동으로 가는 도중 산기슭 나무 그늘에서 누가 먼저인지 모르게 서로 껴안았다. 곧 온몸이 데워졌다.

그들은 거기서 곧장 철길이 있는 상모동 쪽으로 향했다. 그들은 상모동 어귀에서 경부선 철도를 찾은 뒤 철길 밑 길로 북극성을 바라보며 걸었다. 하현 달빛은 있었지만 초행길인 데다가 사방을 경계하면서 걷다 보니 걸음 속도가 몹시 느렸다. 그들은 사곡동 마을을 지나 형곡동에 이르자 그새 동녘 하늘에 새벽빛이 뿌옇게 밝아 왔다.

"우리 어디 가서 숨었다가 다시 날이 어두워지면 북으로 갑시다.”

“그래요. 우리 저기 보이는 저 산 밑으로 가요.”

그들은 거기서 북행을 중단하고 서쪽에 있는 금오산으로 향했다. 경부선 철길이 가로 놓여 있었다. 이른 새벽이라 사람이 보이지 않았다. 그들은 재빠르게 철길을 건넌 뒤 곧 계곡에 숨었다. 새벽공기가 싸늘하고 배도 고팠다. 가까운 곳에 희미하게 동네가 보였다.

구미 형곡동이었다. 두 사람이 마을에 이르자 마을 초가집들은 거의 불타버리거나 허물어졌다. 그런데 동네 어귀 첫 기와집은 행랑채만 조금 부서지고 본채는 멀쩡했다. 준기가 먼저 기와집에 이르러 언저리를 살폈다. 인기척이 없자 손짓으로 순희를 불렀다. 오래된 한옥대문 기둥에는 ‘金廷黙(김정묵)’이라는 낡은 문패가 걸려 있었다.

“계세요?”

“계십니까?”

순희가 대문 앞에서 번갈아 나지막이 주인을 불렀으나 인기척이 없었다. 주인은 모두 피난을 떠난 빈집 같았다. 그들은 우선 옷을 갈아입는 게 급했다. 옷이 젖었을뿐더러 인민군복을 벗어 어디에다 감추고 싶었다. 그들은 마당을 가로지른 뒤 본채 안방 문을 열었다. 방 안은 피난을 간 집치고는 잘 정돈이 되어 있었다.

“계세요?”

순희는 다시 나지막이 주인을 불렀다. 인기척이 없었다. 그들은 안방으로 들어가 장롱을 뒤졌다. 순희는 그들 몸에 맞는 옷을 골랐다. 대부분이 부인용 치마저고리들이었다. 그런데 맨 아래 칸 서랍에서 남자 바지와 남방셔츠가 나왔다. 준기는 그 옷을 집었다. 순희는 무명 한복을 한 벌 골랐다. 순희는 건넌방에서 옷을 갈아입고 돌아와 옷맵시를 가다듬으면서 준기에게 물었다.

"나 어때요."

"새색시처럼 예쁩니다."

그 말에 순희의 얼굴이 발그레 물들었다. 준기도 건넌방에서 옷을 갈아입고 돌아왔다. 좀 헐렁했다. 그들은 벗은 인민군 복을 뭉쳐 다락 깊숙이 던졌다. 부엌에는 다행히 밥솥도 그대로 걸려 있었고, 찬장에는 밥그릇과 숟가락이 여기저기 흩어져 있었다. 주인이 피난을 떠난 뒤 누군가 이 집을 거쳐 간 흔적이 보였다.

그들이 온 집안을 샅샅이 뒤지자 쌀뒤주 밑바닥에서 반 됫박 남짓 쌀이 나왔다. 순희가 그 쌀을 모두 씻어 솥에다 안치고, 준기는 밖에서 마른 나무를 주워 왔다. 다시 준기는 텃밭으로 갔다. 전쟁 중이지만 남새들은 싱싱하게 자라고 있었다. 준기는 고추와 파, 상추, 쑥갓 등을 솎아 왔다. 순희가 뒤꼍 장독대로 가서 보니 간장, 된장이 독마다 반 이상 담겨 있었다. 여러 정황으로 미루어 보아 이 집 주인은 그리 먼 곳으로 피난 간 것 같지 않아 보였다. 그들은 굴뚝에서 연기가 나는 게 두려웠지만 그렇다고 쌀과 찬거리를 두고서 쫄쫄 굶을 수는 없었다.

"예로부터 '먹은 죄는 없다'고 했다지요."

"우리 오마니도 기래시오. '먹는 게 하늘이오, 금강산도 식후경'이라고요."

"남과 북의 말은 같군요."

"5년 전만 해도 우린 한 나라여시요."

그들은 부엌에서 밥을 짓는 일이 여간 즐겁지 않았다. 순희가 반찬을 마련하는 동안 준기는 아궁이에서 불을 땠다.

"내가 아궁이 불을 마저 땔 테니 대문에서 망을 보세요."

"알갓습니다."

순희가 밥을 짓는 동안 준기는 대문에서 언저리를 살폈다. 마을에는 인기척이 없었다. 순희는 밥을 다 지은 뒤 망을 보고 있는 준기를 불러들였다. 그새 순희는 안방에다 밥상을 차려두었다.

"쌀이 있는 대로 밥을 다 지었어요."

"잘해시오. 밥 짓기가 수월치 않지요."

순희는 된장도 끓이고 텃밭에서 뜯어온 고추, 가지, 상추 등 남새로 여러 가지 반찬도 만들었다. 그들은 참으로 오랜만에 흰 쌀밥을 아귀처럼 먹었다.

"이제 우리 이 집을 떠나요. 우리 어머니는 늘 복은 화가 된다고 했어요."

"알갓습니다."

순희가 밥상을 치우는 동안 준기는 마을을 한 바퀴 돌았다.

쉰 채 남짓한 형곡동 마을 집들은 대부분 초가집으로 지난번 융단폭격에 거의 불 타 버리고 지붕 서까래마저 폭삭 주저앉았다. 하룻낮 몸을 피할 마땅한 집이 없었다. 준기가 돌아오자 순희는 보따리를 들고 있었다.

"남은 밥도 반찬도 모두 쌌어요."

"잘했시오. 긴데, 이 동네에서는 이 집밖에 쉬어 갈 집이 없구만요."

그들은 안채에서 몸을 피하기에는 위험할 것 같아 행랑채로 갔다. 행랑채는 좀 부서지기는 했지만 그래도 잠시 쉬어갈 만했다. 순희와 준기는 밥을 싼 보자기를 들고 행랑채로 갔다. 행랑채는 안방보다는 한결 썰렁했다. 준기는 행랑채의 떨어진 방문을 주워 달았다. 하지만 창호지가 빠끔빠끔 뚫려 있었다. 마을에는 강아지 한 마리도 보이지 않았지만, 그래도 불안하여 준기는 방바닥 돗자리를 걷어 방문을 막았다. 그러자 방 안은 마치 동굴처럼 어둑했다. 준기는 본채 다락을 뒤져 피난 때 미처 가져가지 못한 이부자리를 옮겨다가 방바닥에 깔았다. 그들은 간밤에 낙동강을 건넜고, 거기다가 새벽 내 십여 리 길을 헤매며 걸어왔기에 몹시 지쳤다. 그새 그들은 마른 옷으로 갈아입었고, 밥까지 배불리 먹은 터라 식곤증으로 잠이 폭포수처럼 쏟아졌다. 그들은 이부자리에 누워 금세 산송장처럼 잠이 들었다.

"윙윙 … 휙휙 … 펑펑…."

미군 폭격기들은 기러기 떼처럼 편대를 이루어 유학산 일대에다 폭탄을 떨어뜨렸다. 준기와 순희는 그 비행소리와 폭탄 폭발소리에 놀라 잠이 깼다. 여전히 방 안은 어두웠다. 바깥은 방문을 가린 돗자리 틈새로 들어온 햇살로 보아 아직도 한낮이었다.

"펑펑, … 꽝꽝."

폭격기들은 사람은 물론 푸나무조차도 아예 씨를 말리려는 듯, 하늘에서 폭탄을 마구 떨어뜨렸다. 순희는 그 폭음이 무서웠던지 준기의 품을 파고들었다. 준기는 순희를 꼭 껴안고 눈을 감았다. 한 10여 분 동안 귀청이 찢어지는 듯한 비행소리와 폭음이 요란하더니 슬그머니 멎었다. 순희가 준기 품을 벗어나며 말했다.

"김 동무, 고마웠어요."

"이제 우린 같은 처지야요."

준기는 순희를 와락 끌어안으며 말했다. 그 순간 풋나물과 같은 싱그러운 여인의 몸 냄새가 확 풍겼다. 이 세상에 이런 향기가 있다니…. 준기는 순희의 그 향기에 꼴딱 취했다. 순희가 귓속말로 말했다.

"참 이상하네요. 이렇게 동무 품에 안기니까 조금도 무섭지 않네요."

"나두 순희 동무가 곁에 있으니까 요기가 전쟁터 같지 않구만."

"이제부터 우리 서로 동무라는 말은 쓰지 맙시다."

"기럽시다. 순희 동무."

"동무라는 말은 쓰지 말랬는데…."

"습관 때문이지요. 긴데 뭐라구 부르면 좋겠소?"

"마음대로 불러요."

"누이가 어떻갓소? 내레 최 동무보다 나이가 두 살 적으니까."

"좋아요."

"긴데 품에 안은 처네를 마냥 누이라고 부르기는…."

"그래도 누인 누이야요."

"내레 사수를 품에 품다니. 하늘같이 우러렀지요."

"사랑에는 나이도 국경도 없대요."

"뭬라구?"

"그런 말도 있다고요."

"우리 룡문학교 생물선생님이 기러더구만요. 여자들은 남자보다 더 오래 사니까 일찍 홀어미가 안 되려믄 나이 어린 남정과 혼인하라구."

"그거 말이 되네요."

그들은 날이 어두울 때까지 거기서 잠자코 숨어 있기로 했다. 그들은 인민군에게도, 국방군에게도 눈에 띄는 순간 붙잡힐 신세였다. 그때 정체가 들통 나 포로로 잡히지 않는다면, 곧장 총살당할 게 뻔하다. 준기는 돗자리를 걷고 바깥으로 나갔다. 준기는 우물물로 몸을 깨끗이 닦은 뒤 큰 양푼에다가 물을 가득 담아 방 안으로 들여왔다. 준기가 방 안으로 들어오자 곧 순희도 바깥으로 나갔다. 꽤 시간이 흐른 뒤에야 돌아왔다.

"우물물이 아주 차고 맑더군요."

순희는 방문을 막은 돗자리를 조금 걷고 보자기에 싼 밥을 폈다. 그러자 갑자기 방 안이 환해졌다. 밥맛은 꿀맛이었다. 고추장이 엄청 매웠다. 장아찌가 무척 짰다. 경상도 음식은 소문대로 짜고 매웠다. 순희는 눈물을 글썽이며 양푼의 물로 입 안을 헹궜다. 준기도 땀을 송골송골 흘리면서 양푼의 물을 마셨다. 그들은 보자기 밥의 반은 남겨 뒀다가 밤길 떠나기 전에 먹기로 했다. 순희는 남은 밥과 반찬을 다시 보자기에 싼 뒤 윗목에 밀쳐 두었다. 그들은 쫓기는 몸이라 달리 할 일도 없었다. 그들은 바닥에 깐 이부자리에 나란히 누워 잠을 청했다. 나른한 여름날 오후 긴 침묵의 시간이 흘렀다. 행랑채 옆 가죽나무와 감나무에서 매미가 발악하듯 울었다.

"펑펑, … 꽝꽝…."

그때 유학산 쪽에서 다시 포성이 울렸다. 준기와 순희가 번갈아 돗자리 틈으로 바깥을 내다보았다. 낙동강 건너 유학산 산등성이에서 흰 폭발먼지가 몰씬몰씬 피어올랐다. 다부동 남쪽 유엔군 진지에서 쏜 곡사포 포탄이 유학산 일대에 떨어진 모양이었다. 준기는 바깥 섬돌에 벗어 둔 그들의 신발을 다시 방 안으로 들였다. 그런 뒤 밖에서 들어오는 빛조차도 모두 가렸다. 그러자 방 안이 동굴처럼 컴컴해졌다.

"꽝…."

야포의 포탄이 빗나가 형곡동 부근에 떨어진 탓인지 폭발음이 매우 컸다.

"으악!"

그 순간 순희는 비명을 지르며 준기의 품에 얼굴을 묻었다. 그들은 행랑채 컴컴한 방 안에서 서로 부둥켜안았다.

"펑펑, … 꽝꽝….."

곧 집이 흔들리는 듯 포탄의 폭발음이 계속 울렸다. 곧 두 사람은 방바닥에 엎드려 손가락으로 귀를 막았다. 10여 분간 지속되던 야포의 포탄 폭발소리가 점차 멎었다. 그 소리가 그치자 순희는 준기의 곁을 벗어나 바로 누웠다. 그런데 준기는 끙끙 앓고 있었다. 순희는 깜짝 놀라 일어나 머리맡 양푼의 물에 수건을 적셔 준기 이마를 닦아 주었다. 그래도 준기는 계속 끙끙 앓기만 했다.

"어디 아파, 동생?"

"… 머리도 아프고, … 가슴도 답답하고….."

"… 어쩌나 비상약도 없고."

준기의 앓는 소리는 점차 커져 갔다. 그러자 순희는 준기에게 다가가 살며시 입을 맞췄다. 그러자 준기의 앓는 소리가 점차 잦아지고 대신 준기의 가슴 맥박이 요동쳤다. 그제야 순희는 싱긋 웃으며 준기를 품었다. 그러자 준기는 눈을 감은 채 슬그머니 순희의 가슴을 더듬더니 어느새 그의 입술은 순희 젖 봉우리에 머물렀다. 준기는 어린 시절 어머니의 젖을 빨던 그때처럼 순희의 고운 젖꼭지를 살며시 빨았다. 잘 익은 산딸기 맛 같기도 하고, 달콤한 오디 맛이랄까 새콤한 앵두 맛 같기도 했다. 이 세상에서 처음 느끼는 짜릿한 황홀함도 있었다.

"이제 그만…."

순희는 그 말을 뱉으면서도 준기의 머리를 꼭 얼싸안았다. 순희의 얼굴도 준기처럼 발그레 상기되고 호흡이 점차 거칠어지더니 곧 가벼운 신음으로 변했다.

"음… 음…, 동생, 이제 그만…."

순희는 배꼽 아래로 내려가는 준기의 손목을 꽉 잡았다. 그러자 준기는 다시 끙끙 신음소리를 냈고 맥박은 요동쳤다.

"누이, 정말 미치가서."

"더 이상은 안 돼. 그만!"

순희는 매몰차게 준기를 밀쳤다. 그 순간 준기는 온몸에 경련이 일면서 다시 끙끙 앓았다. 순희가 준기의 이마를 다시 짚었다. 열이 펄펄 끓어올랐다.

"동생, 예서 미쳐서는 안 돼. 우린 집으로 꼭 가야 해."

순희는 그 순간 어머니가 한 말이 떠올랐다. '이 세상에 가장 중요한 게 목숨'이라고. 순희는 자기 목숨을 구해 준 준기에게 그 무엇을 줘도 아깝지도 않다는 생각이 들었다. 순희는 끙끙 앓는 준기를 포근히 감쌌다. 곧 캄캄한 어둠 속 방 안에서 어설픈 태초의 생명 소리가 이어졌다.

6
약속

매미들은 가는 여름이 아쉬운 듯 목청을 한껏 높였다. 그 소리
와 함께 멀리서 '쿵쿵' 대포소리가 다시 들려왔다. 순희가 그
소리에 깜짝 놀라 잠에서 깨어났다. 얼마를 지났을까. 준기는
그때까지 깊은 잠에 빠져 있었다. 곧이어 또다시 '펑, 펑' 하는
미군 폭격기가 떨어트린 폭탄 폭발소리가 연속으로 들렸다.
그 소리에 놀라 순희는 다시 준기 가슴에 얼굴을 묻었다.

'쾅!'

전투기의 마지막 폭격소리에 준기도 잠에서 깼다. 두 사람
은 사랑스런 눈빛으로 서로 바라봤다. 준기는 윗목 양푼의 물
을 엎드려 짐승처럼 마셨다. 순희도 남은 물을 마저 마셨다.

"물이 이렇게 맛있을 줄이야…. 유학산이 아주 박살이 난 건
아닐까요?"

"길쎄…. 우리 인민을 위한 전쟁은 아니야요."

해방 후 백성들 사이에 번졌던 '소련에 속지 말고, 미국 믿
지 말고, 조선사람 조심하라'는 말이 틀린 말은 아닌 것 같았
다. 이 모두가 힘없는 나라 백성들의 슬픔이었다. 세상은 변해

가는데도 조선의 왕족이나 사대부들은 백성들을 수탈하기에 여념이 없었고, 또 백성들은 옛날 방식대로 살다가 남의 나라 식민지가 된 것이다.

"찰스 다윈은 '살아남는 종은 가장 강한 종도, 가장 지능이 우수한 종도 아닌, 변화에 가장 빠른 종일뿐이다'라고 했지요."

"동생, 학교에서 공부 꽤나 했나 보죠."

"머이. 그저 해마다 우등상은 빠뜨리지 않았지요."

준기는 아주 흐뭇이 말했다.

"아무튼 동생이 자랑스럽군요. 나 혼자였다면 유학산을 벗어나지 못하였을 거예요."

"긴데 간밤에 어드러케 사과 서리 가자는 말을 했소?"

"그건 믿음이에요. 동생이 야전병원에 전입해 왔을 때 어쩐지 앞으로 인연이 있을 사람으로 느껴지더라고요."

"뭬라구?"

"그건 여자만이 느끼는…."

"내레 순희 누이를 처음 봤을 때 그저 숨이 꽉 막히는 듯했지요. 긴데 이리케 항께(함께) 부대를 도망할 줄은…."

두 사람은 더 이상 말이 없는 채 누워 천장만 바라보았다. 순희는 한동안 골똘히 생각한 끝에 말했다.

"우리가 집으로 가는 도중에 국방군이나 인민군에게 붙들려 어쩔 수 없이 헤어질 때를 대비해서 다시 만날 약속을 미리 정해 둬요."

"어드러케?"

"나는 이번 전쟁이 끝난 다음 해마다 8월 15일 낮 12시, 서울 덕수궁 대한문에서 동생을 기다리겠어요."

"그날은 조국해방기념일 정오라 외우기두 좋구만. 긴데, 서울 덕수궁 대한문은 가 본 적이 없는데…."

"덕수궁은 서울시청 앞에 있어요. 남대문과도 아주 가까워요."

"기래요. 기렇다면 서울 남대문 앞 김 서방 집두 찾는다는데, 대한문이야 식은 죽 먹기처럼 쉽게 찾갓구만."

"그럼요."

"기렇게 만나자면 조국통일이 된 다음이라야 이루어지겠소."

"왜, 싫으세요?"

"기게 아니라 내레 오마니한테 꼭 살아 돌아간다구 약속했기 때문이야요."

"그럼 우리 통일이 된 다음 그날 거기서 만나요."

"우리 생전에 통일이 되지 않으면?"

"아무렴, 그 전에야 되겠지요."

"하지만 호호 늙어 만나는 것은 싫습니다."

"그럼 어떡해요."

"아무튼 전쟁이 끝나고 8월 15일에 대한문 앞에서 만납시다. 기때두 38선이 가로맥혀 있으면 우리 고향 청천강 매생이(쪽배)를 타구서라두 내려와 그날 누이 앞에 꼭 나타나가시오."

준기는 결기에 찬 목소리로 말했다.

"고마워요. 그럼, 우리 이 자리에서 약속해요."

"알가시오."

그들은 오른손 새끼손가락을 걸고 흔들었다. 그런 뒤 순희
는 자리에서 일어나 속곳 주머니에서 자그마한 비단주머니를
꺼냈다. 거기서 금가락지 하나를 꺼냈다.

"동생, 이거 가져요."

"머야요?"

"내가 입대하는 날 우리 어머니가 주신 쌍금가락지 중 하나
예요."

"머이? 내레 그걸 왜?"

"동생이 날 구해 줬는데… 동생이 영변까지 가자면 나보다
더 필요할 거요."

"일없습니다. 누이가 곁에 있잖소."

"사람의 앞날은 어떻게 될지 몰라. … 동생이 나중에 사 주
면 되잖아요."

"알가시오. 누이가 필요할 때는 언제든지 말하라요."

"…."

순희는 구급대에서 실과 바늘을 꺼내 준기 바지의 주머니를
뒤집어 금가락지를 실로 꿰맸다.

"이렇게 꿰매야 산길을 가도 떨어뜨리지 않을 거예요."

"누인 매사 야무집니다."

그들은 방문을 가린 돗자리를 걷고 밖을 내다보았다. 해는

아직도 중천에 떠 있었다. 순희가 말했다.

"우리 한잠 더 자요."

두 사람이 마주 보며 나란히 누웠다. 준기가 순희의 팔을 벴다. 순희가 준기를 보듬으며 조용히 노래를 불렀다.

뜸북뜸북 뜸북새 논에서 울고
뻐꾹뻐꾹 뻐꾹새 숲에서 울 제
우리 오빠 말 타고 서울 가시며
비단구두 사 가지고 오신다더니
......

준기는 코를 골았다. 순희는 준기의 이마에 가볍게 입맞춤을 하고는 바로 눕힌 뒤 그 옆에 누워 눈을 감았다.

구미 형곡동 일대에 땅거미가 안개처럼 내리고 있었다. 그제야 준기와 순희는 거의 동시에 잠에서 깼다. 순희는 화들짝 놀라 부끄러움에 급히 옷을 챙겨 입은 뒤 출발에 앞서 윗목에 남겨 둔 밥을 챙겼다. 그들은 밥알 하나 남기지 않고 알뜰히 먹은 뒤 방 안을 말끔히 치웠다. 안방 다락에서 가져 온 이부자리도 본래 자리로 갖다 두고 방 안에 들여놓은 신발을 신고 끈을 바짝 조였다. 그러는 동안 일대 어둠은 더욱 자욱하게 짙어 갔다. 야반도주하기에는 아주 안성맞춤이었다.

그들은 형곡동 마을을 벗어나 경부선 철로로 갔다. 마침 철둑 아래에 좁은 길이 있었다. 그들은 하늘의 별자리로 북녘을 가늠한 뒤 그 길을 따라 준기가 앞서고 순희는 뒤따르며 살금

살금 도둑괭이처럼 걸었다. 그 길을 10여 분 걷자 철교가 나오고, 그 아래는 시내였다. 금오산 계곡 물이 흘러 내렸다. 그들은 징검다리로 시내를 건넜다. 곧 구미 시가지가 나왔다. 그무렵 구미 시가지는 전란으로 거지반 파괴되어 매우 을씨년스러웠다. 다행히 마을과 거리에는 인적이 없었다. 사실 밤길에 가장 무서운 것은 짐승보다 사람이었다. 그들은 구미 시가지를 20여 분 떠듬떠듬 지나자 둑이 나오고 다시 시내가 나왔다. 조금 전보다 큰 시내인데도 징검다리가 없었다. 준기와 순희는 시냇가에서 신발을 벗어 들고 둘이 손을 잡은 채 건넜다. 밤 시냇물이 차고 아주 시원했다. 시내를 다 건너는 지점에서 순희는 시냇물에 엎드려 얼굴을 씻었다. 준기도 따라 손을 씻었다. 시냇물이 아주 시원했다. 물맛도 좋았다.

은하수가 금오산 위 하늘 높이 걸쳐 숱한 별들이 반짝거렸다. 그들은 시냇가 모래톱에 앉아 발바닥 모래를 떨고 신발을 신었다. 다시 철길과 나란히 난 도로를 따라 북쪽으로 걷기 시작했다. 거기서부터는 길이 넓어 나란히 걸었다. 밤길은 앞보다 뒤가 무서웠다. 초저녁이라 하현달은 떠오르지 않았다. 그들은 밤하늘의 별빛으로 어슴푸레한 길을 타박타박 걸어갔다. 차차 밤길에 익어 가자 두려운 마음이 한결 사라졌다. 들판에서는 풀벌레들의 소리가 요란하고 이따금 반딧불이 앞길을 밝혔다. 순희가 담담히 말했다.

"앞으로 이 길이 얼마나 순탄할지…."

"설사 위기가 온대도 우리 침착합시다."

두 사람은 손을 잡고 걸었다. 야트막한 고갯길이었다. 바짝 긴장하여 걷는데 갑자기 앞에서 군인이 총을 겨누며 불쑥 나타났다.

"정지! 손들어!"

두 사람이 흠칫 놀라며 두 손을 번쩍 들었다. 한 군인은 계속 총을 겨누고 다른 한 군인이 앞을 막았다.

"이 밤중에 어딜 가오?"

"집에 가요."

순희가 앞장서며 말했다. 탈출 이후 매번 준기는 평안도 말씨 때문에 뒤로 처졌다.

"동무들 집이 어디오?"

"서울이에요."

"여기서 서울이 어딘데 이 밤중에 걸어간다는 말이오."

"열차도 다니지 않고, 자동차도 다니지 않으니 걸어갈 수밖에요."

"이 동무들, 정신이 있나? 근데 여기는 어찌 왔소?"

"피난 왔어요."

"피난? 한강다리도 끊겼는데…. 서울에서 예까지 피난 왔다면 동무들은 반동 아니면 우리 조선인민군 도망병이로구만."

"아니예요."

순희는 그 말에 찔끔했지만 천연덕스럽게 단호히 대답했다.

"아무튼 좋소. 동무들은 전투지역에 내려진 야간통행 금지 조치도 모르오?"

"미처 몰랐습니다."

"밤 10시 이후에 다니는 사람은 무조건 체포요. 자세한 사정은 본부에 가서 말하시오."

"우린 집으로 가야 해요. 제발 놓아 주세요."

"뭐라고? 이 동무들, 정신이 나가서야!"

초병이 버럭 소리쳤다. 다른 초병이 총구로 준기와 순희를 초소 옆 간이 막사로 몰았다. 간이막사에는 남포등불이 희미했다.

"여기서 허튼수작하믄 즉각 총살이야. 알가서?"

"…."

순희와 준기는 대답 대신 머리를 끄덕였다. 간이막사 근무자가 포승줄로 두 사람을 묶은 뒤 바닥에 꿇어앉혔다.

"새벽녘에 본부에서 호송차가 오니까 잠자코 있어."

"…."

준기와 순희에게는 잠깐 새 마른 하늘에 벼락 같은 일이 벌어졌다. 하지만 그들은 의외로 차분하고 담담했다. 곧 남쪽에서 콩을 볶는 듯한 총소리가 들려왔다. 한밤중이라 칠곡 다부동 유학산에서 나는 총소리가 십여 킬로미터 떨어진 구미 북쪽 부곡동 마을까지도 크게 들렸다.

1950년 9월 초순, 구미초등학교는 전란으로 성한 건물이 없었다. 교실이 전파 또는 반파된 채 불에 탄 서까래가 여기저기

흩어져 있었다. 학교 운동장에는 푸나무를 잔뜩 뒤집어쓴 천
막 막사와 소련제 T-34 전차, 그리고 122밀리 곡사포 포문이
남쪽을 향하고 있었다. 배종철 상위는 한 천막 막사 책상에 앉
은 채 준기와 순희의 포승줄을 푼 뒤 앞 의자에 앉히고는 신문
을 시작했다.

"내레 묻는 말에 거짓 없이 바로 답하라. 알가서!"

"네."

"이름은?"

"최순희입니다."

"또?"

"김준기입니다."

"직업은?"

"학생입니다."

"또?"

"학생입니다."

"어느 학교?"

"서울 적십자간호학교…."

"동무는?"

"영변 룡문중학교…."

배 상위는 날카로운 눈빛으로 순희와 준기를 노려봤다.

"서울, 평안도 학생들이 왜 요기까지 와서?"

"…."

"야! 날래 신발 벗어!"

그때부터 배종철 상위의 말이 거칠었다. 그 말에 따라 준기와 순희는 얼른 신발을 벗었다. 배 상위는 인민군과 국방군, 그리고 민간인을 구분하는 데 이력이 났다. 그 무렵 거동수상자는 신발을 벗겨 보면 금세 그들의 정체가 드러났다.

"이 신발은 모두 우리 조선인민군 군화가 아냐? 내레 더 이상 묻지 않겠어."

배종철 상위는 백지와 연필을 주며 자술서를 쓰라고 했다. 배 상위는 두 사람이 태어난 뒤부터 오늘까지 일들을 하나도 숨기지 말고 쓸 것이며. 서로 묻거나 쳐다봐도 안 된다고 했다.

준기와 순희는 그가 지시하는 자리에서 자술서를 썼다. 준기는 담담히 지난 일들을 숨김없이 모조리 썼다. 순희도 솔직하게 썼다. 잠시 후 배 상위는 담배를 태우면서 잔뜩 찌푸린 낯으로 두 사람의 자술서를 훑은 뒤 물었다.

"왜 도망쳤나?"

"미제 쌕쌕이도 무섭고, 배도 고프고, 그저 살고 싶어….."

순희가 담담히 대답했다.

"동무는?"

"나두 마찬가지야요."

"기래? 누가 먼저 도망가자구 꼬였나?"

"제가."

"여성 동무가 꼬리를 쳤구먼."

"아닙니다. 서로 말없이 동의해시오."

"얼씨구 잘들 노네. 전시에 도망병은 어드러케 되는 건지 알
구 있지?"

"알고 있습니다."

"예, 알구 이시요."

두 사람은 담담히 말했다.

"이 동무들, 아주 간뎅이가 고래 등만큼 부었군 기래. 조국
해방전선에서 도망자가 나오다니…. 너들은 총알두 아까워!
그저…."

배종철 상위는 권총을 뽑아들고 준기와 순희의 가슴을 '쿡
쿡' 찔렀다.

"우리 공화국 군대가 기렇게 허술치 않아. '뛰어야 벼룩'이
란 말 몰라? 이제 곧 너들 부대 장 상사가 올 거야. 원대루 돌
아가 여러 동무들 앞에서 처형될 기야."

배 상위는 준기와 순희를 각각 포승줄로 묶은 뒤 막사 좌우
구석 기둥에 다시 묶어 놓았다.

그날 오후 느지막이 배종철 상위는 장남철 상사를 데리고
준기와 순희가 묶여 있는 막사로 왔다.

"장 상사, 이 동무들 알지?"

"네, 우리 야전병원 위생병들입니다."

"긴데, 조국해방전선에서 도망한 자들이야. 원대에 데려가
모든 동무들이 보는 앞에서 공개처형하시오. 더 이상 조국해
방전선에서 도망치는 전사들이 나오지 않게…."

"알갓습니다."

장남철 상사는 기둥에 묶인 포승줄을 푼 다음 준기와 순희의 몸에 묶인 포승줄을 확인하고, 트럭 뒤 짐칸에 태웠다. 그런 뒤 그는 운전병 옆자리로 올랐다. 트럭 짐칸 한편에는 유학산 전방부대로 보내는 양곡과 수류탄, 탄약 등 각종 무기상자와 기타 보급품들이 쌓여 있었다. 준기와 순희는 앞자리와 유리문으로 통하는 자리에 각각 묶였다. 장 상사는 허리춤에 찬 권총을 두들기며 말했다.

"이동 중에 허튼수작을 하믄 가다가 그 자리에서 도락구를 세우고 처치하가서."

"……"

장 상사가 탄 트럭은 날이 저물 무렵에야 구미초등학교 인민군 제3사단 임시보충대 겸 보급창고에서 유학산 쪽으로 달렸다. 장 상사는 미군 폭격기의 공습을 피하려고 일부러 늦은 시간에 출발했다. 구미초등학교에서 유학산으로 가자면 광평과 신평 등 구미평야를 지나고 낙동강 수중교를 건너야 했다.

준기와 순희를 태운 트럭이 막 신평 들판을 들어섰다. 그때 하늘에서 갑자기 비행기 소리가 나더니 미 공군 F-84 전투기가 저공비행으로 날아왔다. 운전병은 때 아닌 시간 갑작스런 전투기의 출현에 화들짝 놀라 트럭을 후다닥 길옆 과수원 안으로 돌진시켰다.

장 상사와 운전병은 트럭을 팽개치고 잽싸게 과수원 사과나무 밑 콩밭에 엎드려 숨었다. 준기와 순희는 트럭에 탄 채 고개를 숙이며 몸을 피했다. 전투기가 과수원에 폭탄을 떨어뜨렸지만 그들은 피폭 지점과는 다소 거리가 떨어져 있어 트럭은 흙먼지만 뒤덮어 썼다. 미 공군 F-84 전투기가 사라진 뒤 장남철 상사와 운전병은 옷에 묻은 흙을 털면서 트럭으로 돌아왔다. 그리고 장 상사가 다소 겸연쩍게 두 사람에게 물었다.

"동무들, 일 없소?"

"……."

그들은 말없이 고개를 끄덕였다.

"도락구에서 날래 내려!"

준기와 순희는 트럭에서 내렸다. 장 상사는 운전병에게 다가가 조용히 말했다.

"내레 저 반동들을 과수원 깊숙한 곳으로 데리구 가 처치하구 오가서. 그동안 동무는 도락구를 도로로 빼놓구 대기하라."

"네, 알갓습니다."

장남철 상사는 허리춤에서 권총을 뽑아들고 준기와 순희에게 말했다.

"날래 과수원 한가운데루 가라."

준기와 순기는 포승줄에 묶인 채 뚜벅뚜벅 과수원 한가운데로 걸어갔다. 그 뒤를 장 상사가 뒤따랐다. 준기와 순희는 등 뒤로 곧장 총알이 날아오는 것 같았다. 그들은 몹시 긴장한 탓인지 장남철 상사의 식식거리는 숨소리까지 들렸다. 하지만 그들은 그 순간에도 담담히 과수원 한가운데로 걸어갔다.

그새 트럭은 과수원 바깥으로 빠져나간 듯, 차체는 보이지 않은 채 엔진소리만 들렸다. 준기와 순희는 포승줄에 묶인 채 뚜벅뚜벅 과수원 한가운데로 걸어갔다. 뒤따르던 장 상사가 과수원 한가운데쯤 이르자 발걸음을 멈춘 채 권총을 겨누며 고함쳤다.

"십 보 앞으로 가!"

준기와 순희는 서로 마주 보고 고개를 끄덕이며 십 보 앞으로 뚜벅뚜벅 걸어갔다.

"내레 요기서 너들을 처형하구 가겠어. 조국을 배반한 반동분자들을 부대루 데려가야 골치만 아파."

"……"

"김 동무는 오른편 사과나무에 머리를 박구, 최 동무는 거기 왼쪽 나무에 머리를 박아!"

두 사람은 장 상사의 지시대로 과수원 한가운데 좌우 두 사과나무에 각기 머리를 대고 눈을 감았다.

"동무들, 죽기 전에 하고 싶은 말 이서?"

"……"

"……"

"좋아, 이미 죽음을 각오했다 이거지. 알가서."

장 상사는 그 자리서 선 채 권총 총구를 준기와 순희 등으로 겨냥했다.

"하나, 둘, 셋 … 열!"

그는 열을 세는 동시에 방아쇠를 당겼다.

'탕! 탕!'

두 방의 총알이 준기와 순희의 등 뒤에서 한발 한발 잇달아 발사됐다. 순간 준기와 순희는 격발소리에 지레 겁먹고 그 자리에서 픽 쓰러졌다. 그런데 장 상사는 쓰러진 그들을 확인도 하지 않은 채 뒤돌아 뚜벅뚜벅 트럭으로 돌아가 앞자리에 탔다.

"저 동무들을 부대루 데리구 가 처치하다간 오히려 다른 동무들 사기만 떨어뜨려."

장 상사는 운전병에게 묻지도 않는 혼잣말을 내뱉고는 담배를 꺼내 불을 붙였다.

"야, 날래 가자."

"알갓습니다."

운전병은 가속페달을 마구 밟았다. 트럭은 고약한 디젤유 냄새와 검푸른 연기를 남긴 채 과수원을 벗어나 낙동강 쪽으로 사라졌다. 트럭 엔진소리도 잦아지고 트럭 헤드라이트 불빛도 두 사람 시야에서 완전히 사라졌다. 그제야 준기는 자기 몸을 이곳저곳 추슬러 봤다. 그런데 몸 어디에도 아무 이상이 없었다. 준기는 일어나 네댓 발자국 옆에 쓰러진 순희에게 다가갔다.

"누이."

"…."

순희가 꿈틀거렸다.

"어데 총 맞은 데는 없소?"

순희도 쓰러진 자리에서 일어나 자신의 온몸을 살폈다.

"아무 이상 없네요. 동생은?"

"나두 일없습니다."

"그래요?"

순희는 한동안 고개를 갸웃거렸다. 두 사람은 살아났다는 감격에 포승줄로 묶인 채 서로 몸을 비비며 입술을 맞췄다.

"장 상사님은 심지가 깊은 분이야요."

준기가 감격하며 말했다.

"정말 그러시네요."

순희도 감동하며 말한 뒤 먼저 이로 준기의 포승줄을 풀어 주었다. 그러자 준기는 손으로 순희의 포승줄을 풀어 주었다.

"갑시다."

"어디로요?"

순희가 묻는 말에 준기는 말없이 금오산을 가리켰다. 순희는 준기가 가리키는 금오산을 바라보자 산 모양이 마치 누워 있는 부처상으로 그들을 반겨 줄 것 같았다.

"오늘 우리가 죽은 목숨이라고 생각하면 앞으로 무엇이 무섭겠어요."

순희는 야무진 목소리로 말했다.

"기럼, 두 말 하믄 잔소리지."

준기도 순희의 말에 맞장구를 쳤다. 그들은 과수원을 벗어나 서남쪽으로 멀리 보이는 금오산을 향해 뚜벅뚜벅 발걸음을 옮겼다. 이전과는 다른 힘찬 발걸음이었다.

구미 광평 들판에서 바라본 저녁놀에 물든 금오산은 영락

없는 사람의 모습이었다. 그 사람은 예사 사람이 아닌 부처나 성인의 모습이었다. 어쩐지 금오산은 그들을 감싸주고 보호해 줄 것만 같았다. 그들은 금오산을 바라보며 무턱대고 걸었다. 길가에는 이따금 사람의 시체도, 부서진 자동차와 탱크들도 널브러져 있었고, 철모나 탄피들도 여기저기 나뒹굴고 있었다.

7
금오산

김준기와 최순희가 경부선 철길을 건너자 한 마을이 나왔다.
그 마을은 대부분 초가로 집집마다 대문은 없고 감나무가 많
으며 거의 돌담으로 둘러져 있었다. 그 마을은 구미면 원평 6
동으로 별칭 '각산' 마을이었다. 준기와 순희가 금오산 쪽으로
가는 도중에 각산마을 갓집 한 곳에서 불빛이 새어 나왔다.

"이제부터 당분간 동생은 벙어리가 되어야 해요. 평안도 말
은 이곳 사람들에게는 경계 대상이 될 테니 말이에요."

준기는 고개를 끄덕였다. 그들은 집 안으로 들어갔다. 순희
가 방문으로 다가갔다.

"계십니까?"

"…"

"계십니까?"

"…"

"계십니까?"

그제야 방 안에서 인기척이 났다. 한 할머니가 방문을 반쯤
열고는 말했다.

"이 밤중에 누고?"

"피난민인데 잠깐 쉬어 갈 수 있겠습니까?"

"방이 없다."

"그럼, 길 좀 물어보겠습니다."

할머니는 방문을 반쯤 열고 두 사람의 몰골을 훑은 뒤 연민의 정이 가는지 그제야 방문을 활짝 열었다.

"그라믄 잠깐 들어온나."

"고맙습니다."

준기와 순희는 신발을 벗고 방 안으로 들어갔다. 방 한가운데 석유 등잔불이 켜 있었다. 곧 어둑하던 방 안이 눈에 차츰 들어왔다. 아랫목에는 할아버지가 누워 있었는데 이따금 신음 소리를 냈다.

"마, 우린 피난도 안 갔다. 저 영감을 데리고 우예 피난을 갈 끼고. 그래, 어데서 왔노?"

"서울서 왔습니다."

"서울? 멀리서 왔네."

"동생입니다, 그런데 말을 못합니다."

순희는 묻지도 않는 말을 했다. 준기는 할머니에게 넙죽 절을 했다.

"그래? 인물 아깝다."

"…."

"그래, 저녁은 묵었나?"

"아직…. 할머니, 밥값 드릴 테니 밥 좀…."

"알았다. 두 사람 다 마이 시장해 보인다. 찬은 없지만 내 금방 따신 밥 지어 줄게."

할머니는 윗목 쌀자루에서 쌀과 보리를 두어 홉 남짓 담아 부엌으로 나갔다. 순희도 할머니를 따라 부엌으로 나갔다.

"난리라 카지만 마, 내사 평시와 똑같이 산다. 옛날 말에도 '인명은 재천'이라 안 카나. 아래 구미 송정에 사는 장천댁 할마이는 늘 발발 떨며 조심해도 지난번 폭격 때 먼저 가더라."

할머니와 순희는 아궁이의 불을 지피며 계속 소곤거렸다.

"그래 지금 어데로 가는 길이고?"

"깊은 산골마을을 찾아가는 길입니다. 거기 가야 안전할 것 같기에."

"그 말은 맞다."

할머니는 요새 이쪽저쪽에서 젊은 사람들은 눈에 띄기만 하면 마구 잡아간다고 했다. 그러면서 당신 두 손자도 전쟁 전에는 국군으로, 인민군 세상이 되고는 인민위원들에게 잡혀 갔다는 둥 묻지도 않는 말을 했다. 곧 솥뚜껑 틈으로 김이 세차게 나왔다. 그와 함께 밥 끓는 물도 함께 그 틈새로 쏟아졌다.

"넌 불 그만 때고 방에 들어가라."

"예."

순희가 방으로 들어왔다. 잠시 후 할머니가 밥상을 들고 들어왔다.

"찬이라고는 김치하고 풋고추, 된장, 무시(무) 장아찌밖에 없다."

준기와 순희는 밥상을 받자 며칠 굶은 사람처럼 후딱 밥을 아귀처럼 먹었다. 할머니는 그 모습을 흐뭇이 바라보며 혼잣말을 했다.

　"시상이 왜 이런지 몰라. 해방 후 구미 바닥에도 똑똑한 사람 마이 죽었다."

　"저희 어머니가 그러시데요. 나무도 곧은 게 먼저 꺾인다고."

　"하마. 그 말 참말로 맞데이. 우리 동네 거시기도 10·1사건 때 메칠 대장 노릇하다가 충청도에서 내려온 경찰한테 총을 맞고 거적때기에 둘둘 말려 저 건너 공동묘지에 갔다. 참 똑똑코 인물 좋아 크게 한자리할 줄 알았는데….

　그 얘기소리에 아랫목에서 신음하던 할아버지가 버럭 고함을 질렀다.

　"마, 타관 애들하고 씰데없는 이야기 고만해라."

　"알았소. 우리가 이제 살만 얼매나 살겠소. 우린 평상에 벌벌 떨며 죽어 살았는데 이제는 하고 싶은 말을 하고 살아야 뱃속에서 천불이 안 일어나지."

　할머니가 한 소리를 하자 할아버지는 더 이상 말이 없었다. 할머니는 혼잣말처럼 계속 중얼거렸다.

　"해방 후 이 구미 역전 소동필이라고 하는 사람은 왜정시대 면서기질 하며 신사참배는 가장 먼저 가더니 해방되고 미군이 들어오자 갑자기 예수쟁이가 되더라. 그 사람은 왜정 때 왜놈말만 씨부리더니 해방되자 금시 꼬부랑말을 지껄이더라. 그러더니 곧 왜놈들이 남긴 적산 능금(사과)밭을 자기가 떡 차지하대. 그래 이 고장 사람들은 그 사람을 '쇠똥파리'라고 수군댄다. 해방이 되도 그런 놈들이 왜정 때보다 더 활개를 치며 잘 사니까 정신 바로 박힌 사람들이 바른 시상 만들겠다고 설치다가 골로 마이 갔다."

"할머니, 골로 가는 게 뭐예요?"

"경찰이나 군인들이 높은 사람 말 잘 듣지 않는 이들을 살째기 산골로 데리고 가 지 무덤 파게 한 뒤, 그 자리에서 총 쏴 죽이고 거기다 바로 묻는 기다."

"네에? 어째 그런 일이?"

"그러니까 허파 터질 일 아이가. 그러니까 요새처럼 소내기가 디기(몹시) 짜들(퍼부을) 때는 깊은 산속에 들어가 잠깐 피하는 게 똑똑타."

"할머니, 깊은 산속에 외딴 마을을 좀 가르쳐 주세요."

할머니는 잠시 생각한 뒤 말했다.

"그라믄 금오산 아홉산골째기로 가라."

"여기서 멉니까?"

"그렇게 멀진 안타만 가는 길이 디기 험하다."

할머니는 그래도 거기가 피난하기에는 안전할 거라면서 그 골짜기에 사는 해평 영감 할머니 소개를 했다. 영감 내외가 배추농사 지으며 사는데 그이들한테 사정을 잘 말해 거기서 피난하라고 했다. 순희는 구급낭에서 돈을 꺼내 할머니 손에 쥐어 드렸다.

"할머니, 아주 잘 먹었습니다. 적지만 받으세요."

"마, 도로 넣어라. 내 돈 받을라고 너들 밥해 준 거 아이다."

"받으세요. 그래야 제 마음이 편합니다."

하지만 할머니는 한사코 받기를 거부했다. 당신도 영감도, 곧 염라대왕한테 갈 건데, 그때 배고픈 이 밥을 주어 아사(餓死) 구제한 적이 있다고 자랑할 거라고 했다.

"내 이 돈 받으면 그때 염라대왕님 앞에 자랑 몬 한다. 아무 소리 말고 도로 넣어 두었다가 요긴할 때 써라. 개도 물고 가지 않는 돈이지만, 사람 사는 시상에는 그게 젤로 요긴하다. 옛날부터 뱃속 아이도 돈을 보이면 저절로 나온다 안 카나."

순희는 할머니가 도로 준 돈을 고개 숙여 받은 뒤 구급낭에 넣었다.

"고맙습니다. 할머니 택호가 뭡니까?"

"그건 알아 뭐 할라고?"

"해평 할머니 만나면 말씀 드리려고요."

"내 택호는 각산 별남댁이다. 그런데 너들이 지대로 찾아갈는지 모르겠다."

할머니는 일부러 바깥으로 나와 컴컴한 금오산 쪽을 가리키며 다시 지형 설명을 했다.

"내 말 단디 듣고 가라."

할머니는 거기서 오 리쯤 금오산 쪽으로 가면 저수지가 나오고, 그 오른쪽으로 비탈길을 타고 다시 오 리쯤 더 가면 아홉산골짜기가 나온다고 했다.

"할머니, 잘 알았습니다. 부디 건강하세요."

"그래, 피난 잘하고 꼭 부모 상봉하거라."

"예."

순희와 준기는 두어 번 깊이 고개 숙여 인사를 했다. 준기와 순희는 곧장 금오산 아홉산골짜기로 향했다. 어두운 밤길에다 초행길이라 그들은 몇 차례나 길을 찾지 못해 헤맸다. 그들은 가는 도중에 길이 막히거나 끊어지고, 개울이나 구릉에 빠지면서도 끝내 금오저수지 비탈길을 찾았다. 아홉산골짜기로 가는 길은 경사가 몹시 심했다. 발아래는 시커먼 저수지로, 발걸음을 뗄 때마다 다리가 후들후들 떨렸다. 두 사람은 컴컴한 밤길에 돌부리에 부딪쳐 넘어지거나 나무에 긁히기도 했다. 그들은 길을 잘 몰라 언저리를 헤매며 개미처럼 엉금엉금 기다시피 금오저수지 비탈길을 지난 끝에 마침내 아홉산골짜기 들머리에 이르렀다. 그들은 그곳 어귀 길가 바위에서 잠시 쉬었다. 그제야 자정이 넘었는지 하현달이 떴다. 그 시간에도 강 건너 천생산, 유학산 쪽에서는 이따금 콩을 볶는 듯한 총소리가 울렸다.

그들은 아홉산골짜기 들머리에서 한 시간을 더 오르자 푸르스레한 달빛에 외딴 억새 초가가 보였다. 그 집이 그렇게 반가울 수 없었다. 그들이 마당으로 들어서자 섬돌에는 고무신 두 켤레가 놓여 있으나 방에는 등잔불이 꺼져 있었다.

"계십니까?"

"…."

순희는 다시 좀더 큰소리로 불렀다.

"계십니까?"

"이 밤중에 누고?"

할머니가 방문을 열며 대꾸했다.

"신세 좀 지려고 왔습니다."

"어데서 온교?"

"서울서 왔습니다."

"뭐라고? 이 밤중에 서울서 여까지…. 이 골째기는 우예 알고 찾아왔노?"

"아랫마을 별남 할머니가…."

"빌남(별남)댁이? 그래 알았다. 쪼매만 기다려라."

그새 해평 할머니는 성냥을 찾아 등잔불에 붙였다.

"누기라?"

옆자리에 누웠던 영감이 몸을 일으키며 물었다.

"서울에서 피난 왔다카네."

영감은 덮었던 이불을 젖히며 말했다.

"어이 들어오소."

"한밤중에 염치가 없습니다."

"마, 우리는 오는 손 거절치 않고, 가는 손 붙잡지 않는다. 어이 들어온나."

해평 할머니가 윗목에 널어놓은 고추를 방비로 쓸었다. 해평 양감이 한마디했다.

"이 금오산은 옛날 임진년 왜란 때도 피난처였다. 이번 난리

는 디기 심한가 보다. 서울 사람이 이 금오산 아홉산골째기까
지 피난을 다 오고."

"하매, 웬 비행기가 그렇기도 마이 날아다니는지 어데 인민
군들이 살아남겠더나."

해평 영감이 툭 치자 할머니는 금세 말을 바꿨다.

"처서가 벌씨로 지났기에 지금 자도 한잠은 잘 끼다. 같이
온 사람은 우예 되노?"

"남동생입니다. 근데 말을 못합니다."

"우야꼬? 아이고 답답아라."

준기는 영감 할머니에게 말없이 꾸벅 인사를 했다.

"몸매가 다부져 보이고 인물이 참 좋다."

"저희를 받아주셔서 고맙습니다."

"이만 일에 뭘."

순희는 해평 영감 내외에게 아홉산골짜기로 들어온 사정을
말한 뒤 당분간 피난처를 부탁드렸다. 하지만 그들은 인민군
부대 도망병이라는 사실과 준기가 벙어리가 아닌 것만은 솔
직히 말하지 않았다. 다행히 해평 영감 내외는 더 이상 그들의
전력이나 신상에 대해 꼬치꼬치 캐묻지 않았다.

"마, 자자. 등잔 지름(기름) 닳는다."

할머니는 윗목 가마니 위에서 이불을 내려 바깥쪽으로 폈
다. 준기와 순희는 겉옷을 입은 채로 이불 속으로 들어갔다.

아홉산골짜기는 금오산 우측 깊은 계곡으로 이곳에서는 하

늘만 빠끔했다. 아침 해는 느지막이 아홉 시 무렵에야 떴고, 오후에는 네댓 시만 되면 해가 저물었다. 해평 영감 내외는 이 골짜기에서 20년 넘게 살았다.

그들은 봄부터 가을까지 억새 초가집 언저리 텃밭에다 배추를 부지런히 심어 닷새마다 해평 영감이 지게로 구미장에 내다 팔았다. 배추농사만으로는 생계가 되지 않았다. 그래서 봄 여름철에는 금오산에서 고사리도 꺾고, 버섯도 따고, 약초도 캐고, 가을철이면 꿀밤(도토리)을 주어다가 꿀밤묵도 만들어 팔았다. 그 돈으로 쌀이나 보리 등 양식이나 소금, 멸치, 석유 등 생필품을 사다 썼다. 해평 영감 아들딸들은 일찍 출가하여 모두 도시로 나가 살고 있었다.

해평 영감 내외는 피난 동안 한방에서 지내다가 난리 끝나면 가라고 했다. 하지만 준기와 순희는 며칠간 묵을지 몰라 그 댁 헛간을 고쳐 거적을 덧씌운 뒤 임시거처로 만들었다. 그들은 밥값은 하겠다고 아무 일이라도 시켜 달라고 부탁했다.

"마, 그냥 며칠 푹 쉬었다 가라."

"아닙니다. 빈둥빈둥 놀면 저희가 더 불편합니다. 무슨 일이라도 시켜 주세요."

"그라믄 우리 따라 댕기면서 너들이 눈썰미 있게 보고 해라."

"네, 할머니. 그러겠습니다."

그래서 순희는 해평 할머니를 쫓아다니면서 각종 약초를 캐거나 버섯을 땄고, 준기는 해평 영감을 따라다니면서 나무를 하거나 배추밭을 가꿨다. 순희는 첫날은 할머니의 부엌일을 돕다가 다음 날부터는 아예 도맡았다.

"마, 난리 끝나도 여서 우리 아들딸 해라."

"정말 그럴까예."

순희는 금세 배운 경상도 말로 대답했다.

"그라믄 좋지."

"할머니, 여기서 사는 동안은 아들딸처럼 지낼게요."

"그래라. 너들 양식 걱정은 쪼매도 하지 마라. 우리 영감 준비성 하나는 둘째가라면 서러울 기다. 마, 두 입 늘어도 한두 달 양식은 까딱없다."

"고맙습니다. 그렇다면 마음 편하게 지내겠습니다."

"너들이 온 것도 다 금오산 신령님이 점지해 주신 기데이."

그 말을 마치고 할머니는 금오산 쪽을 향해 두 손을 모아 빌었다.

준기는 날마다 나무지게를 지고 금오산으로 올라갔다. 금오산 중턱에 이르면 낙동강도 보이고 천생산, 유학산도 빤히 보였다. 그는 한동안 그곳을 바라보며 깊은 생각에 잠기기도 했다. 때때로 미군 폭격기가 유학산 일대에 폭탄을 떨어뜨리고 가는가 하면, 다부동 너머 유엔군 측 진지에서 쏜 포탄이 유학산 정상이나 뒤 능선에 흰 먼지를 일으키며 폭발했다. 그때마다 준기는 고개를 숙였다.

해평 영감 내외는 아침저녁으로 계곡 우물에다 정화수를 떠 놓고 금오산 산신령에게 빌었다. 순희와 준기가 아홉산골짜기로 들어온 지 사흘이 지난 밤, 순희는 잠자리에서 준기에게 그들도 영감 내외를 따라 아침저녁 정화수를 떠놓고 함께 빌자고 제의했다. 준기도 좋다고 고개를 끄떡여 이튿날 아침, 순희는 물그릇을 얻어 정화수를 담은 뒤 그들도 영감 내외를 따라 빌며 기도를 드렸다.

"너들도 산신령님한테 고향집으로 보내달라고 지극 정성으로 빌어라."

해평 영감은 원래 선산군 해평면 문양리에서 서당 훈장을 했다. 1910년 봄 그가 열두 살 때 이웃 마을 열다섯 살 난 처녀와 혼인하여 스무 살 때에는 두 아들을 뒀다. 어느 해 여름과 겨울에 열 살, 여덟 살 난 두 아들을 모두 잃었다. 큰 녀석은 동네 웅덩이에서 멱을 감다가 빠져 죽었고, 둘째 아들은 그해 겨울 낙동강에서 부모 몰래 썰매 타다가 빠져 죽었다. 그 뒤 두 딸을 낳은 뒤 다시 아들을 얻었다. 해평 영감 내외는 아들을 얻었다는 기쁨보다 그들은 또 잃을까 전전긍긍했다.

어느 날 시주를 온 해평 도리사 스님이 그 사연을 다 들은 뒤 "강촌을 떠나 산으로 가시오"라고 딱 한마디 했다. 그래서 그들 내외는 두말 않고 서당 훈장생활을 접은 뒤 해평을 떠났다. 그들은 금오산 아홉산골짜기로 와서 그해부터 배추농사를 지으며 산사람으로 살고 있었다.

"아무리 좋은 고대광실도 지(제) 복과 연에 안 맞으면 몬 산다. 우리가 이 답답한 산골짜기에 들어온 이후에는 희한하게 집안에 빌(별) 탈이 없는 기라. 다 산신령님 덕분 아이겠나."

해평 할머니의 말이었다. 순희와 준기는 그 말에 대답 대신 고개를 끄떡였다. 해평 영감은 금오산 이야기를 했다.

신라 때 도선은 금오산 토굴에서 도를 닦으며, 이 산기슭에서 나라를 구할 큰 인물이 난다고 예언했다. 또 조선 초 무학 대사도 이 고을을 지나다가 금오산을 바라보고는 부처님이 누워 있는 모습과 같다고 하여 '와불상(臥佛像)'으로 이 고을에서 군왕이나 성인이 태어날 거라고 예언했다.

그런 풍수설 때문인지 금오산 일대에는 여러 고장사람들이 몰려와 살고 있었다. 인동에 살던 장씨네도 그 풍수설을 듣고 금오산 남쪽 오태동에 터를 잡았고, 김해에 살던 허씨네도 어느 날 건어물을 배에 싣고 낙동강을 거슬러 상주 쪽으로 가다가 날이 저물어 이곳 임은동 강마을에서 하룻밤 묵게 되었다. 그때 금오산 모습에 반한 데다가 그 풍수설을 듣고 그만 그 자리에 주저앉았다.

해평 영감 내외는 처음 금오산 아홉산골짜기에 온 뒤 정화수 떠놓고 산신령님한테 빌 때는 당신 식구들 복 달라고 빌었는데, 차차 나라가 평안하라고 더 많이 빈다고 했다. 이 땅에 사는 조선 백성들이 모두 편해야 자기들도 편하다는 것을 깨달았으며, 이즈음에는 순희, 준기가 무사히 귀가를 축원한다고 했다.

"신령님, 어짜든동 쟤들이 고향집으로 무사히 돌아가게 해주이소."

순희와 준기도 그 주문에 따라 두 손을 모았다.

준기와 순희가 아홉산골짜기로 들어온 지 열흘이 지난 9월 하순부터는 유학산 쪽에서 총소리와 포탄소리가 점차 잦아지더니 그 며칠 전부터 아주 딱 끊어졌다. 그 대신 미군 폭격기는 계속 북녘으로 날아갔다. 이따금 정찰기가 금오산 일대를 빙빙 돌면서 삐라를 뿌렸다. 마침 준기가 금오산 계곡과 집 언저리에 떨어진 삐라 여러 장을 주웠다. 유엔군 측에서 인민군에게 투항을 권유하는 여러 종류의 삐라들이었다.

SAFE CONDUCT PASS 안전보장증명서
북한군 장병들에게
살려면 지금 넘어오시오.

1. 밤에 부대를 떠나서 날이 새거든 국제연합군이나 한국군 쪽으로 넘어오시오.

2. 큰 도로나 작은 길을 걸어오시오. 도로나 길이 없으면 들판을 걸어오시오.

3. 손을 머리 위로 들고 이 삐라를 흔들든지, 또는 될 수 있으면 흰 물건을 흔들면서 오시오. 이렇게 하면 국제연합군은 당신이 귀순하는 줄 알고 당신에게 사격을 하지 않을 겁니다.

4. 귀순할 때는 이 삐라를 가지고 오지 않아도 좋습니다.

안전보장증명서 SAFE CONDUCT PASS
북한군 병사들에게!

유엔군은 당신들이 유엔군 쪽으로 넘어오면 병자나 건강한 자를 막론하고 좋은 대우를 할 것을 보증한다. 당신들이 부상했거나, 고통을 받거나, 기타 어떠한 병에 걸려서 신음하더라도 유엔군 쪽으로 넘어오면 당신들은 충분한 치료를 받게 될 것이다. 당신들이 생명과 건강을 귀중하게 생각한다면, 이 좋은 기회를 놓치지 말고 빨리 넘어오라. 좋은 음식과 따뜻한 의복과 맛 좋은 담배가 많이 준비되어 있다.

대한민국 병사에게

이것은 적의 군인으로서 누구나 항복하기를 원하는 자에게 인도적 대우를 보증하는 증명서이다. 이 사람들을 가까이 있는 당신의 상관에게 데리고 가시오. 이 사람을 명예로운 포로로 대우하시오. 맥아더 장군 명령

북한 병사들아!
지금 곧 투항하여 생명을 구하여라.

준기와 순희가 금오산 아홉산골짜기로 피신한 지 보름이 지난 9월 하순 어느 날 밤, 잠자리에서 준기는 순희에게 그날 유학산을 바라본 얘기와 산에 흩어진 삐라를 몰래 보여주었다.

"아마도 다부동전투가 끝난 모양이오. 삐라도 여러 장 주워 왔소."

"나도 여러 장 봤어요. 그러면 여기에 곧 국방군이나 경찰들이 올라올지 몰라요. 우리 이제 그만 이곳을 떠나요."

"기럽시다."

그날 밤 두 사람은 계곡에 가 몸을 닦고 온 뒤 임시 거처에서 꼭 껴안았다. 그런 뒤 새벽녘까지 서로의 몸에 탐닉했다. 그새 그들은 상대의 몸을 받아들이는 데 상당히 익숙해져 있었다.

이튿날 아침 준기와 순희는 밥상을 치운 뒤 떠날 채비를 한 다음 해평 영감 내외에게 말했다.

"이제 그만 떠나려고 합니다."

"와, 우리가 뭘 서운케 했나?"

해평 할머니가 화들짝 놀란 눈으로 물었다.

"그게 아닙니다. 아주 편케 잘 지냈습니다. 이제 전쟁이 어지간히 끝난 모양입니다."

"그래도 좀더 지내다가 가라."

"아닙니다. 저희들이 여기 있으면….'"

"와?"

"…."

순희가 자세한 이야기를 하지 않아도 그새 영감 내외는 눈치를 챈 듯했다.

"이렇게 갑자기 떠나보내 우야노."

"두 분 건강하게 오래 사세요."

"우리가 얼매나 더 살지는 모르겠다만, 아무튼 잘 가라."

할머니는 방 안으로 들어가 자루에다 쌀을 두어 되 담아 왔다.

"피난 때는 곡식이 제일이다."

그새 해평 영감은 칡넝쿨로 멜빵을 만들었다.

"섭섭해 우야노. 내 절 마하고는(저 놈과는) 그새 정이 마이 들었는데….'"

"…."

준기는 그 말에 고개를 끄덕이며 두 손을 모았다.

"할아버지, 할머니 주신 양식 요긴하게 아주 잘 먹겠습니다."

"조심해 가라."

"할아버지, 김천 쪽으로 가려면 어디로 가야 빠릅니까?"

해평 영감은 길은 험하지만 금오산 뒤쪽으로 가면 더 가깝다고 했다. 준기와 순희는 고개 숙여 깊이 절을 드리고 아홉산 골짜기에 올 때와는 반대로 집 뒤 계곡 길로 떠났다.

그들이 떠난 뒤 해평 영감 내외는 준기와 순희에 대한 이야기를 했다.

"걔들 인민군 도망병 같더구먼."

"내도 그래 짐작은 했지."

"어째 본께 남매 같기도 하고, 아인 거 같기도 하고."

"근데 내 말을 안 했지만 사내는 벙어리가 아닌 것 같더라. 어느 날 밤에 내 통시(변소)에 가는 데 걔들이 쓰는 헛간에서 서로 소곤거리는 소리가 들리더라."

"임자도 알고 있었구먼. 내도 그 눈치는 챘지. 우야든동(어쨌든) 제 발로 이 골짝을 탈 없이 떠났으니 우리도, 저들도 다 행이지. 누가 뭘 물어도 임자는 아무것도 모른다고 입 닫고 있어."

"내도 그만한 것은 아요. 영감 눈도 귀도 아주 밝네."

"아, 저들도 살겠다고 이 골째기까지 찾아와 일부러 벙어리 짓을 하는 데 그걸 까발리면 한지붕 아래 못 살지."

"맞소. 우리 영감 그새 산신령님 다 됐네. 마, 이 참에 거적 피고 앉으소. 복채 들고 꾸역꾸역 마이 찾아올 꺼구먼."

"마, 시끄럽다. 나는 그저 산골사람으로 이래 조용히 사는 게 좋다."

"그나저나 불쌍한 걔들, 시월(세월) 잘못 만나 생고생한데
이."

"내 보기에는 그 가시나는 절에 가서 새우젓도 얻어먹을 게
고, 걸 마는 모래밭에서도 샘 팔 녀석이더라. 아마도 걔들은
저거 집으로 꼭 돌아갈 끼다."

8
이별

1950년 9월 15일, 유엔군은 인천상륙작전을 감행했다. 군사전문가들은 작전 성공확률을 오천분지일로 '세기의 도박'이라고 여겼다. 하지만 맥아더의 인천상륙작전은 군사전문가의 예상을 깨트리고 놀랍게도 성공했다. 이 작전의 성공으로 그동안 방어에만 급급했던 유엔군은 총공세로 전환케 되었다. 해상에서 대기 중이던 미 제7사단이 9월 17일부터 상륙을 시작하여 수원·오산 방면으로 진격했다. 낙동강 유역의 인민군은 허리가 잘리자 그만 전의를 잃고 후퇴하느라 허겁지겁 바빴다. 이로써 낙동강 다부동전투는 50여 일 동안 피아 약 3만 명에 가까운 사상자를 낸 채 그 막을 내렸다.

낙동강전선의 인민군 주력 부대는 주로 소백산맥과 태백산맥을 타고 북으로 패주했다. 경상남도와 전라남북도 일부 인민군은 지리산으로 잠입했고, 남은 인민군들은 지리멸렬 흩어져 경부 국도를 따라 북으로 도주하기 바빴다. 이들 도주병 가운데는 상당수 이미 포로가 되었고, 일부는 피난민으로 위장하여 북상하기도 했다. 한편 국군과 유엔군은 한 달 전의 후퇴

때보다 더 빠른 속도로 북상하여 9월 28일 마침내 수도 서울을 수복했다.

그동안 인민군 점령지에 나부끼던 인공 깃발이 유엔군의 반격으로 수복되자 삽시간 그 자리에 태극기와 성조기, 또는 유엔기로 바뀌었다. 그와 함께 세상인심도 돌변했다. 9월 29일 정오에 중앙청 광장에서 서울 수도 '환도식'이 열렸다. 하지만 서울 수복의 감격은 잠시뿐, 많은 시민들은 또 다른 고난을 겪었다. 전쟁이 터지자 남다른 빠른 정보로 피난을 갔던 '도강파'는 개선장군처럼 돌아왔다. 하지만 정부 말만 믿고 서울에 남은 잔류파들은 빨갱이, 불순분자, 부역자라는 의심을 받으며 혹독한 검증을 받아야 했다.

1950년 9월 24일 아침, 준기와 순희는 아홉산골짜기를 떠나 수점 마을을 거쳐 금오산 뒤로 갔다. 이들이 금오산 지봉인 오봉리 뒷산에서 산 아래를 살펴보니 국도에는 북상하는 국군과 유엔군 차량이 번질나게 달리고 있었다. 준기와 순희는 도로로 내려가지 않고 곧장 산길을 따라 김천 쪽으로 북상했다. 김천으로 가는 도중에 계곡을 만나면 목을 축였고, 점심때는 등에 진 자루에서 쌀을 꺼내 씹으며 허기를 달랬다. 그들은 이튿날 느지막이 김천에 닿았다. 김천 시가지를 지날 때도 큰 도로로 가지 않고 조심조심 산길이나 외곽 들길로 둘러 갔다.

그때까지 김천에는 빈집들이 많았다. 준기와 순희는 여차하면 산으로 도망칠 수 있도록 산 아래 한 외딴집을 물색했다.

마침 김천 외곽 산기슭의 한 외딴집을 찾아 인기척을 내도 집 안에서 반응이 없었다. 그들은 일단 그 집으로 몸을 피했다. 사람의 훈기가 사라진 집은 어디나 썰렁하고 어수선했다. 준기와 순희는 빈 방으로 들어가 가쁜 숨을 몰아쉬며 언저리를 살펴봤다.

산 밑 외딴집 탓인지 군인들이 거쳐 간 흔적이 보였다. 집안 여기저기에는 M1 탄통이나 탄피들이 잔뜩 널브러져 있었다. 부엌은 누군가 밥을 해 먹은 뒤 치우지도 않고 그대로 떠난 모양으로 지저분했다. 순희는 부엌을 대강 치운 뒤 밥 지을 준비를 하고, 준기는 땔감도 구할 겸 사주경계로 주위를 맴돌았다. 장독대는 반 이상이 깨어진 채 비어 있었다. 소금 단지도 비었는데 숟갈로 긁자 한 종지는 담을 수 있었다.

순희는 우물물을 길어다가 밥솥을 씻은 뒤 자루의 남은 쌀을 모두 꺼내 솥 안에 안치고 준기가 주워 온 땔감으로 불을 지폈다. 굴뚝에서 연기가 모락모락 솟아올랐다. 준기는 연기가 솟아오르는 게 두려워 헛간에서 키를 가져다가 굴뚝 위를 부쳤다. 하지만 솟아오르는 연기를 아주 없앨 수는 없었다. 그래도 부엌에서 불을 때는 동안 준기는 키로 굴뚝 연기가 빨리 흩어지게 부쳤다.

"오세요, 밥이 다 되었어요."

순희는 매운 연기로 눈을 질금거리며 준기를 불렀다.

"찬이 없어 주먹밥을 만들었어요."

"잘해시오."

그들이 허겁지겁 맛있게 주먹밥을 한참 먹고 있는데 바깥에서 발자국 소리가 났다. 순희가 밥을 먹다가 손가락을 입에 대고 준기에게 눈짓을 보냈다. 준기가 찢어진 문틈으로 밖을 내다보았다. 담 너머에서 한 사내가 집 안을 노려보고 있었다. 준기가 밖으로 뛰어나가며 고함을 쳤다.

"누구야!"

담 밖의 사내가 화들짝 놀란 채 아래 마을로 뛰었다.

"누이, 우리 얼른 도망갑시다. 아무래도 마을 청년단원 같습니다."

그들은 후다닥 남은 주먹밥을 담은 쌀자루를 어깨에 메고 뒷산으로 뛰었다.

세상의 인심이란 고약했다. 인민군이 진주하면 금세 인공 세상이 되고, 국군이 진주하면 그날로 대한민국 세상이 됐다. 그게 그 무렵 이 나라 대부분 백성들의 슬픈 세상살이 방식이었다. 그새 김천도 대한민국 세상으로 보였다. 준기와 순희는 어두운 밤에 산길을 타고 곧장 북으로 향했다. 그들은 밤인 데다가 낯선 산길이라 연신 넘어지고 나뭇가지에 옷이 찢겼다. 달빛이 있어 그나마 다행이었다. 그들은 산길을 밤새워 걸었다. 산이 워낙 험하고 낯선 길이다 보니 새벽녘에 다다른 곳은 직지사 역 부근의 한 마을이었다.

"동생, 어디서 좀 쉬어 가요. 지쳤어요."

"그럽시다."

마침 동구밖에서 멀찍이 떨어진 한 자그마한 외딴집이 희미하게 보였다. 가까이 가서 보니 상엿집이었다. 그들은 꺼림칙한 생각이 들다가도 그곳이 오히려 더 안전하게 쉬어 갈 수 있는 곳 같아 문을 따고 들어갔다. 그들은 거기서 아침밥으로 쌀자루에 남은 주먹밥을 꺼내 먹었다. 가까운 개울로 살금살금 허리를 숙이고 걸어가 물도 마시고 손을 씻은 뒤 다시 상엿집으로 돌아왔다. 상엿집 한편에 세워둔 멍석을 바닥에 깔고 그대로 쓰러졌다. 순희는 춥다고 준기 품에 파고들었다.

"우리가 이런 상엿집에서 몸을 피할 줄이야."

"너무 상심치 마세요. 고생 끝에 낙이 온댔어요."

어느새 순희는 준기 품에서 새근새근 잠이 들었다. 곧 준기도 잠들었다.

그들은 상엿집에서 단잠을 잤다. 순희가 먼저 잠에서 깨어났다. 순희는 준기의 품에서 살그머니 벗어나 상엿집 바깥으로 나갔다. 소변을 보고 왔다. 준기도 잠을 깬 뒤바깥에 나가 용변을 본 뒤 자리로 돌아왔다. 해는 아직 중천에 있었다.

그때 준기의 배에서 '꼬르륵' 하는 소리가 났다.

"우리 점심 먹어요."

"기럽시다. 배꼽시계는 아주 정확하구만. 이럴 땐 메칠 굶어도 까딱없어야 하는 건데."

"추위와 배고픔 때문에 전선에서 도망간 전사들이 많았지요. 이제 그런 전사들이 이해가 되네요."

"아, 기래서 미제 놈들은 기런 약점을 알구 비행기에서 뿌린 삐라에도 자기들 편으로 넘어오믄 온통 좋은 음식과 따뜻한 의복과 맛 좋은 과자와 담배가 많이 준비되어 있다고 유혹하더만."

"하긴 인민군 역시 자기네 전사조차 굶주린데도 '이밥에 고깃국을 배불리 먹으려면 넘어오라'고 거짓 선전 삐라를 뿌리더구면요."

순희가 쌀자루에서 남은 주먹밥 두 개를 꺼냈다.

"이게 마지막이에요."

준기는 주먹밥을 건네받고 후딱 씹어 삼켰다. 순희가 그 모습을 지켜보더니 반을 남게 준기에게 넘겼다.

"드시라요."

"난 갑자기 배가 아파 더 못 먹겠어요. 이럴 땐 굶는 게 약이에요."

준기는 불안스럽게 순희를 바라보다가 남은 주먹밥을 후딱 삼켰다. 그리고는 바깥으로 나간 뒤 약간 깨진 뚝배기 그릇에다가 물을 가득 담아왔다. 순희는 그 물을 반 이상 마셨다.

"동생이 떠다 준 물을 마시니까 금세 배 아픈 게 가라앉네요."

그들은 날이 저물 때까지 상엿집 바닥 거적에서 서로 꼭 껴안고 지내다가 잠이 들었다. 해거름 때 준기가 먼저 깼다.

"자, 누이. 우리 그만 떠납시다."

그들은 한밤중까지 숨을 헐떡이며 이른 곳은 추풍령이었다. 순희는 그새 지치고 무릎도 가시에 긁히고 바위에 부딪쳐 타박상으로 절름거렸다. 게다가 밤이 되자 산중 날씨가 차가워

몹시 떨었다. 그들은 그때까지 여름 홑옷을 입고 있었다. 추풍령 고개마루를 넘기 직전에 등잔불이 빤히 켜진 한 외딴집이 보였다.

"우리 저 집에서 쉬어 가요."

순희가 문밖에서 주인을 불렀다.

"계세요?"

"…."

"계세요?"

한참 뒤에야 방 안에서 대답했다.

"누고?"

그제야 방문이 뾰족이 열렸다.

방 안에서 할머니가 두 사람의 몰골을 찬찬히 훑어보았다.

"하룻밤 쉬어 가고 싶습니다."

"…."

"서울로 가는 피난민입니다."

"…."

"할머니, 하룻밤만 재워 주세요."

"어쩌겠노? 방이 없다. 다른 집에 가 봐라."

할머니는 순희의 애원에도 매섭게 방문을 닫으려 했다. 그 일대는 집이 없었다. 그 순간 순희는 잽싸게 구급낭에서 비상금을 꺼내 얼른 할머니 손에 쥐어드렸다.

"얼마 안 됩니다. 부엌이라도 괜찮아요."

할머니는 등잔불에 돈을 확인한 뒤 고쟁이 주머니에 넣으면서 말했다.

"이 방 윗목에서 하룻밤 묵고 가라. 나하고 손자뿐이다."

"네, 감사합니다. 고맙습니다."

순희와 준기는 거듭 고개를 숙였다.

"어이 들어온나."

순희와 준기는 신발을 벗고 방 안으로 들어갔다. 그러는 동
안 잠자던 손자도 일어났다. 초등학교 상급생으로 보였다.

"내가 본께로 두 사람 다 마이 시장한 모양이다. 배고프제?"

그들은 고개를 끄떡였다. 할머니가 윗목에 밀어둔 상을 방
가운데로 당긴 뒤 음식을 차렸다.

"오늘은 명색이 추석날이라 명절 음식이 쪼매 남아 있다. 요
기나 해라."

"고맙습니다."

할머니가 상에는 토란국과 송편 등 한가위 명절 음식이 몇
가지 놓여 있었다. 두 사람은 아귀처럼 후딱 상을 비웠다. 그
러자 할머니는 다시 상을 윗목으로 밀었다.

"마이 고단해 보인다. 그만 자라."

할머니는 방 바깥쪽에 이불을 깔아 주었다. 방바닥이 따끈
했다. 그동안 순희는 추위에 몸을 움츠려 떨었고 음식을 먹은
뒤라 식곤증으로 금세 눈이 감겼다. 이따금 끙끙 앓는 소리를
냈다. 준기는 옆자리에 누운 소년에게 연필과 종이 한 장을 얻
은 뒤 등잔불을 옮겨놓았다.

"잠시 후 불을 끄고 자겠습니다."

"마, 그라이소."

준기는 호롱불을 바라보면서 깊은 생각에 빠졌다. 여기서 두 사람이 서울까지 검문에 걸리지 않고 무사하게 돌아가는 것은 거의 불가능한 일이다. 설사 준기로서는 서울까지 간다고 해도 문제다. 고향 평안북도 영변까지는 더 첩첩산중이다. 어쩌다가 자기와 순희는 인민군에게도, 국군에게도 쫓기는 몸이 되었다. 이 난리 중에 두 사람이 검문에 걸리지 않고 각자 집으로 무사히 돌아가는 것은 거의 기적 같은 일이다. 더욱이 여자보다 남자는 검문이 더 심하고, 밥을 얻어먹거나 잠잘 곳을 얻기도 더 어렵다. 이제부터 자기는 순희에게 짐이라는 생각이 들었다.

아직 스무 살도 되지 않은 그들이 지금 당장 가정을 이루고 산다는 일도 현실적으로 어려운 일이다. 두 사람 모두 여태 학생이다. 더욱이 자기와 순희 집은 서울과 평안도 영변이다. 앞으로 38선이 어떻게 될지도 모른다. 낙동강전선에서 여기까지 서로 의지하며 무사히 도망쳐 온 것만도 하늘에 감사해야 할 일이다. 진정으로 순희를 위한다면 자기가 순희의 짐이 되지 않고, 그를 자유롭게 놓아주는 게 참다운 사랑이요, 후일 다시 만날 수 있는 현명한 처사일 것이다. 준기는 이를 악물고 백지 위에 작별 편지를 썼다.

순희 누이에게
삶과 죽음이 한순간에 바뀌는 전쟁터에서 순희 누이를 뜻밖에 만나 그동안 행복했습니다. 곰곰이 생각해 보니까 이제 내레 누이 곁을 떠나는 게 진정 사랑하는 길로 여겨집니다. 내레 누이가 "전쟁이 끝난 뒤 8월 15일 날 서울 덕수궁 대한문 앞에서 만납시다"라고 한 말을 가슴 깊이 새겨 두면서, 언젠가 대한문에서 꼭 만날 그날을 기다리며 살겠습니다.

누이는 부디 무사히 부모님 품으로 꼭 돌아가십시오. 아울러 우리가 다시 만날 인연이 이어지기를 간절히 빌면서 누이 곁을 떠납니다. 내레 지금 순희 누이에게 줄 수 있는 가장 귀한 선물은 당신 곁을 떠나는 것입니다. 순희 누이, 아무쪼록 서울 집까지 잘 가시라요.

9월 27일 동생 준기 올림

준기 눈자위는 눈물로 온통 젖었다. 그는 편지를 접어 쌀자루에 넣고 등잔불을 윗목으로 밀친 뒤 껐다. 그리고 곁에 누운 순희를 꼭 안았다. 순희는 깊은 잠에 빠져 있었다. 준기는 순희에게 가볍게 작별의 키스를 남긴 뒤 조용히 외딴집 마당으로 나갔다. 보름달빛이 온 세상에 가득했다. 준기는 신발끈을 바짝 조인 뒤 그 길로 추풍령 외딴집을 떠났다.

준기는 추풍령 외딴집을 떠난 뒤 곧 경부선 철길을 만났다. 그 철길을 건너자 국도가 나왔다. 한가위 보름달은 전쟁 중임에도 휘영청 더욱 밝았다. 그 밝은 보름달이 준기에게는 마냥 을씨년스러웠다. 달이 하늘 한가운데 머문 것으로 보아 자정 무렵 같았다. 준기는 지난 8월 1일 인민군 신병교육대에서 기초전투교육을 수료한 뒤 전방부대로 배치될 때 황간부터 이곳을 야간행군으로 지났다. 하지만 그때는 한밤중이라 이 일대 지형에 대한 기억이 전혀 되살아나지 않았다.

준기는 그곳에서 한동안 지형과 주위를 살폈다. 사방은 고요했지만 국도에는 이따금 지프차와 군인을 태운 트럭들이 계속 북진하고 있었다. 그들은 모두 국군이나 유엔군으로 보였다. 준기는 철길을 따라 가거나 국도를 걸어 북상하는 것은 섶을 지고 불로 들어가는 거나 다름이 없을 만큼 위험할 것 같았다.

준기는 날렵하게 국도를 가로질러 건넌 뒤 앞산 골짜기로 재빠르게 걸음을 옮겼다. 그에게는 지도도 나침판도 없기에 북극성을 바라보며 계속 북동쪽으로 걸었다. 너무 험한 산길은 피하며 오솔길과 마을길을 따라 걸었다. 새벽녘에 자그마한 산마을 외딴집에 이르렀다. 마침 한 영감이 쇠죽을 끓이고 있었다.

"할아버지, 요기가 어드메요."

"머라꼬?"

"요기레 경상도 땅이야요? 충청도 땅이야요?"

"여긴 경상북도 상주군 공성면 신곡리다."

"아, 네"

"어데 가는 길이고?"

"고향에 가는 길입니다."

"고향이 어딘데?"

"평안도 영변이야요."

"머라꼬? 여서 평안도까지 걸어간다는 말이가?"

"아직 다니는 차가 없기에⋯."

영감은 고개를 갸웃거리며 물었다.

"그래 어데서 오노?"

"추풍령에서 와시오."

"밤새 마이 걸어왔네."

"좀 쉬었다 가게 해주시라요."

영감은 준기의 몰골을 훑고 언저리를 살피더니 고개를 끄덕였다.

"알았다. 이 방에 들어가라."

영감은 쇠죽을 끓이느라 불을 때는 방문을 열어 주었다. 준기는 신발을 들고 방 안으로 들어갔다.

"누기라?"

할머니의 목소리가 들렸다.

"마, 모른 척하고 아침밥이나 한 그릇 야무지게 더 채리라."

"영감은 누군지도 모르고."

"옛날부터 과객에게는 밥 한 끼 대접해 보내는 기다."

"알았소."

준기가 건넌방에서 누워 잠시 눈을 붙이고 있는데 영감의 헛기침 소리가 났다.

"안 자면 건너온나."

준기가 안방으로 가자 둥근 밥상에 밥이 세 그릇 놓여 있었다. 명절 다음 날이라 산적 등 별난 반찬이 꽤 있었다.

"그래 길은 알고 가나?"

"잘 모릅니다. 좀 가르쳐 주시라요."

"옛날부터 가장 많이 다니던 길은 상주로 해서 문경새재로 넘어가는 길이다."

"요기서 상주는 얼매나 됩니까?"

"이십 리밖에 안 된다. 내 말씨 들어본께 북선(북조선) 사람 같다."

영감의 말에 준기는 뜨끔했다.

"…기렇습…니다…."

준기는 얼더듬으며 대꾸했다.

"마, 내 집에 있는 동안은 걱정마라. 사실 내 같은 무지렁이들은 이 핀(편)도 저 핀도 없다. 우리 조선 백성들이 언제 남북으로 갈라져 이 핀, 저 핀이 있었노."

준기는 왠지 노인에게 믿음이 갔다. 그래서 준기는 마음을 열고 말했다.

"사실은 기렇더만요."

"그럼, 그렇고말고. 내 무식해 더는 모르겠다만…."

영감은 상을 물린 뒤 담뱃대에 잎담배를 넣고 불을 붙인 다음 태우면서 이런저런 얘기를 했다. 이번 전쟁은 미소가 한반도를 둘이 나눠 먹고 보니 자기들 성이 안 차자 나머지도 마자 먹겠다고 서로 싸우는 건데, 그 틈에 죽어나는 우리 백성들이다. 사실은 당신 막둥이도 김천중학교에 다니다가 의용군으로 끌려나간 얘기도 했다. 그 말에 할머니는 수저를 놓고 앞치마를 끌어다 눈물을 닦았다.

"올해 몇이고?"

"열여섯입니다."

"그라만 우리 막둥이보다 한 살 아래다."

"아, 네."

할머니가 울먹이며 말했다.

"날마다 비행기가 하늘이 쪼갤 듯이 난릴 치고 대포소리가 천둥을 치듯 짜드라(몹시) 치는데 그 틈에 개가 살아 있을지 몰라."

곁에서 잠자코 듣던 영감이 할머니에게 위로의 말을 했다.

"마, 지 밍(명)이 길면 살아올 끼다. … 죽고 사는 건 다 지 팔자다. 아침저녁 정화수 떠놓고 비는 할마이 정성에 염라대왕님이 감복해서 돌려보내 줄 끼다."

그 말에 할머니가 앞치마로 콧물을 닦으면서 말했다.

"낼은 직지사에 가서 한 사흘 불공드리고 와야겠소."

"나도 같이 갈까?"

"영감 마음 내친 대로 하소."

"그럼, 그라지."

준기가 밥그릇을 다 비우자 할머니는 아랫목에 묻어 둔 놋쇠 밥그릇을 꺼내 상 위에 올려놓았다.

"이리저리 쫓겨 다니느라 제대로 조석도 먹지 못했을 텐데 단디 먹어라."

"고맙습니다."

할머니는 부엌에 나가 따뜻한 국도 다시 한 그릇 떠 왔다. 준기는 새 그릇의 밥을 다시 마파람에 게 눈 감추듯 먹었다.

"우야든동 꼭 부모 상봉하거라. 집에서 마이 기다릴 거다."

"네, 기러겠습니다."

준기는 사랑으로 건너왔다. 먼 길을 떠나자면 아무래도 비
상식량과 돈이 꼭 있어야 한다는 판단이 섰다. 그 순간 준기는
순희 누이가 준 금가락지가 떠올랐다. 사랑으로 건너온 영감
에게 자신의 처지를 솔직히 말하고 금가락지 파는 일을 부탁
드렸다.

"알았다. 오늘이 마침 상주장이다. 조금 있다가 내하고 같이
장에 가자."

"고맙습니다."

"마, 자네를 본께 우리 막둥이 생각난다. 그놈이 지금 어데
서 지내고 있는지? 이름이나 알아 둬라. 조석봉이다. 하늘에
방맹이 다는 얘기지만 혹 오다가다 만나거든 이미애비(어미아
비)가 집에서 마이 기다린다고, 어짜든동 꼭 살아 돌아오라고
전해도."

"기러지요."

막상 준기가 장날 장터로 나서려는데 불길한 생각이 들었
다. 거기에 가면 아무래도 군경에게 거동수상자로 붙잡힐 것
만 같았다.

"어르신, 내레 장에 가지 안카시오."

"와, 그새 맴이 변했나?"

"기게 아니고, … 기냥 어르신 혼자 다녀오시라요."

"마, 잘 생각했다."

영감은 그 즈음 장에는 군인과 경찰들이 좍 깔려 있다고 했

다. 그 말에 준기는 장에 따라가는 일을 단념했다. 준기는 주머니 속의 금가락지 묶은 실을 이로 뜯어낸 뒤 영감에게 건넸다. 그런 뒤 그것을 팔아 겨울 내복과 겉옷, 그리고 걸망을 만들기 위한 광목과 운동화 등, 필요한 품목을 장에서 살 수 있도록 품목을 낱낱이 적어 드렸다.

"어디 나댕기지 말고 여서 한잠 푹 자라."

준기는 영감이 떠난 뒤 뜨뜻한 아랫목에 누워 한잠 늘어지게 잤다. 그날 오후 느지막이 상주장에 간 영감이 돌아왔다. 영감은 금가락지가 두 돈인데, 한 돈에 만 원씩밖에 안 쳐 주기에 이만 원 받아 준기가 부탁한 것 이것저것 사고 남은 돈이라며 일만 삼천 원을 건넸다. 준기는 일만 원만 받으려고 했다.

"문디 콧구멍에서 마늘을 빼묵지, 내 니 돈 안 받는다."

"기러시면 그 돈만큼 양식을 주시라요."

"마, 알았다."

영감은 할머니한테 부탁해 그날 떠온 광목으로 걸망 만들어 거기다 쌀을 넣어 주라고 할 터니 그 돈은 준기가 할머니에게 직접 주라고 했다. 마침 다음 날 아침 직지사에 가는데 그 돈은 불전으로 쓰면 좋겠다고 했다. 그날 밤 느지막이 준기는 신곡리를 떠났다. 새로 만든 걸망에는 쌀 너 되와 소금, 미숫가루 등 할머니가 챙겨 준 비상식량도 담았다.

"시상 부모 맴은 다 똑같다. 꼭 지발 부모 상봉해라."

할머니가 훌쩍이며 말했다.

"고맙습니다. 안녕히 계시라요."

그날 밤 준기는 신곡리를 살쾡이처럼 떠나 상주읍 외곽을 거쳐 문경으로 갔다. 그는 거기서 다시 북동쪽으로 북상했다. 준기는 늘 들길이나 산길을 조심조심 걸었다.

유엔군 총사령부는 서울을 수복한 다음 날인 1950년 9월 29일, 모든 예하 작전부대에 일단 38선에서 진격을 멈추라는 명령을 내렸다. 하지만 이승만 대통령은 이를 묵살한 채 정일권 육군참모총장을 비롯한 군 수뇌부를 경무대로 불렀다.

"우리 3사단과 수도사단이 38선에 도달했는데도 정 총장은 어찌하여 북진명령을 내리지 않는가?"

이승만 대통령의 노기 띤 목소리였다.

"38선 때문입니다."

정 육군총장은 머리를 조아리고 무릎을 꿇은 채 대답했다.

"각하의 명령만 내리신다면…."

이 대통령은 그 말을 기다렸다는 듯이 책상에서 미리 써 둔 38선 돌파 명령서를 정일권 육군참모총장에게 건넸다. 마침내 국군은 10월 1일에는 38선을 돌파했다. 국군 제3사단 23연대가 강원도 동해안 양양에서 최초로 38선을 넘었다. 중국 외상 저우언라이(周恩來)는 38선 돌파 긴급보고를 받은 즉시 경고했다.

"중국 인민은 이웃나라가 제국주의 국가로부터 침략을 받았을 경우 가만히 있지 않을 것이다."

그는 그 이튿날 베이징 주재 인도 대사를 불러 만일 미군이 38선을 넘으면 중국은 참전할 것이라는 말을 했다. 이 말은 곧장 미국과 영국에 전달되었지만 묵살당했다.

유엔군은 인민군의 남하보다 더 빠르게 북진했다. 10월 10일에는 원산, 17일 함흥과 흥남, 19일 북한의 수도 평양까지 손아귀에 넣었다. 26일에는 국군 제6사단이 압록강 초산에 이르는 등, 그해 10월 말에는 유엔군은 북한 대부분 지역을 점령했다.

9
체포

준기는 상주, 문경, 예천을 외곽으로 거쳐 풍기로 갔다. 주로 소백산맥 줄기를 따라 이동했다. 그새 달이 바뀌어 1950년 10월 초순이었다. 그는 주로 산을 타면서 숲이나 동굴에서 잠자며 걸망의 쌀을 조금씩 씹어 먹었다.

10월 9일 한밤중 준기는 중앙선 희방사역 부근에 이르러 산속 호롱불이 빤한 한 외딴집을 찾아갔다. 노인 내외가 살고 있었는데 냉대치 않고 건넌방을 내 주었다. 준기는 돈을 건네며 밥을 부탁하자 곧 할머니가 따뜻한 밥을 지어 주었다. 준기는 시래기국에 고봉으로 담은 밥 한 그릇을 뚝딱 먹고 막 잠이 들 무렵 누군가 문을 두드렸다. 같은 처지의 인민군 패잔병 셋이었다.

준기는 그들과 함께 새우잠을 자는데 새벽 동틀 무렵 전투경찰대가 덮쳤다. 노인 내외는 전투경찰에 신고한 뒤 사라지고 네 사람 모두 한창 깊은 잠에 곯아떨어졌을 때라 반항 한 번 해보지 못하고 모두 붙잡혔다. 그들은 곧장 풍기지서로 끌려갔고, 거기서 간단한 신문 뒤 가까운 풍기초등학교 빈 교실에 수용됐다. 거기에는 그렇게 잡힌 인민군 패잔병들이 삼십여 명이나 되었다.

그날 자정 무렵이 되자 풍기 시가지 여기저기서 요란한 총소리가 들렸다. 교실 바닥 가마니 위에 초점 없는 눈으로 누워 있던 인민군 패잔병들 눈에 갑자기 생기가 돌고 모두 자리에서 벌떡 일어나 사방을 주시하거나 귀를 쫑긋 기울였다. 이윽고 가까운 곳에서 총소리가 울렸다. 후퇴하는 인민군들이 풍기지서를 급습했다. 국군과 전투경찰들은 그들과 맞서 싸우다가 중과부적 영주 쪽으로 후퇴한 모양이었다.

소좌[6] 계급장을 단 인민군 군관이 앞장서 풍기초등학교에 갇힌 인민군 패잔병 포로들을 모두 구출했다. 준기는 그들과 함께 소백산 쪽으로 후퇴했다. 그들이 희방폭포에 이르러 막목을 축일 때 국군의 급습을 받았다. 화력이 센 국군부대의 일제사격에 인민군 패잔병 대열은 금세 흐트러졌다. 준기는 뒤돌아보지 않고 그저 북쪽으로 튀었다. 한밤중에 험한 산도 넘고 가파른 고개도 넘었다. 이튿날 새벽녘에 이른 곳은 충북 단양 단성이었다.

마침내 준기는 추풍령을 떠난 지 한 달 가까운 1950년 10월 19일에는 강원도 평창에 이르렀다. 그새 같은 처지의 인민군 패주병을 여럿 만나기도 했고, 군경들에게 쫓기며 같은 처지의 패잔병들과 숱하게 이합집산을 거듭하다가 홀로 떨어졌다.

---

6. 북한군 영관급 계급.

준기는 구사일생 탈출로 몇 차례 죽음 직전에서 살아났다. 어느 하룻밤은 제천 송학산에서 가랑잎을 긁어 모아 이불 삼아 잠을 자고 있는데 국군들이 그 오솔길을 지나면서 하필이면 준기가 누워 있는 곳에다 오줌을 갈겼다. 준기는 꼼짝없이 오줌세례를 받았다. 준기가 아무 소리도 치지 못하고 그대로 오줌세례를 참았기에 위기를 모면하기도 했다.

그새 새로 산 옷도 해지고 새 운동화도 떨어져 평창의 한 두메 오두막집 섬돌에서 헌 군화를 훔쳐 신었다. 걸망의 쌀이 떨어진 뒤로는 나무뿌리를 캐먹거나 야생 날알로 생식을 했다. 들판의 날알은 보이는 대로 훑어 먹었을 뿐 아니라 농가 처마에 종자로 달아둔 옥수수도 눈에 보이는 족족 훔쳐 주린 배를 채웠다. 몇 번은 주인에게 들켰지만 그때마다 도망을 쳐 위기를 모면했다. 10월 20일 저물 무렵에 오대산으로 가고자 진부 삼거리에 이르렀다. 준기가 막 진부 삼거리를 지나 오대산 월정사 쪽으로 가는데 갑자기 누군가 뒤에서 이름을 불렀다.

"어이, 김준기 동무 아냐?"

준기는 순간 귀에 익은 목소리라 소스라치게 놀라며 뒤를 돌아보았다. 3사단 독전대장 남진수 상위가 따발총을 어깨에 멘 채 준기를 노려보고 있었다.

"야, 와 기렇게 놀라나?"

"…."

준기는 쥐가 막다른 골목에서 느닷없이 고양이를 만난 것처럼 부들부들 떨었다.

"'웬수는 외나무다리에서 만난다'는 말 아주 기가 막히게 맞지?"

"…."

"'뛰어야 벼룩'이란 말두 있지?"

"…."

준기는 그 순간 그 자리에서 무릎을 꿇었다.

"그저 죽여 주시라요."

"야, 일어나라. 낙동강전선에서라믄 발쎄 총알이 김 동무의 심장을 뚫었을 기야."

준기는 여전히 무릎을 꿇은 채 남 대장에게 두 손을 모아 싹싹 빌었다.

"야, 개수작하지 말구 날래 일어나라."

"아닙니다. 대장 동무! 그저 죽여 주시라요."

준기는 부들부들 떨면서 그대로 꿇고 있자 남 대장이 다가와 준기의 상체를 잡아 일으켰다.

"기래, 지금 어데 가는 길이야?"

"영변으로 가는 길입니다."

"머이?"

"지금 당장은 하룻밤 잠잘 곳을 찾으러 가는 중입니다."

"기래? 난 동무레 발쎄 고향에 돌아간 줄 알았지."

"찻길도 끊어지고 큰 길마다 국방군들이 좍 깔려 있기에…."

"기럼 갸들한테 투항하지 기래?"

"싫더만요."

"나두 한창 쫓길 때는 배두 몹시 고프구 온 천지에 깔린 투항 권유문을 든 채 뛰쳐나가구 싶었지. 13사단 참모장 이학구 총좌두 투항했더구만. 기래 솔직히 나두 상당히 흔들렸지."

"……."

준기는 남 대장의 그 말에 자기 귀를 의심하며 그를 힐끗 쳐다보았다. 그의 얼굴에는 어떤 결기가 서려 있었다.

어느 하루 남 대장이 의성인가 상주인가 큰길 옆 오두막에 숨어 있는데 별판을 단 국방군 지프차가 마당에 잠시 섰다. 남 대장이 문틈으로 앞자리에 앉은 놈을 자세히 보니까 많이 익은 얼굴이었다. 한참 기억을 더듬자 바로 간도특설대 그놈이었다. 그 순간 남 대장은 투항하고 싶은 마음이 싹 달아났다.

남 대장과 준기는 걸음을 멈추고 길가에서 조금 떨어진 숲속 바위에 앉았다. 남 대장은 바위에 걸터앉고는 주머니에서 잎담배를 꺼내 종이에 말아 침으로 붙이고서는 성냥불로 불을 붙였다.

"이젠 담배두 떨어지구 이참에 끊어야겠어. 밤중에 담뱃불은 십 리 밖에서두 보이구, 냄새가 오 리 밖까지 난다더만. 내레 이젠 담배 살 돈두 없구."

"내레 비상금이 좀 남아 이시오."

"그만 돼서. 함부루 담배 사러 가다가는 국방군 끄나풀들에게 붙잽혀."

---

7. 북한군 장성급 계급. 국군 준장에 해당.

남진수 대장은 마지막 남은 담배를 태우며 그때 얘기를 했다.

남진수는 일제 강점기 때 남만주에서 항일 빨치산이었다. 1930년대 말이 되자 항일무장 세력이 날로 커 갔다. 그러자 일제는 조선항일군은 조선인이 다스려야 한다고 비열한 수법으로 조선인 특설부대를 만들었다. 그게 바로 이이제이(以夷制夷) 전법이었다. 1939년 겨울이었다. 남진수는 북간도 도문에서 바로 그놈을 만났다. 어느 매서운 겨울날 아침, 간도특설대 일당은 독립군 밀영에 불을 지른 뒤 잠결에 뛰쳐나온 항일군에게 기관총으로 난사했다. 그때 남진수는 마침 뒷간에서 용변을 보다가 얼른 산으로 도망쳐 살아났다. 그때 횃불에 불을 붙여 지붕에 던진 놈이 바로 별판 지프차에 탄 그놈이었다.

"기런 일도 있었구만요."

"참, 인생이란 묘하더구만. 그놈을 다시 이 전선에서 만날 줄이야. 기때 동북에서 그놈들은 삼광작전(三光作戰)이라 하여, 우리 항일군을 잡는 대로 총 쏴 죽이구, 집이나 밀영을 모조리 불태우구, 항일군이나 가족은 총칼루 죽이구 부녀자들을 닥치는 대루 겁탈했지."

"네에? 같은 조선 사람끼리 기럴 수가."

"그자들은 일본 놈들보다 더 악질이야. 기래서 내레 굶어 죽어두 그자들에게 투항할 수 없었지."

"…"

"조선 사람으루 위만군(僞滿軍, 만주군의 별칭)이 된 놈두 나쁘지만 개중에 간도특설대 놈들은 더 악질이었어. 그놈들은 우리 항일전사들의 간부는 죽인 뒤 목을 잘라 공회당 같은 곳 장대에 높이 내걸구 여러 인민들에게 보인 다음, 상자에 담아 관동군사령부에 보내서. 기래야 갸네 상관 일본놈들한테 눈도장과 함께 포상을 받거든."

"아, 네. 기런 기막힌 일도 있었구만요."

"내레 그놈 뒤통수에다 방아쇠를 당기지 못한 게 천추의 한이야."

"문틈으로 조준발사하기는 쉽지 않았을 겁니다."

"기렇게 변명두 할 수 있겠지. 솔직히 말해 내레 이 더러운 목숨이 아까워 쏘지 못했던 거야."

남 대장은 담배를 길게 빨아 연기를 뿜은 뒤 오른손으로 자기 머리를 쳤다.

"하늘이 내려다보고 이시오."

"기렇군."

남 대장도 하늘을 쳐다보며 말했다.

"하늘의 그물은 성글지만 놓치는 것이 없다고 했지요."

"기런 날이 올까?"

"우리 인민이 살아 있는 한 틀림없이 기런 역사책을 만들 날이 올 거야요. 만일 나라에서 만들지 않으면 의로운 백성 중 누군가 그 자들의 죄악상을 낱낱이 기록하여 남길 거야요. 기게 역사의 정의지요."

"김 동무레 학교에서 공부 좀 했구만. 기런 말두 다 알구."

"그저 얻어 들은 풍월입니다."

"하긴 모든 권력은 총칼에서 나온다구 하여, 총칼이 붓보다 센 것 같지만, 긴 역사루 보믄 칼은 결국 붓을 이기지 못하지. 총칼의 힘은 유한하구, 붓으루 쓴 글은 영원히 남거든. 기게 동서고금의 진리야."

그새 날이 어두웠다. 강원도 오대산 일대 산속은 평지보다 한두 시간 빠르게 어두웠다.

"김 동무, 이 부근에 트(아지트, 은신처)라두 마련해서?"

"아닙니다. 내레 이곳은 처음이야요."

"기럼, 날 따라오라. 내레 지금 보투(보급투쟁)갔다가 감자를 몇 알 구해 트루 돌아가는 길인데 거기 가믄 김 동무 아는 동무두 있을 거야."

"네에?"

"가서 보믄 누군지 알아."

"…."

준기는 그가 누군가 매우 궁금했다.

"기래 최순희 그 동무완 어드러케 된 거야?"

"추풍령에서 헤어졌습니다."

"기래? 김 동무가 그 여우 같은 간나한테 채였나 보군."

"기게 아니구, … 내레 최 동무의 무사 귀가를 위하여 몰래 떠났습니다."

"뭬라구?"

"내레 최 동무를 진정으로 사랑하기에…."

"머이?"

"전시엔 남녀가 함께 도망하는 게 아주 불편하더만요. 기래서 내레 몰래 최 동무를 위하여 슬며시…."

"전쟁터에서 핀 한 송이 아름다운 꽃이요, 순애보로군."

"…."

"역시 김 동무는 평안도 영변 순정파 청년이야."

"…."

"기래? 둘이 다시 만날 약속은 했나?"

"네. 이 전쟁이 끝난 뒤에 서울 덕수궁 대한문에서 만나자고."

"얼씨구 무슨 춘향이 이도령 같은 얘기로구만. 긴데 하긴 해서?"

"…."

"야, 솔직히 사내답게 말하라."

"낙동강을 건넌 이튿날 한 행낭채에서 한낮에…."

"히히, 잘했다야. 이제 둘 다 죽어두 처녀, 총각 귀신은 면했구만."

"…."

"긴데 사내가 말뚝을 박을 땐 확실하게 박아야 해. 기렇지 않으믄 계집이란 튀게 마련이야."

"내레 순희 동무가 꿰맨 뱃가죽이 아프도록 박았구만요."

"히히, 그거 잘했다야. 기럼, 그 간나 여간 아냐. 내레 허벅지에서 파편 꺼내는 솜씨두, 장 상사 찢어진 귀를 봉합하는 솜씨두 좋았어. 살짝 웃으면 보조개가 패는 게 아주 사내들 간장을 죽여 주지. 내레 그 간나 말 믿구 사과 서리 허락했다가 견책 먹었지. 우리 사단장님이 워낙 신임했기에 망정이지 군법회의에 회부될 뻔 해서야."

"기런 일두 이섰구만요."

"내레 '열 길 물속은 알아두 한 길 사람의 속은 모른다'는 말을 기때 명심했지. 아무튼 김 동무 살아가믄서 계집 조심하라. 사내가 함부루 계집 구멍 찾다가 신세 조지는 일이 수태(숱하게) 많아. 심지어 총이나 칼 맞구 뒈지기두 해."

"가르쳐 줘 고맙습니다."

남진수는 차분히 말했다. 동양이 서양에 크게 뒤진 거나 조선이 망한 것도 인구의 절반인 여성의 힘을 썩힌 데 있다. 게다가 일본군이나 장개석 국부군은 전시 때 여성을 정신대니 위안부니 하여 강제로 잡아다가 한낱 성노리개로 썼다. 결국 일본 군대나 장개석 국부군은 그런 짓하다가 벼락 맞고 망했다. 남성들이 여성을 진정으로 동등하게 대하면 나라의 힘이 배가한다는 등 여성인권을 강조했다.

남진수는 일제 패망 후에도 중국 인민해방군으로 장개석 국부군과 여러 차례 전투를 치른 역전의 용사로 국부군도 잘 알고 있었다. 그들 국부군은 부대이동 때에도 맨 꽁무니는 위안부들을 데리고 다녔다. 그런 작태들이 장개석 국부군이 모택동 인민해방군에게 손을 든 까닭이라고 했다.

"지금두 미군이나 국방군 가운데는 여성들을 한낱 성노리개루 부녀자를 겁탈하는 놈들이 많아. 특히 국방군 중 일군이나 만군 출신들은 아직두 지 버릇 개 주지 못했을 거야. 대동아전쟁 때 일군들은 부대 밖에다 위안소를 만들어 놓구 한 여성에게 수십 명씩 달려들게 하였지. 짐승두 기러진 않아. 왜정 때 우리 조선 여성 가운데는 순진하게 군수공장에 가는 줄 알구 속아 기렇게 성노예가 된 여성들이 많아서."

"내 고향에두 정신대루 끌려간 여성들이 수태 이셨지요."

"기랬을 기야. 일본군은 조선 팔도, 만주 전역에서 반반한 처녀들을 군수공장에 보낸다며 붙잡아 거지반 위안소루 보냈지."

남 대장은 지난 9월 1일부터 독전대장직을 그만두고 후퇴 명령이 내릴 때까지 한 스무 날 남짓 포로신문관을 했다. 근데, 어느 하루 투항해 온 자가 만군 출신 국군 장성의 당번병이었다. 그 장성은 전선에서 하룻밤도 혼자 자는 법이 없었다고 했다. 그래서 그는 날마다 직속상관 잠자리를 같이할 부녀자들을 직접 조달하는 게 주된 임무였는데, 그게 사람의 탈을 쓰고 할 짓이 아니라 부대를 뛰쳐나왔다고 했다.

"인두겁을 쓰구 기런 짓을 하다니…."

"내레 투항자의 말이라 전적으루 믿을 수는 없지만, 어느 정도는 사실일 기야. 특히 일군이나 만군은 배꼽 아래는 서루 상관치 않구 부녀자 강간, 겁탈이 심했지."

준기는 그 얘기에 분개하며 말했다.

"기래서 갸네 지나간 곳은 남아나는 게 없다는 말도 생겨났구만요."

"기럼, 갸네는 구멍 동서루 전우애를 다졌지. 애초 중국 인민해방군이 장개석 국부군의 십분지 일 정도루 군사력이 절대 열세였지만 마침내 이긴 것은 무엇보다 인민의 마음을 얻는 데 있었어. 아무리 무기가 강해두 인민들의 마음을 얻지 못하믄 전쟁에서 이길 수 없어."

"잘 들었습니다. 대장 동무."

"야, 너들은 남남북녀가 아닌, 북남남녀루 만나 서로 연애하구 혼인하여 가정을 이루면 기게 남북통일이야. 아무튼 김 동무가 최순희 동무를 꼭 만나 그 과업을 이루라."

"말씀 고맙습니다. 노력하지요."

그들은 바위에서 일어났다. 남 대장은 앞서고 김준기는 뒤따랐다. 그들은 월정사를 우회한 뒤 상원사 쪽 골짜기로 올라갔다. 남 대장은 성큼성큼 걸음을 떼는데 준기는 뒤따르기가 힘에 부쳤다. 남 대장은 항일 빨치산 때 익힌 산악행군으로 다져진 것으로 보였다. 마침내 남 대장이 멈춘 곳은 동피골 계곡 중간 지점에 있는 천연동굴이었다. 준기가 그곳에 이르자 윤성오 상등병이 아주 반겨 맞았다.

"사람의 인연이란 참 무섭구만, 이렇게 오대산 산중에서 또 만나다니…."

"볼 낯이 없습니다."

"내레 기때 섭섭했던 건 사실이야. 동무들이 사과를 한 보따리 가지고 돌아오길 눈 빠지게 기대렸지."

"…."

"다음부터 기러지 말라."

"알갓습니다. 긴데 용케 후퇴하셨구만요."

"내레 남 대장 동무 때문에 예까지 살아왔지."

인천상륙 후 국군은 눈빛이 달라졌다. 그때부터 인민군은 전선에서 일방으로 밀리는 가운데 9월 23일 인민군전선사령부에서 후퇴 명령이 떨어졌다. 윤성오 상등병도 절름거리며 후퇴 길에 나섰지만 곧 낙오하자 남 대장은 부상병이라고 반 이상은 트럭이나 우마차를 번갈아 태우면서 후송했다. 윤성오 상등병은 그때까지도 절룩거렸다.

"다들 귀하고 아까운 사람들이지만 윤 동무는 아는 것두 무척 많구, 총명하구…."

남 대장은 윤성오 상등병을 치켜세웠다.

"후퇴 길에 골치 아픈 부상자를 살려 줘서 고맙습니다."

윤성오가 남 대장을 향해 고개를 숙이며 말했다.

"기게 내레 임무였어."

남 대장이 대수롭지 않게 받아넘겼다.

"아닙니다. 그건 아무나 할 수 있는 일이 아닙니다."

준기도 감격하여 무릎을 꿇고 말했다.

"야, 일어나라. 내레 김 동무를 살려 줘야 나중에 국수 한 그 릇 얻어먹지."

남 대장의 말에 윤성오 상등병이 말했다.

"기때 나두 한 그릇…."

"그날이 온다믄 두 분께는 곱빼기로 드리지요."

"좋았어. 우리 살아 그 혼인잔치에 꼭 가자구."

준기가 동피골 동굴에서 남 대장, 윤 상등병과 함께 닷새를 보낸 다음 날이었다. 그날은 동피골을 따라 오대산 정상 비로 봉에 오른 뒤 거기서 본격적으로 북행할 계획이었다. 그들은 여러 날 날감자만 먹자 입에서 구역질이 났다. 그래서 준기는 이른 새벽에 일어나 언저리에서 솔잎과 마른 소나무가지, 그리고 마른 싸리가지를 주워 불을 피운 뒤 그 잿물에다가 감자를 구웠다. 그날 아침, 세 사람이 그 구운 감자를 아주 맛있게 먹었다.

"구운 감자를 먹으니까 아주 살 것 같구만. 김 동무 수고했소."

남 대장은 흡족한 얼굴로 준기를 칭찬했다.

"긴데 국방군 아새끼들이 이 연기를 보지 않았을지 모르가서. 내레 빨치산 시절 괴뢰 만주군 토벌대 아새끼들은 일제 사냥개들이라 냄새두 잘 맡구, 연기두 귀신같이 찾아내더라구. 기때 우리 항일동지들이 밥해 먹다가 많이들 희생됐어. 자, 기럼 날래 출발하자."

"네."

김준기와 윤성오가 막 자리에 일어나 떠날 차비를 했다. 그때 요란한 엠원 총소리와 카빈 총소리와 함께 빗발치는 듯한 총탄이 동굴 언저리에 쏟아졌다.

"내 예감이 맞았군."

준기와 윤성오는 무척 당황했지만 남 대장은 오히려 침착했다.

"죽을 죄를 졌습니다."

"이미 엎지른 물이야. 이럴 때일수록 정신을 차려야 살아남을 수 있어."

남 대장은 이미 모든 걸 각오한 듯 따발총에 하나밖에 남지 않은 비상용 탄창을 끼우며 말했다. 총은 남 대장밖에 없었다. 그때 빗발치던 총탄 소리가 잠시 멎더니 곧 앞 산등성이 쪽에서 확성기 소리가 났다.

"야, 인민군 패잔병들! 너희 목숨이 아까우면 빨리 손들고 나오라. 지금 너희들은 우리들에게 완전히 포위됐다."

잠시 후 다시 확성기가 울렸다.

"지금 너희들은 독 안에 든 쥐다. 빨리 손 들고 나오라! 그러면 너희들 목숨은 살려 주겠다."

토벌대의 손 마이크 소리가 낭랑히 이른 아침 고요한 계곡의 정적을 깨트렸다.

"지금부터 너희들에게 정확히 5분 여유를 준다. 잘 생각해 보고 살고 싶으면 무기를 버린 뒤 두 손을 들고 동굴 밖으로 나와 투항하라."

남 대장은 잠시 생각하더니 두 사람에게 명령을 내렸다.

"야, 안 돼가서. 이러다간 우리 셋 모두 당할 것 같아. 너들은 총조차 없으께 맞서 대적할 수 없어야. 기래 명령한다. 내레 총을 가지구 동굴 밖으루 나가 산 아래루 후다닥 뛰어내려가믄 국방군 아새끼들이 나를 집중적으루 추격할 거야. 기때까지 동무들은 잠자코 요기에 숨어 있다가 국방군 아새끼들이 나를 추격하느라 산 아래루 모두 사라지믄 기때 얼른 산꼭대기루 튀라."

"아닙니다. 대장님! 우리도 대장 동무와 함께 아래로 뛰겠습니다."

"야, 기건 말두 안 돼. 자살행위야. 기러구 셋이 다 요기서 죽을 순 없어. 배가 정원초과루 침몰할 위기가 올 때는 나이순으루 먼저 뛔내리는 게 바른 순서구, 그게 세상 정의야."

"아닙니다, 대장 동무. 그 총 이리 주시라요."

"머이? 내레 만주에서, 일본놈과 장개석 군대와 수십 차례 전투를 치러구두 살아난 놈이야. 설사 내레 지금 죽는데두 억울치 않아. 내레 고향집에 아들딸 남매가 있어. 기러구 내레 독전대장 하믄서 도망치려는 우리 조선인민군 동무들 수태 죽이거나 혼냈지. 내레 이 전장에서 죽어야 돼!"

"아닙니다. 대장 동무!"

"사람은 죽을 때가 있어. 내레 요기서 죽어야 저승에 가서 우리 전사들을 떳떳하게 볼 수 있어야. 기게 내레 최소한 양심이구, 자존심이야."

다시 앞 계곡에서 토벌대의 확성기가 울렸다.

"너희들은 독 안에 든 쥐다! 생명이 아까우면 총을 버린 뒤 손을 들고 빨리 뛰쳐나오라. 이제 약속시간은 지났다. 마지막으로 다시 한 번 3분간 시간을 주겠다."

금세 약속시간이 지났다. 다시 확성기 소리가 났다.

"지금 즉시 동굴 밖으로 나오라. … 열을 세겠다. 하나, 둘, 셋…."

"야, 개수작하지 말라 쌍!"

남 대장은 동굴 안에서 맞받아 고함을 질렀다. 그럼에도 다시 총탄이 빗발치듯이 동굴 언저리를 때렸다.

"야, 이 국방군 괴뢰들아!…."

남 대장은 소리치며 사격자세로 후다닥 동굴 밖에 뛰어나갔다. 그러자 동굴 언저리를 둘러싸던 토벌대들이 남 대장을 추격하며 총을 마구 난사했다. 남 대장은 계곡 아래로 비호처럼 뛰어 내려가면서도 잠깐잠깐 뒤돌아보며 따발총으로 조준발사한 뒤 다시 산 아래로 잽싸게 뛰어 내려갔다. 그 총에 국군 토벌대들이 여러 명 쓰러졌다. 그러자 대부분 국군 토벌대들은 남 대장을 추적했다.

마침내 남 대장은 전나무 곁에서 넓적다리에 총탄을 맞고 쓰러졌다. 하지만 그는 한 아름이 넘는 전나무에 몸을 숨긴 채 추적해 오는 토벌대를 조준발사했다. 그의 사격술은 대단했다. 만주 벌판을 누비던 신묘한 빨치산 사격술로 토벌대 여러 명을 쓰러뜨렸다. 하지만 그의 탄창에는 총알이 떨어졌다. 남 대장은 더 이상 응사할 수 없었다. 마침내 그는 중과부적으로 온몸에 총알을 벌집처럼 맞은 채 그만 땅바닥에 큰 대자로 엎드려졌다.

"사격중지!"

토벌대장이 명령했다. 곧 추적 토벌대가 남 대장의 사망을 확인하고는 거적으로 둘둘 말아 들쳐메고는 동피골 어귀로 내려갔다. 잠시 후 동굴 언저리가 조용해지자 준기와 윤성오는 동피골 계곡 능선을 타고 오대산 지봉인 호령봉 정상으로 줄달음을 쳤다. 윤성오는 다리에 파편상을 입은 탓으로 다소 절름거렸다. 그들이 숨을 헐떡이며 막 호령봉 칠부능선쯤 오를 때 길목 바위 뒤에서 갑자기 국군토벌대 다섯 명이 튀어나오면서 총구를 그들 가슴에 겨누었다.

"야, 손들어!"

"야, 이 괴뢰군 새끼들아! 손 번쩍 들어!"

준기와 윤성오가 꼼짝없이 두 손을 번쩍 들었다. 토벌대 엠원소총 개머리판이 두 사람을 마구 짓이겼다. 그때 준기는 정신을 잃었다.

"이 동무 아직도 자고 있네."

준기는 그 말소리에 어슴푸레 잠이 깼다. 준기가 두리번거리며 겨우 정신을 차리자 어느 검문소 유치장 안이었다. 준기가 언저리를 살피자 윤성오 상등병과 자기와 비슷한 몰골의 패주병 다섯 명이나 더 있었다. 준기가 물었다.

"요기가 어디야요?"

"진부 삼거리 검문소 유치장이야."

곁에 누워 있던 윤성오 상등병이 대꾸했다. 그는 또 다리에 붕대를 감고 있었다. 아마도 다친 다리를 또 다친 모양이었다.

유치장 내 포로들은 모두 몰골이 처참했다. 팔다리에 붕대를 감거나 한쪽 눈을 붕대로 감은 이도 있었다. 그날 저물 무렵 스리쿼터가 오더니 무장한 국군 헌병 두 명이 검문소 유치장에 갇힌 그들 일곱 명을 뒤에다 싣고 장평의 한 초등학교 운동장으로 데리고 갔다. 그곳은 유엔군 측에서 임시로 만든 포로 수집소였다. 그들은 한 교실에 수용됐다. 그날 밤 포로신문관은 연행자들을 한 사람 한 사람 불러내어 신상을 캐물었다. 그는 계급장도 없는 모자를 쓴 한국인으로 미제 야전잠바를 입고 있었다.

"이름은?"

"김준기입니다."

"부대 소속은?"

"조선인민군 제3사단 야전병원입니다."

"입대 전 직업은?"

"학생입니다."

"어느 학교 다녔어?"

"평안북도 영변 룡문중학교 4학년…."

"중학생으로 입대했구먼."

"기렇습니다."

"넌 지금 이 시간부터 포로야."

준기는 신문관이 준 신상명세서를 말없이 받아 교실 바닥에 앉아 빈칸을 다 메웠다. 신문이 끝나자 늦게야 저녁밥이 나왔다. 묽은 된장국 한 그릇과 꽁보리밥 한 공기 그리고 단무지

세 조각이었다. 조악한 식단이었지만 준기에게는 환장할 만큼 맛있는 밥이었다. 준기는 꽁보리밥이나마 제대로 된 밥을 먹어 본 지 일주일은 더 되었다. 그 즈음 그는 감자나 옥수수 아니면 칡뿌리나 야생 열매·메뚜기·개구리·뱀 등을 닥치는 대로 잡아먹으며 주린 배를 채웠다. 그날 잡힌 포로들은 모두 같은 처지라 죄다 며칠 굶은 사람들처럼 국물 한 방울, 밥알 한 알 남기지 않고 밥그릇을 핥았다. 준기가 한 포로에게 물었다.

"오늘이 메칠입니까?"

"아마 10월 22일 거야요. 어제 삐라를 주워 보니까 그새 국방군들이 평양에 진주했더만요."

"발쎄?"

준기는 놀랐다. 더운 국물이 입안에 들어가자 조금 생기가 돌았다. 그날 밤 포로들은 허름한 모포 한 장씩 지급받았다. 준기는 가마니를 깐 교실 바닥에 모포 한 장으로 반은 깔고 반은 덮은 채 눈을 감았다. 옆자리 윤성오 상등병도 그제야 기운을 좀 차린 듯 눈물을 주룩주룩 흘리며 조용히 말했다.

"내레 조금 전에 감시병과 같이 뒷간을 가면서 보니까 뒤편 가마니에 덮인 시신이 남 대장이야요."

"네에?"

"살아남은 우리는 죄인입니다."

"기렇구만요."

준기도 눈물을 주룩주룩 흘리며 소리 없이 울었다.

10
포로수용소

준기와 윤성오가 임시포로수집소에서 하룻밤을 지낸 이튿날 아침이었다. 국군 토벌대장은 준기와 윤성오를 불러내고는 화장실 뒤편에 거적으로 덮어둔 시신 곁으로 데리고 갔다. 국군 토벌대장은 거적을 벗겼다. 남 대장은 온몸에 벌집처럼 총탄을 맞아 얼굴도 겨우 알아볼 정도였다.

"야, 이놈이 누구야?"

"…"

"너희도 이놈처럼 죽고 싶어. 이미 상황은 끝났어."

국군 토벌대장이 군화발로 준기와 윤성오의 정강이를 번갈아 찼다.

"남진수 상윕니다. 3사단 독전대 대장이었습니다."

윤성오가 기어 나오는 목소리로 대답했다.

"틀림없나?"

"네, 맞습니다."

준기도 작은 목소리로 대답했다.

"독전대장 새끼는 역시 다르군. 이 새끼 총에 내 부하 네 명이 전사했고, 다섯 명이 중상을 입었어. 끝까지 이름값은 하고 죽었군. 이 새끼 시신을 아주 가루로 만들고 싶어."

국군 토벌대장은 이를 뿌득뿌득 갈며 군홧발로 남 대장 시신을 두어 번 걷어찬 뒤 거적을 덮었다.

김준기와 윤성오 등 오대산 일대에서 잡힌 일곱 명의 인민군 포로들은 장평 임시포로수집소에서 일박한 다음 원주 한 군부대에 마련된 포로수집소로 옮겨졌다. 그곳은 강원도와 경기도 동부 일대에서 후퇴 길에 붙잡힌 임시포로수집소였다. 준기가 체포된 전후 닷새 동안 그 일대에서 붙잡힌 인민군 포로가 이백 명은 넘었다.

1950년 10월 26일 원주 포로수집소에 수용된 포로들은 트럭을 타고 남쪽으로 내려갔다. 그들은 트럭에 실려 흙먼지를 하얗게 뒤집어쓰고 도착한 곳이 대구였다. 거기서 헌병들의 삼엄한 경비 속에 각 포로수집소에서 온 포로는 한밤중 대구역에서 열차를 탔다. 그새 각지에서 붙잡혀 온 포로는 오백여 명으로 불어났다.

이튿날 아침에 이들은 부산 거제리에 있는 포로수용소에 도착했다. 부산포로수용소에서는 포로들이 도착하자마자 입고 온 인민군복이나 사제 옷을 모두 벗기고 낡은 군복을 나눠 줬다. 그리고 수용소 기간병들은 포로들에게 나눠 준 군복을 입게 한 뒤 등이나 바짓가랑이에다가 검은색, 또는 흰 페인트를 묻힌 붓으로 'PW'라는 영문 글자를 썼다. 그런 뒤 수용소 이발병들은 포로들의 머리를 바리캉으로 박박 밀었다. 이빨 빠진

165

낡은 바리캉인 데다가 기간병이 성의 없이 마구 미는 바람에 포로들은 눈물을 질금질금 쏟았다. 포로수용소 측에서는 준기와 윤성오 상등병은 한 부대 소속임을 알고는 다른 막사로 분류 배치하여 떨어뜨렸다. 그들은 헤어지기 전 서로 안고 작별 인사를 했다.

"김 동무, 꼭 살아 고향집에 돌아가라."

"윤 동무도 꼭 살아가시라요."

애초 부산 거제리 포로수용소는 허허벌판이었다. 거기다가 철조망을 친 다음 천막으로 임시막사를 만들어 포로들을 수용했다. 처음 포로수용소 측은 한 천막 막사에 포로 스물네 명씩을 수용했다. 그런 뒤 포로신문관이 포로를 한 사람씩 불러내어 인적사항을 물어 기록하며 포로번호를 부여한 뒤 한 사람씩 일일이 사진을 찍었다. 김준기의 포로번호는 '50NK106564'이었다. 그 시간 이후는 김준기는 이름보다 '50NK106564' 곧 '106564'번으로 통하는, 새로운 세계와 그 질서 속에 살았다.

부산포로수용소에는 입소하는 포로가 날마다 부쩍부쩍 늘어났다. 유엔군의 인천상륙작전으로 인민군의 사기가 극도로 떨어지자 다부동전선에서는 인민군들이 집단으로 투항했다. 1950년 9월 하순부터 10월 중순 사이에는 하루에 2만 명에 가까운 포로가 입소하기도 했다. 그러자 스물네 명을 수용하던 천막 막사에 마흔 명 이상으로 늘어나 포로들은 누울 자리조차도 비좁았다. 그때부터 포로들 간에 한때 전우였다는 동료의 정은커녕 내심 서로 증오하는 기색이 역력했다.

　부산포로수용소는 날이 갈수록 수용인원 초과로 모든 물자가 차츰 부족했다. 매끼 질이 나쁜 안남미 밥이 나왔는데 '후' 불면 날아갈 정도로 찰기가 없었다. 그런 밥조차도 끼니마다 식판에 서너 숟갈을 담아 주는데, 한 사람이 3~4인분은 먹어야 배가 부를 정도였다. 그러다 보니 포로들은 늘 굶주림에 허덕였다. 그러자 포로들 간 밥그릇 싸움이 점차 치열하게 벌어졌다.

　초기 부산포로수용소 포로들은 눈에 오직 먹는 것밖에 보이지 않았다. 그들 가운데는 밥을 조금 더 얻어먹고자 동료의 전과를 고자질하거나 군사기밀을 유출하는 밀고자까지도 속출했다. 포로수용소에는 밥뿐 아니라, 물조차도 귀하여 포로들은 밥그릇 씻은 물로 세수까지 했다. 포로들은 영양실조에다 전쟁터에서 부상당한 상처를 제때 치료받지 못한 탓으로 하루에도 이십여 명씩 죽어 나갔다.

　처음에는 포로수용소 내에서 동료가 죽어 나가자 같은 포로로서 연민의 정을 느꼈다. 하지만 겨울로 접어들어 날씨가 추워지자 포로들은 죽은 동료의 옷을 몰래 벗겨 껴입을 정도로 죽음에 무감각해졌다. 포로수용소 내 포로들은 그저 하루하루 '죽느냐, 살아남느냐'는 처절한 싸움의 연속이었다. 포로수용소 초기의 포로들은 그 어느 누구도 수용소 측에 동료들이 '왜 죽었는가?' '왜 죽어 나가는가?'라고 거세게 항의할 줄도 몰랐다. 그때 포로들의 수용소 생활은 죽음의 행진과 같은 나날이었다.

그해 여름이 더우면 대체로 그해 겨울은 더 춥다고 한다. 1950년이 그랬다. 그해 겨울 1·4후퇴로 피난민들은 강추위 속에 봇짐을 지게에 지거나 머리에 이고 피난처를 헤맸다. 그해 겨울 부산포로수용소 포로들은 강추위 속에 모포 한 장으로 밤새 떨었다. 그들은 아침식사가 끝나면 그 모포를 들고 철조망 곁 양지쪽으로 가 모포를 털고 뒤집어쓴 뒤 움츠려 앉아 내복을 벗어 이를 잡거나 햇볕을 쬐면서 하루를 보냈다.

"세월이 약"이라고 했다. 수용소 포로들은 여러 날을 지나자 추위와 배고픔에도 차차 익숙해 갔다. 그때부터 정작 더 큰 고통은 포로들 간 이데올로기 대립이었다. 준기는 포로수용소 입소 이후 줄곧 벙어리처럼 입을 떼지 않았다. 준기는 포로가 된 이후, 더욱 어머니와 헤어질 때 당부한 말을 더욱 되새겼다.

"네레 무사히 살아 돌아올래믄 입이 바우처럼 무거워야 해."

그는 포로수용소 내에서 일어난 일들을 보고도 못 본 척 들어도 못 들은 척 굳게 입을 닫았다. 준기는 포로수용소 생활을 통해 대부분 사람들은, 자기가 처한 환경에 따라 선하기도 하고 악하기도 한다는 사실을 깨달았다. 대체로 '자비' '긍휼' '사랑'과 같은 거룩한 말들은 한낱 배부를 때의 이야기였다. 부산 포로수용소가 입소자의 폭발적인 증가로 수용 한계를 넘어서자 차츰 포로들 간 반가움보다 서로 반목과 증오심이 이글거리는 원시사회로 변해 갔다.

이런 지옥과 같은 포로수용소에서 그래도 포로들이 살아날 수 있었던 것은 곧 자기 고향집으로 돌아갈 수 있다는 희망 때문이었다. 대부분 포로들은 한두 달 후면, 그리던 고향집에 돌아갈 줄 알았다. 하지만 정전협상은 포로들의 기대와는 달리 엉킨 실타래처럼 꼬여 기약할 수 없었고, 전선에서는 지루한 전투가 계속 이어지고 있었다. 포로수용소에는 포로들이 날마다 꾸역꾸역 고무풍선처럼 자꾸만 늘어만 갔다.

유엔군 측은 포로들이 계속 폭발적으로 늘어나자 부산 거제리 포로수용소 옆에 새로 철조망을 치고는 제2 수용소로부터 차차 제6 수용소까지 증설했다. 그런데도 계속 입소하는 포로를 감당할 수 없게 되자 유엔군은 부산 근교 수영에 '제1, 제2, 제3 수용소'와 부산 가야리에도 '제1, 제2, 제3 수용소'를 증설했다. 1950년 12월 말 부산 거제리, 수영, 가야리 일대 포로수용소에는 모두 13만 5천여 명의 포로가 수용돼 득시글거렸다.

유엔군 측은 포로 수용이 장기화되자 마침내 제네바협정에 따른 수용소 내 포로들의 자치조직을 허용했다. 그러자 포로수용소 내에는 새로운 지배 질서가 형성되기 시작했다. 포로수용소 초기에는 친공, 반공으로 가르는 구별도 없었다. 주로 남쪽 의용군 출신들 가운데 영어를 잘하는 포로들이 포로 자치조직을 장악했다. 말이 자치조직이지, 사실은 포로수용소 측이 일방으로 간부들을 임명했다. 그러다 보니 포로수용소 측에 고분고분하거나 협조적인 포로가 자치조직 간부로 임명되기 마련이었다. 그때 포로자치조직의 최고위 간부는 여단장으로, 그 아래에 대대장, 중대장, 소대장, 분대장, 경찰대, 감찰대 등이 있었다.

그들 포로 자치조직 간부들은 포로수용소 내에서 온갖 특권을 누렸다. 일반 포로는 간부의 옷을 다려 주는가 하면, 간부는 작업에도 열외였다. 또 자치조직 간부는 배식도 일반 포로보다 절반을 더 받는 데다가 줄을 서서 타 먹지도 않았고, 취사병들이 내무반으로 가져다주는 밥을 먹었다. 이들은 일반 포로들에게 돌아갈 보급품도 중간에서 가로챈 뒤 철조망 밖으로 빼돌려 대신 술과 담배, 미제 시계, 심지어 금반지와 같은 사치품도 수용소 안으로 끌어들였다. 자치조직 간부들이 찬 완장은 포로수용소 내에서 막강한 위력을 가졌다. 그래서 간부들의 완장은 일반 포로의 선망 대상이요, 또한 공포와 증오의 대상이었다.

1951년 2월 초, 부산포로수용소는 포로들에게 갑자기 소지품을 지참케 한 뒤 운동장에 집합시켰다. 이들 포로는 곧 부산 부두에 정박한 유엔군 상륙작전함(LST)에 실렸다. 그러자 포로들 사이에 유언비어가 난무했다. 그 수송선은 부산 부두를 떠나 일본으로 간다고 좋아하는 포로도 있었고, 태평양 깊은 바다에 그대로 쓸어 버릴 거라고 공포에 떠는 포로도 있었다. 그 수송선이 부산항을 출항하여 얼마를 항해한 뒤 곧 닻을 내렸다. 포로들은 갑판에서 뭍에 갓을 쓴 노인이 보고, 거기도 한국 땅인 줄 알고 비로소 안도하기도 실망하기도 했다. 그곳은 부산에서 그리 멀지 않는 거제도였다.

유엔군이 거제도에 새로 포로수용소를 지은 것은 여러 가지 이유 때문이었다. 그 첫째는 전장(戰場)에서 얼마 떨어지지 않는 부산에 14만 명 가까운 포로가 수용돼 있다는 데에 대한 우려였다. 그 둘째는 유엔군의 병력은 적과 싸우기도 모자라는데 막대한 병력을 포로 경비와 관리에 쓰고 있는 사실에 대한 고육책이었다. 그 셋째는 10만이 넘는 포로들의 폭동이나 탈출에 대한 사전예방 조치였다. 만일 부산포로수용소 포로들이 폭동이라도 일으켜 탈출한다면 유엔군 측은 걷잡을 수 없는 소용돌이에 빠지게 될 것이 불을 보듯 뻔했다. 그 밖에도 거제도는 육지에서 거리가 가깝다는 이점도 크게 작용했다. 아무튼 거제포로수용소는 부산포로수용소보다 경비하기도 쉽고, 포로수용소 관리비도 감시병도 적게 든다는 이점으로 그곳에 세워지게 되었다.

1950년 10월 15일, 태평양의 웨이크 섬에서 트루먼 미 대통령과 맥아더 유엔군 총사령관의 양자 회담이 열렸다. 원래 트루먼이 맥아더를 본국으로 불렀으나, 장시간 전장을 비울 수 없다는 그의 뜻을 존중하여 그곳에서 이루어졌다. 그때 맥아더는 대통령이 방문할 정도로 콧대가 높았다. 맥아더는 트루먼에게 자신감이 찬 목소리로 말했다.

"미군은 한국전쟁에서 반드시 승리할 것이며, 추수감사절까지는 북한군의 저항을 잠재울 것입니다. 한국전선에 파병된 미군은 크리스마스 이전에 일본으로 돌아올 것입니다."

트루먼은 매우 반가우면서도 한편은 불안하여 맥아더에게 물었다.

"중국이 한국전쟁에 개입하지 않겠는가?"

"우리는 중국의 개입을 두려워하지 않습니다. 그들에게는 공군이 없습니다. 만약 중국군이 한국전에 개입한다면 대량 살육을 면치 못할 것입니다."

맥아더의 대답은 대단히 거만하고 퉁명스러웠다. 하지만 이 날 맥아더의 장담은 곧 빗나갔다. 트루먼과 맥아더의 웨이크 회합이 있은 지 열흘 만에 중국군 10만 명이 압록강을 건너 한국전쟁에 개입했다. 그때부터 한국전쟁은 새로운 국면으로 접어들었다. 중국은 한국전쟁 개전 이래 소극적인 입장을 취하다가 유엔군의 38선 돌파가 임박하자 미국에 대해 여러 차례 경고를 보냈다. 10월 9일 저우언라이는 북경방송을 통해 한국전쟁 개입을 시사했다.

"우리는 전쟁을 원하지 않지만, 적들이 우리에게 전쟁을 강요하고 있다. 우리는 북조선의 불행을 이대로 빤히 보고만 있을 수 없다. 중국은 북조선을 원조하고 우리 자신을 지켜야 한다. 중국과 북조선은 순망치한(脣亡齒寒, 입술이 없으면 이가 시리다)의 관계다."

하지만 미국은 중국의 경고를 코웃음 치며 계속 북진했다. 그러자 중국은 자국의 국방에 위협을 느낀 나머지 마침내 항미원조(抗米援朝)로 곧 '중국인민지원군(이하 중국군)'을 한국전에 참전시켰다.

중국이 한국전에 개입한 첫 번째 이유는 한반도정책에 있었다. 중국은 한반도를 그들의 안보 완충지대로 생각하고 있었는데, 유엔군의 38선 돌파로 그 위기를 맞자 전쟁 개입을 불사한 것이다. 그 두 번째 이유는 중국은 당시 장제스(蔣介石) 국민당 정권을 대만으로 몰아내고 중화인민공화국을 건국한 지 불과 일 년여밖에 지나지 않아 내부 혼란이 많았다. 이러한 내부 혼란을 파병을 통해 수습하고자 했다. 이 밖에도 중국은 국제 사회에서 실추된 그들의 지위 향상과 아시아에서 맹주 노릇 회복 등, 그들의 실질적인 국익을 추구하고자 했기 때문이다. 중국군은 13병단의 4개 군, 포병 3개 사단, 1개 고사포연대, 1개 공병연대 등 총 25만 5천 명으로 편성하였다.

유엔군과 중국군의 첫 교전은 10월 하순에 이뤄졌다. 유엔군은 첫 전투에서 생포한 중국군 포로를 통해 중국의 참전을 확인했다. 미국은 그때까지 종이호랑이 중국이 감히 세계 최강인 미군에게 대항한다는 것은 무모한 도전으로 매우 가소롭게 여겼다. 특히 맥아더는 중국군을 형편없이 얕보며 크리스마스 이전에 한국전을 끝내고자 최후의 대공세로 '크리스마스 공격작전'을 준비했다.

유엔군의 '크리스마스 공격작전'은 11월 초 한만국경 폭격으로 시작했다. 미군 폭격기는 2주 동안 북한 대부분 지역을 초토화시켰다. 그러자 맥아더는 '크리스마스 공격작전' 사전 정지작업이 완료된 것으로 판단했다. 드디어 그는 11월 하순, 유엔군에게 크리스마스 총공격을 명령했다.

"적은 재기할 능력이 없다. 압록강까지 진격하라! 그대들은 크리스마스에 가족과 만날 수 있을 것이다."

1950년 11월 25일부터 유엔군의 '크리스마스 공격작전'이 시작되었다. 유엔군은 당초 자신만만했으나 곧 복병 중국군의 고전적인 공세와 인민군의 결사적 반격에 몹시 당황했다. 중국군은 팔로군 출신의 역전노장 펑더화이(彭德懷)를 지원군 사령관으로 하여 뜻밖의 장소에서 북과 꽹과리를 치고 나발을 불며 불쑥불쑥 전장에 나타나는 고전적인 전법을 썼다. 유엔군은 중국군이 북과 꽹과리를 치며 야간공격을 해 오면 공포감으로 혼비백산 밤새 벌벌 떨었다.

중국군은 "적군이 진격하면 아군은 후퇴하고, 적군이 근거지를 마련하면 아군은 어수선하게 하며, 적군이 피로하면 아군은 공격하고, 적군이 달아나면 아군은 추적한다(敵進我退 敵據我擾 敵疲我攻 敵退我追)"는 마오쩌둥 16자 전법을 교범으로 삼았다. 유엔군은 이 중국군 전통의 고전전법에 속수무책이었다. 게다가 끊임없는 중국군의 파상공세에 유엔군은 그만 기가 질려 버렸다.

날씨조차도 유엔군 편은 아니었다. 유엔군은 영하 30도를 오르내리는 북부지방의 강추위가 적군보다 더 무서웠다. 유엔군은 총 한 방 제대로 쏴 보지도 못한 채 동사자가 속출했다. 이런 혹한 속에 유엔군은 중국군 참전 이후 2주일 동안 약 250 킬로미터나 후퇴했다.

한국전쟁 전세는 또다시 대역전이었다. 인민군에게 중국군의 참전은 천군만마의 원군이었다. 중국군의 참전에 힘입은 인민군은 인천상륙작전 이후 후퇴 일로에서 단박에 일대 공세로 전환했다. 1950년 11월 말, 인민군과 중국군 연합 공산군은 청천강과 장진호에 이르는 동해안 지역까지 진출하였고, 12월 6일에는 마침내 평양을 탈환했다. 맥아더는 중국군의 맹공과 강추위로 하는 수 없이 흥남철수명령을 내렸다.

당시 흥남지역에는 미 제1해병사단, 제7사단, 제3사단, 그리고 국군 제1군단 등 10만 5천 명의 병력과 수십만 명의 피난민이 몰려 있었다. 이들은 12월 10일부터 24일까지 보름간 철수작전을 펼쳤다. 흥남철수작전에는 미군 수송선뿐 아니라 각종 선박들이 동원되었다. 행선지는 부산, 마산, 울산, 구룡포, 울진, 묵호 등으로 사람은 많은데 배는 적었다. 미국 상선 메러디스 빅토리(Meredith Victory)호는 화물선이었다. 하지만 빅토리호 라두 선장은 부두에서 발을 동동거리는 피난민을 외면할 수 없어 배에 실었던 화물(무기)를 모두 버리고 대신 피난민 1만 4천 명을 태웠다. 그래도 피난민은 후퇴 선박을 탈 수 없어 흥남 부두는 배를 타지 못한 사람들이 발을 동동 구르는 아비규환이었다. 그렇게 많은 피난민이 한꺼번에 함흥 부두에 몰려든 것은 유엔군이 철수한 뒤 원자폭탄을 떨어뜨린다는 풍문 때문이었다.

1950년 12월 25일에는 공산군은 38선 이북의 거의 전 지역을 다시 장악해 오만불손한 맥아더의 코를 아주 납작하게 만들었다. 공산군은 12월 31일 밤 전 전선에서 다시 38선을 돌파한 뒤 남하했다. 1951년 1월 4일에는 서울을 다시 점령하였고, 1월 중순에는 37도선 이북 지역을 점령했다.

워싱턴은 맥아더의 크리스마스 총공세가 대참패로 돌아가자 몹시 경악했다. 미국은 역사상 처음으로 한국전쟁에서 가장 큰 패배를 당하자 트루먼 대통령은 비장의 카드를 뺐다. 그는 기자회견을 통해 한국전쟁에서 원자탄 사용을 적극 고려하고 있다고 말했다. 이로써 한국전쟁은 제3차 세계대전으로 확전될 위기에 놓였다. 그러자 세계 여론은 들끓었다. 대부분 나라가 미국의 원자탄 사용계획을 비판할 뿐 아니라, 미국 국내에서조차도 반대 여론은 높아갔다.

미국 다음으로 한국전쟁에 많은 지상군을 파견한 영국마저도 미국의 원자탄 사용계획에 반기를 들었다. 영국은 중국 영토 내 홍콩을 그들의 식민지로 가졌기에 마냥 중국과 적대 관계를 지속할 수 없었기 때문이다. 영국 수상 애틀리는 즉각 워싱턴을 방문하여 트루먼 대통령과 회담을 했다. 이들은 '한반도에서 방어선을 유지해 전쟁의 확산을 방지하면서 명예롭게 종식시키는 방향'에 대한 의견을 나누었다. 양국 정상은 한반도에서 결코 핵무기가 사용되지 않을 것임을 재차 확인하고, 유엔의 후원하에 휴전을 모색하기로 합의하였다.

이러한 합의 배경에는 당시 미국의 주적은 소련이었기 때문이다. 그런 미국으로서 소련이 비상한 관심을 가지고 지켜보는 가운데 중국군과 전쟁으로 힘을 소비하는 것은 곤란하다는 판단이 섰다. 게다가 그 무렵 소련의 핵무기 보유량이 급증하고 있다는 첩보에 미국은 어쩔 수 없이 원자탄 사용 카드를 접지 않을 수 없었다.

유엔군은 중국군의 제3차 공세로 37도선까지 후퇴를 거듭했다. 하지만 다시 전열을 가다듬은 유엔군은 대반격작전으로 1951년 3월 18일에는 서울을 재탈환했고, 3월 23일에는 38선 이남을 다시 장악했다. 그때부터 미국 내 여론은 확전보다 전쟁을 제한하는 기류로 흘러갔다. 하지만 맥아더의 의견은 달랐다. 그는 그런 기류를 '전쟁에서 싸워 이기려는 의지를 상실한 것'이라고 강하게 비판하면서 중국에 대한 강력한 보복조치를 트루먼에게 요구했다. 이에 대한 트루먼의 답은 1951년 4월 11일 자로 그를 유엔군사령관직에서 전격 해임했다. 이는 그 무렵 미국의 확전 반대 분위기를 대변한 조치였다. 유엔군사령관 맥아더 후임에는 미 제8군사령관이었던 리지웨이가 대장 진급과 동시에 임명되고, 새로운 미 8군사령관에는 밴 플리트 중장이 임명되었다. 그들의 최대 임무는 한국전의 확전보다 명예로운 종전이었다.

1950년 11월부터 유엔군은 거제도 고현, 수월지구 등지에 거제포로수용소를 짓기 시작했다. 거제포로수용소는 대부분 포로들이 지었다. 먼저 거제도에 도착한 포로들은 수용소 울타리 철조망 설치작업부터 했다. 그런 다음 불도저로 포로수용소 부지 정지작업을 한 뒤 감시 망루를 설치했다. 포로들은 그 부지에다가 일정한 간격으로 천막을 쳤다. 잠깐 새 거제도는 온통 천막으로 뒤덮인 섬이 되었다. 초기 막사는 천막뿐이었으나, 곧 흙벽돌 막사들도 들어섰다.

유엔군은 거제포로수용소를 60, 70, 80, 90 단위의 숫자가 붙은 4개 구역과 28개 동(棟)으로 배치했다. 중앙 계곡에는 제6구역, 동부 계곡에는 제7, 8, 9구역으로 배열하였으며, 1개 단위 구역에는 6천 명을 수용할 수 있게 터를 잡았다. 그런 뒤 유엔군은 부산포로수용소의 포로들을 거제포로수용소 공사와 함께 점차로 이송시키기 시작했다.

1951년 2월 말에는 부산포로수용소의 5만여 명 포로를 거제포로수용소로 이송시켰다. 3월 1일에는 행정본부, 나머지 부속기관과 잔류 인원도 이송하기 시작하여 그해 6월 말 거제포로수용소 포로는 14만여 명에 이르렀다. 그러자 그때부터 부산포로수용소는 거제포로수용소의 보조 역할을 담당했다. 곧 유엔군은 전투지에서 사로잡은 포로를 일단 부산포로수용소에 모은 뒤 거기서 포로를 분류 편성하여 거제도로 보냈다. 유엔군은 포로수용소 이전 작전은 성공했지만, 포로 관리에는 치밀치 못하여 역대 포로수용소장들은 곤혹을 치러야 했다.

거제포로수용소가 문을 열자 친공포로들은 부산포로수용소와는 달리 곧장 주도권을 장악했다. 곧 포로수용소 안은 미군도 국군도 들어가지 못하는 무법천지로 변했다. 그러자 포로수용소 내에서 살육전이 벌어졌다. 친공포로들은 수용소 내 주도권을 확실히 잡고자 반공포로들에게 살인까지도 서슴지 않았다. 친공포로들은 수용소 내에서 인민재판까지 열었다. 또한 수용소 내에 인공기가 게양되고, 적기가가 울려 퍼지는 사태에까지 이르렀다.

유엔군은 이러한 사태를 반전시키고자 포로수용소에 일부 반공청년단을 들여보내는 등, 무력화된 기존의 반공세력을 강화시켰다. 그러자 포로수용소 내는 두 개의 세력으로 양분되었다. 곧 해방동맹의 친공포로와 반공청년단의 반공포로들이었다. 이들 두 세력은 팽팽히 맞서면서 수용소 내에 인공기와 태극기가 밤낮으로 바뀌 게양되는 일까지 벌어졌다. 연일 포로수용소 철조망 안에서 두 세력 간 전선을 방불케 하는 살육전이 벌어졌다. 친공포로들은 드럼통을 잘라 만든 칼로 반공포로를 살해한 뒤 시체의 각을 떠 맨홀이나 변소에 던져 버리는 야만적인 살육행위도 서슴지 않았다. 그에 맞선 반공포로들의 친공포로에 대한 반격도 그와 막상막하였다. 포로수용소 안에서도 전장 못지않은 또 다른 전투가 연일 계속되었다.

김준기는 1951년 2월 하순, 부산포로수용소에서 부두에 정박한 상륙작전함(LST)을 타고 거제포로수용소로 이송하여 73 수용동에서 지냈다. 1951년 7월 4일은 음력 5월 그믐으로 초저녁부터 먹물을 뿌린 듯 어두웠다. 그날 밤 준기는 세 명의 해방동맹 공작대원에게 눈이 감기고 입이 재갈에 물려 흠씬 두들겨 맞은 채 해방동맹 본부가 있는 77 수용동으로 끌려갔다.

11
남이냐 북이냐

"야, 일어나라."

해방동맹 한 공작대원이 발길로 준기의 옆구리를 찼다. 준기는 그제야 잠에서 깼다. 그 순간 희미하게 의식이 되살아났다. 전날 한밤중 73동 내무반에서 취침 중 해방동맹 소속 공작대원들에게 눈은 검은 천으로 가려지고, 입은 나무 막대기로 재갈을 물린 채 결박당했다. 준기는 수용동 바깥에서 곡괭이 자루로 흠씬 두들겨 맞고 실신한 채 해방동맹 본부인 77동으로 끌려왔다. 그들은 양동이 물을 준기에게 끼얹었으나 깨어나지 않았다. 그러자 그들은 천막 막사 입구 가마니를 깐 바닥에 준기를 팽개쳤다.

준기는 희미한 의식과 함께 용문중학교 때 국어선생에게 배운 오자병법의 "죽기를 각오하면 살 것이요, 요행히 살려고 하면 죽을 것이다"라는 뜻의 "필사즉생 행생즉사(必死則生 幸生則死)" 여덟 자가 문득 떠올랐다.

'그래, 내가 이대로 누워 있으면 저자들은 그대로 각을 뜰지도 몰라.'

거제포로수용소 안에서는 그런 일이 종종 일어났다. 준기는 온몸이 쑤시고 저렸지만 살기 위하여 악을 쓰며 부스스 일어났다. 그러자 공작대원은 대대장에게 큰소리로 보고했다.

"김준기 반동, 깨어났습니다."

"데려오라."

준기는 두 공작대원의 부축을 받으며 자치 대대장 앞으로 끌려갔다. 그는 통로바닥에 꿇어앉았다.

"이름은?"

"김준깁니다."

"원대 소속은?"

"조선인민군 제3사단 야전병원 위생병이었습니다."

"동무레 작년 9월 초순 어느 날 밤에 낙동강 다부동전선에서 우리 조선인민군 반동분자 최순희란 간호전사와 도망쳤다는 고발이 들어와서. 사실인가?"

"기렇습니다."

"전선에서 도망치면 어드러케 되는지 잘 알지?"

"알고 있습네다. 그저 죽여 주시라요."

"알갓서. 네 말대루 해주지."

그때였다. 대대장 곁에 앉아 묵묵히 바라보던 감찰대 윤성오가 나섰다.

"대대장 동무!"

"말하라."

윤성오는 여전히 자리에서 불편하게 일어나 낙동강전선에

서 준기와 만난 얘기, 준기가 최순희의 꾐으로 전선에서 도망
간 얘기, 준기가 추풍령에서 최순희를 떨어뜨리고 후퇴 길에
오대산 들머리에서 남진수 3사단 독전대장을 만난 얘기를 죽
했다. 그러면서 오대산 동피골 동굴에서 셋이 함께 지내다 남
진수 대장의 영웅적인 전사 이후에 국방군에게 체포되었다는
그간의 긴 이야기를 했다.

"김준기 동무는 나이가 어려 사리 판단을 못해 최순희 간호
전사에게 꾐에 빠졌을 뿐입니다. 그는 도망병이었지만 결코
국방군에게 투항한 자는 아닙니다."

"틀림없소?"

"기렇습니다."

대대장은 김준기에게 물었다.

"김 동무, 감찰의 말이 틀림없나?"

준기는 대답 대신 고개를 끄덕인 뒤 울먹이며 말했다.

"내레 조국을 배반해시오. 그저 죽여 주시라요."

김준기의 언행을 줄곧 지켜보던 대대장은 씩 웃으며 말했
다.

"이 동무레 예사 놈과는 달리 솔직해서 좋아!"

"…."

"동무 오마니가 밤새 정화수를 떠놓고 기도한 모양이야. 이
자리에서 감찰대 윤 동무를 만나게 하다니…. 그리구 우리 조
선인민군의 영웅 남진수 대장님께서 이미 동무를 용서했다구
하니 내레 참작은 하가서. 하지만 전선에서 도망한 죄는 면할

수 없지."

"…"

김준기도 언저리의 해방동맹 간부나 준기를 잡아온 공작대 행동대원도 대대장의 말을 기다렸다. 그의 말은 포로수용소에서는 법이기 때문이었다.

"내레 김준기 동무에게 일주일간 금식조치를 내린다. 그리구 금식조치가 끝나는 대로 육 개월간 변소 청소를 시켜라."

"알갓습니다. 그저 살려 줘서 고맙습니다."

준기는 고개를 거듭 끄덕였다.

"내 석명을 들어주셔서 감사합니다."

윤성오가 대대장에게 거수경례를 붙이며 말했다.

그 몇 달 후 준기가 포로수용소 분뇨통을 어깨에 메고 수용소 밖 분뇨 저장소로 가는데 뒤에서 누군가 불렀다.

"이보라우, 김준기 동무!"

준기는 귀에 익은 목소리라 깜짝 놀라며 뒤돌아보니 야전병원에서 한때 같이 근무했던 장남철 상사였다. 그는 현역 때보다 더 높은 중대장 완장을 팔뚝에 두르고 있었다.

"김준기 동무 아냐?"

"아, 네. … 다시 만나 반갑습니다."

"어찌 김 동무는 여태 오마니 품으로 돌아가지 못하고 똥통을 메고 있나?"

"낙동강에서 영변까지는 … 수태 멀더만요."

"기래? 그 간나는?"

"잘 … 모릅니다."

"머이, 김 동무가 모르다니?"

"… ."

"아마 그 동무는 집에 돌아갔을 게야. 그 간나는 보통이 아니야. 김 동무가 그 간나한테 홀딱 홀려 리용당하고 똥통을 메는 거지?"

"아, … 아닙니다. 절대 기렇지 않습니다."

장 상사는 준기의 얼더듬는 대꾸에 재미있는 듯 히죽히죽 웃었다.

"내레 보기엔 김 동무가 그 간나한테 뿅 간 거 같더만."

"… ."

"아무튼 사내들은 간나들이 살살 꼬리치면 뿅 가기 마련이지. 네로부터 간나들 꼬리 치는 데 놀아나 신세 조진 사내가 한둘이 아니지. 기래두 동무레 살아나서 똥통 메는 걸 다행으로 알라."

"면목 없습니다."

"내레 기때 총구 앞에서두 최 동무의 당당하고 담담한 태도에 고만 기가 질렀어. 만일 기때 동무들이 살려 달라고 비굴하게 나에게 매달렸다믄 내레 총알은 동무들 심장을 꿰뚫었을 게야."

"늘 고맙게 생각합니다. 내레 기때 죽은 목숨이지요."

"길쎄. 아무튼 내레 방아쇠를 당겼는데 총알이 빗나가더라

구. 기건 동무들 복이지. 내레 제75동에 있으니께 한번 들리
라."

"예, 기러지요."

준기는 대답은 했지만 그날 이후 한 번도 75동으로 장 상사
를 찾아가지 않았다. 수용소 일반 포로들에게는 이동 저동 마
음대로 이동할 수 있는 자유도 없을뿐더러, 설사 있었다 하더
라도 준기는 장 상사를 찾아가지 않았을 것이다. 준기는 장 상
사 앞에만 서면 도무지 오금을 펼 수 없었기 때문이다.

거제포로수용소 소장 미군 도드 준장이 포로들에게 납치되
는 일이 벌어졌다. 1952년 5월 7일, 도드 준장은 제76구역 포
로들이 처우에 불만을 품고 포로수용소장 면담을 요청한다는
보고를 받고, 직접 포로대표들과 면담했다. 그런데 면담 도중
갑자기 포로들은 순식간에 도드를 납치하여 포로수용소 안으
로 끌고 갔다. 클라크 유엔군사령관은 이 사태를 긴급 보고받
고, 즉각 도드를 해임시킨 뒤 콜슨 준장을 포로수용소장으로
임명했다. 친공포로들은 신임 포로수용소장에게 도드 석방 요
구조건을 내걸었다.

그 요구조건은 포로수용소 내에서 유엔군 기간병들의 포로
에 대한 야만적 행위 중지, 포로 자유송환 중지, 포로 강제분
리 심사 금지, 포로대표단 인정 등이었다. 콜슨 신임 소장은
그들에게 포로 자유송환 문제를 제외한 나머지 요구조건을 다
들어주었다. 그러자 친공포로들은 도드를 풀어 주었다.

도드 준장이 3일 만에 석방되자 유엔군사령부는 그와 함께 콜슨 준장도 너무 큰 양보를 하는 등 포로수용소장으로 신중치 못한 처사라 하여 그 책임을 물었다. 클라크 유엔군사령관은 즉각 콜슨 포로수용소장도 해임하고, 그의 후임에 보트너 준장을 새 거제포로수용소장으로 임명했다. 도드 준장 납치로 의외의 수확을 얻은 친공포로들은 더욱 기세등등해졌다.

그들은 수용소 내에 인공기를 게양하고, 김일성과 마오쩌둥 사진을 내거는가 하면, 포로수용소 곳곳에 미군을 모욕하는 플래카드를 걸었다. 그러자 신임 보트너 준장은 공수특전단을 포로수용소에 투입하는 강경책을 폈다. 공수특전단은 탱크를 앞세우고 수용소 안으로 들어가 포로들이 게양한 인공기를 모두 내렸다. 그런 뒤 친공포로를 500명 단위로 강제로 분산 수용하여 그들의 조직을 무력화시켰다. 또한 그들이 거부한 포로송환 심사도 받게 했다. 보트너 신임 포로수용소장의 강경책 이후 포로수용소 내에서 인공기나 중국기가 게양되는 일은 차츰 사라졌다.

준기는 포로수용소 내에서 이런저런 일련의 사태들을 그저 남의 일처럼 지켜보며 입을 꾹 다문 채 세월을 보냈다. 그는 3년 가까운 포로수용소 생활을 죽 그렇게 보냈다.

포로수용소의 겨울은 언제나 춥고 배고팠다. 준기도 다른 포로처럼 겨울 낮 시간은 모포를 들고 햇볕이 잘 드는 양지쪽으로 갔다. 세상은 참 좁았다. 어느 날 옆 동의 한 포로와 철조망 곁에서 햇볕을 쬐면 이런저런 얘기를 나누었다. 서로 간 고향 이야기를 하는데 그는 경북 상주군 공성면 출신이라고 했다. 준기는 자기 귀를 의심하며 혹시 '조석봉'이 아니냐고 묻자 그의 동공이 커지며 깜짝 놀랐다. 그제야 준기는 자기가 탈출하는 가운데 그의 집에서 신세 진 얘기와 함께 부모님이 자나 깨나 막내아들을 기다린다는 간곡한 얘기를 전했다. 그는 잘 알았다는 듯이 고개를 여러 차례 끄덕였다.

1951년 3월 이후 전선은 북위 38도선에서 거의 교착상태였다. 그 무렵 전선은 실력이 비슷한 씨름꾼이 서로 샅바를 거머쥔 채 상대의 허점만 지루하게 노리는 형세였다.

한국전쟁 발발 일 년이 지난 1951년 6월이었다. 유엔군과 공산군 양측은 그제야 비로소 단시일 내 상대편을 군사력으로 굴복시키는 것이 불가능함을 깨달았다. 그런 데다가 장기간 전선은 북위 38도선 일대에서 큰 변동 없이 교착되자 정전 논의가 슬그머니 수면 위로 떠올랐다. 그 신호탄을 쏜 첫 주인공은 미소 간 사전 비밀접촉 끝에 조율한 대로 주유엔 소련대사 말리크였다. 그는 유엔방송을 통해 '평화의 가치'라는 제목의 연설에서 다음과 같이 말했다.

"소련 인민은 한국문제의 평화적 해결을 종용하고, 교전국 간 정전협상이 시작되기를 희망한다."

이 한마디는 전쟁 당사자, 특히 미국에게는 복음이었다. 미국은 감히 청할 수는 없지만, 정전협상을 간절히 바랐던 터였다. 세계 최강을 자부하던 미국은 체면상 먼저 '한국전쟁 정전' 논의를 차마 꺼낼 수 없었다. 그런 가운데 소련 측에서 이를 먼저 제의하자 내심 쾌재를 불렀다. 하지만 미국은 본심을 숨긴 채 몽니를 부리며 겉으로 말리크 소련대사의 체면을 살려 주는 척, 의뭉스럽게 슬그머니 정전협상 테이블로 나왔다. 국제여론 역시 대체로 조속한 종전 방향으로 흘러갔다.

1951년 7월 10일, 개성에서 유엔군과 공산군이 최초의 정전회담이 열렸다. 이에 이승만 대통령은 완강하게 정전회담을 반대했다. 전국에서 연일 휴전반대 관제 데모가 일어났다. "통일 없는 휴전은 있을 수 없다"라며 여학생들까지 동원했다. 하지만 미국은 이를 철저히 묵살했다. 정전회담이 열리자 유엔군과 공산군 양측은 본회담 시작 17일 만에 5개 항의 의제와 의사일정에 전격 합의했다.

한 서방기자는 정전회담 취재차 3주간의 출장명령을 받고 한국에 왔다. 그만큼 서방 대부분 나라는 한국전쟁의 정전회담은 매우 쉽게 끝나는 줄 알았다. 하지만 그것은 섣부른 판단이었다. 막상 정전회담에 참석한 양측은 서로 정전협상 테이블에서만은 자기네가 이기고 싶었다. 특히 미국은 자기네가 형편없이 깔보던 북한과 중국을 상대로 협상 테이블에 마주앉은 그 자체부터 치욕으로 느꼈다. 그래서 미국은 그들의 구겨진 자존심을 세우기 위해 정전회담에서 상대방에게 줄곧 무리한 요구를 했다.

한편 중국도 이참에 그동안 국제사회에 '종이호랑이'로 실추된 그들의 자존심을 되살리고자 미국의 요구를 일축했다.

그러면서 그들은 정전회담장에서 미국과 대등하게 팽팽한 줄다리기하는 모습을 서방기자에게 보여주며, 중국인 특유의 만만디를 즐겼다. 그러자 정전회담은 전쟁을 멈추기 위한 회담이라기보다 교전국의 체면을 세우기 위한, 또 하나의 전쟁터가 되었다. 그래서 한국전쟁 정전회담은 그 어느 전쟁 강화회담보다 매우 지루하고도 잔인하게 장기간 계속되었다.

유엔군과 공산군 양측이 정전협상 5개항 가운데 가장 오랜 시일을 끈 난제는 제4의제 전쟁포로 처리문제였다. 사실 제4의제 포로 처리문제는 제네바협정에 따르면 쉽게 타결될 문제였다. 제네바협정 제118조에는 "적극적인 적대 행위가 끝난 후에 전쟁포로들은 지체 없이 석방, 송환되어야 한다"라고 포로의 자동송환 원칙을 밝히고 있었다. 그런데 유엔군 측은 느닷없이 포로의 일대일 교환과 포로 본인의 의사에 따른 '자유송환'을 주장하고 나섰다. 공산 측은 이는 제네바협정 위반으로 포로들의 전원 송환을 강력히 주장했다. 그러자 정전협상 의제 가운데 이 문제가 최대 암초로 떠올랐다.

유엔군 측이 자유송환을 계속 들고 나온 것은 공산군 측 포로들이 본국으로 송환을 원치 않는다는 것을 세계 여러 나라에 보여 주고 싶었다. 그리하여 자유민주주의가 공산주의보다 훨씬 우월하다는 것을 과시함과 아울러 북한과 중국의 체면을 여지없이 구김으로써 미국은 한국전쟁에서 명예로운 마무리를 하고 싶은 속내였다. 게다가 유엔군 측에 수용된 공산군 포로는 13만 명 정도인데 견주어, 공산군 측에 수용된 유엔군

포로는 1만 1천 명 정도에 지나지 않았다. 유엔군 측은 북한에 억류된 유엔군 포로가 적어도 5~6만 명은 되리라는 예상했다. 하지만 이에 크게 미치지 못하자 유엔군 측은 포로의 일대일 교환과 '자유송환'을 줄기차게 주장했다.

유엔군은 자존심 경쟁에 따른 잔류 포로의 확보를 위하여 수용소 내에서 대대로 포로 전향공작을 벌였다. 유엔군은 포로들에게 민간 정보교육과 공민교육을 통해 자유민주주의 체제의 우월성을 주입시켰다. 유엔군은 이 교육을 통하여 다수의 포로들을 반공포로로 전향시킨 뒤, 이들에게는 '멸공통일' '반공'과 같은 글자나 태극기를 포로의 팔뚝이나 배, 등에 문신으로 새기게 했다. 이는 나중에 반공포로들이 변심하여 고향에 가려고 해도 문신 때문에 갈 수 없도록 하기 위한 매우 치졸한 조치였다.

그런 가운데 정전회담장에서 유엔군과 공산군 양측은 포로 송환문제를 둘러싸고 팽팽한 줄다리기를 계속했다. 양측은 서로 상대를 압박하고자 무력 공세도 서슴지 않았다. 유엔군은 전투기로 북한의 수풍, 장진 댐을 비롯한 수력발전소를 폭격하였고, 그 밖에 군수공장에도 폭탄을 쏟아 부었다. 공산군도 이에 맞서 지상공세를 강화하자 정전회담 기간 중 전선에서는 포로로 잡힌 병사보다 훨씬 더 많은 병사들이 죽어 갔다.

1951년 8월, 공산군 측은 유엔군이 정전회담이 열리고 있는 개성 일대의 야간 폭격에 격분하여 정전회담 결렬을 선언했다. 그러자 1951년 9월 6일 유엔군 리지웨이 사령관은 이를 타개하고자 회담장소를 바꾸자고 제의하여 개성에서 판문점으로 옮겼다. 하지만 양측 대표들은 회담장소가 바뀌어도 여전히 지루한 입씨름만 벌였다. 그런 가운데 전쟁 당사국들에게 정전회담을 조속히 매듭지어야 하는 사정이 발생했다.

미국은 1952년 말 대통령선거에서 아이젠하워가 당선되면서 상황이 급반전됐다. 아이젠하워는 한국전쟁의 종전을 선거 공약으로 내세웠다. 미국인들은 1·4후퇴의 악몽을 잊지 않고 있었던 터라, 아이젠하워의 대선 종전 공약은 설득력이 있었다. 아이젠하워 행정부는 출범하자마자 한국전쟁을 끝내고자 적극 노력하였다. 아이젠하워는 취임 전 당선자 신분으로 한국전선을 조용히 시찰하기도 했다. 그런 데다가 소련은 1953년 3월에 스탈린 수상이 사망했다. 스탈린 사망은 미국에 대한 냉전 분위기를 완화시켰다. 중국 역시 국내 사정은 마냥 한국전쟁을 오랫동안 끌게 할 수 없었다.

이런 상황에서 1953년 5월, 공산군 측은 유엔군 측의 주장을 반영한 포로교환 수정안을 제시했다. 그 수정안은 송환을 원치 않는 포로는 중립국 포로송환위원회에 넘겨 처리한다는 내용이었다. 이 수정 포로교환 협정이 체결됨으로써 비로소 정전회담의 최대 난제가 해결될 실마리가 보였다.

1952년 4월 8일부터 공산 측의 요구에 따라 마침내 거제도 포로수용소에서는 포로들의 송환여부를 묻는 분리심사가 실시되었다. 그때부터 포로들은 저마다 '남이냐, 북이냐'를 선택해야 하는 갈림길에 섰다. 준기는 그 갈림길에서 깊은 고뇌에 빠졌다. 어머니와 순희 누이의 얼굴이 번갈아 어른거렸다.

준기는 고향에 돌아가고픈 마음은 굴뚝 같았지만 그는 낙동 강전선에서 도망병이었다는 군인으로서 가장 치명적인 죄를 저질렀다. 그는 이미 포로수용소에서 그에 대한 약식 처벌은 받았지만, 북으로 돌아가면 언젠가는 또다시 그에 따른 '자아 비판'과 처벌을 받게 될 것이 가장 두려웠다.

하지만 준기는 남쪽에 일가친척 한 사람도 없었다. 만일 최 순희를 만나지 못한다면 그는 남쪽에서 마냥 외톨이 신세가 될 처지였다. 준기는 선뜻 북쪽으로 갈 수도, 그렇다고 남쪽에 남을 수도 없기에 여러 날 밤잠도 설쳤다. 준기는 어머니를 따르자니 순희 누이가 보고 싶고, 순희 누이를 따르자니 어머니 가 마냥 그리웠다.

준기는 자본주의와 공산주의에 대해서도 깊이 생각해 보았 다. 자본주의 사회는 '자유'를, 공산주의 사회는 '평등'을 더 우 선시했다. 이 두 개의 이데올로기는 사람에 따라 좋아하거나 싫어할 수도 있다. 준기 자신은 어느 것이 더 좋은가를 냉정히 생각해 보았다. 준기는 포로수용소 생활을 통하여 사람들에게 는 그 무엇보다 자유가 가장 소중함을 깨달았다.

준기는 포로수용소에서 냉정히 양측 병사들을 살펴본바, 유 엔군은 공산군보다 자유로움과 여유가 더 있어 보였다. 유엔 군들은 군대생활조차 자유분방했다. 아마도 그들 사회 탓 같 았다. 준기는 포로수용소 안에서 늘 철조망 밖 자유세계를 동 경했다. 그러면서도 준기는 자유도, 평등도 다 함께 누릴 수 있는 그런 나라를 꿈꾸기도 했다. 하지만 그것은 어디까지나 꿈이었다.

준기는 단시간 내에 '남이냐 북이냐' 가운데에서 하나를 선택해야 하는 갈림길에 놓였다. 준기는 송환 분리심사 직전까지도 갈팡질팡했다. 마침내 준기는 마음속으로 기표소 현장에서 어머니와 순희의 얼굴 가운데 먼저 떠오르는 대로 송환 여부 의사 표시 용지에다가 'N(North, 북)' 자 아니면 'S(South, 남)' 자를 쓰기로 작정했다. 자기만 그런 게 아니고 수용소 내 많은 포로들도 '남이냐, 북이냐' 선택의 기로에서 그들 나름대로 심각한 고민에 빠졌다.

1952년 4월 8일로부터 사흘 뒤인 4월 11일, 드디어 준기에게 결정의 날이 왔다. 유엔 포로심사관은 포로들이 송환 여부를 묻는 기표소에 들어가기 전에 종이를 나눠 주었다. 포로들은 거기에 포로번호를 쓴 뒤 'N' 자나 'S' 자 중 한 자만 쓰게 했다.

준기는 포로수용소 연병장 대기 열에 섰다가 유엔 포로심사관에게 종이를 받아들고 기표소로 들어갔다. 그 순간 묘하게도 순희의 얼굴이 크게 떠올랐다. 그러면서 한밤중에 낙동강을 건너던 장면과 구미 형곡동 김정묵 씨 집 행랑채에서 순희가 한 말이 환청처럼 들렸다.

'나는 이번 전쟁이 끝난 다음 해마다 8월 15일 낮 12시, 서울 덕수궁 대한문에서 동생을 기다리겠어요.'

그리고 순희의 상큼한 체취와 부드럽고 봉곳한 젖 봉우리 촉감도. 아울러 포로수용소 77동에서 당한 한밤중의 린치도 떠올랐다.

'그래 순희 누이를 먼저 만나 결혼한 뒤 통일이 되면 함께 고향의 오마니를 찾아갈 거야.'

준기는 마음속으로 그렇게 다짐하며 마침내 나눠 준 종이에 'S' 자를 썼다. 준기는 자기의 선택을 두고두고 후회하지 않기로 맹세했다. 준기는 일단 결정을 내리자 마음이 편했다. 준기가 남쪽을 선택하자 그 순간부터 그는 반공포로로 분리 수용되었다. 반공포로들은 거제도를 떠나 부산, 마산, 영천, 광주, 논산 등 5개의 별도 포로수용소로 분산 수용되었다. 준기가 간 곳은 영천 제14 포로수용소였다. 북쪽을 선택한 친공포로들은 거제도에 그대로 남거나 거제도 남쪽 용초동으로 갔고, 본국 송환을 거부한 중국군 반공포로들은 제주 모슬포로 갔다.

1953년 6월 18일 밤 이승만 대통령은 일방으로 반공포로를 석방하는 조치를 내렸다. 이 대통령의 명령으로 전국의 포로수용소에서 약 2만 7천여 명의 반공포로들은 일시에 석방되었다. 이 조치에 전 세계는 경악했다. 이승만 대통령의 이 조치는 막 닻을 내리려던 정전협정회담에 새로운 암초로 떠올랐다. 하지만 정전협정회담장에 앉은 쌍방은 이미 전쟁을 더 이상 지속하기 어려운 상황이었다. 이 돌발사태에 유엔군 측은 한국군이 정전협정을 준수하도록 보장하겠다고 확약함으로써 마지막 암초는 곧 제거되었다.

1953년 7월 27일 오전 10시 정각, 마침내 판문점 정전회담장

동쪽 입구로 유엔군 측 수석대표 해리슨이 입장하였고, 그와 동시에 서쪽 입구에서 공산군 측 수석대표 남일이 들어와 정전회담장 의자에 착석했다.

정전회담장에서 양측 대표는 서로 목례도, 악수도 없는 시종 냉랭한 분위기였다. 정전회담장에는 북쪽으로 세 개의 탁자를 나란히 배치해 두었다. 세 개의 탁자 중 가운데 탁자를 완충 경계지역으로 양쪽 탁자에 유엔군 측과 공산군 측 대표가 착석했다. 그들은 무표정한 얼굴로 정전협정문 정본 9통, 부본 9통에 부지런히 서명했다. 양측 대표가 정전협정문에 서명을 마치자 양측 선임 참모장교가 그것을 상대편에 건넸다.

이날 유엔군 측 해리슨과 공산군 측 남일은 무표정한 얼굴로 각기 서른여섯 번씩 서명했다. 정전협정 조인이 계속되고 있는 동안에도 유엔군 전폭기가 하늘에서 무력시위라도 하듯, 정전회담장 바로 근처 공산군 진지에 폭탄을 쏟았다. 그런 가운데 양측 대표는 10여 분간 서명을 끝냈다. 그들은 정전협정서를 교환하고 아무런 인사도 없이 곧장 회담장을 빠져나갔다. 그때가 1953년 7월 27일 오전 10시 12분이었다. 이날 정전협정 조인식은 회담장 분위기조차 글자 그대로 '정전'이었지 결코 '평화'가 아니었다.

한국전쟁 정전협정은 소련이 정전협정을 제의한 지 25개월 만에 모두 765차례 회담 끝에 이루어졌다. 이날 판문점 정전협정 조인식장에는 한국을 대표하는 사람은 한 사람도 없었다. 심지어 기자단도 유엔군 측 기자는 1백 명 정도였고, 일본인

기자도 열 명이었는데, 한국인 기자석은 단 두 명뿐이었다. 한국의 운명은 한국인 참여 없이 결정되는 비극의 현장이었다.

그날 정전협정 서명 이후에도 전쟁은 계속되었다. 정전협정 문에는 서명 시점에서 12시간이 지난 뒤부터 양측은 전투 행위를 중지하도록 되어 있었기 때문이다. 그날도 유엔군 전폭기들은 북한의 비행장과 철로들을 폭격했고, 유엔군 해군 전함들은 동해 바다에서 원산항 쪽으로 함포사격을 실시했다. 공산군 측도 이에 뒤질세라 지상공격을 멈추지 않았다. 정전 직전 최후 순간까지 서로가 한 하늘 아래서 살 수 없는 원수처럼 상대방에게 깊은 상처를 주었다.

전쟁에서 교전국 간 페어플레이나 자비를 바랄 순 없지만, 한국전쟁은 그 시작인 북한의 기습 남침에서 유엔군의 마지막 북폭까지 이 나라 백성들의 생명이나 인권은 안중에도 없었다. 한국전쟁은 그 시작에서부터 끝까지 매우 더티(dirty)한 전쟁이었다.

1953년 7월 27일 22시, 그제야 정전협정으로 새로이 만들어진 155마일 휴전선에 비로소 총성이 멎었다. 3년 1개월 남짓 지루하게 계속된 한국전쟁은 승자도 패자도 없는 양측이 서로 승자라고 주장하는 '끝나지 않은 전쟁'으로 일단 그 막을 내렸다. 이 기간에 양측 사상자는 민간인 포함 약 500만 명, 그리고 1천만 명의 이산가족을 양산했다. 그리고 한국인에게는 전쟁 전 일직선 북위 38도 군사분계선 대신 전쟁 후 구불구불한 곡선의 군사분계선, 단장과 원한, 통곡의 휴전선을 남겼다.

1953년 6월 18일 새벽 2시, 영천포로수용소에 수용되었던 김준기는 천만뜻밖에도 헌병들의 안내를 받으며 수용소 철조망을 통해 바깥세상으로 나왔다. 그런데 준기는 그렇게 그리던 바깥세상에 나왔건만 막상 갈 곳이 없었다. 그렇게도 원하든 '자유'를 누릴 수가 없었다. 그때 석방된 포로들은 대부분 갈 곳이 없어 우왕좌왕하다가 다시 인근 포항보충대에 수용되었다. 그들은 거기서 일주일을 머문 뒤 대부분 국군에 입대하고자 국군 제주도훈련소로 떠났다. 그때 준기의 실망과 허탈감은 이루 말할 수 없었다. 하지만 준기는 자신의 선택을 절대 후회하지 않기로 혀를 깨물며 하염없이 흐르는 눈물을 닦았다. 그에게는 언젠가 최순희를 다시 만날 수 있다는 희망 때문이었다.

12
구미

1956년 8월 하순 어느 날, 저물 무렵 한 낯선 사내가 형곡동 인동댁 집 앞을 기웃거렸다. 사내는 대문 앞에서 계속 집안을 두리번거렸다. 이를 이상히 여긴 인동댁이 물었다.

"누군교?"

"아, 네. 지나가는 사람입니다."

"근데, 왜 남의 집안을 그렇게 기웃거리시오?"

"지난 육이오 때 이 집에 잠시 머물고 간 적이 있습니다."

그때 집 안에서 30대 후반의 한 사내가 대문 밖으로 나오며 물었다.

"어무이(어머니), 뭔 일입니까?"

"저 사람이 지난 육이오 때 우리 집에 잠깐 머물고 간 적이 있다 카네."

주인 사내는 구미 장터마을에서 가축병원을 개업한 수의사 김교문이었다. 그는 낯선 사내에게 물었다.

"어디서 온 누구시오?"

"강원도 화천에서 온 김준기입니다."

"나도 김가요. 근데 말씨는 강원도 사람이 아닌데?"

"내레 군대생활을 강원도 화천에서 했지만, 고향은 평안도입니다."

"아, 네. 그런데 우째 우리 집에 머물다 갔소?"

"내레 지난 육이오 때 이 집 옷을 갈아입고 행랑채에서 잠시 쉬어 갔습니다."

"우리 가족도 모르는, 그런 일이 있었구면요."

곁에서 잠자코 지켜보던 인동댁이 아들에게 나직이 말했다.

"마이 시장해 보인다. 행랑채로 모시다가 저녁 진지나 대접해 보내라."

"네, 그라지요."

김교문은 앞장서 김준기를 행랑채로 안내하며 말했다.

"나랑 저녁을 같이 먹으면서 남은 얘기나 마저 들려주시오."

"고맙게두 저녁까지나…."

"먼 곳에서 일부러 우리 집을 찾아왔는데 진지는 드시고 가셔야지요."

"아무튼 고맙습니다."

준기는 행랑채로 들어갔다. 그는 방 안을 유심히 훑어보았다. 지난날 행랑채에 떨어졌던 방문은 그새 새로 달려 있었고, 찢어진 창호지만 메워졌을 뿐, 6년 전 순희와 하룻낮을 보낸 그대로였다. 김교문이 안채에서 밥상을 들고 오는데 행주치마를 입은 부인 장숙자가 따라왔다.

"손님, 찬은 없어도 맛있게 드이소. 국시(국수)입니데이. 우리 어무이 말씀을 들으니까 육이오 때 우리 집에서 옷을 갈아입었다고 카던데 그때 벗은 옷을 안방 다락에 두고 갔지예?"

"기랬습니다."

"내가 피난에서 돌아와 다락을 치우다가 인민군복이 나와서 얼매나 놀랬는지예."

"아직두 기때 일을 잘 외우구 계십니다."

"그때 하도 놀래 지금도 안 잊어뿌리지예. 근데 군복이 두 벌이나 나오던데예?"

"맞습니다. 나 말구 또 한 여자도 이 집에서 머물렀습니다. 기때 장롱에서 옷도 꺼내 입구 우리가 입은 군복을 벗어 다락에 던졌지요."

"아, 그랬구먼예."

"아무튼 놀라게 해서 죄송합니다."

"시장하실 텐데 어이(어서) 저녁 드이소."

"고맙습니다."

부인 장숙자는 총총걸음으로 안채로 돌아갔다. 준기는 처음 먹어보는 경상도 국시였다. 날콩가루가 들어간 국수가 구수한 게 맛이 좋았다.

"우리 마을은 하루 세 끼 밥 먹는 집은 없습니다. 하루 한두 끼는 나물죽 아니면 국시나 호박범벅이지요."

"제 고향 평안도 영변도 마찬가집니다. 거기선 감자나 옥수수밥을 많이 먹습니다."

"우리 고장은 학문과 충절의 고장이오. 저 금오산 기슭에서

야은 길재 선생이 공부했지요."

"기런 탓인지 인심이 매우 좋더군요. 기때 이 집을 떠나 금오산 아홉산골짜기에서 한 보름을 더 피난한 뒤 떠났습니다."

"아, 그래요. 근데 여긴 웬일로 또 왔습니까?"

"기때 이 집에 같이 와 옷을 갈아입고 바로 이 행랑채에서 잠시 함께 머물고 갔던 그 여자를 찾으려고 왔습니다. 혹시 스무 서넛 살 되는 서울 말씨를 쓰는 여자가 이 집을 찾아온 일은 없었나요?"

"나는 못 봤습니다. 내 집사람하고 어무이한테 한번 물어보지요."

"사실은 전쟁이 끝나면 그 여자와 서울 덕수궁 대한문에서 만나기로 약속했지요. 기런데 그 여자가 약속장소에 나타나지 않아 이렇게 찾아다닙니다. 지난 며칠 동안 서울에서 찾아 헤매다 종적을 알 수 없어 혹시나 이곳에 들러 간 적이 있나 하여…."

"아, 그런 아픈 사연이 있었구먼요. 그래서 아까 우리 집안을 기웃거렸나 보군요."

"기렇습니다."

"내 상을 물리면서 안채에 가 물어보지요."

"고맙습니다."

김교문은 밥상을 들고 안채에 간 뒤 잠시 뒤 행랑채로 왔다.

"그런 젊은 여자는 찾아온 적은 없다 카네요. 우리 마을에는 이따금씩 경남 남해에서 머루치(멸치) 장수나 전남 담양에서 대소쿠리 장수들이 찾아오는데, 그 여자들은 대부분 나이가 많은 과수(寡守, 과부)들입니다."

"아, 네."

그 말에 준기는 실망하는 빛이 아주 역력했다.

"그래 이제 어데로 갈 겁니까?"

"…."

"이남에는 가족이나 일가친척들이 있습니까?"

"… 없습니다."

준기의 대답에 힘이 없었다.

"지금 우리 고장에도 지난 전쟁으로 가족을 잃거나 피난 와서 외톨이가 된 채 머물고 있는 사람들이 꽤 있습니다."

"아마 기럴 겁니다. 남선 가는 곳마다 이북에서 월남한 동포들이 수태 많지요."

"오죽하면 '일가친척 없는 몸이 지금은 무엇을 하나'라는 〈굳세어라 금순아〉 노래까지 나왔겠소."

김교문은 준기가 몹시 측은해 보였다.

"이제 날도 저물었는데 어데 마땅히 갈 곳이 없으면 이 방에서 하룻밤 묵고 가이소. 육이오 전에는 머슴들이 이 방에 거처했는데 지금은 이렇게 비어 있습니다."

"고맙습니다. 이러케 방까지 내주시구."

준기는 앉은 채로 깊이 고개를 숙였다.

"그래 군에서는 주특기가 무엇이었습니까?"

"6사단 의무대에서 복무했습니다. 육군 중사로 제대했죠."

"아, 그래요."

김교문은 무척 반가운 듯 갑자기 동공이 커졌다.

"국군에 입대하기 전, 인민군 시절에도 위생병이었지요."

"아, 그러면 병원 일은 잘 알겠네요."

"군대에서 부상병들 붕대 감고, 주사 놓는 일은 수태했지요."

"그럼 어디 마땅히 갈 곳이 없다면, 나 좀 도와주시오."

"…."

김교문은 진지한 얼굴로 김준기에게 도움을 청했다.

"나는 수의사요. 얼마 전에 구미 장터에 가축병원을 냈는데 일손이 마이(많이) 딸려요. 내가 일주일에 이틀은 대구 경북대 대학원 강의를 들어야 하기에 병원 운영에 어려움이 많아요."

"오늘 밤 자면서 생각해 보갓습니다."

"이것도 인연인데 그만 우리 고장에서 나와 같이 삽시다. 사람이 오래 살다 보면 타향도 내 고향처럼 정이 듭니다."

"알갓습니다. 오늘 저녁에 생각해 보고 내일 아침에 말씀드리지요."

"그라이소. 아무튼 나는 김씨가 우리 집 식구가 되었으면 좋겠소."

그날 밤 준기는 밤늦도록 잠을 이루지 못했다. 그동안 살아온 23년의 세월이 주마등처럼 지나갔다. 자기를 낳아 주고 길러 준 아버지, 어머니, 그리고 세 동생들, 어릴 때 친구와 소학교, 중학교 선생님들, 그리고 전선에서 만났던 최순희 전사,

문명철 중좌, 장남철 상사, 남진수 상위, 윤성오 상등병…. 여러 사람들에 대한 추억들이 뭉게구름처럼 피어나고, 그들의 안부가 궁금했다.

준기가 묵고 있는 행랑채 방에 남아 있는 듯한 순희의 체취가 그날 밤 더욱 잠 못 이루게 했다. 그날 그 순간만 생각하면 갑자기 맥박이 요동쳤다. 준기는 자신의 운명을 뒤바꿔 놓은 한국전쟁을 생각할수록 억장이 무너지고 울화가 치밀었다.

태평양전쟁에서 일본이 패전했으면 당연히 그들이 분단되었어야지 왜 한반도가 분단되었을까? 분단된 우리 백성들은 왜 한 하늘에 살 수 없는 원수처럼 서로 총을 겨누어야만 했을까? 이런 싸움을 부추긴 미소 강대국이 원망스럽다가도, 들뜬 전쟁 분위기에 앞뒤 가리지 않고 불쑥 자원입대한 자신에게도, 그리고 한 여인의 말에 전선을 뛰쳐나온 자신의 귀가 엷은 데도 그 책임이 있었다. 하지만 자기가 북에 그대로 남았더라도, 지난 전쟁 중에 가족과 헤어지지 말라는 법이 없을 것이다. 그때 자기가 인민군에 자원입대하지 않았더라도 어떤 구실로도 전쟁터에 끌려갔을 것이다.

만일 유학산에서 순희의 말을 듣지 않고 그대로 전선에 남았다면, 아마도 십중팔구 자기는 거기서 죽었거나, 아니면 별수 없이 포로가 되었을 것이다. 곰곰이 생각할수록 자신의 삶은 홍수가 나서 어쩔 수 없이 큰 물줄기에 휩쓸려 떠내려가는 수박덩이처럼 피할 수 없었던 운명이었다.

준기가 남쪽에 홀로 남아 사는 가장 큰 의미는 최순희 누이를 만나는 일이었다. 그래서 준기는 국군 복무 중에도 해마다 8월 15일이면 특별외출을 허락받아 서울로 간 뒤 덕수궁 대한문에서 순희 누이를 하염없이 기다렸다. 준기는 1954년, 55년 두 해 8월 15일 날 대한문 앞에서 군복을 입은 채 기다렸지만 순희 누이는 끝내 나타나지 않았다.

1956년 8월 15일은 제대 후 사복을 입고 대한문에서 마냥 기다렸다. 그래도 끝내 최순희의 모습은 볼 수가 없었다. 그날은 민간인 신분이라 행동도 자유롭고, 시간도 충분하기에 오후 4시에 대한문을 떠난 뒤 평소 순희가 살았다고 말하던 서울 종로구 원서동에도 찾아가 초저녁까지 수소문해 보았다. 간신히 순희의 집을 찾았으나 낯모르는 사람들이 살고 있었다. 이웃에 사는 한 할머니는 순희네가 전쟁 중 한밤중에 어디로 떠나간 뒤 그 이후로는 행방을 모른다고 했다. 준기는 순희 누이가 피치 못할 사정으로 이날을 알면서도 나타날 수 없을 거라는 생각이 들었다. 그러면서도 순희 누이가 세상살이가 고달파서 올해는 그냥 넘겼을 거라고, 늘 좋은 방향으로 생각하면서 번번이 발길을 돌렸다.

1956년 8월 15일 이후, 마침내 준기는 더 이상 서울에서 순희를 찾는 걸 포기했다. 준기는 행여나 하는 심정으로 그들이 첫 정사를 나누며 다시 만날 날과 장소를 약속했던 구미 형곡동으로 찾아갔다. 준기가 이런저런 생각으로 잠을 이루지 못하고 뒤척이고 있는데 바깥에서 인기척이 났다. 수의사 김교문이었다.

"김씨, 자요?"

"아닙니다."

"그러면 안채 대청으로 오시오. 나랑 음복이나 합시다."

"아, 네. 음복까지나…."

준기는 겉옷을 챙겨 입고 안마당을 지나 안채 대청으로 갔다. 이미 대청마루에는 음복상이 차려져 있었다.

구미 형곡동은 음력 칠월 초순에 제사 안 지내는 집이 거의 없었다. 특히 음력 칠월 초사흘 날은 동네 합동제사를 지내야 할 만큼 지난 전쟁 때 1백여 명이 한꺼번에 떼죽음을 당했다. 6·25 때 광복절 다음 날, 구미 약목 일대에 B-29 폭격기들의 융단폭격 때문이었다.

"내레 그날은 잘 외우지요. 기때 임은동 야전병원에서 복무했는데 소나기 같은 폭탄으로 죽을 뻔했습니다."

"아, 네. 그랬군요. 육이오 때 임은동 왕산가에 인민군 야전병원이 있었지요."

"내레 누구네 집인 줄은 잘 모르겠으나 왜정 때 혁명렬사 집이라는 말은 들었습니다."

"그 왕산 어른은 조선이 망하기 전 13도 창의군 대장을 하셨지요. 그 어른은 의병을 이끌고 서울 진공에 앞장서시다가 일본 헌병에게 붙들려 끝내 서대문 감옥에서 순국했지요."

"말씀 듣고 보니 정말 이곳은 충절과 혁명렬사의 고장입니다. 긴데 기때 폭격으로 그 집은 죄다 불타 버렸지요."

"그럼요, 그때 하늘에서 B-29 폭격기가 폭탄을 마치 우박처럼 쏟았지요. 참 대단했지요."

"기럼요, 기런 가운데 살아난 게 기적이었습니다."

순간 준기는 그날을 되새겼다. 준기는 그날을 회상하자 순희 누이와 자기는 서로 생명을 구한 사이로 서로의 인연은 어떤 '운명'임이 다시 느껴졌다. 김교문은 준기에게 음복술을 건넸다.

"다행히 우리 가족들은 금오산으로 피난해 화를 면했는데, 그날 그때 아버님은 집에 불난 것을 보고 불 끄려고 허겁지겁 내려가시다가 그만 불발탄이 터져 그 파편을 맞으시고 몇 날 고생하시다가 돌아가셨지요."

"아, 네. 기때는 정말 죽고 사는 게 한치 한끗 차이였지요."

"그랬지요. 그때 피난 가지 않고 마을에 있었던 사람은 거의 죽거나 크게 다쳤습니다. 사람 목숨이 파리 목숨이나 다름이 없었지요."

"기럼요, 기때 유학산은 온통 시체로 뒤덮였지요. 내레 기때 거기를 도망치지 않았더라면 아마 유학산 까마귀밥이 되었을 겁니다."

준기는 음복 술잔을 천천히 비우며 담담히 말했다.

"우야든동 그때 잘 도망쳤습니다. 왜 '개똥밭에 굴러도 이승이 좋다'고 하지요."

"길쎄요. 아무튼 선생은 육이오 전란으로 아바님을 잃어 상심이 크시겠습니다."

"그럼요, 우리 집이 이렇게 밥술이나 먹는 것도 다 아버님 덕분입니다."

김교문 아버지 김정묵은 근검절약이 몸에 뱄다. 겨울철 점심에는 홍시 하나로 한 끼를 때웠다. 그 무렵 이 동네 저 동네를 돌아다니는 생선 장수가 있었는데, 그 집은 좀처럼 생선을 사지 않았다. 생선 장수는 어느 겨울날 미끼로 안마당에 조기 한 마리를 던졌다. 그러자 김정묵은 밥도둑 들어왔다고 그 조기를 도로 담 밖으로 내던졌다는 우스개 얘기도 아들은 들려줬다.

"대단한 구두쇠이셨구만요."

"그럼요. 그렇게 사신 덕분에 우리 가족은 보릿고개에도 부황으로 고생하거나 굶어 죽은 사람이 없었고, 우리 형제들은 모두 공부를 할 수 있었지요. 하지만 아버님은 남에게는 후하셨지요."

김교문은 그날이 아버님 제삿날이라 자기도 본댁에서 지낸다고 하면서 보통 때는 구미 장터 가축병원에서 숙식한다고 했다. 새벽녘이라 준기는 마침 출출한 데다가 정성스럽게 차린 탓인지 음복 상을 깨끗이 비웠다.

"잘 먹었습니다."

"맛있게 잡수니까 좋소."

"기럼, 건너가지요."

준기는 행랑채로 건너왔다. 밤도 깊었고, 음복술까지 마신 탓인지 금세 잠이 들었다. 이튿날 아침도 제사 뒤끝이라 밥상이 푸짐했다. 준기는 대청에서 김교문과 겸상으로 아침밥을 먹었다.

"그래, 간밤에 깊이 생각해 봤습니까?"

"…."

"어디 꼭 갈 데가 없다면 우리 고장에서 당분간 나 좀 도와 주이소. 우리 가축병원에 있다가 좋은 데 일자리 생기면 그때 떠나시오."

"…."

"김씨는 전생에 나하고 무슨 인연이 있으니까 그 먼데서 우리 집을 다시 찾아온 것 아니오."

"저두 기런 생각이 듭니다. 우선 당장 마땅히 갈 곳도 없고, 가축병원 일이라고 하니 군대에서 배운 기술을 써먹을 수도 있겠습니다. 긴데 내레 모르는 게 많습니다."

"아, 뱃속부터 아는 사람이 어디 있소. 그럼, 아침 먹은 뒤 우리 가축병원으로 같이 갑시다."

"저를 받아 주셔서 고맙습니다. 모르는 게 많으니까 잘 가르쳐 주시라요."

"그건 배우는 사람은 자세이고, 열정이오. 아무튼 눈썰미 있게 배우시오."

"알갓습니다. 열심히 배우지요."

준기는 아침상을 물린 뒤 김교문 수의사를 따라 떠날 차비를 했다.

"아이고 얄궂어라. 간밤에 우리 영감이 귀한 사람을 보내 준 모양이다. 이게 다 돌아가신 영감 음덕이다."

인동댁이 그 낌새를 알아차리고 아주 반색으로 반가워했다.

"이 고장 인심이 괘안을 겁니다. 저는 김치랑 밑반찬을 마련해 자주 장터 병원으로 갈 겁니다. 또 봅시데이."

김교문 부인 장숙자가 대문 밖까지 따라 나오며 살갑게 전송했다. 김교문은 자전거를 타고 김준기는 그 자전거를 뒤따르며 구미 장터 가축병원으로 향했다.

"자전거 탈 줄 알지요."

"네, 내레 학교 다닐 때 많이 탔습니다."

"당분간 이 자전거를 같이 탑시다. 이 동네 저 동네 왕진 갈 때 아주 요긴합니다."

"알갓습니다."

형곡동에서 구미 장터 가축병원까지는 십리 길 정도로 한 시간 거리였다. 장터로 가는 길에는 공동묘지도, 고갯길도 있었다. 가축병원은 상구미 원평동 방천 밑 외진 곳에 있었다. 병원 건물은 초가지붕으로 일반 가옥보다는 서너 배 컸다. 건물 내에는 한편에 도살장 겸 가죽공장도 있었고, 마당 한쪽에는 돼지와 소의 축사도 있었다. 그 돼지와 소들은 종돈(種豚, 씨돼지)과 종우(種牛, 씨수소)들이었다. 마침내 준기는 당분간 정착할 곳을 구미에서 마련했다.

그 무렵 구미는 인구 일만 명 남짓한 자그마한 면 소재지로 면민들은 대부분 농사꾼이었다. 그들은 해마다 반복되는 가뭄과 낙동강 물이 넘치는 홍수로 피땀 흘려 애써 농사를 지어도 하루 세끼 밥 먹는 집은 드물었다. 해마다 봄철이면 가뭄으로 모내기가 힘들었고, 여름철에는 안동 처녀가 낙동강에다 오줌만 눠도 홍수가 진다고 할 만큼 잦았다. 그런 만큼 해마다 가뭄과 홍수가 반복됐다. 비가 며칠만 내려도 낙동강이 범람하여 애써 지은 농작물을 강물에 다 떠내려 보냈다. 그러다가 가뭄이 조금만 계속되면 논바닥은 거북 등처럼 좍좍 갈라졌다. 이러다 보니 농사꾼들은 늘 하늘을 쳐다보며 그해 풍년을 빌면서 살았다. 이곳 구미사람들은 먹고사는 데는 조악했지만, 충절의 고장이란 자긍심은 대단했다.

그 무렵 구미 면민 대부분은 의식주 가운데 어느 것 한 가지도 넉넉한 게 없었다. 그들이 입은 옷은 무명이나 삼베로 남루하기 짝이 없었다. 그들이 먹는 음식도 조악하여 하루 한두 끼니는 밥보다 죽이나 국수, 호박범벅 등을 먹었고, 밥에도 곡물을 아끼려고 무나 콩나물을 넣거나 감자나 고구마 같은 걸 넣어 대용식으로 먹었다. 심지어 양조장에서 막걸리를 거르고 난 뒤에 남은 술 찌꺼기로 주린 배를 채우는 사람도 있었다.

구미 일대는 거의 대부분 초가집이었는데, 그나마 한국전쟁으로 대부분 불타 버리거나 허물어져 전쟁이 끝난 뒤에도 오래도록 복구치 못한 집도 더러 있었다. 그 무렵 취사와 난방은 모두 나무로 하다 보니 언저리 산은 대부분 나무가 없는 붉은 민둥산이었다. 해마다 나무를 심어도 그 나무가 제대로 자라기도 전에 뿌리까지도 캐다가 아궁이에 집어넣었다. 다행히 이 고장에는 금오산이 있었다. 그래서 이 고장사람들은 그 산에서 나물을 뜯어 봄철 보릿고개도 넘기고, 장작도 마련하여 한겨울 추위도 견뎌 낼 수 있었다. 구미사람들에게 금오산은 먹을 것과 땔감은 주는 보배로운 산이었다.

이렇게 가난한 고장이다 보니 가축병원을 찾아오는 이는 별로 없었다. 사람이 아파도 병원을 찾지 않고 참고 견디는 시절이었다. 그러고 보니 소나 돼지가 웬만큼 아파도 찾지 않았다. 그래서 가축병원에서는 종돈과 종우를 길러 교배를 시켜 주고 수입을 올리거나 인근 도축장에서 소 껍질을 모아 약품처리를 하여 가죽가공으로 병원을 운영해 갔다.

가축병원에서 김준기의 일은 쏠쏠했다. 수의사 조수로 가축 치료 일보다 소나 돼지를 치는 일과 소가죽 만드는 일, 종돈과 종우 교배시키는 일 등으로 매우 바빴다. 준기는 자기 일이 고되다고 불평불만 한마디 없이 일만 하자 언저리 사람들은 그에게 '황소'라는 별명을 붙였다. 생활력이 강한 이북 출신에다 총각인 김준기의 출현은 구미 장터 마을에 자그마한 화제였다. 특히 마을 처녀들의 마음을 설레게 했다. 처녀들 쪽에서 슬그머니 꼬리를 흔들어도 준기가 곁눈을 주지도 않자 그들은 바짝 더 몸이 달았다. 처녀들뿐 아니라 이 마을 저 마을을 돌아다니며 멸치와 대소쿠리를 파는 과수댁이 여러 차례 노골적인 추파를 던져도 이렇다 할 반응이 없었다. 그러자 어느 봄날 비 오는 한밤중에 준기가 혼자 잠자는 방문을 두드렸다.

"누구시오?"

"내다. 남해 며루치(멸치) 아지매."

"이 밤중에 웬일이야요?"

"잠잘 데가 없어 왔다. 김씨, 하룻밤 재워도."

"딴 집에 가 보시라요."

"사실은 그게 아이고, 오죽이나 내 가슴에 불이 났으면 이 밤중에 김씨를 찾아왔겠노. 김씨, 내 가슴에 타오르는 불 좀 꺼도. 정말 미치고 환장하겠다."

"…."

"김씨, 오늘 하룻밤만."

"…."

"김씨, 그 주사 잘 놓는 솜씨로 내 사타구니에도 야무지게 한 방 나도."

"번지를 잘못 찾았구만요."

"아따, 김씨, 참 모지다. 내 이런 날은 없었다. '서방 죽고 첩 이다'는 말 모르나."

"…."

"이 오밤중에 사내가 오입 한 번 하는 건 보리밭에 오줌 누 기요, 내는 한강에 배 지나간 자리 아이가."

남해 멸치 과수댁은 준기의 방문을 다짜고짜 열고 들어갔 다. 그날 밤 준기는 멸치 아지매의 육탄공세를 견디지 못해 마 침내 자기 방을 뛰쳐나와 창고에서 잤다. 그 며칠 후 구미 장 터 마을에는 이상한 소문이 나돌았다.

"자고로 열 계집 싫어하는 사내가 없다 카는데, 가축병원 김 조수는 제 발로 굴러온 계집도 거들떠보지 않는 게, 아무래도 고자인 모양이데이."

그 소문은 동네 아낙들의 눈동자를 동그랗게 만들었고, 금세 장터 마을을 휘돌아 구미 면내 각 마을까지 돌았다. 세상인심이란 요상했다. 그 소문에 오히려 김준기에게 꼬리 치는 처녀나 과수댁이 부쩍 더 늘어났다. 그러자 얼굴이 반반한 대소쿠리 장수 담양댁도 이참에 김준기에게 여러 번 추파를 던지다가 어느 날 밤 본격으로 뛰어들었다. '내 사발만 한 젖통이나 토실토실한 하얀 살을 보면 환장하게 달려들지 않는 사내는 없다'고 자신만만하던 그도 소원을 이루지 못했다.

"오매, 뭔 사내가 그러코롬 갑갑하고 꼽꼽한지, 참말로 미치고 환장하것소잉. 내 이 마을 저 마을 댕겨도 그런 목석 같은 사내는 처음 보요. 내는 눈치 한 번 안 줘도 먼저 사내들이 환장하듯 달려드는디…. 김씨한테 내가 일부러 젖가슴도 보여주고 고쟁이를 조께 벗어도 아, 본체만체 외면하더랑께."

두 과수댁이 흘린 이야기로 한동안 가축병원 김 조수는 고자라는 둥, 배냇병신이라는 둥, 과장된 유언비어가 꼬리에 꼬리를 이었다. 그 이야기는 어려웠던 그 시절 조그만 고을의 아녀자들 입방아에 오르내리며, 한때 빨래터를 즐겁게 했다.

김준기가 가축병원 일에 익숙해지자 김교문은 병원을 조수에게 맡긴 채 대학원 수강과 박사학위 논문 준비에 골몰했다. 그는 무섭게 공부하는 늦깎이로 쉬는 시간에는 틈틈이 동네 이웃 아이들과 장기도 두고, 때로는 중학생 아이들과 영어 단어 외기 시합도 하며, 스스럼없이 대해 주는 호인이었다.

가축병원 도살장에서 돼지 잡는 날은 동네 아이들 잔칫날이었다. 그날 아이들은 고기도 한 점 얻어먹을 수도 있거니와, 무엇보다 돼지오줌통을 얻어 그것을 축구공으로 삼아 가축병원 마당에서 동네축구가 벌어졌기 때문이다. 그 무렵 장난감이라곤 구슬이나 자치기, 탄피밖에 없었던 시골아이들에게 돼지오줌통 축구공은 가장 신나는 노리개였다.

김준기는 구미가축병원 조수시절에도 해마다 8월 15일이면 서울을 다녀왔다. 구미역에서 용산행 밤 군용 완행열차를 타고 밤새 서울로 갔다. 이튿날 낮 12시부터 서울시청 앞 덕수궁 대한문 앞에서 오후 서너 시까지 지키다가 그날 밤 용산역에서 다시 군용 완행열차를 타고 구미로 돌아왔다.

"김씨, 이제 그만 서울 아가씨 이자뿌리고(잊어버리고) 여기서 참한 색시한테 그만 장가가이소."

가축병원 앞집에 살았던 수길 어머니를 비롯한 마을 아낙들은 준기의 전후 사정을 알고 안타까운 나머지 이따금 밥과 술대접을 하면서 아픈 마음을 위로했다. 하지만 준기는 늘 묵묵부답이었다.

13

동대문시장

1962년 김교문은 경북대 대학원에서 수의학 박사학위를 받고, 그 이듬해 충남대 농과대학 수의학 교수로 발령을 받았다. 김교문은 교수로 부임한 뒤 곧 충남대 농과대학에 부속 가축병원을 개설했다. 그때 김교문은 김준기를 대학부속 가축병원 실습과장으로 데려갔다. 김준기는 대전으로 간 뒤에도 해마다 8월 15일이면 서울로 갔다. 대전에서 서울은 구미에서보다 거리도 훨씬 가깝고, 특급열차도 자주 다니기에 교통이 매우 편리했다. 그때부터 김준기는 해마다 8월 15일이면 그날로 서울에 다녀왔다. 김준기가 덕수궁 대한문으로 최순희를 만나고자 다닌 지 꼭 10년이 지난 다음 날이었다. 그날 저녁, 김교문 교수 내외가 김준기 과장을 집으로 초대했다.

"김 과장, 어제도 서울에 다녀왔나?"

"네."

"참, 대단한 열정이다."

"…"

"이제는 마, 그만 포기해라."

김교문은 준기를 설득했다. 자기 속단일지는 몰라도 그동안 험한 세상이었다. 전쟁으로 많은 사람이 죽고, 또 가족들은 헤어졌다. 대체로 전쟁 때는 남자보다 여자 팔자가 더 기구하고 변화무쌍하다. 어떤 부인은 남편이 6·25 때 인민군에 부역하다가 전쟁이 끝나도 돌아오지 않자 아이들하고 먹고살려고 술집 작부가 되는 것도 봤다. 지금 그 부인은 입에 풀칠하고자 남편 붙잡으러 다니던 형사들 술 따라 준다. 그게 인생이고, 여자 팔자다. 김 과장이 10년을 기다려도 그 여자가 나타나지 않는 걸로 봐서 아마 죽지 않고 살아 있다면, 십중팔구 남의 사람이 됐을 거라는 얘기를 했다.

"그래서 김 과장 앞에 나타나지 못하는 거야."

"늘 벼르면서도 나타나지 않을 수도, 아니면 먼발치에서 보고 있을지도…."

"사람 참 순진하네. 하기는 그게 김 과장 매력이지. 그래서 우리 집사람이 김 과장을 좋아한단 말이야. 우리 집사람뿐인가. 구미 장터 처녀들 죄다 울려 놓고, 요즘에는 대전에서도 김 과장 인기가 치솟더구먼."

"…."

저녁상을 차리던 교수 부인 장숙자가 대화에 끼어들었다.

"전쟁터에서 헤어진 연인을 10년이나 한결같이 기다리는 남자는 요새 세상에 드물지예. 본처가 시퍼렇게 살아있는 데도 다른 여자에게 장가가는 세상에 김 과장 이야기는 한 편의 순애보라예. 우리 김 과장님 순애보는 박계주가 쓴 '순애보'는

저리 가라 아입니까."

"당신 또 그놈의 순애보 타령이다."

"당신은 맨날 소나 돼지 접 붙는 것만 봐서 뭘 몰라요."

"마, 시끄럽다. 그게 그것 아이가."

"우째 그게 거기요."

"마, 고상한 사람도 별거 없더라."

"…."

김 교수 부인은 김준기를 설핏 보고는 그만 참는 듯했다.

"김 과장, 내 단도직입으로 묻겠는데 사실은 우리 처가 쪽에서 오래전부터 당신에게 눈독을 들인 모양이야. 이제 그만 그 사람 단념하고 새 출발하는 게 어때?"

"저를 생각해 주시는 것은 고마운 일이나 듣지 않은 걸로 하겠습니다."

"아, 사람 참 벽창호네. 언제까지 혼자 살 거야. 젊은 사내가 중도 신부도 아니고, 본능적인 섹스욕은 어째 참나? 솔직히 난 사나흘도 몬 참는다."

그 말에 장숙자가 김 교수에게 눈을 흘겼다.

"마, 안 그러나. 우리 김 과장이 한두 살 먹은 어린애도 아니고…."

"당신 말을 골라 좀 하이소."

"마, 알았다. … 그라고 김 과장, 자네 손으로 밥해 먹기 싫지도 않아?"

"괜찮아요. 이제는 이력이 났습니다."

"아니야, 남자는 혼자 살면 궁상맞아. 일단 내 처조카를 우리 집으로 부를 거야. 어디가도 안 빠지는 미인이데이. 한번 보면 김 과장 마음이 확 달라질 거야. 그리 알아."

"아닙니다. 교수님."

"아니야, 일단 한번 보라고. 왜 노래에도 있지. '정들면 타향도 고향'이라는. 사람도 마찬가지다. 정들면 다 내 임자야. 모르는 남녀도 서로 살을 비비대다 보면 없던 정도 들기 마련이다. 더욱이 자식새끼 낳아 기르다 보면 더 그렇다."

1965년 봄, 김준기는 김교문 교수 처조카 장미영과 결혼했다. 김 교수 부부가 적극 권유한 데다가 남쪽에 피붙이 하나 없는 외로운 신세, 그리고 준기 자신도 오랜 자취생활을 끝내고 싶은 마음 등이 얽힌 때문이었다. 게다가 준기도 이제 그만 최순희를 잊어야겠다는 마음이 그를 결혼식장으로 향하게 했다. 결혼식 후 그들 부부는 직장 가까운 대전 유성에다 보금자리를 마련했다.

준기는 일단 결혼하면 그때부터는 최순희를 까마득히 잊게 될 줄 알았는데, 오히려 새록새록 생각이 더 솟아났다. 심지어 부인과 섹스를 하는 도중에도 순희의 얼굴이 떠올랐다. 그와 함께 구미 형곡동 김교문 행랑채에서 순희와 함께 지냈던 그 순간이 떠오르거나, 금오산 아홉산골짜기에서 아기자기하게 지냈던 산골 피난생활이 모락모락 피어올랐다. 준기는 그래서는 안 된다고 자꾸 다짐하면서도 마음속 깊이 연기처럼 피어나는 순희에 대한 그리움을 지울 수가 없었다. "빛과 사랑은 지울 수 없다"라는 말 그대로였다.

그해 8월 15일이 다가오자 준기의 마음은 갈팡질팡했다. 그날 준기는 슬그머니 대전역에서 열차를 타고 서울 덕수궁 대한문으로 갔다. 그날도 준기는 땅거미가 질 때까지 대한문에서 하염없이 기다리다가 터덜터덜 발길을 돌렸다.

결혼 이듬해 딸이 태어났다. 이름을 영옥이라고 지었다. 김영옥은 백일이 지나자 방실방실 웃었다. 준기는 딸의 웃는 모습을 보면 세상만사를 잊을 수 있었지만, 불을 끄고 잠자리에 누우면 또다시 순희의 얼굴이 떠올랐다.

'내레 왜 부모를 버리고 남쪽에 남았는가?'

준기는 스스로 물어보았다.

'최순희 때문이지.'

답이 저절로 나왔다. 준기는 자기의 결혼이 성급하고 경솔했다는 생각이 들었다. 그렇다면 순희 누이를 꼭 만나, 자신이 좀더 느긋하게 기다리지 못하고 결혼한 데 대해 사과를 하는 게 바른 도리라는 생각에 미쳤다. 준기는 그 이듬해 8월 15일에도 슬그머니 덕수궁 대한문에 갔다. 그날도 대한문 앞에서 오후 5시까지 하염없이 기다리다가 밤늦게 대전역에 내렸다. 그런데 어쩐지 맨정신으로 집에 들어가기가 싫었다. 준기는 대전역 앞 대폿집으로 가서 폭음하고는 통금 직전에야 집에 돌아갔다. 그날 아내의 표정이 예사롭지 않았다.

"당신 오늘 어디 갔다 오노?"

"……"

"왜 대답을 못 하노."

"……"

"또 빨갱이 그년 만나러 갔지."

준기는 '빨갱이'라는 그 말에 술이 번쩍 깨었다. 준기는 그 말에 이성을 잃었다.

"뭐라구? 빨갱이 그년?"

"그년이 빨갱이가 아니면 누가 빨갱이고! 제 발로 인민의용군에 입대한 그년은 새빨간 빨갱이지."

"기럼, 네 서방은!"

"……"

준기는 빨갱이라는 말에 더 이상 분을 참지 못하고 방 안에 있는 물그릇을 집어던졌다. 하필이면 그 물그릇에 화장대 거울이 박살 났다. 그가 남쪽에서 살아오면서 가장 듣기 싫은 것은 '빨갱이'라는 말이었다. 대한민국은 인민군 포로들에게 언젠가는 반공포로가 되라고, 북으로 돌아가는 송환을 거부하라고, 온갖 감언이설로 꾀어 붙잡아 놓았다. 그런 뒤, 당국은 늘 뒤에서 빨갱이 전력이 있다고, 이북 포로 출신들을 감시하거나 사상을 의심하는 데 준기는 진절머리가 났다. 대한민국 정부는 국민들이 왜 한때 공산주의 사상에 물들었는지 생각은 하지 않고, 공산주의자라면 무조건 나쁘다고 죽여 버렸다. 준기는 그런 세상이 무섭고 싫었다.

한국전쟁 중 많은 남북의 젊은이들은 북한 측이 조국을 미

제국주의로부터 해방시킨다는 말에 자의로, 타의로 붉은 머리띠를 두르고 전선으로 나갔다. 남한 당국이나 군경을 비롯한 우익들은 그들의 처지를 이해하려 하거나, 설득시키기에 앞서 잡는 족족 골짜기로 데려가 총살하거나 그 자리에서 죽창으로 찔러 죽였다. 북한 당국이나 좌익들도 마찬가지였다. 그들은 지주나 자본가를 무조건 타도 대상으로 백안시하거나, 국군이나 경찰, 그 가족을 반동으로 몰아 인민재판에 회부하거나 즉결처분했다. 문명한 나라에서 사람들은 자기와 생각이 다르다는 이유 하나만으로 다른 이들을 함부로 죽이는 일들이 전국 방방곡곡에서 숱하게 이루어졌다. 그렇게 학살된 이가 한국전쟁 전후 일백만 명 전후로 추산하고 있다.

이튿날 아침, 아내는 준기와 등을 진 채 일어나지 않았다. 준기는 아침밥도 먹지 못한 채 출근했다. 그날 저녁 예삿날처럼 퇴근했는데 어쩐지 집안이 썰렁했다. 아내도, 딸 영옥이도 보이지 않았다. 방 안 책상 위에는 편지 한 통이 놓여 있었다.

영옥 아버지 보세요.
저는 오늘 당신 곁을 떠나갑니다. 어쨌든 부부의 인연을 맺은 이상 저는 많이 참으며 살고자 노력했습니다. 그런데 당신 가슴 속에는 저는 없었고, 온통 그 여자만 있었습니다. 세월이 지나면, 아이가 태어나면, 당신 마음속의 그 여자가 지워질 줄 알았는데, 오히려 더 짙어지는 것을 느꼈습니다.
저도 여자입니다. 남자의 뜨거운 사랑을 받고 싶습니다. 살림이 가난한 것은 참고 살 수 있어도 애정 없는 부부생활은 도저히 참을 수 없어 영옥이를 데리고 갑니다. 당분간 떨어져 살면서 서로의 앞날을 깊이 생각해 보는 게 좋겠습니다.

　단기 4299년 8월 17일

　영옥 모

　준기는 편지를 다 읽자 언젠가 올 일이 닥친 듯 오히려 담담
했다. 준기도 결혼 후 그동안 말은 하지 않았지만 꾹 참고 살
았다. 아내는 혼전 남성편력이 있었다. 하지만 준기는 그런 일
을 일절 들추지 않고 혼자 삭이며 지냈다. 처가 쪽 집안에서
도, 아내도, 자기가 이북 출신이라고 은연중 깔보는 그런 언행
이 자주 있었지만 준기는 그 모든 걸 참고 살았다. 하지만 간
밤에 준기가 참을 수 없었던 것은 아내의 입에서 서슴없이 나
온 '빨갱이 그년'이라는 말이었다. 하루가 지난 이튿날에도 준
기는 그 말만은 도저히 그대로 삭일 수가 없었다.

　준기는 그제야 사람의 정은 마음대로 되지 않는다는 사실을
깨달았다. 흔히들 모르는 남녀일지라도 서로 살을 부딪치고
살면 정이 저절로 붙게 마련이라고 했다. 하지만 준기는 사람
은 미묘한 감정의 동물이라 그렇게 되지 않는 이도 있다는 것
을 뒤늦게야 깨달았다. 그날 이후 일주일이 지나도록 아내는
끝내 집으로 돌아오지 않았다.

　김 교수 부인 장숙자가 집으로 찾아왔다. 아내 장미영은 그
때 친정에 머물고 있는데, 준기가 처가로 가서 데려오라고 권
했다. 준기는 아무런 대꾸도 하지 않았다. 부인이 밤늦도록 가
지 않고 안달복달 준기의 답을 듣고 싶어 애원하기에 예의상
생각해 보겠다고만 대답을 한 뒤 돌려보냈다.

다시 한 달이 지났다. 이번에는 김교문 교수 부부가 찾아왔다.

"김 과장, 부부 간 사랑싸움에는 남자가 져야 집안이 편타. 나도 집에서 늘 지고 산다. 아무 소리 말고 내일 처가로 내려가 데리고 온나."

"다 참을 수 있지만 아이 엄마가 아직두 저를 '빨갱이'라고 말한 것만은 기냥 넘어가지지 않습니다. 빨갱이라는 말은 대한민국에서 가장 무서운 말입니다."

"사람이 화가 나면 무슨 말은 못하나. 자네가 좀 참아야지."

"… 아무리 기래도 빨갱이란 말만은…."

다음 주 월요일, 준기는 대학부속 가축병원에 사표를 내고 언저리를 정리한 뒤 아내에게 처음이자 마지막 편지를 썼다.

영옥 모 보시오.

애초부터 우리 부부는 해로할 인연이 아니었나 보오. 깨진 독에 물을 다시 담을 수 없듯이 앞으로 우리가 부부로서 다시 인연을 이어 가기는 힘들 것 같소. 지금 내가 가진 전 재산을 모두 당신에게 보내오. 영옥이 양육비에 보태 쓰시오. 이제 나는 아무도 탓하지 않고 그저 모든 걸 내 운명으로 받아들이겠소. 그동안 고생했소. 영옥이 잘 길러 주시오.

1966년 9월 26일

김준기

준기는 자기 이름으로 된 가옥대장 및 등기권리증, 그리고 부동산 양도위임장 등 모든 서류를 갖추어 아내에게 보내는 등기편지 속에 넣었다. 대학 경리과에 자기 퇴직금은 아내 앞으로 모두 송금토록 부탁했다. 준기는 언저리의 모든 것을 정리한 뒤 가방 하나를 달랑 들고 마지막 인사차 김교문 교수댁을 찾아갔다. 김 교수 부부는 김준기의 초췌한 표정에서 심상치 않음을 눈치채고는 준기를 붙잡았지만 끝내 그의 마음을 돌릴 수 없었다.

"내레 구미에서도, 대전에서도 신세 많이 졌습니다. 두 분이 베풀어 주신 은혜에 대한 고마움은 늘 간직하면서 살겠습니다."

"사람 참, 이렇게 매정할 수가."

"…."

"정히 그렇다면 마, 가라. 난 다시 자네 안 볼란다."

"김 과장님, 참말로 매정하고 독하오. 어린아이를 봐서라도 참고 살아야지요."

"…."

준기는 더 이상 말없이 김 교수 댁을 물러났다. 준기가 대학 부속 가축병원에 그대로 눌어붙어 있자니 거의 날마다 김교문 교수를 보기가 민망했고, 집을 떠난 아내에게 뭔가 보상해 주고 싶었지만 가진 돈도 없었다. 그리고 준기는 아내와 살던 집에서 혼자 살기도 싫었고, 직장 내 다른 이들로부터 별거한다는 쑤군거림도 듣고 싶지 않았다. 그래서 준기는 대전을 떠나기로 마음을 정했다.

김준기는 김교문 교수댁을 나온 뒤 곧 대전역에서 서울행 열차를 탔다. 준기는 서울역에 내렸지만 막상 기다리는 사람도, 갈 곳도 없었다. 뭔가 일은 해야겠지만 무슨 일을 어떻게 시작해야 할지, 아무런 대책도 없이 무작정 서울로 왔다.

준기는 서울로 오는 동안 열차 안에서 느닷없이 머리에 "남대문 지게꾼도 순서가 있다"라는 말이 떠올랐다. 그런데 서울역 앞 남대문 지게꾼은 얻어걸리기가 만만치 않을 것 같았다. 그런데 준기가 들은 소문에 동대문시장에는 남대문시장보다 이북 출신 상인들이 더 많다고 했다. 그래서 준기는 서울역에서 곧장 동대문행 전차를 탔다. 종로5가에서 내리자 바로 동대문시장이었다. 마침 한일극장 앞에 한 지게꾼이 보였다. 준기는 그들에게 말을 건넸다.

"내레 동대문시장 지게꾼이 되고 싶은데 어드러케 하믄 할 수가 있겠소?"

한일극장 앞 빈터에서 늙수그레한 사내가 지게에 비스듬히 기댄 채 말했다.

"어디서 왔소?"

"대전에서 와시오."

"동대문시장 지게꾼은 아무나 하는 줄 아오?"

"기래서 묻질 않소. 좀 가르쳐 주시라요."

곁에서 두 사람이 주고받는 말을 유심히 쳐다보던 한 사내가 말했다.

"임자! 고향이 어데지?"

"평안북도 영변이야요."

"영변 어데?"

"룡산면 구장동이요."

"뭐, 구장동이라구. 내레 수구동이야."

"기럼 청천강 나루터 마을이구만요."

"넘자, 우리 마을 지리를 잘 아는구만."

"구장동에서 영변읍에 가려면 수구동을 지나가지요. 내레 기때마다 청천강 나루터에서 매생이를 타시오."

"야, 청천강 매생이를 아는 걸 보니까 진짜 우리 고향사람이구만. 기래 언제 내려왔나?"

"내레 육이오 때 내려와시오."

"기럼, 리승만 반공포로 석방 때 남선에 주저앉았구만?"

"기랬지요."

"동대문시장 바닥에는 기런 사람이 수태야. 하지만 평안도 사람이라두 청천강 매생이를 아는 사람은 기렇게 많지 않아. 까마구도 고향 까마구가 더 반갑다는데…. 내레 오수만이야. 정말 반갑소."

그는 손을 내밀었다.

"김준기입니다."

준기는 그의 손을 두 손으로 잡았다.

"앞으루 우리 삼팔따라지끼리 서루 돕구 살자구."

"기럼요. 많이 가르쳐 주시라요."

"기럼, 여부가 있나. 날 따라오라."

준기는 사내를 따라갔다. 그는 광장시장 안을 한참 헤집고 가더니 광장시장 친목회 간판이 걸린 사무실로 갔다. 그는 사

무실 안 회전의자에 앉아 있는 중절모를 쓴 사내에게 굽실한
뒤 준기를 소개했다.

"회장님! 고향 후뱁니다. 오늘부터 일하구 싶다는데…."

"당신 고향 후배 틀림없소?"

"기럼요, 청천강 매생이와 수구동을 아는 사람은 우리 고향
영변 사람뿐이야요."

"그럼, 당신이 보증한다는 말이지?"

"아, 기럼요."

"알았소. 그럼 입회서를 쓰게 하고, 입회비를 경리한테 입금
시키시오."

"알갓습니다. 회장님!"

중절모 회장은 동대문시장 주먹계 우두머리로 보였다. 준기
는 그에게 공손히 인사했다.

"당신 고향 선배 덕분에 아주 쉽게 일하는구먼."

"고맙습니다. 회장님!"

"여기는 여기대로 법이 있으니까 선배에게 물어 잘 배우시
오."

"알갓습니다."

준기는 입회원서를 쓴 뒤 입회비를 냈다. 그리고는 오수만
에게 동대문시장 지게꾼으로서 지켜야 할 자세한 교육을 받았
다.

"포로수용소 지내 봤소?"

"기럼요. 3년이나 이서시오."

"기럼 됐어야. 사람 사는 곳은 다 똑같지. 기때 생각하믄 요 기선 얼마든지 살 수 있을 거요."

"많이 지도해 주시라요."

"그저 눈치껏 하라야."

"고맙습니다."

"뭘, 이까짓 것 같구."

준기는 그날로 지게를 구한 뒤 일을 시작했다. 준기는 오수만의 알선으로 숙소까지 창신동 산동네 합숙소에다 잡았다. 동대문시장 지게꾼 생활은 일한 만큼 벌었다. 생각보다 수입도 쏠쏠했다. 지게꾼 생활은 몸이 고달팠지만 마음은 편했다. 준기는 동대문시장 지게꾼 생활을 하면서 다부동전투 때 전우였거나 부산과 거제포로수용소 동료들을 꽤 여러 명 만났다. 그들 가운데는 그새 동대문시장 상인으로 정착하여 이미 점포를 운영하는 이도 있었고, 그때까지 시장바닥 노천에서 장사하는 이도 있었다. 인민군 3사단 마두영 상사도 동대문시장에서 다시 만났다. 그는 광장시장에서 포목상을 하고 있었다. 준기는 그의 포목가게 단골 지게꾼으로 도움을 많이 받았다.

또 부산포로수용소에 입소하면서 헤어졌던 윤성오 상등병은 준기가 거처하는 창신동 합숙소 부근에서 만났다. 그는 그새 목사가 돼 있었다. 어느 날 창신동 들머리에서 가방을 들고 가던 한 신사가 빈 지게를 지고 가는 준기를 뚫어지게 쳐다보더니 달려왔다.

"살아 있었구만."

윤성오 목사는 들고 다니던 가방을 길거리에 놓은 채 준기를 껴안고 포옹했다.

"이렇게 만나다니 … 잘했소. 기럼, 남녘에 잘 남았어야."

그는 곧 준기를 한적한 곳으로 데리고 가더니 가방에서 성경을 꺼내 펼쳤다.

"내가 산을 향하여 눈을 들리라 나의 도움이 어디서 올꼬 나의 도움이 천지를 지으신 여호와에게서로다. 여호와께서 너로 실족지 않게 하시며 너를 지키시는 자가 졸지 아니하시리로다. … 여호와께서 너를 지켜 모든 환난을 면케 하시며 또 네 영혼을 지키시리로다."(시 121: 1-7)

윤 목사는 성경을 덮은 뒤 준기의 어깨를 짚고는 기도를 나직이 읊조렸다.

"우리의 고난을 알고 계시는 전지전능하신 하나님 아버지, 우리가 위급할 때는 늘 아버지께로 돌아가나이다. 주님의 종 김준기에게 정신과 육체의 고통을 이길 수 있는 능력을 허락하소서. 그가 주님의 은혜를 의지하게 하시고, 자기 자신의 힘을 의지하지 않게 하소서. … 우리를 위하여 고난을 당하신 예수님을 의지하도록 우리 모두 깨닫게 하소서. 우리 주 예수님의 이름을 받들어 기도합니다. 아멘."

"고맙습니다. 저를 위해 기도해 주셔서. 포로수용소에서도 감찰대로 살려 주시고. 그때 정말 고마웠습니다."

"그건 내 뜻이 아니라 주님의 뜻입니다. 우린 한때 사선을 함께 넘은 동지입니다. 당신이 그때 살아난 것도, 대한민국에 남은 것도, 또 동대문시장에서 일하게 된 것도, 내레 목사가 된 것도 모두 다 주님의 뜻입니다. 하늘에 계신 그분은 당신이 겪은 환란 이상으로 반다시 큰 복을 주실 것입니다. 내 도움이 필요할 때는 언제라도 우리 교회로 찾아오시오. 저기 보이는 저 교회야요."

윤성오는 창신동 산비탈의 한 천막교회를 가리켰다.

"알갔습니다."

"내레 포로수용소 감찰대로 있을 때 한 미국인 선교사를 만났지요. 그분 인도로 부상당한 다리도 재수술 받았구, 그 뒤 내레 S자를 쓴 뒤 남쪽에 남아 목회자의 길을 걷게 되시오. 그분 때문에 다시 이 세상에 태어난 셈이지요. 원래 우리 오마니가 평양에서 아주 독실한 기독교 신자였지요."

사람이 살다보면 몇 번은 변신한다는 말이 사실이었다. 준기가 남녘에 남은 것도, 포로수용소 윤성오 감찰이 남쪽에 남아 목회자의 길을 걷는 것은 대단한 변신이 아닐 수 없었다.

"이제 제 길을 찾은 모습 뵈니 정말 반갑습니다."

"말씀 감사합니다. 기럼, 우리 이제 자주 만나 서로 돕고 삽시다."

윤 목사는 그 시간 막 한 교인 집에 심방 가는 길이라고 하여 거기서 헤어졌다. 준기가 그의 뒷모습을 바라보자 지난날 절름거리던 다리가 한결 나아보였다. 이북에서 내려와 동대문시장 일대에 정착한 월남인들은 서로 동병상련의 정으로 상부상조하면서 어려운 현실을 악착같이 헤쳐 나갔다.

어느 날 준기가 한일극장 앞에서 서성이는데 누군가가 어깨를 툭 쳤다.

"김 중사 아니오?"

"아, 예. 반갑습니다. 황 대위님. 그새 군에서 제대하셨구만요."

국군 복무 때 사단의무대 군의관이었다. 그는 황재웅 대위로 외과 전문의였다.

"그렇소. 아직 점심 전이라면 우리 어디 가서 밥이라도 같이 먹읍시다."

"기렇게 하지요."

준기는 지게를 동료에게 맡기고 동대문시장 안 평양 설렁탕집으로 황 대위를 안내했다.

"제대 후 줄곧 이곳 동대문시장에 있었소?"

"아닙니다. 경북 구미라는 시골 가축병원에서 조수로, 대전의 한 대학부속 가축병원에서 실습과장으로 있다가 그만두구 요기로 왔습니다."

"왜 그 좋은 직장을 그만뒀소?"

"'평양 감사두 저 싫으면 그만이다'는 말이 있지요."

"하긴 그렇소. 나도 이태 전 군에서 제대한 뒤, 지금은 인천 송현동에다 개인병원을 냈지요."

준기가 밥숟갈을 내려놓고 손을 내밀었다.

"제대와 개업, 두 번 축하합니다."

황 대위가 그 손을 잡았다.

"축하는 무슨…. 아무튼 잘 만났소. 내가 마침 사람을 구하고 있는 중인데, 나랑 같이 일할 의향은 없소?"

"내레 무슨 자격이 있어야지요."

"그동안 군 의무대에서 익힌 실력이 어딘데. 그리고 그동안 가축병원에도 있었다면서?"

"한 10년 정도 있었지요."

"그럼 됐어요. 나는 당신 같은 실력 있는 병원 경력자가 꼭 필요해요. 당장 우리 병원에 와서 사무장 겸 엑스레이 기사 일을 맡아주세요. 김 중사라면 군 의무대 경력이 있으니까 방사선 기사 자격증도 금세 딸 수 있을 거요. 간호사 하나 두고 나머지 일은 나 혼자 하니까 아주 바쁘고 힘이 많이 드네요."

"생각해 보겠습니다."

"생각은 무슨, 내가 김 중사 여기서 버는 것보다는 더 많이 주겠소. 우린 한때 생사고락을 함께한 전우가 아니었소. 자, 내 명함이오. 여기 일을 빨리 정리하고 가급적 금주 내로 이 주소로 찾아오시오. 숙소는 당분간 우리병원 숙직실에서 지내면서 천천히 구하고요."

"알갓습니다."

"자, 이거 얼마 안 되지만 이곳 일 정리하고 인천으로 이사하는 데 쓰시오."

"이사 비용은 무슨, 일없습니다. 가방 하나뿐이야요."

"그럼, 그동안 이곳에서 신세진 동료들에게 술이라도 한잔 사시오."

황재웅은 안주머니에서 지갑을 꺼낸 뒤 지폐 한 장만을 달랑 남기고 남은 돈은 세어 보지도 않고 몽땅 준기의 호주머니에 찔러 넣어 주었다. 나중에 헤아려 보니 준기의 사흘 일당이나 되는 큰돈이었다. 황재웅은 군대에서 준기와 함께 복무했기에 외과 조수 능력을 잘 알고 있었기 때문이다.

그 며칠 뒤 준기는 동대문 지게꾼 생활을 청산했다. 그는 동대문을 떠나기 전날 밤 그동안 자기를 돌봐줬던 오수만과 시장에서 만난 포목상 마두영 상사, 그리고 창신동 윤성오 목사를 동대문시장 곁 한일정으로 불러 저녁을 흐드러지게 사면서 이별주를 나눴다. 그들은 한결같이 준기의 앞날에 덕담과 축복 기도를 했다.

"우린 죄다 빤스 하나만 걸치구 38선을 넘어왔지. 기런 정신으로 살믄 어딜 가두 반다시 성공할 거요."

"삼팔따라지 김준기 앞날을 위하여! 건배!"

"고맙습니다. 내레 최순희 누이를 만나 통일되믄 함께 고향에 계신 부모님을 찾아갈 겁니다."

"기럼, 기래야지요."

그날 동석한 이들은 준기의 앞날을 위해 모두 박수를 쳤다.

준기의 인천 생활은 평온했다. 준기가 인천 송현병원 사무장으로 온 뒤 황재웅은 환자 진료에만 전담하고 나머지 병원의 일은 모두 맡겼다. 그러자 송현병원은 점차 환자가 늘어났다. 그와 함께 준기의 보수도 올라갔다. 준기는 한동안 숙직실에서 지내다가 곧 병원 가까운 곳에 전셋집을 얻었다. 그 사이 준기는 아내와 호적 정리도 했다. 아내 쪽에서 먼저 합의이혼을 요구했다. 그는 딸 영옥이를 친정에 맡긴 채 재혼을 하는 모양이었다. 준기는 마음이 한결 가벼웠다. 준기는 아내의 재혼 후에도 매달 봉급을 받으면 곧장 영옥의 양육비로 일정액을 처가로 보냈다. 아무튼 영옥은 자기 자식이 아닌가. 준기는 병원 사무장으로 있으면서 곧장 방사선 기사 자격증도 땄다. 그러자 병원장은 준기의 월급을 더 올려 주었다. 송현병원은 방사선과를 새로 증설하는 등, 날로달로 번창해 갔다. 인천과 서울은 한 시간 거리인지라 준기는 주말이면 이따금 서울로 와 다시 순희를 추적했다.

준기는 여러 차례 발품을 판 탓으로 원서동에 오래 산 한 할머니를 통해 순희네 이야기도 들었다. 9·28수복 후 곧 순희 아버지 최두칠은 우익청년단에게 끌려간 며칠 뒤 가족들도 한밤중에 종적을 감췄다는 얘기를 할머니는 귓속말로 전했다. 그할머니는 거기까지만 얘기한 뒤 입을 굳게 닫았다.

14
한밤의 신문

준기는 휴전 이후 해마다 8월 15일이 다가오면, 아니 그 며칠 전부터 마음이 설레었다. 그의 발길은 그날이면 어김없이 서울 덕수궁 대한문으로 향했다. 그새 서울에는 전찻길도 사라지고, 원래 덕수궁 담도 헐리고 새 담으로 단장되었다.

1973년 8월 15일은 준기가 서울 덕수궁 대한문을 찾은 지 만 20년이 되는 날이었다. 그날도 준기는 이른 아침 서울 갈 차비를 했다. 먼저 목욕탕을 다녀온 뒤 이발소로 갔다. 해마다 8월 15일은 늦더위가 극성을 부렸지만 김준기는 꼭 정장차림을 했다. 그날도 김준기는 동인천역에서 경인선 열차를 타고 서울역에 도착한 뒤 거기서 덕수궁까지 천천히 걸어갔다. 서울역 광장과 숭례문, 서울시청 앞 광장에는 '경축 광복절 28주년'이라는 기념 아치가 높다랗게 서 있었고, 남대문로와 태평로 일대 가로등 깃봉에는 온통 태극기가 펄럭였다. 준기가 대한문에 이른 후 손목시계를 보자 11시 50분이었다. 준기는 늘 그랬던 것처럼 그날도 대한문과 조금 떨어진 곳에서 언저리를 두리번거리며 주머니에서 쥘부채를 꺼내 부쳤다. 김준기는 다시 손목시계를 내려다 보자 12시 5분 전이었다. 그제야 준기는 예년처럼 대한문 현판 밑에 이르렀다. 준기는 다시 손목시계를 내려 보았다. 12시 2분 전 갑자기 카메라 플래시가 터졌다. 준기는 깜짝 놀랐다.

"실례했습니다. 김준기 씨 맞죠?"

"네, 기렇습니다."

그는 대한신문 문창배 기자라고 했다. 한 독자의 제보에 따르면 김준기는 한국전쟁 휴전 후 해마다 8월 15일 정오면 이곳에서 누군가를 기다린다고 전해 들었다고 했다.

"좋은 사진은 피사체가 카메라를 의식치 않아야 하기에 결례를 했습니다."

"아, 네."

문 기자는 카메라를 내린 채 고개 숙이며 정중히 사과했다.

"올해도 그분을 기다려 보신 뒤 만나든 못 만나든 저랑 인터뷰를 부탁드립니다."

"뭐 신문에 날 만큼 대단한 얘기가 아닐 거야요."

"아닙니다. 김준기 씨의 사연은 매우 애절할 것 같습니다."

그런 뒤 문창배 기자는 덕수궁 안으로 들어갔다. 그는 대한문 안에서 현판 밑에 서성이는 준기를 향해 카메라 앵글을 잡고 있었다. 준기의 손목시계는 시침과 분침, 초침까지 12시 정각을 가리켰다. 준기는 떨리는 마음으로 손목시계를 내려다보고는 계속 언저리를 두리번거리면서 살폈다. 마치 포로수용소 서치라이트처럼….

하지만 그날도 순희 누이는 끝내 나타나지 않았다. 준기는 내심 낙담하는 순간 문창배 기자가 또 플래시를 또 터뜨렸다. 준기는 그 플래시에 괘념치 않고 예년처럼 계속 언저리를 두리번거렸다. 잠깐 새 오후 1시가 지났다. 문창배 기자가 카메라를 든 채 다가왔다.

"올해도 그분은 나타나지 않나 봅니다."

"길쎄, 좀더 기다려 보가시오. 대체로 여자들은 행동이 굼뜨지요. 기래서 해마다 최소한 두세 시간은 더 기다렸지요."

"두세 시간씩이나…."

"기럼요, 어느 해는 날이 해가 저물 때까지 기다리다가 간 적도 있지요."

준기는 대한문 현판 밑에서 덕수궁 돌담 쪽으로 물러나며 말했다.

"그래서 덕수궁 수위도, 매표원 아가씨도, 김준기 씨를 기억하고 저희 신문사로 제보했나 봅니다."

"아, 기랬구만요."

그는 조금 놀라면서 말했다.

"내레 조금 더 기다리고 있을 테니… 기자 선생, 어디 가 점심을 드시고 오라요."

"아닙니다. 그동안 그분이 나타나면 특종을 놓칩니다. 내일 조간에 특종을 터뜨리려면 이 정도는 참아야지요. 그리고 김준기 씨의 기다리는 모습을 카메라에 담는 것도 귀중한 취재입니다."

문 기자는 다시 제자리로 돌아갔다. 오후 2시가 조금 지나자 문 기자가 다시 준기에게로 다가왔다.

"아직도 더 기다리시겠습니까?"

"오늘은 기자 양반도 애꿎게 기다리는데 30분만 더 기다려 보가시오."

"좋습니다."

문 기자는 다시 덕수궁 안에서 카메라 앵글을 맞추고 기다 렸다. 문 기자는 갈증이 나고 마치 자기가 그를 기다린 듯 조바심이 났다. 2시 30분이 지나자 준기가 문 기자에게로 왔다.

"우선 어디 가서 요기부터 합시다."

준기는 앞장서서 문 기자를 덕수궁 옆 중국집으로 데려갔다. 아마도 준기가 해마다 간 단골집 같았다. 그들은 자장면을 후딱 먹은 뒤 다시 대한문으로 돌아왔다. 김준기는 다시 한 번 더 포로수용소 서치라이트처럼 대한문 언저리를 두어 번 훑었다.

"기왕이면 덕수궁 석조전 앞 분수대로 갈까요."

"좋습니다. 기거가 시원하지요."

문창배 기자가 앞장서며 물었다.

"내년에도 오실 겁니까?"

"기럼요, 오다마다. … 순희 누이를 만나는 건 내 삶의 전부야요."

"아, 네."

그들은 석조전 분수대 옆 등나무 밑 돌 의자에 앉았다. 등나무 잎이 무성해 한결 시원했다. 문 기자는 김준기가 앉은 모습을 두어 번 셔터를 누른 뒤 취재수첩을 펼치며 옆자리에 앉았다.

준기가 문창배 기자를 만난 다음 날 아침 대한신문 사회면 머리기사에 '한 여인을 20년간 기다린 순애보 – 현대판 미생지신(尾生之信)'이라는 제목에 '해마다 8월 15일이면 덕수궁 대한문 앞을 지키는 한 사나이의 이야기'라는 부제의 기사가 나갔다.

신문의 위력은 대단했다. 전국 각지에서 수백 통의 편지가 병원으로 날아왔다. 전화도 여러 통이 걸려 왔다. 하지만 최순희의 소식을 전해 주는 편지와 전화는 없었다. 편지를 보내거나 전화를 건 이는 대부분 여성들이었다. 그들은 준기의 파란만장한 인생역정에 눈물을 지었다며 한번 만나고 싶다고 했다. 심지어 어떤 여성 독자는 어머니와 함께 일부러 인천 병원으로 찾아오기도 했다.

1973년 8월 16일 저녁, 미국 시카고의 순희는 서울에 사는 동생 순옥한테 국제전화를 받았다.

"언니, 김준기라는 사람 알아?"

"얜, 생뚱맞게 뭔 얘기니."

"오늘 아침 대한신문 사회면 톱에 김준기라는 사람이 덕수궁 대한문 앞에서 20년 전에 헤어진 최순희라는 여인을 해마다 빠짐없이 기다린다는 기사가 실렸어. 그래서 그 사람이 찾는 최순희가 혹 언니인가 물어보는 거야."

"그 사람 고향은?"

"평안북도 영변이래."

"나이는?"

"서른여덟."

"어디서 만나고 헤어졌대?"

"낙동강전선 구미 임은동 야전병원에서 만나 추풍령에서 헤어졌대."

"뭐!"

그 순간 순희는 소스라치게 놀랐다. 동생이 전하는 정황으로 미루어 그 사람은 까마득히 잊고 있었던, 아니 잊어버리려고 애썼던 김준기임에 틀림이 없었다.

"신문에는 사진까지 실렸는데."

"얘, 신문에 난 그 기사 보내다오. 그리고 너 그 사람한테 절대로 연락해선 안 돼."

"알았어, 언니. 통화 끝나면 곧장 신문기사 오려 오늘 중 국제우편으로 보낼게."

"그래, 고맙다."

순희는 김준기가 대한민국에 살고 있으며, 아직도 자기를 찾는다는 사실이 도무지 믿어지지 않았다. 뭔 사람이 부모도 버린 채 전쟁터에서 헤어진 연인을 바보처럼 20년 동안 기다렸을까. 순희는 별별 생각이 다 들었다. 아무렴 20년 동안 한

해도 빠짐없이 대한문에 나오다니…. 도무지 그 사실이 믿어지지 않았다. 보름이 지난 뒤 편지가 도착했다. 순희는 먼저 신문기사부터 읽었다. 가슴이 두근거렸다.

"한 여인을 20년간 기다린 순애보 – 현대판 미생지신"
"해마다 8월 15일이면 덕수궁 대한문 앞을 지키는 한 사나이의 이야기"

이 신문기사는 1950년 9월 초순 낙동강 임은동 임시야전병원에서 만난 얘기부터 다부동전선에서 인민군 위생병 최순희와 탈출한 이야기, 낙동강을 건너 구미 형곡동 한 기와집에서 옷을 갈아입은 이야기, 거기서 전쟁이 끝난 뒤 해마다 8월 15일 덕수궁 대한문에서 만나자고 약속한 이야기, 금오산 계곡 아홉산골짜기에서 보름 남짓 살았던 이야기, 추풍령 외딴집에서 헤어진 이야기 등이 아주 자세하게 담겨 있었다.

그런데 20년 동안 한결같이 해마다 8월 15일 낮 12시부터 오후 2, 3시까지, 때로는 저물녘까지 단 한 번도 빠지지 않고 대한문을 지켰다는 이야기에는 감격에 앞서 도무지 그 사실이 믿어지지 않았다. 어쩌면 사람이 그토록 우직할 수 있을까.

'남자는 첫 여자를 평생 못 잊는다고 하더니….'

순희는 그 기사를 읽자 까마득하게 잊었던 지난날이 마치 어제 일처럼 되살아났다.

1950년 9월 26일, 최순희가 추풍령 외딴집에서 이른 새벽 잠에서 깨어 보니까 곁에 준기가 보이지 않았다. 순희는 준기가 뒷간에 간 줄 알고 한참 기다렸으나 끝내 깜깜무소식이었다. 날이 훤히 밝아도 준기는 끝내 돌아오지 않았다.

그 순간 순희는 아찔했다. 뭔가 섬뜩한 느낌에 쌀자루를 열어 보자 편지가 나왔다. 순희는 편지를 훑어본 뒤 후딱 밖으로 뛰어나갔으나 준기의 종적은 끝내 찾을 수 없었다. 순희는 가슴이 철렁했다. 그동안 동행하며 의지했던 준기가 종적도 없이 사라지다니…. 순희는 눈앞이 캄캄했다.

'삶과 죽음이 한순간에 바뀌는 전쟁터에서 순희 누이를 뜻밖에 만나 행복했습니다. 곰곰이 생각해 보니까 이제 제가 순희 누이 곁을 떠나는 게 진정 사랑하는 길로 여겨집니다. …'

순희는 편지의 글귀를 곱씹을수록 가슴이 저렸다.

'그래, 무사히 탈출하여 굳세게 살면서 그를 기다리는 게 그의 사랑에 보답하는 길이야.'

순희는 흐트러진 마음을 야무지게 다잡았다. 그러면서 낭떠러지에서 떨어진 아득한 절망감에서 그와 이별은 두 사람이 다 함께 살아나는 희망의, 긍정의 길로 생각을 바꿨다. 순희는 전쟁터에서 남녀 두 사람이 함께 도망가는 것보다 여자 혼자 도망 다닌 게 훨씬 더 수월하다는 말은 옳다고 여겼다. 순희는 추풍령 할머니에게 아침밥을 얻어먹은 뒤 허름한 몸빼도 하나 얻어 입었다. 그때부터 순희는 철저하게 피난민으로 위장했다. 순희는 할머니에게 하직 인사했다.

"할머니, 하룻밤 신세 잘 졌습니다."

"어째든동 조심해서 집에 잘 가라."

"예, 할머니."

마침내 순희는 혼자 북행길에 올랐다. 혹시나 도중에서 준기를 만날 수 있을까 하여, 서울 쪽으로 걸어가면서 사방을 두리번거려도 끝내 준기는 보이지 않았다. 순희는 추풍령을 떠난 이튿날 해거름 때에야 영동에 닿았다. 추풍령과 영동은 하루 길도 안 되지만, 길도 모르고 밤중에 산길과 들길을 헤매며 걷다 보니 꼬박 이틀이나 걸렸다. 순희는 몸과 마음이 지치고 배가 고파 더 이상 걸을 수 없었다. 땅거미가 어둑할 때를 기다려 영동 들머리 한 주막집에 들렀다. 순희는 거지처럼 주막집 문을 두드리며 나직이 말했다.

"밥 좀 주세요."

곧 방문이 열리더니 늙은 주모가 순희의 몰골을 훑으며 말했다.

"식은 밥밖에 없네."

"괜찮습니다."

순희는 얼른 주막집에 들어갔다.

"그래도 국까지 식은 걸 줄 수야…."

주모는 부엌으로 가더니 국솥에 불을 지폈다. 순희도 얼른 부엌으로 가 아궁이에 불을 때며 산길을 걷느라 굳은 몸을 녹였다. 국솥이 끓자 주모는 국자로 뚝배기에 국 한 그릇을 담고는 식은 보리밥 한 덩이를 넣어 주었다. 순희는 그 국밥을 환장한 사람처럼 후딱 먹었다.

"많이 굶었나 보군."

순희는 입안에 밥을 문 채 고개를 끄덕였다. 국밥 한 뚝배기를 후딱 먹은 순희가 두어 차례 숨을 쉰 뒤 말했다.

"할머니, 이제 살겠어요. 제가 부엌일 도와 드릴 테니 한 이틀 쉬어 가게 해 주세요."

"마침 내일이 영동장이까 그래라."

"고맙습니다. 할머니."

이튿날 새벽에 일어난 순희는 할머니 국밥 만드는 일을 도왔다. 순희는 할머니가 시키는 대로 쇠고기를 넣은 국솥에 간장을 붓고 무를 썬 것을 넣은 다음 고춧가루와 파를 듬뿍 넣었다.

"아주 손이 야무지네. 난리 끝날 때까지 당분간 우리 집에 살아라."

"집에서 아버지 어머니가 많이 기다릴 겁니다."

그날 파장 무렵 순희는 영동장에 나갔다. 비상금을 꺼내 운동화도 새로 사고 곡식도 두 되 산 뒤 자루에 담았다. 그런 다음 포목점에 가서 광목도 두어 마 끊었다. 서울로 가는 도중, 잠잘 때 그 광목을 홑이불로 덮기 위함이었다. 그날 밤 주막에서 하룻밤 더 신세를 진 뒤 이튿날 새벽 다시 북행길에 올랐다.

순희는 영동을 떠나 사흘 동안 산길, 들길을 걸은 끝에 심천, 이원, 옥천을 거쳐 대전에 이르렀다. 대전은 이미 국군과 유엔군이 진주하고 있었다. 순희는 그동안 제대로 먹지도, 자지도 못한 채 강행군을 한 탓으로 대전에 이르렀을 때는 완전히 지쳐 그의 몰골은 영락없는 거지꼴이었다. 순희는 더 이상 산을 타고 북상할 수 없을 만큼 그의 몸은 이미 망가졌다. 순희는 배고픔을 더 참을 수 없어 대전에서는 아무 집 대문을 두들겨 밥을 얻어먹거나 빈집이나 창고에서 잠을 잤다. 순희는 더 이상 걸어 북상하기를 포기한 채 열차를 타고자 대전역으로 갔다.

그 무렵 대전역은 전란으로 완전 폐허였다. 그때까지도 서울 영등포로 가는 열차는 운행되지 않았다. 군인과 역원들은 열차운행 재개를 위해선지 대전역 안팎을 치우느라 한창 바쁘게 움직였다. 순희가 어수선한 대전역 광장을 막 벗어나는데 '헌병'이라는 완장을 차고 'MP'라고 새긴 헬멧을 쓴 군인이 호루라기를 불었다. 그 소리에 놀라 순희는 냅다 도망쳤다. 그런데 헌병은 굳이 순희를 뒤쫓지 않았다. 아마도 순희를 보고 분 호루라기가 아닌 모양이었다. 제풀에 놀란 순희는 가슴을 쓸어내린 뒤 그대로 서울 방향으로 걸었다.

그새 10월로 달이 바뀌었다. 순희가 구미 형곡동 한옥 안방에서 찾아 입은 여름 무명 한복은 그새 해지거나 찢어진 데다가 싸늘해진 날씨로 입을 수가 없었다. 그래서 순희는 서울로 가는 도중 빈집에 들어가면 먼저 안방 벽장이나 장롱에서 몸에 맞는 긴 옷을 찾아 입었다. 거기다가 추풍령 할머니에게 얻어 입은 몸빼를 줄곧 입었다. 가능한 중년여인처럼 보이게 머리에는 흰 광목수건을 둘렀다.

순희는 더 이상 산길이나 들길을 걷기도 지쳤다. 게다가 대전에서부터는 산길도 마땅치 않았다. 순희는 거기서부터 국도를 따라 계속 북으로 걸었다. 긴장도 여러 날 하다 보니 나중에는 그새 그만 배짱으로 변했다. 그러면서도 순희는 '까짓것 죽기밖에 더하겠는가' 하는 오기까지도 생겨 났다.

순희가 대전을 출발한 지 두어 시간 만에 회덕이란 곳이 나왔다. 거기서 마음씨 좋은 주민을 만나 점심 요기를 하고, 다시 두어 시간 남짓 더 걷자 신탄진이 나왔다. 가도 가도 끝없는 서울로 가는 길이었다. 이른 아침 대전에서부터 계속 걸어온 데다가 그새 늦은 오후 시간이라 배도 고파 신탄진역 앞 한 밥집에서 국밥을 청해 먹으며 서울 가는 길을 물어보았다. 그러자 주모는 자세히 알려주었다.

그는 신탄진에서 국도를 따라 곧장 올라가면 죽암이 나오고, 거기서 왼편 경부선 철길로 난 길을 따라가면 부강이 나오고, 그 길 따라 올라가면 조치원이 나온다고 했다. 아마도 조치원이나 천안에서는 서울 가는 열차도 있을 거라는 말도 했다. 국밥집 주모는 길눈이 밝았다. 아마도 여러 손님들이 묻는 길인지라 그런 모양이었다. 그런데 가는 데마다 검문이 매우 심할 건데 우선 예서 현도교를 건너는 금강나루에도 헌병들이 쫙 깔려 피난민으로 위장하고 북으로 올라가는 인민군들을 잡는다고 했다.

순희는 그 말에 찔끔했지만, 자기는 서울에서 내려온 피난민이라고 천연덕스럽게 거짓말을 한 뒤 언저리 지리 정보를 캐물었다. 국밥집 주모는 별 의심 없이 그곳 지리를 자세하게 가르쳐 줬다. 신탄진에서 부강으로 가자면 금강을 지나는데, 지난 7월 중순에 유엔군들이 인민군 남침을 막는다고 현도교도 신탄진 금강철교도 모두 폭파하여 이즈음은 나룻배로 건넌다는데 검문이 매우 심하다고 했다.

순희는 주모에게 더 이상은 캐묻지 않았다. 자칫 자신의 정체가 드러날지도 모르기 때문이었다. 순희는 그에게 밥값을 치른 뒤 느긋하게 쉬고는 다시 북상 길에 나섰다. 신탄진역을 조금 지나자 곧 금강이 나오고 부서진 현도교가 보였다. 그 부서진 다리 곁 강가에는 초소가 있었고, 몇 명의 헌병들이 검문을 하고 있었다. 그 뒤로는 신탄진 금강철교가 보였다.

금강철교와 그 옆 현도교는 금강 남쪽 사람이 서울로 가자면 꼭 건너야 하는 다리였다. 강가 검문소에서 길목을 지키던 헌병은 순희를 발견하고는 자기 쪽으로 오라고 손짓을 했다. 그 순간 순희는 뒷걸음질을 치다가 다시 신탄진 철교 쪽으로 도망을 쳤다. 곧 헌병은 호루라기를 부르며 소리쳤다.

"정지! 이리 와! 더 이상 도망가면 쏜다!"

순희는 그 소리에도 서지 않고 냅다 뛰었다. 그러자 헌병은 어깨에 멘 캐빈총을 서서 쏴 자세로 바꾼 뒤 위협사격을 했다. 그 총알이 순희의 앞뒤에 떨어졌다. 순희는 그 자리에 엉거주춤 섰다. 한 헌병이 달려와 순희를 연행해 갔다.

순희가 그 헌병에게 붙들려 간 곳은 대전 신탄진과 청원군 현도면을 연결하는 금강 현도교 검문소였다. 현도교는 전란으로 다리가 폭파되어 그즈음까지는 복구치 못해 나루터로 변해 있었다. 헌병은 순희를 나루터 검문소에서 조금 떨어진 막사로 데리고 갔다. 한 헌병 하사관이 순희를 인계받았다.

"이 쌍년이 뒤지려고 환장을 했지, 어디 총을 쏘는데도 도망을 가!"

"계집년들은 천지도 모른 채 겁도 없다니까."

그들은 순희를 인수인계하면서 한마디씩 뱉었다. 헌병 하사관은 막사 한쪽 구석에 있는 유치장에 그대로 입감시켰다. 그날 밤 초저녁에 헌병 하사관에게 신문을 받았다.

"어디로 가는 길이야?"

"서울 집으로 가는 길이에요."

"뭐? 서울? 이 전시에 왜 여기까지 왔나?"

"양식을 구하려고요."

"학생인가?"

"예, 그렇습니다."

"그럼, 이 조서에 인적사항을 모조리 적어."

순희는 조서를 받아 빈 칸을 메웠다. 그런 뒤 신문관인 헌병 하사관에게 돌려주었다. 그는 조서를 훑으면서 물었다.

"어디 다녀오는 길이야?"

"영동 외가에 양식 구하러…."

순희는 미리 생각해 둔 거짓말을 서슴없이 했다.

"그런데 왜 도망갔나?"

"그냥 헌병이 무서워서…."

"이 쌍년아! 무섭다고 도망을 가! 총에 맞아 뒈지지 않은 게 천만다행이야."

순희는 그 말에도 별다른 반응을 보이지 않았다. 이미 죽음까지도 각오했다는 듯 시종 담담한 표정이었다.

헌병 하사관은 일단 여기로 잡혀온 이상 주소지와 학교에 신원을 조회해 본 다음, 진술한 사실이 확인되면 풀어준다고 했다.

"일단 유치장에 들어가 있어!"

"사실 확인은 며칠 걸리나요?"

"글쎄, 현지 사정에 따라 다르니까 며칠이 걸릴지 두고 봐야 알겠어."

"네에?"

"지금은 전시 중인 데다가 인민군 패잔병들이 민간인으로 위장하고 북상 중이라 그래."

순희는 그 말에 뜨끔하여 더 이상 묻지 못했다. 신문이 끝나자 헌병 하사관은 순희를 다시 유치장에 가뒀다. 유치장에는 대여섯 명이 쭈그려 앉아 있는데 모두 순희보다 나이가 더 많아 보였다. 옆방 남자 유치장에는 여남은 명으로 빼곡했다. 유치장에 갇혀 있는 사람들은 하나같이 허름한 차림으로 눈에는 초점이 흐릿했다. 순희 역시 그런 몰골로 유치장에 들어온 뒤 구석으로 가서 자리를 잡고 머리를 벽에 댄 채 눈을 감았다. 여러 가지 생각들이 주마등처럼 스치다 깜박 잠이 들었다.

"최순희!"

유치장 헌병 감시병이 불렀으나 미처 듣지 못했다.

"야, 최순희!"

순희는 그제야 게슴츠레 눈을 떴다.

"너, 보따리 갖고 이리 나오라!"

"네에?"

"보따리 들고 유치장에서 나오란 말이야!"

유치장 감시병이 신경질적으로 고함쳤다. 순희는 담담한 마음으로 쌀과 옷을 담은 보따리를 배낭처럼 등에 지고 밖으로 나왔다. 초저녁에 신문하던 헌병 하사관이 유치장 문 앞에 서 있었다. 하현달이 동녘하늘에 떠 있는 것으로 보아 꽤 밤이 깊은 듯했다.

"우리 대장님께서 너를 특별 신문하겠다고 하신다."

그는 순희를 포승줄로 묶은 뒤 헌병 지프 뒤에 태우고는 앞자리에 앉았다. 순희는 '왜 헌병대장이 한밤중에 자기를 특별 신문하겠다는 걸까' 하는 의문이 들었다.

"야, 최순희. 너 우리 대장님 묻는 말에 고분고분 답하면, 현지 조회가 오기 전에도 풀려날 수 있어. 그렇게 풀려난 계집년들이 꽤 많아."

그는 그 말을 끝내고 운전병과 함께 '씩' 웃음을 지었다. 헌병 지프는 검문소에서 채 5분도 되지 않는 한 민간인 집 앞에 섰다. 아마도 군 당국은 한 민간인 집을 징발하여 헌병대장 사무실 겸 BOQ(독신장교 숙소)로 쓰는 듯했다. 헌병 하사관은 조서와 함께 최순희를 헌병대장에게 인계했다.

헌병대장 조철만은 40대 중반으로 대위 계급장과 헌병임을 상징하는 요란한 장식을 가슴과 어깨에 달고 있었다. 헌병대장 사무실 겸 숙소는 비교적 큰 기와집이었다. 그집 안방을 헌병대장 집무실 겸 침실로 쓰고 있었다. 안방 가운데는 책상과 그 옆에는 군용 간이침대가 놓여 있고, 군용담요 서너 장이 가지런히 포개져 있었다. 순희는 집무실로 들어간 뒤 공포감에 질려 우두커니 서 있었다.

"주 하사, 수고했어. 넌 이젠 가도 좋아."

"충성! 돌아가겠습니다."

헌병 하사관이 지프를 타고 돌아가자 헌병대장 조 대위는 당번병에게 명령했다.

"야! 별명이 없는 한, 이 방에 접근치 말라."

"네, 알겠습니다. 대장님!"

당번병이 크게 복창했다. 헌병대장 조 대위는 방문을 닫은 뒤 순희의 포승줄을 풀어 주며 능글맞게 입가에 미소를 지었다.

"야, 앉아라."

"괜찮습니다."

"어른이 앉으라면 앉아!"

순희는 그 말에 책상 앞 의자에 앉았다.

"저녁 먹었나?"

"예."

"원래 유치장 밥이란 형편없지. 특히 이 전시에는."

헌병대장은 방문을 열고 당번병을 불렀다.

"야, 김 일등병!"

"네, 대장님!"

작대기 둘의 일등병 계급장을 단 한 병사가 득달같이 달려왔다.

"야, 저녁 2인분 들여보내."

"네! 알겠습니다."

식사는 이미 준비된 듯 곧 당번병이 밥상을 방 안으로 들고 왔다. 밥상에는 닭백숙에 흰 쌀밥 두 그릇 등 서너 가지 밑반찬으로 한 상 가득했다. 당번병은 별도로 주전자도 들여 놓았는데 술이 가득 들어 있는 듯했다.

"야, 이리 오라. 금강산도 식후경이라고, 우리 일단 먹고 슬슬 신문을 시작하자. 나 혼자 먹기도 그렇잖니?"

"저는 됐습니다. 어서 드십시오."

"야, 어른이 들라면 드는 거야."

"저는 속이 좋지 않습니다."

"좋아. 너 유치장에서 한 열흘간 묵고 싶은가 보지."

"…."

조철만은 속으로 중얼거렸다.

'조철만이 사전에는 품 안에 걸려든 계집은 놓치는 법이 없지. 암. 그렇고말고.'

"좋아. 속이 아파 딱히 먹을 수 없다면 여기 와 술이나 한 잔 따르라."

순희는 그 말을 못 들은 채 지그시 입술을 깨물고 눈을 감았다.

"그래 두고 보자. 곧 내가 아주 너를 까무러치게 해줄 테니."

헌병대장 조 대위는 자기 손으로 주전자의 술을 따르고는 한 잔을 벌떡 마신 뒤 닭다리를 집어 들고 우적우적 씹었다. 그는 큰 사발 그릇의 닭백숙을 다 들고난 뒤 게트림을 했다.

"이 맛있는 걸 마다하니 … 너 배때기가 부른 모양이지."

그는 다시 술 한 잔을 따라 들이키고는 바깥을 향해 고함을 쳤다.

"야, 김 일등병! 상 내가라."

"네, 대장님!"

당번병이 득달같이 달려와 상을 내갔다.

"야, 다시 주의 주는데 별명이 없는 한, 이 방에는 접근치 말라."

"네, 알겠습니다. 대장님!"

당번병이 다시 크게 복창하고는 물러났다. 방 안에는 두 사람만 마주 보고 앉았다. 석유램프 등불이 방 안을 희미하게 비쳤다. 그는 램프의 심지를 올리고는 최순희의 신문조서를 폈다.

"이름이 최순희 … 적십자 간호학교 재학 중이라 … 서대문 네거리 적십자병원 안에 있는 그 학굔가?"

"예."

"집이 원서동이라고?"

"예, 그렇습니다."

"그러면 창덕궁 왼편으로 계동 옆이지."

"맞습니다."

"네 학교도, 집도, 모두 내가 잘 아는 곳이로구면."

헌병대장 조 대위는 서울 지리를 훤히 꿰뚫고 있었다.

"일단 소지품 검사와 신체검사부터 해야겠어."

순희는 눈앞이 캄캄했다.

'그래. 난 구미 임은동 야전병원에서, 유학산에서, 낙동강에서, 신평 과수원에서 이미 죽었을 몸이야. 네 번이나 사지에서 살아났으면 됐지. 더 이상 무슨 여한이 있으랴.'

순희는 그런 생각이 퍼뜩 스치면서 구미 신평 과수원에서 살아난 뒤 준기와 나누었던 대화도 생각났다.

"오늘 우리가 죽은 목숨이라고 생각하면 앞으로 무엇이 무섭겠어요."

'그래, 정신을 바짝 차리고 눈을 부릅뜨고 살피면, 저 헌병대장에게도 분명히 허점은 있을 거야.'

순희는 스스로 공포심을 가라앉히며 마음을 가다듬었다.

15
서울로 가는 길

조철만 헌병대장은 최순희의 보따리를 뒤졌다. 그 보따리에는 쌀과 옷가지, 그리고 준기의 편지가 들어 있었다. 헌병대장은 그 보따리를 건성으로 훑은 뒤 대뜸 순희에게로 바싹 접근했다.

"계집들은 귀중품을 은밀한 곳에다 숨긴단 말이야."

그는 그 말이 끝나기도 전에 순희의 앞가슴을 더듬었다. 한 번만 그런 게 아니라 여러 번 젖가슴을 조몰락조몰락 만지작거렸다. 순희가 눈을 흘기며 째려봤다.

"내가 왕년에 만주에서 일본 헌병들에게 배운 검색방법이지. 걔들은 사냥개처럼 냄새도 귀신처럼 잘 맡지. 그때 비적년들은 젖통싸개에다 총을 넣고 다니거나 속곳 주머니나 다급하면 똥구멍이나 밑구멍에도 총알을 감췄지. 그 자식들은 그걸 족집게처럼 찾아낸단 말이야. 아무튼 우리 조선 사람들은 일본 놈들에게 배운 게 많았어."

순희는 눈을 감고 이를 악물었다. 헌병대장의 손이 허리로, 마침내 속곳에 미쳤다. 그리고 그는 곧 미소를 지었다.

"야, 손에 집히는 둥근 게 뭐야?"

"…."

헌병대장의 손이 속곳으로 들어갔다. 순희가 울면서 몸을 돌렸다.

"이 쌍년이 신체검사를 거부해!"

"이건 인권유린이에요!"

"뭐? 인권유린? 이 쌍년! 빨갱이 같은 소리하네."

순희는 '빨갱이'라는 말에 움찔했다.

"이 쌍년아, 전시에 너 따위가 무슨 인권이 있어."

헌병대장의 손은 순희 속곳 주머니에서 금가락지를 힘껏 당기자 천이 푸욱 찢어지며 나왔다. 그러자 그는 금가락지를 석유램프 등불에 비춰고는 회심의 미소를 지으며 물었다.

"너, 이 금가락지 웬 거냐?"

"우리 어머니가 준 거예요. 생명이 위급할 때 쓰라고."

"그래? 네 어머니 참 똑똑타."

헌병대장은 그 금가락지를 깨물어 보고 다시 램프에 비춰 보며 물었다.

"이 가락지는 일단 내가 보관하겠어."

"대장님! 그건 우리 어머니가 준 거예요."

그는 금가락지를 자기 책상서랍에 넣으면서 말했다.

"알았어. 네 어머니가 준 건지 사실 확인을 하고 돌려주겠어."

다시 헌병대장의 손은 순희의 음부 깊숙한 곳을 더듬었다.

"대장님! 정정당당하게 신문하고 검색하십시오."

순희는 울부짖으면서 항의했다.

"이 쌍년이 뭘 좀 배웠다고 별 웃기는 말을 다하네. 야, 너 골로 보낼까?"

"……"

"너, 그 말이 뭔 말인지 알아? 내가 지난 7월에도 이곳 대전 일대에서만도 불그스레한 놈들을 숱하게 골로 보냈지."

순희는 헌병대장의 손을 뿌리치며 계속 울부짖었다. 그러자 헌병대장은 권총을 뽑아들고 위협했다.

"이 쌍년이 아직 임자를 못 만났군."

"……"

"대한민국에서 가장 콧대 높은 최아무개 배우 년도 이 총구 앞에서는 제 손으로 치마를 벗었지."

그는 순희에게 권총을 겨누고는 방아쇠를 당겼다. 총알은 순희를 비켜 벽에 박혔다.

당번 김 일등병은 헌병대장실에 난 총소리를 듣고 득달같이 방문 앞으로 달려왔다.

"대장님! 무슨 일입니까?"

"별일 아냐. 이 쌍년이 신문을 거부하기에 한 방 쐈어. 앞으로 내 방에서 총소리가 나더라도 별명이 없는 한, 넌 못 들은 척 이 방에 접근치 말라! 어디까지나 신문을 위한 위협 발사니까."

"네, 대장님! 충성! 계속 근무하십시오."

당번병의 발자국 소리가 잦아지자 헌병대장은 다시 순희에게 접근하여 속곳 속으로 손을 넣으려고 했다. 순희는 그 작태에 더 이상 참을 수 없었다.

"야, 이 쌍놈 새끼야! 그래, 이 짓거리도 신문이고 근무냐!"

순희는 죽기로 작심을 하고 발악을 하듯 뱉었다. 헌병대장은 그 말에 소스라치게 놀랐다.

"이 쌍년이 넌 아무래도 말이 많은 게 빨갱이 같다. 좋아, 내가 너를 아주 골로 보내 주지. 너, 그 전에 일선에서 수고하는 군인 아저씨에게 보시나 하고 가라. 이왕에 죽으면 썩을 몸 아냐!"

"야, 이 개 같은 놈아!"

순희가 발악을 하며 부르짖었다. 그러자 헌병대장은 손으로 순희의 뺨을 힘껏 갈겼다. 순희는 별이 번쩍하는 큰 충격을 받았다. 하지만 순희는 의식이 있는 한, 그 자에게 호락호락 농락당할 수만은 없었다. 헌병대장의 수법으로 봐서 숱한 여성을 농락한 솜씨가 틀림이 없었다. 이 자의 권총 협박에 겁탈당한 숱한 여인들은 얼마나 억울했고, 수많은 밤을 지새우며 눈물 흘렸겠는가. 그들은 이 자에게 온갖 인권유린과 능욕당한 것을 생각할 때 같은 분노가 치솟았다. 순희는 헌병대장에게 겁탈당하지 않으려고 요리조리 피하며 몸부림을 쳤다.

헌병 대장은 순희가 예사 여자와는 달리 자기 마음대로 되지 않자 후끈 달아 연신 식식거렸다. 그는 제풀에 감정을 삭이지 못한 채 책상서랍에서 후딱 양주병을 꺼내더니 병째로 꿀

떡꿀떡 반이나 마셨다.

그런 뒤 순희에게 다가와 강제로 저고리를 벗긴 다음 속곳을 벗기려고 했다. 순희가 악을 쓰며 몸부림을 치자 그만 순희의 속곳이 찢어졌다. 헌병대장은 순희의 찢어진 속곳을 코에 대고 끙끙거렸다.

"제 손으로 빤스 내리는 계집년보다 앙탈하는 년 따먹는 게 더 맛있단 말이야."

헌병대장은 찢어진 속곳을 바닥에 던지고 순희를 간이 야전 침대 위에 강제로 쓰러뜨렸다. 그런 뒤 곧 자기 바지를 내리고는 순희에게 달려들었다. 그 순간 순희는 발길로 헌병대장의 고환을 힘차게 찼다. 헌병대장은 '윽' 비명을 지른 뒤 왼손으로 자기 고환을 움켜잡고는 몹시 아픈 듯 인상을 찌푸렸다.

"이 쌍년이 정말 뒤지려고 환장을 하는군. 골로 보내기 전에 여기서 아주 끝장내겠어."

헌병대장은 책상 위 권총집에서 권총을 빼들었다.

"그래, 이놈아! 멀리 갈 것도 없다. 여기서 죽여라."

순희도 간이 야전침대에서 벌떡 일어나 악을 바락바락 쓰며 고함을 질렀다.

"그래, 이 쌍년아!"

헌병대장의 손은 다시 순희의 뺨을 힘껏 갈겼다. 그 순간 순희는 울음소리와 함께 산똥이 쏟아졌다.

"별짓 다 하는군."

순희는 창피함도 없었다. 산똥을 나오는 대로 내버려 두었다. 방바닥에 산똥 덩어리가 떨어졌다. 방 안에는 고약한 산똥 냄새가 진동했다.

"야, 어서 변소에 가서 마저 싸고 우물에 가서 씻고 와. 너, 만일 그새 허튼 수작하면 이 총으로 쏴 죽여 버릴 거야."

순희는 찢어진 속곳과 보따리를 챙겨 들고 밖으로 나와 변소에 갔다. 그는 변소에서 남은 똥을 마저 다 눈 뒤 방 안에 떨어진 산똥 덩어리를 걸레로 모두 깨끗이 닦았다.

"그만 됐어."

헌병대장은 순희의 손목을 잡았다.

"아직 다 닦지 못했어요."

"알았어. 어서 마저 닦고 와! 진작부터 내 말을 들었으면 이런 일은 없었을 것 아냐?"

헌병대장은 그제야 순희가 순순히 응하는 줄 알고 입가에 미소를 지었다. 순희는 말없이 우물가로 가서 몸을 닦고 걸레와 속곳도 빨았다. 순희는 일부러 시간을 끌었다. 그새 헌병대장은 못 미더워 방문을 열고 우물가로 와 순희를 확인한 뒤 말했다.

"야, 빨리 닦고 어서 들어오라. 어차피 다시 닦아야 할걸."

그리고 그는 방으로 갔다.

'새끼, 좋아하지 마. 내가 호락호락 너에게 쉽사리 겁탈 당하진 않을 거야. 정히 너의 겁탈을 막아 내지 못하면 나는 논개처럼 너를 껴안고 자폭할 거야.'

순희는 몸을 다 닦은 뒤 산똥이 묻은 겉옷까지 천천히 빨며

이를 뽀득뽀득 갈았다. 그러면서 복수의 방법을 궁리했다. 순희는 빨래를 다하고 난 뒤 젖은 속곳을 꼭 짜서 입었다. 그런 뒤에도 우물가에 우두커니 앉았다가 한참 더 시간이 흐른 뒤 방으로 가 문틈으로 안을 들여다보았다. 그새 헌병대장은 조금 전에 마신 양주에 듬뿍 취한 듯, 간이 야전침대에 아랫도리를 벌거벗고 앉은 채 윗몸은 책상에 기대고는 졸고 있었다. 아마도 양주를 그대로 반 병 이상 들이켠 게 과했나 보았다.

그 순간 순희 눈에 책상 위의 권총이 번쩍 띄었다. 그 권총은 순희를 짜릿하게 유혹했다. 순희는 저절로 입가에 회심의 미소가 지어졌다. 애초 순희는 그 길로 도망하려 했다. 하지만 순희는 그 권총을 보자 갑자기 마음이 돌변했다. 조금 전 뺨을 맞고 추행당한 데 대한 복수와 어머니가 준 금가락지를 찾고 싶었다. 제 놈이 그동안 저 권총을 믿고 남의 몸과 마음을 짓밟고 금품을 뺏은 게 아닌가. 순희는 슬그머니 방문을 밀고 들어갔다.

그런데 헌병대장 조철만은 순희가 방 안에 들어온 줄도 모르고 여전히 상체를 책상에 기댄 채 드렁드렁 코까지 골았다. 순희는 시험 삼아 헌병대장의 발을 건드려 보았다. 그래도 그는 상황을 전혀 모른 채 깊은 잠에 빠져 있었다. 순희는 먼저 책상 위에 풀어놓은 헌병대장의 권총집에서 권총을 잽싸게 뺐다. 순희는 임은동 야전병원 시절 문명철 병원장의 권총으로 여러 차례 사격 연습을 한 적이 있었다. 순희가 주머니 속의 권총을 빼내 램프 등불에 살펴보니 권총 종류는 미제로 자기가 다뤄 본 체코제와 겉모양이 조금 달랐지만 구조나 격발장치는 비슷했다. 순희는 먼저 약실을 살펴보자 아직도 총알 다섯 발이 남아 있었다. 순희는 권총을 몸빼 주머니에 넣고 빙긋 회심의 미소를 지었다.

'그래, 이젠 네 차례야. 세상에 참 재미있군. 이 세상엔 영원한 절대강자란 없지. 이렇게도 복수의 시간이 빨리 오다니….'

순희는 여차하면 권총을 뽑을 자세를 취했다.

'저 놈이 그동안 이 권총의 힘을 빌려 나에게 큰소리치고, 가슴과 음부를 더듬으며 뺨을 때렸을 테지. 그래, 이제 네 놈이 잠에서 깨어난데도 권총 없는 빈손으로 권총을 가진 나에게 큰소리치거나 어찌 감히 손찌검을 하겠는가.'

순희는 자신을 묶었던 방바닥의 포승줄을 들고 간이 침대로 가서 먼저 헌병대장의 발목을 묶었다. 그런 뒤 다시 그 포승줄로 다시 조 대위의 두 손을 꽁꽁 묶었다. 그래도 그는 여전히 코를 드렁드렁 골았다. 순희는 계속 회심의 미소를 지으며 주머니에서 권총을 뽑아들고 총구로 조 대위의 가슴을 찔렀다. 그래도 그는 깊은 잠에 빠져 이까지 뽀득뽀득 갈았다.

순희는 방문을 조금 열고 건너편 당번병 방을 바라보았다. 다행히 그 방에는 불이 꺼져 있었다. 아마도 당번병은 총소리가 나도 근접치 말라는 대장 명령에 순종하여 순희가 먹지 않은 백숙과 대장이 남긴 주전자의 술을 들고는 그도 단잠에 빠진 모양이었다. 그는 헌병대장의 겁탈 장면들을 자주 목격한지라, 그날 밤의 일도 대수롭게 여기지 않고 일찍 잠자리에 든 모양이었다.

순희는 권총을 주머니에 넣은 채 우물가로 가서 두레박으로 물을 푼 뒤 세숫대야에 가득 담아 방으로 돌아왔다. 그리고는 세숫대야 물을 그대로 헌병 대장 얼굴에 쏟았다. 그제야 헌병 대장 조 대위는 얼굴을 흔들며 눈을 치켜뜨고는 깜짝 놀랐다. 그리고는 순희를 쏘아보았다.

"야, 내가 누군지 알겠어?"

헌병대장은 부릅뜬 놀란 눈초리로 순희를 바라보며 손과 발을 움직여 보았다. 하지만 그의 손과 발은 포승줄에 묶인 채 꼼짝하지 않았다. 그는 큰소리를 지르려고 목을 쳐들었다. 그 순간 순희는 권총 총구를 헌병대장 가슴에다 겨누고 흐드러지게 웃으며 말했다.

"너 여기서 고함을 치면 당장 이 방아쇠를 당길 거야."

그 말에 헌병대장은 얼굴빛이 금세 사색이 되어 부들부들 떨면서 말없이 묶인 손을 흔들었다. 아마도 잘못을 빈 듯했다.

"야!"

"…."

"내 말이 말 같지 않다 이거지?"

순희의 손가락이 방아쇠울 안으로 들어갔다. 그러자 헌병대장 조철만이 더욱 크게 부들부들 떨면서 빌었다.

"잘못했습니다."

"뭘?"

"신문 방법이…. 죽을죄를 졌습니다."

"네 입으로 죽을죄를 졌다고 말했으니 그럼 죽여주지."

순희는 총구를 헌병대장 심장에 겨누었다.

"제발 살려 주십시오."

"네 놈도 총구 앞에서는 별수가 없군."

순희는 총구를 겨눈 채 다시 흐드러지게 웃었다.

"야! 네가 헌병대장인가?"

"… 네."

"이름은?"

"…"

헌병대장은 그제야 고개를 떨어뜨린 채 말없이 부들부들 떨었다. 순희는 총구로 헌병대장의 고개를 쳐들었다.

"이 쌍놈의 새끼!"

순희는 헌병대장 배에다 발길질을 했다.

"헌병대위 조철만입니다."

"뭐? 헌병대위? 그래, 좋아. 그럼, 헌병의 임무는 뭔가?"

"군기 확립과 … 군 범죄 예방과 … 그리고 대민 봉사와…."

"그래, 넌 그 가운데 하나라도 제대로 실천했나?"

"…"

헌병대장 조 대위는 몹시 분하다는 듯 눈알을 부라리며 이를 뽀득뽀득 갈았다. 그러면서 몸부림을 쳤다.

"난 권총을 여러 번 쏘아 본 적이 있어. 네 입으로 총소리가 나도 당번병에게 근접치 말라고 했으니까, 내가 아주 안심하고 침착하게 정조준을 하여 네 심장에 쏘겠어."

"제발, … 목숨만 … 살려 … 주십시오."

그 순간 헌병대장 조 대위는 갑자기 태도를 바꿔 살려 달라고 애원했다. 순희는 권총으로 조 대위를 겨누다가 벽에 걸린 거울을 향해 방아쇠를 당겼다. '탕!' 하는 소리와 함께 거울 깨치는 소리가 '쨍그랑' 났다. 그 소리에 헌병대장 조 대위는 새파랗게 질려 더욱 부들부들 떨며 포승줄에 묶인 두 손을 흔들며 살려 달라고 더욱 애원했다.

"제발 목숨만…."

"네 목숨이 그렇게 중하니?"

헌병대장은 고개를 끄덕였다.

"그럼 남의 목숨도 소중한 거야. 너는 그동안 사람 죽이는 걸 파리 잡듯 했지?"

"…."

헌병대장은 대꾸를 하지 못한 채 부들부들 떨기만 했다.

"너 언제부터 헌병이 되었나?"

"… 소학교 다닐 때 일본 헌병들이 가장 끗발이 좋아 보였습니다. 그 시절 가장 무서웠던 일본 순사조차도 말 탄 일본 헌병의 채찍을 그대로 맞으며 슬슬 기는 걸 보았습니다. 그래서 중학교를 졸업한 뒤 일본군 헌병을 지원하였으나 막상 조선 사람은 받아주지 않아 대신 헌병보조원이 되었습니다."

"그래서."

"마침 우리 고장의 한 비적 일당 숨은 곳을 밀고하여 공을 세우자 그제야 헌병으로 특채해 주더군요."

"그 비적은 일본 사냥개들을 처단하는 독립군이 아닌가?"

"그땐 그런 이들을 비적이라 불렀습니다."

"넌 아직도 그 시절을 살고 있군."

순희는 분에 못 이겨 발길로 다시 헌병대장 아랫도리를 찼다. 그는 "악!" 비명을 지르며 앞으로 꼬꾸라졌다.

"야, 엄살 피우지 말고 바로 앉아!"

조 대위는 얼굴을 찌푸린 채 침대에 걸터앉았다. 그때까지 그는 벌거벗고 있었다. 순희가 쳐다보기 민망하여 조 대위가 벗어놓은 바지로 아랫도리를 가렸다.

"해방 후 전과를 뉘우치며 새 사람이 되려고 했지요. 근데 해방 분위기도 잠시뿐이고, 먼저 일본군에 입대한 옛 동료들이 저를 불러들이더군요. 군에 입대하자 태반은…."

"그래, 너는 다시 국군 헌병이 된 이래 밤낮 이 권총을 휘두르며 힘없는 백성들이나 부녀자들에게 공갈치며 금품을 갈취하거나 겁탈했지."

"…."

"아주 일본 헌병들에게 못된 짓만 배웠군. 늘 이 권총을 휘두르며 기고만장하다가 이제 나한테 당한 네 기분이 어때?"

"… 죽을죄를 졌습니다. … 한 번만…."

"살려 준다면?"

"개과천선하겠습니다."

"내가 네 말을 믿어도 될까?"

"살려만 주시면 내 손으로 계급장을 떼고…."

헌병대장은 포승줄에 묶인 두 손을 흔들며 순희에게 애원했다.

"너, 나한테 빼앗은 금가락지 돌려 줘."

"책상 서랍에 넣어 두었으니 가져가십시오."

"알았어."

순희는 헌병대장의 책상서랍을 열었다. 책상서랍에는 현금과 금반지, 금목걸이 등, 보석들로 가득 차 있었다.

"너, 이 서랍의 돈과 보석은 누구 것이냐?"

"…."

"야! 너, 아직도 내 말이…."

순희는 권총 총구로 조 대위의 가슴을 겨누었다. 그러자 조 대위가 얼른 대꾸했다.

"피난민들이나 범법자들의 것을 압수해 보관하고 있는 겁니다."

"뭐, 피난민들의 것도 압수해?"

"…."

"이 쌍노무 새끼!"

순희는 다시 권총 방아쇠를 한 번 더 당겼다. 총알이 헌병대장 머리 위를 '휙' 지나 벽에 박혔다. 헌병 대장은 그 총소리에 기겁을 하며 몸부림을 치자 간이 야전침대 바닥으로 그의 몸뚱이가 떨어졌다. 순희는 약실의 총알을 세면서 말했다.

"아직도 이 권총에는 세 발이 더 남았어."

"잘못했습니다."

"뭘?"

"동족에게 못할 짓을 많이 한 것 같습니다."

"뭐, '한 것 같습니다'? 넌 아직도 진정으로 뉘우치지 않고 있어."

순희는 권총 방아쇠에 검지를 넣고 다시 조 대위의 심장을 겨누었다.

"많이 했습니다."

그 말에 순희는 다시 흐드러지게 웃었다.

"역시 네 놈도 총구 앞에서는 별수 없군."

"제발 살려만 주신다면 새사람으로…."

"야! 헌병대장이란 자가 피난민의 재물을 뺏고, 부녀자를 겁탈하고…. 이러고도 국군이 백성들의 마음을 얻을 수 있으며, 이 전쟁에서 이길 수 있나?"

헌병대장 조철만 대위는 부들부들 떨었다.

"잘못했습니다. 목숨만 살려 주신다면…. 앞으로는…."

"너, 내가 누군지 궁금하지?"

"…."

"나는 한때 인민군 3사단 간호전사였지. 지금은 도망병이지만…."

헌병대장은 그 말에 더욱 얼굴이 새파랗게 질렸다. 그는 계속 고개를 끄덕이며 살려 달라고 애원했다.

"간호사님! 미처 몰랐습니다. 제발… 한 번만…."

순희는 헌병대장의 처량한 몰골을 내려다보며 간드러지게

웃었다.

"야, 나는 장래 간호사가 꿈이었던 그저 평범한 학생이었어, 그런데 전쟁이 터지자 대통령과 고관 놈들은 죄다 남쪽으로 도망가고, 서울에는 힘없는 시민들만 남았었지. 아무것도 모르는 학생들은 학교에 등교하자 붉은 완장을 두른 이들이 적십자정신으로 부상병 치료라는 말에 선뜻 의용군에 지원 입대했고."

"…."

"근데 유학산 다부동전투 현장에서 우박처럼 쏟아지는 포탄과 B-29 폭격기의 폭탄에 살고자 도망친 거야. 너희들은 검문소를 지키면서 친절히 피난민들을 보호하거나 나 같은 도망병을 바로 인도해 줘야 하는 것이 임무가 아닌가. 그런데 이 권총을 휘두르며 재물을 빼앗거나 부녀자를 겁탈하고…."

"잘못했습니다. 그저 목숨만 살려 주신다면 다시 태어난 기분으로 … 바로 … 살겠습니다."

"너, 약속할 수 있지?"

"네, 한 번만 기회를 주십시오."

"좋아, 하지만 한 가지만 일러 준다. 너 물고기가 물을 떠나면 살 수 있나?"

"…."

순희가 권총 방아쇠울에 다시 검지를 넣었다.

"살 수 없습니다."

"바로 그거야. 전쟁에서 이기려면 먼저 백성들의 마음을 얻어야 해! 그런데 넌 이 권총을 휘두르며 재물을 뺏거나 부녀자들을 겁탈했어."

"그저 죽을죄를 지었습니다."

순희는 헌병대장의 서랍에서 어머니가 준 금가락지를 찾았다. 그 광경을 물끄러미 바라보던 헌병 대장이 말했다.

"거기 있는 돈과 다른 보석도 다 가져가십시오."

"뭐, 너는 나를 총 든 강도로 본 모양인데, 내 금가락지만 찾아가겠어. 너한테 신사협정이 이루어질지 모르겠다만 내가 이곳을 완전히 벗어날 때까지 추적치 않기를 바란다."

"살려만 주신다면…."

"너 같은 놈을 살려두면 앞으로 별 고약한 짓을 다하며 살겠지. 나는 정의라는 말로 너를 처단한다."

그 말에 헌병대장 조철만은 눈물을 쏟으며 애원했다. 마침내 순희는 권총의 방아쇠를 당겼다. 총알은 조철만 헌병대장 머리 위로 '획' 지나 방바닥에 박혔다. 조철만은 겁에 질려 더욱 몸을 움츠린 채 부들부들 떨었다.

"총알이 빗나갔군, 더러운 새끼!"

순희는 조 대위의 가슴팍에 발길질을 했다.

"인민군 간호전사님!"

"이 자리서 너를 죽여야 마땅하지만… 나는 이 길로 간다."

"최순희 간호전사님, 살려 주셔서 정말 감사합니다."

순희는 권총을 책상 위에 던지고 방바닥에 엎드리고 있는 조철만의 가슴을 발로 걷어찬 뒤 방을 나왔다.

순희가 헌병대장 숙소를 나오자 보름을 지난 하현달이 중천에 걸려 있었다. 아마도 새벽 무렵인 듯했다. 순희는 금강 현도교 나루터로 가려다가 다시 헌병들에게 붙잡힐 것 같아 거기서 왼편으로 조금 떨어진 경부선 금강 철교로 갔다.

순희가 숙소를 떠나자 잠시 후 헌병대장은 고함을 질렀다.

"야, 당번병! 김 일등병!"

그래도 대답이 없자 헌병대장은 몸을 굴러 문으로 간 뒤 머리로 방문을 받았다. 문짝이 부서지는 소리에 그제야 건너편 방에서 당번병이 달려왔다. 그는 대장의 방에서 일어난 상황을 전혀 모른 채 허둥지둥했다.

"야, 이 새끼야. 내가 이 꼴을 당했는데도…."

그제야 당번병은 깜짝 놀라 후다닥 달려들어 헌병대장 손과 발의 포승줄을 풀었다.

"야, 빨리 초소로 전화를 해서 비상을 걸어. 알고 보니 그 년은 악질 인민군이었어."

"네, 알겠습니다."

당번병이 책상 위의 군용 비상전화기를 돌렸다.

"야, 대장님의 명령이다. 비상! 대장님의 신문을 받던 최순희 그년이 탈출했다. 그년은 인민군이다. 빨리 추적하라! 상황 당번병을 제외하고 전원 출동하라!"

"잘 알았다. 전 병력 즉각 출동하겠다."

순희가 막 금강철교에 이르렀을 때 헌병 초소 쪽에서 헌병 1개 분대가 사격자세로 자기 쪽으로 달려왔다.

"정지! 최순희! 더 이상 달아나면 쏜다."

순간 순희는 헌병대장 조 대위를 권총으로 처치하였거나, 최소한 그의 입을 틀어막고 나오지 못한 게 천려일실로 후회스러웠다. 하지만 이미 엎지른 물이었다. 순희가 그대로 재빨리 북쪽으로 달아나자 헌병들은 어둠 속에 총을 쏘면서 철교로 추적해 왔다. 순희는 보따리에서 무거운 양식은 그곳에 죄다 버리고 남은 옷 보따리만 들쳐 멨다. 순희는 총알이 날아오는 가운데 신탄진 철교로 내달았다. 다행히 짙은 어둠으로 총알이 빗나갔다. 헌병들은 어둠으로 조준사격을 할 수 없었기 때문이다. 금강철교 어귀에는 서까래가 가로로 차단하고 있었지만 순희는 그 밑으로 빠져나온 뒤 계속 철도 침목을 밟으며 금강철교를 재빠르게 건너갔다.

순희가 금강 철교 중간쯤에 다다르자 갑자기 철교가 뚝 끊어졌다. 1950년 7월 15일 유엔군은 인민군의 남침을 저지하고자 금강 철교를 폭파했기 때문이다. 금강 철교 아래에는 시꺼먼 강물로 순희는 그 순간 아찔했다. 그런데 저 멀리 어둠 뒤에서 헌병 초병 1개 분대가 계속 총을 쏘면서 순희 쪽으로 뛰어오고 있지 않는가.

순희는 어차피 죽을 것이라는 생각에 어깨에 멘 보따리를 가슴으로 돌려 안은 뒤 눈을 질끈 감고 철교에서 뛰어내렸다. 곧 뒤따르던 헌병들이 끊어진 철교 위에서 강으로 떨어진 순희를 향해 카빈총을 마구 난사했다. 하지만 순희가 강물 속으로 사라지자 그들은 순희가 총을 맞고 물에 가라앉은 줄 알고 돌아갔다.

순희는 보따리를 앞으로 내밀었다. 보따리에 든 광목 홑이
불 탓인지 잠시 후 순희는 물 위로 떴다. 순기는 그 보따리를
웃기로 삼아 발을 천천히 놀렸다. 조금씩 앞으로 갔다. 한참
뒤 순희가 발을 내리자 강바닥에 닿았다. 순간 순희는 살았다
는 생각이 들었다. 곧 순희는 금강을 건넜다. 순희는 강가 숲
으로 들어간 뒤 물에 젖은 옷을 짜 입고 계속 그 길로 북상했
다.

아침 해가 솟을 무렵에 순희가 이른 곳은 매포란 곳이었다.
그곳 한 외딴 민가에 들러 아침밥도 얻어먹고 젖은 보따리와
옷도 말렸다. 순희는 거기서부터는 용감하게 국도를 걷다가
지치면 지나가는 자동차를 얻어 타기도 하고, 날이 저물면 다
시 민가를 찾아 새우잠을 자며 계속 서울로 갔다. 사람은 한번
사선을 넘으면 두려움이 없어지는 모양이었다. 순희가 오산을
지나 수원을 앞둔 병점역을 지날 때였다. 날이 저물어 역 앞
한 민가를 찾자 박대치 않고 건넌방을 내주었다. 순희는 저녁
밥까지 잘 얻어먹고 단잠을 자는데 누군가 몸을 덮치며 고쟁
이 속으로 손을 뻗쳤다. 주인사내가 안방에서 건너온 듯했다.
순희는 다급한 나머지 사내를 밀치고 소리를 질렀다.

"불이야!"

그 소리에 안방에서 주인아줌마가 뛰쳐나왔다. 순희는 그
찰나에 보퉁이를 안고 그 집을 도망쳐 병점역 대합실로 가서
날이 밝기를 기다렸다.

16
아메리칸 드림 (1)

1950년 10월 9일 새벽, 순희가 추풍령을 떠난 지 2주 만에 마침내 영등포에 이르렀다. 서울로 가는 도중에 노량진나루는 검문이 몹시 심하다는 말을 들었다. 그 순간 순희는 그해 봄 봉은사로 소풍을 갔던 뚝섬나루가 떠올랐다. 순희는 영등포에서 걸어 반포로 갔다. 반포의 한 주막에서 요기를 한 뒤 압구정으로, 거기서 계속 걸어 봉은사로 갔다. 순희는 어머니가 평소 잘 아는 봉은사 스님을 통해 뚝섬나루 뱃사공을 소개를 받았다. 순희는 그 뱃사공에게 금가락지를 건넸다. 뱃사공은 그날 한밤중에 노 소리를 죽인 뒤 순희를 뚝섬 아래쪽 갈대숲으로 건네주었다.

순희는 거기서 왕십리로, 동대문으로 걸어 원서동 집에 도착했다. 집안은 초상당한 집처럼 을씨년스럽게 썰렁했다. 식구들은 죄다 돌아온 순희를 잡고 소리 없이 울었다. 집안이 썰렁한 예감대로 이틀 전 아버지가 처형당했다고 했다. 순희 아버지 최두칠은 인공치하 붉은 완장을 두르다가 9·28수복이 되자 부역자로 수배대상 인물이 되었다. 그는 며칠 동안 안방 다락에서 숨어 지내다가 열흘 만에 우익 청년단원들에게 연행돼 갔다. 그는 연행 후 그날로 미아리 골짜기에서 처형당했다. 그 이튿날 순희 어머니는 수소문하여 가까스로 미아리 골짜기에서 남편의 시신을 찾아 가까운 공동묘지에 묻었다. 순희가 도착하기 바로 전날이었다.

순희네는 좌익 가족으로 낙인 찍힌 이상 아무래도 그 동네에 살 수가 없었다. 순희 어머니는 남은 가족을 데리고 야반도주하려다가 딸이 돌아오기를 눈이 빠지게 기다리고 있었다. 마침 순희가 도착하자 그날 밤 가족들은 야반도주로 원서동을 떠났다.

순희네는 원서동에서 사글세로 살았기에 집을 팔고 떠나야하는 번거로움도 없었다. 순희 가족은 임시로 청계천변에 움막을 짓고 살았다. 그즈음 순희 어머니는 날마다 왕십리나 뚝섬, 한강 건너 잠실이나 천호동 등지에서 곡식이나 채소를 떼다가 동대문시장이나 중부시장 노점에서 약간의 이문을 붙여 넘기면서 식구들이 입에 풀칠을 했다. 하지만 그 일마저도 단속이 심해지자 순희네 모녀는 이웃 빨랫감들을 모아 그걸 머리에다 이고 뚝섬에 가서 빨아 주는 품삯으로 근근이 살아갔다.

1950년 연말, 중국군 6개 군단이 전 전선에서 서울을 목표로 공격해 왔다. 지난 6월에 혼난 정부는 이미 그 일주일 전인 12월 24일 서울시민들에게 대피령을 내렸다. 그 무렵 80만이 넘는 서울시민들은 꽁꽁 언 한강을 그대로, 또는 부교를 이용하여 건넜다. 서울 잔류로 혼이 난 서울시민들은 대부분 강추위 속에 피난을 떠났다. 1951년 1월 4일 중국군이 서울에 입성하자 유령의 도시처럼 변해 있었다. 이날 오후 3시 무렵 서울시청 국기게양대에는 태극기 대신 다시 인공기가 펄럭였다. 인공기가 내려간 지 꼭 99일 만이었다.

1951년 1·4후퇴 때 순희네는 일찌감치 멀리 부산으로 피난을 갔다. 그곳에서 순희네는 미군부대 옆 빈터에 판잣집을 지어 미군들의 빨랫감을 세탁해 주며 살았다. 그해 3월 15일 유엔군의 북진으로 다시 서울이 수복되었다. 그해 여름 순희네는 부산 피난지에서 서울로 돌아왔다. 하지만 순희 어머니는 서울에 정착치 않고, 의정부 곧은골 미군부대에 세탁 일감이 많다는 소문을 듣고 거기로 갔다. 순희네는 의정부 곧은골 미군부대 앞 개천가에 판잣집을 지어 세탁업을 시작했다.

순희 어머니는 세탁만으로는 네 식구 입에 풀칠하기도 힘들었다. 그래서 미군부대에서 나오는 세탁물 속에 피엑스 물품을 숨겨 받았다. 그 미제 물건들은 양키 아줌마들을 통해 서울 동대문 남대문 도깨비시장으로 흘러갔다. 그 무렵 서울 남대문이나 동대문시장에는 미제물건을 몰래 거래하는 도깨비사장이 성행했다. 미제 물건 암거래 수입은 세탁 수입보다 더 짭짤했다. 순희는 전란이 계속되는 가운데도 적십자간호학교에 복교하여 마침내 졸업하고 간호사 자격증을 땄다. 하지만 그 무렵은 간호사 취업도 어려워 순희는 어머니의 세탁 일을 도왔다. 그런 가운데 미군부대 한국인 노무책임자의 도움으로 순희는 그 무렵 의정부 곧은골에 주둔한 미 제2사단 의무실에 간호사로 취업했다. 순희가 미 제2사단 의무실에서 받는 봉급도 괜찮았지만 간호사 신분으로 미군 피엑스를 드나들며 미제 물건을 빼내 피엑스 아줌마들에게 넘기는 부수입이 더 짭짤했다. 순희는 차츰 돈맛에 빠져들었다.

돈은 사람의 영혼을 마비시켰다. 순희는 돈맛을 알게 되자 점차 간덩이가 부풀러 올랐다. 순희는 피엑스에서 빼내는 물건의 양이 점차 많아졌다. 여자는 남자보다 더 현실적이었다. 그럴 수밖에 없는 것은 가족 부양의 일차 책임감은 여자에게 더 있었기 때문이다. 전쟁터에서 집으로 돌아온 순희는 한때 조국해방전쟁 전사라기보다 가족들의 호구지책에 목맨 악착같은 생활인으로 변해 있었다.

이따금 순희는 준기와 한 약속이 문득문득 떠올랐다. 하지만 그즈음 순희는 하루하루 사는 일이 마치 전투를 치루는 것처럼 매우 힘들었다. 게다가 휴전 후 대부분 포로들이 북으로 돌아갔기에 이북 출신인 준기는 그의 부모가 사는 고향에 당연히 돌아갔을 것으로 여겼다. 준기는 자기 입으로 고향에서 어머니가 기다린다는 말을 여러 번 했기 때문이다.

순희는 정전협정 체결로 전쟁이 끝난 그해 8월 15일 덕수궁을 찾지 않았을 뿐 아니라, 그해 이후에도 찾지 않았다. 순희는 자기 입으로 준기에게 한 약속조차도 애써 잊으려 했고, 그

언제부터는 그 약속조차 까마득히 잊어버렸다.

사실 그 무렵 순희는 한때 자신이 인민의용군으로 참전했던 사실을 깡그리 지우고 싶었다. 더욱이 아버지가 전쟁 중 붉은 완장을 두르고 부역했다가 미아리 골짜기에서 우익 청년단에게 처형된 그런 일들도. 그래야 그들 가족은 대한민국에서 평범한 국민으로 살아갈 수 있었기 때문이다. 그래서 그는 '조국' '해방' '통일' 이런 낱말을 말하기도, 듣기조차도 싫어했다. 순희는 이데올로기에 대한 기피증이 극단으로 심했다.

순희는 될 수 있는 대로 자기와 아버지의 전력을 모두 꽁꽁 숨기고 싶었다. 그 시절 순희는 그렇게 변신했기에 설사 준기가 남쪽에 남아 있다는 사실을 알았더라도 다시 만나는 일은 오히려 순희 쪽에서 기피했을 것이다. 순희는 준기와 가졌던 정사조차도 한때 철없던 시절의 풋사랑이요, 그가 위험한 사지에서 살아나기 위한 하나의 수단으로 덮어 버렸다.

환경은 사람을 변모시켰다. 그게 대부분 사람들이 살아가는 처세였다. 순희도 그런 예사 사람이었다. 그래야만 몸뚱이밖에 없는 그들 가족은 그 시절 이 땅에서 살아갈 수가 있었다.

어느 하루 퇴근길에 순희는 예사 때처럼 외투 속에 미제 피엑스 물건을 잔뜩 감춘 채 귀가했다. 거기에는 양담배, 껌, 루주, 크림, 시계, 라이터 돌 등, 별별 게 다 숨겨져 있었다. 순희는 동네 어귀에서 그의 뒤를 계속 쫓던 외래품 단속 경찰에게 연행되어 의정부경찰서로 갔다. 순희는 경찰관의 소지품 검사로 그의 외투와 몸에서 피엑스 물품이 쏟아지자 그대로 유치장에 수감되었다. 순희는 수감 즉시 자신이 미 제2사단 의무실 간호사라고 신분을 밝혀도 경찰은 그 말을 곧이들으려 하지 않았다. 게다가 순희는 미제 물건을 잔뜩 소지한 현행범이기에 풀려날 수가 없었다.

순희가 사흘이나 유치장에서 갇혀 의무실에 출근치 못하자 미 제2사단 피엑스 담당 미군 상사 데이비드(David)가 경찰서로 찾아왔다. 그는 경찰서장을 만나 순희는 자기 부대 간호사로, 그날 순희가 소지한 물건은 모두 자기가 순희에게 선물한 것이라고 둘러대면서 강력하게 석방을 요구했다.

경찰서장은 데이비드 상사의 진술이 빤한 거짓인 줄 알면서도 순희를 그 자리에서 풀어 주라고 지시했다. 그 무렵 한국 군인과 경찰은 미군에게는 꼼짝 못했다. 그럴 수밖에 없었던 것은 한미 군사작전지휘권 등 거창한 명분은 그만두고라도 미군부대에서 흘러나온 휘발유로 그들 차량을 일부 운행하였으며, 피엑스 단속은 그들의 돈줄 역할을 했기 때문이다. 그 일로 순희는 데이비드와 매우 가깝게 되었다. 이따금 데이비드는 순희의 퇴근길에 지프차로 집까지 데려다주었다. 그럴 때마다 지프차 안에는 미제 피엑스 물건이 가득 실려 있었다.

어느 날 순희는 처음으로 맞춘 양장에다 하이힐을 신고 데이비드의 통역 겸 안내로 의정부 가능동을 함께 지나갔다. 그때 동네 아이들이 개천에서 놀다가 지나가는 순희에게 노래를 불렀다.

양갈보 양갈보
어디를 가느냐
빼딱구두 신고서
어디를 가느냐…

그 노래는 동요 〈산토끼〉를 개사한 것이었다. 순희가 화난 얼굴로 그 아이들을 노려보자 그 가운데 한 아이가 "야, 양갈보!" 하며 돌팔매질을 했다.

"야, 양갈보! 양키 좆 빨아라."

다른 아이들도 조소와 야유를 보냈다. 한 아이가 던진 돌멩이가 순희 가슴팍에 정통으로 맞았다. 데이비드가 순희를 감쌌다. 곧 데이비드는 권총을 뽑아들고 허공을 쏘면서 아이들을 뒤쫓았다. 그제야 아이들은 잽싸게 도망을 갔다. 순간 순희는 데이비드를 뒤따르며 소리쳤다.

"오, 노(No)! 노우(No)!"

순희의 적극적인 제지에 데이비드는 권총을 거두고 아이들의 추적을 멈췄다. 그날 순희는 몹시 충격을 받았다. 순희는 데이비드와 서울 관광을 취소한 뒤 집에 돌아오면서 동네 가게에서 양잿물을 한 덩이 샀다. 순희는 세상이 싫었다. 우리나라 사람들은 미제 물건이라면 아귀처럼 덤비지만, 미군부대에 근무한 노무자, 특히 여성에 대한 차별과 멸시는 매우 심했다.

순희는 그동안 쌓인 스트레스와 그에 대한 분노, 그날 있었던 심한 모멸감, 그리고 자신의 변신에 대한 스스로의 부끄러움 등으로 더 이상 이 세상에 살고 싶지 않았다. 어쨌든 순희

는 한때 미제를 타도하는 인민군 부대의 간호전사가 아니었던
가. 그날 밤 순희는 잠자리에서 가족 몰래 양잿물 녹인 물 사
발을 들이켰다.

"애, 순희야!"
"언니!"
"누나!"
"순희 누나!"
어머니가 곁에서 흐느끼고 있었다. 동생들이 울부짖고 있었
다. 순희는 비몽사몽간 그 소리에 눈을 떴다. 의정부 한 병원
입원실이었다. 순희 가족들은 눈덩이가 붓도록 울고 있었다.
순희는 가족을 보니까 과거는 모두 잊어버리고, 그들을 위해
더욱 독하게 살아야겠다는 마음이 울컥 치솟았다. 그리고 스
스로 다짐했다.
'그래, 나는 이미 임은동 야전병원에서, 낙동강에서, 구미
신평동 사과밭에서, 신탄진 금강 다리 위에서 네 번이나 죽은
몸이야. 내가 죽으면 우리 가족들은 계속 거지 신세를 면치 못
할 거야. 최순희는 이 순간부터 새로 태어나는 거다. 그래, 난
가족들을 위해 인당수에 제물이 된 심청이가 되는 거야!'
데이비드는 순희가 병원에 입원하고 있는 동안 거의 날마다
문병을 왔다. 그가 문병 올 때는 꽃다발을 가지고 오든지, 아
니면 맛난 양과자나 과일, 주스 등을 한 아름씩 안고 왔다. 그
의 문병은 의례적이 아니라 매우 성실하고 진지했다. 그의 말

은 늘 달콤했고, 진정성이 묻어 있었다. 순희는 병상에서 누워 곰곰이 생각하자 자기 가족에게는 돈과 함께 든든한 울타리, 곧 백그라운드가 필요함을 절실히 느꼈다. 순희 가족은 매번 야반도주로 몰래 이사를 다녀도 경찰은 용케 이들을 추적하고는 걸핏하면 '좌익 가족'이라고 꼬치꼬치 집안사정을 조사해 갔다. 순희는 그들의 추적이 독사뱀처럼 싫었다.

순희는 이번 일로 경찰이나 한국군도 미군은 터치하지 못할 뿐 아니라 오히려 미군 앞에서는 그들이 알아서 절절 긴다는 사실도 알았다. 특히 한국군은 걸핏하면 미군부대로 지프차를 몰고 와서 손짓 발짓과 함께 엉터리 영어로 휘발유가 떨어졌다고 비굴하게 굴며 아귀처럼 구걸해 갔다. 그들은 타고 온 차의 연료통뿐 아니라 스페어 통에까지 가득 채워 갔다. 경찰들도 마찬가지였다.

순희는 일주일 만에 퇴원하고 사흘을 집에서 더 치료한 뒤 출근했다. 그 뒤 어느 날 순희는 데이비드의 끈질긴 구애를 운명으로 받아들였다. 아니 데이비드의 구애는 자기 집안을 살리는 밧줄로 오히려 순희가 그것을 바라고 기다렸다. 한때 순희는 데이비드가 미국인이라는 데 거부감도 없지 않았다. 하지만 막상 순희가 미군부대에서 근무해 보니까 그들은 여성을 대하는 매너가 무척 좋았다. 그네들은 진정으로 여성을 동등하게 대할 뿐 아니라, 어린이나 약자를 보호하는 그들 사회의 기본 정서가 순희의 마음을 사로잡았다. 순희는 그게 서구 사회의 힘으로 그들이 왜 선진국인가 그 나름의 까닭을 알았다.

서구 사회는 여성도 가사에 얽매지 않고 남성과 똑같이 사회 참여를 하는 그런 풍토가 좋았다.

순희가 데이비드를 사귄 뒤부터 그의 집은 점차 가난에서 벗어났다. 이제 순희네는 의용군 가족도, 인공치하 붉은 완장을 두른 부역 혐의로 우익청년단에 처형당한 좌익 집안도 아니었다. 미군 상사가 순희네를 비호하는 피엑스 물건 도매상으로, 순희 어머니는 버터 냄새를 잔뜩 풍기는 피엑스 아줌마로 변신했다. 순희네는 곧은 골 무허가 판잣집에서 벗어나 의정부시장 옆에 단독주택을 마련하였다. 순희 어머니는 세탁과 순희의 간호사 월급, 그리고 피엑스 물건 판매 가외 수입 등으로 순희 동생들은 모두 제때에 상급학교에 진학시킬 수 있었다.

1950년대 한국 사람으로 미국에 간다는 것은 극히 일부 선택받은 사람에게만 가능했다. 외교관이나 유학생 등, 그 수는 아주 손꼽을 정도였다. 일반인으로서 미국에 간다는 것은 거의 불가능한 일로, 가장 손쉬운 방법은 한국 여인들이 미군과 국제 결혼하여 그 남편을 따라 가는 것이었다. 그러기 위해 여성들 가운데는 일부 여대생까지 일부러 미군부대를 배회하며 사귀는 일이 생겨날 만큼 미군과 국제 결혼하는 것은 일부 골빈 사람에게는 선망이 되기도 했다.

초콜릿과 츄잉껌 그리고 버터와 우유·자동차의 나라 미국…. 순희에게도 미국은 아메리칸 드림을 이룰 수 있는 선망과 동경의 나라였다. 미국에서는 언제나 미제 물건을 눈치 보지 않고 마음대로 사거나 마음껏 쓸 수 있을 뿐만 아니라, 심지어 물과 공기조차도 미제가 아닌가. 그 무렵 한국 사람으로 그 넓은 미국 땅을 밟는 것은 대단한 일로 가슴 벅찬 일이었다.

순희는 갖은 애교로 데이비드의 마음을 사로잡은 뒤, 미국 땅을 밟기 위해 굳이 피임도 하지 않았다. 그래서 데이비드와 동거한 지 1년 만에 피부색이 하얗고 머리카락이 검은 아들을 낳았다. 그들 부부는 아들 이름을 '존(John)'이라고 지었다.

데이비드는 우직했다. 그는 순희를 진정으로 사랑했고, 인종이나 피부색에 대한 차별도 없었다. 그는 아들 존을 극진히 사랑했다. 순희는 데이비드에게 정식 결혼을 요청하여 부대 내 교회에서 조촐한 결혼식을 치렀다. 국제결혼 절차에는 한국인 보증인과 미국인 보증인, 그리고 주둔 부대장의 사인이 필요했다. 데이비드는 순희의 요구대로 그 모든 국제결혼 절차를 잘 마무리해 줬다.

마침내 순희는 데이비드의 부인이 됐다. 순희는 결혼한 뒤 자기 이름도 '제인(Jane)'으로 고쳤다. 순희는 데이비드의 포드 승용차를 얻어 탈 수도 있었다. 그러다가 운전면허증을 따고는 그 포드 승용차를 타고 뿌연 흙먼지를 일으키며 수양버들 흐드러진 국도도 마냥 드라이브하기도 했다.

순희는 그때부터는 데이비드가 가져다주는 피엑스 물건을 남대문이나 동대문 도깨비시장 상인에게 차떼기로 돈을 갈퀴로 긁었다. 순희네는 동생들의 학업을 위해 서울 수유리에다

새 집을 샀다. 그 무렵 수유리는 서울에서 가장 인기 좋은 주택지였다. 순희 바로 아래 동생 순옥은 여상을 졸업하여 은행원이 됐고, 남동생 진욱이와 진호는 서울 시내 대학에 진학했다.

 1958년 가을, 데이비드가 먼저 귀국했다. 한국에서 미국으로 돌아온 데이비드는 곧 군에서 전역한 뒤 물류회사 창고 매니저로 취업했다. 이듬해 봄, 데이비드는 순희와 그의 아들 존을 미국으로 불러들였다. 그들은 시카고 교외에서 그림처럼 아담한 집을 구입하여 보금자리를 꾸몄다.
 순희는 마침내 이뤄진 아메리칸 드림에 감격하며 행복한 나날을 보냈다. 하지만 그의 행복은 길지 않았다. 어느 날 갑자기 남편 데이비드가 회사에서 해고를 당한 것이다. 회사 물건을 자주 빼돌린 절도 때문이었다. 데이비드가 오랫동안 한국 피엑스에서 물건 빼내던 습관으로 회사에서 물건 빼돌리는 것을 쉽게 생각했다. 데이비드는 실직하자 곧 손을 떨거나 갑자기 큰소리를 치는 등 전쟁 공황장애에 시달렸다.
 그는 그런 고통을 이기고자 알코올을 들이켰다. 데이비드는 차츰 마시는 알코올의 도수가 높아지고, 그 빈도도 잦아졌다. 데이비드는 음주 때문에 미국 정부가 주는 연금만으로는 생활비가 부족했다. 그들은 하는 수 없이 시카고 교외의 예쁜 집을 처분하고, 도심 빈민가로 옮겼다. 데이비드의 전쟁 공황장애는 날로 더욱 심해 갔다.

1960년대 초 미국이 월남전에 개입하게 되자 파월된 미군들의 전사자가 속출했다. 그러자 미 국방성에서는 미군 전역자 가운데 희망자는 현역으로 재소집을 하는 조치를 내렸다. 그 조치는 데이비드에게 생기를 되찾게 하는 구원의 밧줄이었다. 데이비드는 다시 군복을 입자 그의 고질병인 전쟁 공황장애는 거짓말처럼 사라졌다.

1964년, 데이비드는 월남전에 뛰어들었다. 그러자 순희의 통장에는 데이비드의 봉급과 전투수당 등이 정기적으로 입금됐다. 순희와 존은 그 돈으로 여유롭게 지낼 수 있었다. 하지만 그 행운도 길지 않았다. 데이비드는 월남에 간 지 18개월 만에 성조기에 덮인 운구함에 그의 시신이 담겨 고국으로 돌아왔다. 순희는 데이비드 전사통지서와 함께 별도로 부대장의 메시지도 받았다.

"데이비드 상사는 가장 용맹스러운 미군 병사로 베트남전선에서 장렬하게 전사했다."

순희는 데이비드가 월남 정글에서 스스로 죽음을 택했다는 믿음이 더 강했다. 그는 훈장과 많은 전사자 보상금을 순희에게 남기고 알링턴 국립묘지에 묻혔다. 순희는 그 전사자 보상금으로 다시 시카고 교외 주택으로 거처를 옮겼다.

순희는 시카고 도심지에서 네일숍을 시작했다. 순희는 그때까지도 이민 초기라 언어도 서툴 뿐 아니라, 미국인 고객 비위 맞추기가 여간 까다롭지 않았다. 네일숍은 노력에 견주어 수입도 시원치 않았고, 고객관리도 매우 힘들어 곧 문을 닫았다.

순희는 자기에게 익은 병원 간호사 취업을 알아보았지만 한
국 간호사 자격증은 쓸모가 없었다. 순희는 하는 수 없이 초급
대학에 입학하여 간호과 준학사 학위를 취득했다. 그러자 시
카고의 한 대형병원에 간호조무사로 취업할 수 있었다. 말이
간호조무사였지 사실은 병원에서 환자의 대소변을 치우는 일
이나 환자 목욕시키는 일과 같은 허드렛일이었다. 피부색이
다른 순희에게는 그런 일조차도 주로 주말이나 밤 당번이었
다.

순희는 집에서 병원에 출근하고자 승용차를 타고 고속도로
에 올랐다가 교통사고가 날 위험한 순간도 여러 번 겪었다. 술
취한 젊은이들의 차가 지그재그로 순희 차를 희롱하였기 때문
이었다. 그래서 순희는 위험한 줄 알지만 고속도로를 주행할
때는 일부러 대형 컨테이너 트럭을 뒤따라 다녔다. 순희는 병
원 지하주차장에 이르고서도 동료 간호사들이 도착하기를 기
다려 그들과 함께 엘리베이터를 타고 출근을 했다.

순희는 이런 고달픈 생활을 6년 한 뒤에 비로소 미국에서 정
식 간호사 자격증을 딸 수 있었다. 그때부터 순희는 병원에서
보수도, 인간적인 대우도 제대로 받을 수 있었다.

순희가 동생 순옥에게 편지를 받은 다음 날, 한국 저녁시간
에 맞춰 국제전화를 걸었다.

"얘, 네 편지 잘 받아 그 기사 읽어 봤다. 그 사람이 찾는 사
람은 내가 맞다."

"나도 언니라는 예감이 들었어. 언니, 어떻게 할 거야."

"글쎄다. 이제 새삼스럽게 그 사람을 만나기도 그렇고. 좀더 날짜를 두고 생각해 봐야겠어. 너 시간이 나면 그 사람 어떻게 사는지 몰래 한번 알아봐 주렴."

"알았어, 언니. 언니는 좋겠다. 일편단심 기다리는 옛 애인을 다시 만날 수 있으니까."

"얘, … 자칫하면 뒤늦게 골칫덩어리를 만날 수도 있어. 너 그 사람한테 네가 먼저 절대로 연락해서는 안 된다. 알았니?"

"언니, 내가 뭐 어린앤 줄 알아. 걱정 마."

그로부터 보름이 지난 뒤 순희는 순옥이에게 국제전화를 받았다.

"그래 좀 알아봤니?"

"응, 김준기 씨는 현재 인천 송현동 한 병원에서 사무장 겸 방사선 기사로 일하고 있대. 한 번 결혼했지만 일 년 만에 이혼했다는데, 딸 하나가 있나 봐. 그 부인은 재혼을 하고, 딸은 처가에서 자라는 모양이야."

"네가 뭐 흥신소 직원처럼 아주 자세히도 알아봤구나. 혹 그 사람 낌새채게 한 건 아닐 테지."

"그럼, 세상은 넓은 것 같지만 무척 좁더라고. 그 병원 거래 은행 담당이 내 고등학교 동창이었어. 걔가 김준기 사무장을 잘 알더라고. 키는 자그마하지만 아주 사람이 다부지다고 하더군. 내가 친구에게 입단속은 단단히 시켰어."

"잘 알았다. 네 친구한테 입단속을 단단히 시킨 게 오히려 화근이 될지도 몰라."

"걘 입이 무거워 괜찮을 거야."

"하기는 이제 쏟은 물이라 네 친구가 나발을 불어도 다시 담을 수는 없지. 아무튼 내 마음이 결정되면 다시 연락할게."

"언니, 너무 심각하게 생각지 말고, 한번 연락하여 만나보지 그래. 20년 동안 일편단심 한 여자를 기다리는 남자는 요즘 세상에 드물잖아. 내 생각에는 부담 없이 한번 만나보는 것도 좋을 것 같은데."

"그건 아니야. 그 사람 부담이 몹시 가는 남자야. 부모까지 버리고 남쪽에 남았거든. 다시 만나지 않는 게 피차 더 나을지도 몰라. 그리고 내가 미군하고 결혼한 뒤 이렇게 미국에 사는지도 모를 테고. 평생 한 여인을 아름답게 그리며 사는 게 더 나을지도…."

"아니, 언니. 무슨 순정 연애소설 쓰시오. 언니 혼자 미국 땅에서 쓸쓸히 사는 것보다 느지막이 옛 애인 만나 이따금 새콤달콤하게 살면 얼마나 좋소. 게다가 상대는 홀아비인데."

"얘, 세상은 그렇게 단순치 않아. 쉽게 얻은 행운은 자칫 더 큰 화를 불러일으킬 수도."

"아무튼 산전수전 다 겪어 그런지 언니는 그새 도사가 다 되었네. 하지만 일단 한번 만나보고 결정해도 되잖아?"

"얘, 별생각 없이 만났다가 찰거머리처럼 떨어지지 않으면 어쩔 거니. 그렇다면 차라리 만나지 않는 게 훨씬 나아. 솔직히 미국에서는 부담 없이 즐길 남자는 길거리에 널려 있다. 이곳 미국 남자들은 매너도 좋고."

"하긴 언니 인생은 언니 몫이니까, 언니가 잘 판단하여 결정해."

"그래, 잘 알았다."

사실 그즈음 순희는 고국의 가족도 모르는 우울증을 몹시 앓고 있었다. 남편 데이비드가 전사한 지 7년 차로 미국 땅에서 혼자 살기가 외롭고 힘들었다. 더욱이 시카고 일대는 한인들도 별로 없는 데다가 어쩌다가 만나도 그들은 자기를 양공주 출신으로 알고 깔보는 듯한 태도에 순희 편에서 피해 버리기 일쑤였다. 차라리 간호사 생활 초기는 일에 파묻혀, 어떻게 하든 정식 간호사 대우를 받기 위해 발버둥을 쳤기에 잡념이 별로 없었지만 그 시기가 지나 생활이 안정되자 오히려 우울증이 심해 갔다. 그런데 순옥의 전화를 받고는 이상하게도 그 우울증이 사라졌다.

솔직히 순희는 서울에서 동생의 전화와 편지를 받은 이후 많이 흔들렸다. 그는 당장 동생 순옥이가 가르쳐 준 준기가 근무하는 인천 송현동 병원에 인천전화국을 통해 전화 다이얼을 돌리고 싶기도, 한국행 비행기를 타고 서울로 날아가 무작정 만나고 싶은 충동도 일어났다. 하지만 마흔을 넘긴 전쟁 미망인이 철부지 소녀처럼 그럴 수도 없는 일이었다. 또 그즈음 순희는 심한 우울증을 앓으면서도, 또 다른 한편으로 데이비드에 대한 추모의 정이 매우 깊었다.

순희는 정작 데이비드가 살았을 때보다 그가 전사한 뒤 오히려 그에 대한 사랑이 더 깊었다. 그의 헌신적인 가족사랑 때문이었다. 솔직히 순희가 데이비드와 결혼을 하기로 결심한 배경은 데이비드가 곧 미국인이라는 그 조건이 가장 컸다. 순희가 데이비드와 막상 결혼하고 보니, 그는 어릴 때 부모의 이혼으로 상처를 많이 받고 자란 외로운 사람이었다. 그래서 그는 고교를 졸업하자 곧 군에 입대하였고, 제2차 세계대전에 참전하는 등, 그는 오랜 전투생활로 정상생활에 적응이 매우 힘든 전쟁 피해자였다.

그는 한국에서 군대생활을 마치고 본국에 돌아간 뒤 전역을 하고 취업했으나 곧 해고당했다. 그는 회사에서 절도죄로 해고당한 충격에다가 전쟁 공황장애로 몹시 앓았다. 그는 그때부터 전쟁으로 생긴 마음의 상처를 잊고자 알코올에 찌든 무기력한 생활을 했다. 그런 가운데 재입대하여 큰물을 만난 물고기처럼 활기를 찾았다. 그는 파월된 뒤 남은 가족을 위해 자원하여 월남의 불구덩이에 뛰어들었다. 그리고 한 전투에서 장렬히 전사했다.

김준기, 그는 전선에서 자기를 살려 주었고, 낙동강에서 탈출을 도와준 생명의 은인이다. 그런 그가 자기를 잊지 못하고 부모가 살고 있는 북의 고향도 버린 채, 남쪽에 남아 20년간 한결같이 자기를 기다린다고 했다. 순희는 그 사실을 알고 마냥 외면하기가 양심상 괴로운 일이었다. 더욱이 그 약속 장소는 자기 입으로 말한 덕수궁 '대한문'이 아닌가.

"나는 이번 전쟁이 끝난 다음 해마다 8월 15일 낮 12시, 서울 덕수궁 대한문에서 동생을 기다리겠어요."

"기때두 38선으로 가로 맥혔으면 우리 고향 청천강 매생이를 타구서라두 내려와 그날 누이 앞에 꼭 나타나가시오."

이듬해 순희는 준기를 만나기 위해 귀국하기로 결심했다. 미리 준기에게 전화를 하려다 참았다. 동생 순옥에게도 일부러 알리지 않았다. 순희는 자기가 약속한 덕수궁 대한문 앞에서 단둘이 조용히, 그리고 극적으로 만나고 싶었다. 순희는 근무하고 있는 병원에 2주간 휴가를 냈다. 1974년 8월 14일에 김포공항에 도착하도록 비행기를 예약했다. 순희는 그날이 다가오자 마치 24년 전 야전병원에서 애송이 소년병 김준기를 훔쳐봤을 때 이상으로 설레었다.

어느 날 밤 낙동강에서 멱을 감으러 갈 때 준기한테 동행을 청했던 자신의 당돌함, 그리고 미 폭격기의 폭탄이 우박처럼 쏟아지는 유학산 전선에서 그를 꾀어 탈출하던 그날 밤의 박진감 등이 파노라마처럼 펼쳐졌다. 순희는 혼잣말처럼 속삭였다.

'그는 내 생명의 은인이야

17
재회

1974년 8월 14일 오후 4시, 순희는 김포공항 여객기 트랩을 내려왔다. 순희가 미국으로 떠난 지 꼭 15년 만의 귀국이었다. 하지만 그는 일부러 가족에게도 알리지 않고 조용히 돌아왔다. 그것은 자기를 20년이 넘게 기다려 준 김준기에 대한 최소한의 예의였다. 순희는 김포공항에서 택시를 탔다.

"손님, 어디로 모실까요?"

"시청에서 가장 가까운 호텔로 가세요."

"아마 반도호텔과 조선호텔이 거리가 비슷할 겁니다."

"그럼, 조선호텔로."

순희가 택시 차창 밖으로 내다본 김포가도는 그새 몰라보게 달라져 있었다. 택시기사는 김포공항을 출발한 지 40여 분 만에 조선호텔 현관에 내려 주었다. 조선호텔은 예약치 않았지만 다행히 객실이 있었다. 순희는 널찍한 디럭스 룸으로 체크인 했다. 순희는 짐을 푼 뒤 몸을 닦고 가벼운 옷차림으로 저녁식사 겸 산책을 나갔다. 시청앞, 대한문, 남대문을 돌아 남대문시장으로 갔다. 시장 노점에서 오랜만에 수제비를 사먹었다. 전쟁 직후 순희에게는 얼마나 귀하고 맛이 있었던 남대문 시장 수제비였던가.

순희는 저녁식사를 마친 뒤 어머니와 자주 들락거렸던 남대문 도깨비시장도 한 바퀴 둘러보았다. 그곳은 예나 다름이 없이 미제 물건이 흔전만전 넘쳤다. 새로 생긴 남대문 지하도 어귀에는 여태 달러아줌마들이 서성거렸다. 정말 생활력이 강하고 대단한 눈치 빠른 아줌마들이었다. 그들은 달러 냄새를 귀신같이 맡았다. 한 아줌마가 순희에게 접근하여 달러가 있느냐고 물었다. 우선 일천 달러를 환전했다. 환전 후 순희는 신세계백화점을 둘러본 뒤, 미도파백화점 커피숍에서 커피를 마셨다. 순희는 다시 거리를 나온 뒤 소공동을 거쳐 지난 세월을 되새김질하며 호텔로 돌아왔다.

1974년 8월 15일, 제24주년 광복절로 서울시내 거리에는 온통 태극기로 펄럭였다. 순희는 간밤 늦게 잠들었지만 일찍 잠에서 깼다. 시차로 몸이 무거울 줄 알았는데, 예상과는 달리 가뿐했다. 아마도 모국에 돌아온 기쁨이었나 보다. 순희는 호텔 구내식당에서 아침을 먹은 뒤 사우나실, 미용실을 다녀오자 그새 11시였다. 순희는 이날을 위해 미리 미국에서 맞춰 둔 크림색 투피스를 입었다. 조금 전 미용실에서 머리도 과감히 짧게 잘랐다. 그러자 거울 속의 자신의 모습이 10년은 젊게 보였다. "여자와 집은 꾸미기 나름이다"라는 말이 떠올라 혼자 피식 웃었다.

순희는 자기 자존심을 위해 일부러 12시를 조금 넘겨 대한문에 도착할까 생각하다가 그에 대한 예의가 아니라고, 11시 40분에 서둘러 호텔을 나섰다. 다시 보는 서울 거리에 정감이 갔다. 순희는 순옥이 보내준 테이프로 익힌 〈서울의 찬가〉를 흥얼거리며 천천히 덕수궁으로 걸어갔다.

"봄이 또 오고 여름이 가고 / 낙엽은 지고 눈보라쳐도 / 변함없는 내 사랑아 / 내 곁을 떠나지 마오. /…."

광복절은 해마다 무더웠다. 그럼에도 준기는 이날 아침도 예년처럼 가벼운 정장으로 차비를 차린 뒤 동인천역에서 서울 행 열차에 올랐다. 열차가 서울역에 도착하자 11시 30분이었다. 태극기가 펄럭이는 보도로 남대문을 지나 덕수궁으로 걸어갔다. 잠깐 새 21년 동안 대한문을 찾았던 추억들이 남대문로를 뒤덮은 태극기 물결에 파노라마처럼 스쳐갔다. 그러면서 준기는 남은 인생도 순희를 만날 때까지 해마다 이날이면 대한문을 찾을 수밖에 없다는 생각이 들었다. 준기는 이 일이 자기 인생의 전부라고 여겨졌다.

'그래, 사람에게 희망이 있다는 것은 축복이야.'

준기는 혼잣말로 중얼거렸다. 순희 누이가 이 세상에 살아 있다면 언젠가는 자기가 한 말을 기억할 테고, 그러면 언젠가는 이날 대한문에 나타날 것이라는 굳은 믿음과 신념이 준기의 마음속 깊은 곳에 자리 잡고 있었다.

11시 55분, 준기는 대한문 현판 아래에서 이마에 흐르는 땀방울을 손수건으로 훔치는데 갑자기 심장이 멈춘 듯했다. 한 여인이 자기를 향해 손을 흔들고 있었다. 준기는 순간 눈을 껌뻑이고는 다시 크림색 투피스의 양장을 한 그 여인을 뚫어지게 살폈다. 분명히 최순희였다. 준기는 허벅지를 꼬집어 보았다. 모든 게 현실이었다. 최순희는 활짝 웃으며 자기에게 다가오고 있었다. 준기도 용수철처럼 튀어 순희에게로 다가갔다.

"순희 누이!"

"준기 동생!"

두 사람은 동시에 부둥켜안았다. 더 이상 말이 없었다. 순간 카메라 플래시가 터졌다. 덕수궁 수위도, 매표원도 불현듯 나타나 박수를 쳤고, 문창배 기자도 사진촬영을 끝낸 뒤 박수를 쳤다.

"오늘 두 분 덕분에 특종을 했습니다."

문 기자는 흐뭇한 미소를 보냈다.

"언니이!"

"순옥아!"

"얘, 순희야!"

"엄니!"

"어쩐지 오늘 언니가 나타날 것만 같은 예감에 어머니 모시고 왔어요."

대한문 뒤쪽에서 갑자기 가족들이 쏟아져 나왔다. 순옥은 울먹이며 말했다.

"너도, 이분도 보고 싶어 왔다."

순희 어머니 오금례는 오른손에 순희의 손을, 왼손에는 준기의 손을 잡은 채 울먹였다.

"엄니, 미리 연락드리지 못해 죄송해요."

"아니다. 이렇게 본 것이 더 반갑다."

순희는 어머니를 얼싸안고 흐느꼈다. 순희는 다시 동생 순옥이를 껴안았다. 문창배 기자가 준기에게 물었다.

"21년 만에 다시 만난 소감, 한 말씀해 주세요."

"살다 보니 이런 날도 있네요. 내레 이제 죽어도 좋습니다."

"최순희 씨도 한 말씀해 주세요."

"세상에 다시 태어난 기분이네요. 나를 잊지 않고 오늘까지 기다려 준 김준기 동생에게 진심으로 감사드려요."

"앞으로 계획도 한 말씀해 주세요."

"내레 거기까진 생각해 보지 않았습니다."

"저도 마찬가지예요."

한낮의 열기가 대단했다. 땀이 주룩주룩 흘러내렸다.

"우선 제가 묵고 있는 곳으로 가서 땀을 식히며 얘기합시다."

덕수궁 수위가 준기에게 다가와 축하인사를 했다.

"축하합니다. 사실 그동안 말씀은 드리지 않았지만, 저희 덕수궁 직원들은 김준기 씨 얼굴이 매우 익습니다. 해마다 8월 15일이면 꼭 오셨지요. 부디 즐거운 시간 되세요."

"감사합니다."

준기는 고개를 숙이며 대답했다. 덕수궁 직원들과 문 기자가 그들의 떠나는 뒷모습을 바라보며 박수를 쳤다.

아름다움과 행복은 짧다고 했다. 준기와 순희의 재회 기간
은 불과 열흘이었다. 24년 만의 만남에 대한 대한신문의 특종
보도는 8월 15일 상오 장충동 국립극장 광복절 경축식장에서
재일교포 문세광이 쏜 총탄에 맞은 영부인 육영수 여사의 갑
작스런 운명으로 묻혀 버렸다. 그렇지 않았더라면 신문이나
잡지, 방송기자들의 취재로 이 두 사람은 무척 시달렸을 것이
다.

오랜 이별 끝에 다시 만난 그들 두 사람은 이미 마흔 전후의
중년이었다. 그사이 그들은 한 번씩 결혼을 했고, 이미 자녀
까지 두었다. 더욱이 순희는 지난 15년간 미국 생활로 그새 미
국인이 되어 있었다. 순희는 그의 이름처럼 의식도 '순희'에서
'제인'으로 변해 있었다. 순희는 앞뒤 생각지 않고 정열을 불
태우는 여인이라기보다 매우 이성적이고 합리적인 숙녀였다.
준기는 순희가 언뜻 홀어미로 지낸다는 말을 전해 들어도 왠
지 접근하기가 어려웠다. 준기는 그런 전후 사정을 황재웅 병
원장에게 얘기했다.

"사무장, 마흔이 넘은 여자를 품에 안는 게 그리 쉽지는 않
을 거요. 우선 가장 좋은 방법은 두 사람만의 여행을 가도록
하세요. 가능한 두 사람의 추억이 짙게 남아 있는 장소로."

"기런 장소는 많지요. 낙동강, 다부동 유학산, 구미 금오산,
김천, 추풍령… 등."

"그럼, 내 승용차를 빌려 드릴 테니 내일 아침 순희 씨를 만
나자마자 먼저 드라이브 하자고 승용차에 태운 뒤, 무조건 경

부고속도로를 타요. 그런 뒤 냅다 남쪽으로 달리는 겁니다."

"…."

"대체로 여자들은 박력 있는 남자를 좋아하고, 명분과 분위기에 약하지요. 또 남자들은 여자 눈물에 약해요. 그래서 세상은 서로 얽혀 재미있게 돌아가는 겁니다. 피차 맨 정신으로는 일이 잘 엮어지지 않아요. 설사 여자 편에서 마음속으로는 한번 질펀하게 섹스를 하고 싶어도 체면 때문에, 언저리 여건 때문에, 게다가 맑은 정신으로는…."

"기렇다믄 어드러케…."

김준기가 후끈 달아 되물었다. 황 병원장은 여성편력이 많은 경력자답게 여자 다루는 법을 아주 자세히 일러 주었다.

"동서고금을 막론하고 인기 있는 남자는 아래위로 잘 먹여 주는 남자지요."

"아래위라니요?"

"사무장, 정말 몰라서 묻소."

"네."

"그래서 당신은 이제까지 혼자 살아온 거요. 위는 '마우스(Mouth)', 아래는 '벌…'."

"아, 네."

"그런데 먹물이 많이 든 여자나 이미 서양 물을 오래 먹은 여자를 내 사람으로 만들자면 그 두 가지로도 잘 안 될 거요. 최소한 세 가지는 갖춰야지요."

"남은 한 가지는 뭡니까?"

"그것이 뭐냐 하면, 그건 상대에게 '감동'을 심어 주는 겁니다. 근데 그게 참 어려울 거요. 더욱이 마흔을 넘긴 산전수전을 다 넘긴 여자에겐. 내가 보기에는 최순희 씨는 사무장의 순정에 조금은 감동하고 있을 거요. 그렇다고 선뜻 상대의 섹스 요구를 받아들이거나 자기가 먼저 결혼하자고 프러포즈를 하지 않을 겁니다. 그래도 인내심을 가지고 그 여자가 먼저 프러포즈하게 하세요. 그래야 두 분의 결혼이 이루어질 겁니다."

"기렇겠지요."

준기는 황 병원장 말에 연신 고개를 끄덕였다.

"요즘 시중에는 '오십 과부는 축복'이라는 말도 있다는데, 상대는 마흔을 넘긴 데다가 한미 양국에서 산전수전은 물론 이미 공중전까지 치른 사람이 아니오. 말은 하지 않을 테지만 그 여잔 계산기를 엄청 두들긴 뒤 그 먼 미국에서 비싼 비행기를 타고 왔을 거요."

"기럼, 어드러케 하믄 그 여자를 내 사람으로 만들 수 있갓시오?"

황 병원장은 싱긋 웃으며 즉답을 피했다.

"제발 나 좀 도와주시라요."

준기가 후끈 달아 애원했다.

"글쎄요. 인생이란 방정식은 하도 복잡해서 사실 남녀관계에 정답은 없소. 젊을 때는 서로들 눈에 콩깍지가 씌어 쉽게 여자를 낚을 수 있지만, 이제는 세 가지 조건을 다 갖춰도 힘들 거요. 피차 혼자 사는 것보다 같이 사는 게 낫다는 생각이

들면 이루어질 거요. 옛날 애인이라고 쉽게 생각지 말고, 진정
성과 성실성을 가지고 최선을 다하세요."

"…."

준기는 말없이 고개만 끄덕였다.

"인간관계는 예나 지금이나 남녀를 불문하고 그게 제일입니
다. 혹이나 아오. 우리 김준기 사무장에게 뒤늦게 호박이 넝쿨
째 굴러올지. 자, 이만하면 됐지요. 나머지는 스스로 부딪치며
독학하세요. 사무장은 전쟁터에서 사선을 숱하게 넘지 않았습
니까?"

"고맙습니다. 인간관계에는 진정성과 성실성이 제일이라는
말씀 잘 새겨 들었습니다. 이번 기회에 반다시 순희 그 여자를
내 품에 안갓습니다."

"상대는 그렇게 호락호락하거나 만만치 않을 겁니다. 너무
오버하지 말고, 평소대로 최선을 다하시오. 내 보기에는 두 사
람이 재회한 다음, 사무장이 그동안 그 여자에게 집적대지 않
은 것을 상대는 좋게 생각하면서도, 솔직히 다른 한편으로는
박력 없는 남자로 여길지도 몰라요. 그러면서도 한편 마음속
으로는 이즈음 후끈 달아 있을 거요."

"기럴까요?"

"그럼요. 그 여자인들 오랜만에 고국에 와서 옛 애인 만나
스트레스를 좀 풀고 싶은 마음이 왜 없겠소. 그런데 상대가 명
분과 분위기를 만들어 주지 않으니 내심으로는 무척 답답했을
거요. 피차 부담이 없는 홀아비요, 홀어민데 말이오. 왜 우리

속담에도 '서방 죽고 처음'이라는 말도 있지요. 내가 보기에 명분은 이미 만들어졌어요. '24년 만에 만난 연인' 그보다 더 큰 명분이 어디 있소. 더욱이 피차 상대는 생명의 은인인데 더 이상 무엇이 필요하오. 이제는 분위기만 만들면 저절로 그 여자는 당신 품 안에 안겨질 거요. 자, 그럼 행운을 비오."

"정말 고맙습니다."

"이만한 일에 뭘 그러시오. 사무장 그 나이까지 마냥 혼자 사는 게 딱하기 때문에 들려준 말이오. 사무장, 행운을 비오. 굿럭(Good Luck)!"

준기는 다음 날 아침 일찍 승용차를 몰고 순희 숙소로 갔다. 준기는 순희에게 드라이브를 하자고 승용차에 태운 뒤 곧장 경부고속도로를 탔다. 연초에 준기가 자동차 면허증을 딴 기념으로 황 병원장과 함께 번갈아 운전하며 부산까지 다녀온 경험이 이렇게 소중할 줄이야.

"어머, 그새 한국에도 고속도로가 생겼네요."

"기럼, 경부에 이어 호남고속도로 개통으로 전국 대부분 지역이 일일생활권입니다."

"근데, 지금 어디로 가시는 거예요."

"간밤에 오늘 드라이브 코스를 잡는데 갑자기 유학산, 낙동강, 구미 일대가 떠오르더만요."

"어머, 미리 말씀하시지. 나 오늘 점심, 저녁 스케줄이 모두 다 잡혀 있는데."

"…."

준기는 그 말을 못들은 척 가속페달을 더욱 힘껏 밟았다. 순희는 더 이상 군말이 없었다. 역시 황 병원장은 여성의 속마음을 읽는 데 도사였다. 준기가 알고 있는 황 병원장의 스캔들만 해도 서너 번은 더 되었다. 한번은 유부녀와 정을 통하다가 그 남편에게 꼬리 잡혀 한때 병원이 꽤 시끄럽기도 했다. 하지만 남녀 간 염복이나 사내 편력이 많은 이는 대체로 팔자가 드셌다. 황 병원장의 지금 부인은 세 번째였다. 승용차가 수원을 지나자 그제야 고속도로가 한산해졌다. 그러자 준기는 카세트 테이프를 틀었다. 곧 음악이 흘렀다.

"어머, 〈솔베지 송〉이 아녜요?"

"아, 네. 내레 좋아하지요. 이 노래는 곡도, 노랫말도 좋더만요."

"나도 미국에서 외로울 때는 이따금 즐겨 듣던 곡이에요."

"기래. 간밤에 순희 누이에게 무슨 노래를 들려줄까 고민하다가 이 노래를 골랐지요."

"이 노래에서 멀리 떠난 연인을 기다리는 이는 여성인데…"

"아, 일없습니다. 사랑하는 사람을 기다리는데 어디 남성과 여성이 따로 있나요."

준기와 순희가 탄 승용차가 서울 톨게이트를 빠져나간 지 두 시간 남짓 만에 추풍령에 이르렀다. 준기는 추풍령휴게소에 잠시 머물렀다.

"요기가 우리들이 마지막 헤어진 곳이야요."

"어머, 그새 추풍령이에요. 그때 저는 여기서 서울까지 가는

데 꼬박 열흘이 더 걸렸는데."

"기래두 용케 집으로 돌아갔구만요. 내레 요기에서 서울까지 가는 데 3년이 걸렸시오."

마침 준기 시야에 추풍령 휴게소 멀리 국도변 외딴집이 들어왔다.

"아마 저기 외딴집일 겁니다."

"그때 우리가 찾아간 그날 밤이 추석이었지요. 그날 밤 할머니가 주신 토란국과 송편을 참 맛있게 먹었지요."

"기때는 춥고 배고플 때라 그랬을 겁니다."

"문득 준기 동생이 쌀자루에 두고 간 편지의 한 구절이 떠오르네요."

"뭬라구?"

"내가 받은 첫 러브레터 겸 고별 편지였잖아요."

"부끄럽습니다. 좀더 잘 쓰는 건데…."

"잘 쓴 편지는 좋은 말을 많이 늘어놓은 게 아니라 진정성이 묻어 있는 거예요. 그 편지에는 준기 동생의 진심이 담겨 있어요. '지금 제가 순희 누이에게 줄 수 있는 가장 귀한 선물은 당신 곁을 떠나는 것입니다. 부디 잘 가십시오.' 더 이상 어떻게 잘 써요. 그래서 오늘 우리는 이렇게 만나게 된 거예요."

"기래요. 감사합니다. 사실 내레 오늘부터 순희 누이가 떠날 때까지 병원에 휴가를 냈어요."

"미리 귀띔을 해주시지. 나 저기 공중전화 부스에 가서 전화 좀 하고 오겠어요."

"알갓습니다."

순희는 공중전화 부스로 가더니 10분 쯤 뒤 돌아왔다. 그날 약속을 모두 취소하였다고 했다. 그들은 추풍령휴게소를 출발하여 남쪽으로 달리자 곧 직지사역이 나오고 이어 김천이 나왔다. 거기서부터는 모든 지명과 지형지물이 두 사람 기억에 아물거렸다.

"우리가 그때 잠시 묵었던 상엿집이 어디쯤일까요?"

"아마, 저기쯤일 겁니다."

준기는 직지사로 가는 언덕을 가리켰다.

"아직도 그때를 자세하게 기억하시네요?"

"기땐 절박한 순간들이었기에…."

"나도 여기에 오니까 그때의 기억이 어제처럼 생생하게 떠오르네요. 그때 참 춥고 배고팠지요."

"기럼요. 지금 생각해도 아주 오싹합니다."

"나도 간혹 그때 생각이 들면 끔찍하다가도, 상엿집에서 준기 동생 품에 안긴 생각을 하면 아주 포근했어요."

"기랬던 가요."

준기는 그 순간을 모두 다 잊은 척 대꾸했다.

"오른편 도시가 어딥니까?"

"김천이야요."

"그때 김천 들머리 한 학교에 인민군 임시야전보충대가 있었지요. 나는 용산에서 사흘간 교육을 마치고 바로 여기로 왔어요."

"나두 신병교육대에서 바로 이곳으로 왔지요. 아마 요기서 보이는 오른편 산 아래 저 학교일 겁니다."

순희는 추억어린 눈길로 준기가 가리키는 곳을 바라보았다. 조금 더 달리자 김천 시가지가 나왔다.

"아마 저기 산 아래 어느 집일 거예요. 그때 우리들이 탈출하면서 빈집에 들어가 막 밥을 지어 주먹밥을 만들었지요. 그런데 수상한 사람이 담 넘어 보자 그만 놀라 밥도 먹지 못한 채 봇짐에 싸 가지고 도망쳤지요."

"기랬지요. 아주 똑똑히 기억하십니다."

준기는 연신 고개를 끄덕이며 말했다. 그동안 두 사람 간 거리를 느낄 수 없었다.

"어디까지 가실 거예요?"

"경주를 목표로 갑니다."

"거긴 너무 멀지 않아요."

"내레 여태 가보지 못한 곳이라…."

"나도 가보진 못했지만 너무 멀어요."

"길이 좋기에 요기서 한 시간만 더 달리믄 도착할 거야요."

그들이 탄 승용차가 김천을 지난 지 10여 분 더 달리자 구미라는 표지판이 나왔다.

"구미야요."

"어머, 구미! 오른편에 우뚝 솟은 저 산이 금오산이지요?"

"맞습니다."

"그때보다는 산이 한결 푸릅니다."

"기땐 사람들이 송충이처럼 산을 갉았지요."

"내가 저 금오산을 다시 보다니 정말 꿈만 같네요. 임은동 야전병원에서 복무할 때 저녁놀이 물들면 금오산이 참 아름다웠지요. 그리고 금오산 아홉산골짜기에서 숨어 지냈던 산골생활도 잊을 수가 없고요."

"기럼, 요렇게 합시다. 이번엔 금오산에서 쉬어 갑시다."

"좋아요. 경주는 다음에 가요."

준기는 구미 나들목을 빠져나온 뒤 도로 표지판을 따라 금오산 쪽으로 달렸다. 온통 논이고 과수원이었던 낙동강 일대가 공장지대로, 시가지로 한창 바뀌고 있었다.

"바로 저 공장지대 어디쯤일 거예요. 도망병인 우리를 장 상사가 살려 줬지요. 그 뒤 내 이로 동생의 포승줄을 풀어 주고 도망갈 때 저 산을 바라보고 갔지요."

"아주 기때를 자세하게 외우십니다. 장 상사님은 분명 우리를 살려 줬어요. 심지가 아주 깊은 분이었어요."

"나도 그렇게 생각해요."

곧 준기는 금오산 아홉산골짜기 들머리인 금오저수지에다 차를 세웠다. 그런 뒤 구미 시가지가 잘 내려다보이는 언덕에 올랐다.

"한국이 그새 몰라 보게 발전했다는 보도는 많이 봤지만 여기까지 이렇게 변할 줄이야!"

순희는 적이 놀란 표정으로 차창 밖을 내다보며 감탄했다.

"임은동 야전병원 철길 건너편 상모동 한 오두막집에서 박정희 대통령이 태어났다고 하더만요."

"어머, 그래요. 어쩐지…. 그럼 우리가 탈출했던 유학산은 어디쯤인가요?"

"저기 왼쪽에 멀리 보이는 저 산이야요."

"그럼, 천생산은?"

"유학산 왼편 산입니다. 이 고장사람들은 저 산을 '반티산' 이라고 하더만요."

"'반티'가 무슨 말이에요?"

"내레 구미에서 살 때 마을 사람들한테 물어보니까 천생산 모양이 함지박 같아 붙인 이름이라는데, 이곳 사람들은 그 함지박을 '반티'라고 하지요."

"그때는 참 지겨웠지만 지금 보니 산도 예쁘고, 이름도 재미 있네요. 참, 그때 남자들은 양식이나 솥, 심지어는 아이나 부모까지도 지게에 지고, 여자들은 곡식을 항아리나 함지박에 담아 머리에 이고 피난했지요."

"기럼, 온 나라 백성들이 피난을 다니느라 갈팡질팡했지요. 흥남철수 때는 미군 수송선에 어떻게나 사람이 많이 탔는지 그야말로 콩나물시루였다고 하더만요."

"지금도 유학산을 보니 B-29 폭격기의 폭격소리와 대포소리가 들리는 듯하네요. 참 그 소리가 지긋지긋했지요."

"기럼요, 우리가 살아 있는 게 기적 같구만요. 6·25 때 한 시인이 저곳을 지나면서 시 한 수를 남겼더만요. 요기 적어 왔습니다. 누이가 한번 읊어 보시라요."

"오늘 여행준비를 단단히 하셨구먼요."

"뭘요, 심심할 것 같아…. 하지만 여행처럼 즐거운 인생은 없지요."

"그럼, 한번 읊어 보겠습니다."

18
추억 여행

다부원에서

조지훈

한 달 농성 끝에 나와 보는 다부원은
얇은 가을 구름이 산마루에 뿌려져 있다

피아 공방의 포화가
한 달을 내리 울부짖던 곳

아, 아, 다부원은 이렇게도
대구에서 가까운 자리에 있었고나

조그만 마을 하나를
자유의 국토 안에 살리기 위해서는

한해살이 푸나무도 온전히
제 목숨을 다 마치지 못했거니

사람들아 묻지를 말아라

이 황폐한 풍경이
무엇 때문의 희생인가를
………

일찍이 한 하늘 아래 목숨 받아
움직이던 생령들이 이제

싸늘한 가을바람에 오히려
간고등어 냄새로 썩고 있는 다부원

진실로 운명의 말미암음이 없고
그것을 또한 믿을 수가 없다면
이 가련한 주검에 무슨 안식이 있느냐

살아서 다시 보는 다부원은
죽은 자도 산 자도 다 함께
안주의 집이 없고 바람만 분다.

"와! 대단히 좋은 시예요."
순희는 감탄사를 연발했다.
"누이가 읊으니까 더 좋구만요. 나두 이 시가 좋아 이따금 흥얼거리지요."
"나도 이 시를 이따금 읊고 싶네요. '일찍이 한 하늘 아래 목숨 받아 / 움직이던 생령들이 이제 // 싸늘한 가을바람에 오히려 / 간고등어 냄새로 썩고 있는 다부원…'이란 시구가 아주 가슴을 찌르네요. 그때 정말 그랬지요."

"기럼요. 마지막 구절 '살아서 다시 보는 다부원은 / 죽은 자도 산 자도 다 함께 / 안주의 집이 없고 바람만 분다'는 구절은 내 마음을 그대로 옮겨다 놓은 듯합니다. 내레 순희 누이가 아니었다면 나두 유학산 계곡에서 간고등어 냄새로 썩었을 거야요."

"나도 마찬가지예요. 그때 더 이상 전선에 남았다가는 꼼짝없이 구더기 밥이 되겠더라고요. 그래서 전선을 탈출하고 싶은데 혼잔 엄두가 나지 않았는데 갑자기 준기 동생이 생각났어요."

"우리는 애초부터 서로 통했나 보지요."

"그랬나 봐요. 솔직히 그때 내가 동생을 꼬였지요. 늦었지만 사과드려요."

"기래야 역사가 이루어지지요. 아무튼 그 덕분이 이렇게 살아남았을 거야요. 내레 기때 유학산 고지 방어참호조로 투입됐다믄 살아나기 어려웠을 겁니다."

"사람이 산다는 것은 죄를 짓는 건가 봐요."

순희는 그 자리에서 잠시 묵도했다.

"아홉산골짜기는 어디예요?"

"저기 저수지 위 비탈진 길로 가면 나옵니다."

"그때 어떻게 그 어두운 밤길에 저 험한 길을 갔을까요?"

"사정이 절박했기 때문이지요."

"해평 할아버지 할머니는 살아 계실까요?"

"내레 구미 가축병원에 있을 때 어느 해 추석을 앞두고 쇠고기를 몇 근 사들고 별남 할머니 댁과 아홉산골짜기 해평 할머니 댁에 일부러 찾아갔지요. 그런데 별남 할아버지는 돌아가셨고, 할머니 혼자 살아 계시더만요. 아홉산골짜기 해평 영감님 내외분은 그대로 사셨는데, 몹시 반가워하더만요. 순희 누이 안부도 물었어요. 근데 그제는 힘에 부친다면서 곧 대구 아들네 집으로 갈 거라고 하더만요."

"참 잘하셨어요. 영원한 것은 없군요."

"기래요. 그게 세상 리치지요."

금오산 일대는 녹음이 짙었다. 이곳은 영남 팔경의 하나인 관광지지만 성수기를 넘긴 데다 평일인 탓인지 한적했다. 금오산 들머리에는 온통 매미들만이 가는 여름을 아쉬워하는 양 발악하듯 '맴 맴' 울부짖었다. 준기와 순희는 금오저수지 언덕에서 내려와 다시 승용차를 타고 금오산 쪽으로 더 달렸다. 한여름의 짙은 녹음 속에 호수를 끼고 달리는 길이 무척 아름다웠다.

"날마다 B-29 폭격기 소리와 대포, 포탄 소리에 가슴 졸이며 살았던 이 고장이 오늘은 이렇게 아름답고 평화스러울 줄이야."

"기러게 말입니다. 조선인민군 위생병 조수가 다부동전선에서 만난 최순희 사수를 모시고, 이곳을 자동차로 드라이브 한다니 도무지 믿어지지 않는구만요. 꼭 꿈만 같습니다."

금오호수가 끝나자 채미정이 나타났고, 곧이어 금오산 관광

호텔이었다. 준기는 순희의 의사도 묻지 않고 핸들을 호텔 주차장으로 꺾었다. 순희는 별다른 말이 없었다. 준기는 주차를 한 뒤 객실로 가지 않고 곧장 호텔 바(Bar)로 갔다. 그곳에서는 도선굴과 명금폭포가 빤히 바라보였다. 그들은 바에서 스카치위스키를 청해 마시며 이런저런 얘기를 나눴다. 화제는 줄곧 24년 전 금오산 아홉산골짜기 피난시절 이야기였다.

"해평 영감 내외분이 매일 새벽마다 정화수 떠 놓고 산신령님께 빌어 준 탓으로 우리가 이렇게 무사히 살아왔나 봅니다."

"나도 그런 생각이 드네요. 지금 와서 생각해 보니 죽을 고비도 무척 많았는데 용케 다 넘긴 것은…."

"고맙습니다. 누이! 그 험한 길에도 꿋꿋하게 살아 줘서."

"내가 동생에게 하고픈 말이에요."

"기럼, 우리 두 사람 다시 만난 것에 대한 축배를 듭시다."

"좋아요."

준기는 스카치위스키 잔을 치켜들었다.

"최순희, 김준기 두 사람이 다시 만난 것을 축하하며, 건배!"

"우리의 앞날을 위하여!"

두 사람은 한마디씩 건배의 말을 하고 잔을 부딪친 뒤 스트레이트로 비웠다. 순희는 스카치위스키를 한 잔 더 스트레이트로 비우더니 금세 혀 꼬부라진 말을 뱉었다.

"동생, 나 벌써 취했나 봐."

순희는 슬그머니 준기에게 쓰러지며 온몸을 기댔다. 준기는 바의 카운터에게 객실을 부탁하자 곧 303호로 안내했다. 준기는 흐뭇한 미소를 지으며 순희를 부축하여 객실로 갔다. 객실에 들자 순희가 말했다.

"커튼 좀 닫아 주세요."

준기는 객실의 커튼을 닫았다. 갑자기 실내가 컴컴했다. 준기는 포성이 울리던 형곡동 행랑채에서 순희와 첫 정사를 나눴던 그날이 떠올랐다.

순희는 그날처럼 준기의 품을 파고들었다. 준기는 그런 순희를 포근히 감싸 안았다. 그런 뒤 긴 키스를 나누었다. 준기는 순희의 옷을 양파껍질처럼 한올 한올 벗겼다. 그러자 순희도 후끈 달아 준기의 바지를 후딱 확 벗겼다. 순희가 너무 세게 당긴 탓으로 준기 바지 단추가 떨어졌다.

"어마, 어쩌죠?"

"괜찮아요."

"나중에 달아 드릴게요."

준기는 자기의 팬티를 벗은 다음 순희의 벌거벗은 몸을 번쩍 들어 침대 위에 반듯이 뉘었다. 그들은 서로의 몸을 애무했다. 그러자 온몸에 전율이 흘렀다. 그 전율은 전기가 통하듯 짜릿했다. 순희 혀가 준기 가슴을 핥았다.

"윽! 윽! 윽!….."

준기는 짜릿한 전율에 못 이겨 비명을 질렀다. 준기 혀도 순희의 가슴팍에서 차츰 아래로 옮아갔다. 이윽고 준기의 혀는 순희의 젖 봉우리에서 한참을 머물렀다. 순희의 육체는 40대 초반으로 그즈음 한창 무르익어 있었다. 순희는 가벼운 신음을 하며 몸을 뒤척였다.

"아! 아! 아!…."

준기는 까마득한 어린 시절 어머니의 젖 봉우리를 빨던 기억을 되살리며 순희의 젖가슴에 얼굴을 묻었다. 순희는 그런 준기의 얼굴을 두 손으로 지그시 감쌌다. 마치 어미가 자식에게 젖을 먹이며 흐뭇하게 바라보는 바로 그 모습이었다. 모든 여성은 모성애를 지녔다. 그 순간 순희에게 준기는 잃어버린 자식을 다시 찾은 어머니의 마음이었다. 순희는 준기의 등을 다독거렸다.

순희 몸에서는 우유냄새, 향수냄새 그리고 짭짤한 바다 미역냄새가 났다. 그 냄새로 준기는 더욱 황홀했다. 두 사람은 한몸이 된 채 산을 올랐다. 그들은 개울물이 졸졸 흐르는 골짜기를 지나자 곧 산새가 즐겁게 노래하는 숲이 나왔다. 두 사람은 서로 꼭 끌어안은 채 숲 속에서 경쾌한 새들의 노래를 들었다. 다시 굽이굽이 비경의 산등성이를 오르자 마침내 사방이 탁 트인 산등성이가 나왔다. 멀리 멧부리들이 여울지듯 겹쳐 보였다. 그들은 다시 서로 밀고 당기면서 마지막 오르막길을 헐떡이며 오르자 더 이상 오를 수 없는 최고봉 정상이었다. 거기서 그들은 번갈아 가며 "야호!"를 외쳤다. 준기 이마에서 솟은 땀이 순희 젖가슴에 떨어졌다. 순희는 머리맡 수건으로 준기 이마의 땀을 훔쳤다. 순희의 이마에도 땀방울이 송골송골 맺혔다. 준기는 그 수건으로 땀을 닦았다.

"이 냄새 얼마만인가요?"

"길쎄."

"꼭 24년 만이네요. 그런데도 그때 땀냄새는 그대로네요."

"이 땀냄새와 살냄새, 앞가슴 촉감…. 내레 그날 그 순간을 못 잊어 거제포로수용소에서 'S'를 썼지."

준기는 순희의 가슴에 얼굴을 묻었다.

"고마워요. 나는 그런 줄 몰랐어요."

"아무튼 우린 이렇게 다시 만났으니 천만다행입니다."

"그러고 보니 우리는 깊은 인연이에요."

"깊은 인연? 정말 기렇구만요."

"자기, 날 잊지 않고 기다려 줘서 고마워요."

"당신이 그 먼 곳에서 찾아 준 게 더 고맙지요."

그들은 그때부터 서로 간 누이, 동생이라는 말이 슬그머니 사라지고 서로 '자기' '당신' '씨'라고 불렀다.

"내레 이제는 죽어도 좋소."

"싫어요. 자기가 나에게 이런 기쁨을 가르쳐 주고."

"긴데 이제 곧 당신이 떠나믄 앞으로 만날 수도 없지 않소."

"미국으로 오세요."

"뭬라구, 미국으로."

준기는 큰 눈을 더욱 크게 떴다. 순희는 시침을 떼곤 눈을 깜빡거렸다.

"내레 그 먼 미국 땅을."

"당신의 그 열정이라면 얼마든지 미국 땅을 밟을 수 있어요."

"정말?"

"도전해 보세요."

"생각해 보갔시오."

"꼭 오세요. 기다릴게요."

"내레 당신을 잊지 못해 스무 해를 넘게 찾아 헤맸는데…."

"죄송해요. 대한문에 나가지 않아서."

"내레 모를 사연이 있었을 테지."

"나는 자기가 포로송환 때 북으로 간 줄 알았지요. 자기 고향집에서 어머니가 기다린다고 했잖아요."

"기랬지. 긴데 포로 송환심사대에 들어가니까 불효막심하게도 오마니보다 당신이 먼저 떠오르더구만. 기래 백지에다 'S'자를 썼지."

"나는 그런 줄을 까마득히 몰랐어요."

"내레 대한문에서 스무 해나 허탕을 쳐도 언젠가는 당신이 꼭 나타날 것만 같아 해마다 빠뜨리지 않고 꾸준히 나갔지."

"바보."

"내레 바보가 아니야요. 이렇게 만났으니 기다린 보람이 있잖소."

"올해 만나지 못했어도 내년에도 나갈 예정이었나요?"

"기럼, 그게 내 삶의 전분데."

"당신은 진짜 바보."

"뭬라구?"

"진짜로 바라볼수록 보고 싶은 사람이라고요."

그들의 몸은 소나기를 맞은 것처럼 온통 땀으로 젖었다. 한 바탕 폭풍우가 끝나자 순희가 품속에서 속삭였다.

"지난날 당신은 생명의 은인이었는데, 이제는 내 삶에 새로운 활력소를 주네요."

"나두 마찬가지야요."

"사실 나, 몇 해 전부터 우울증이 심했어요. 근데 고국에서 당신이 기다린다는 소식을 듣자 그 우울증이 거짓말처럼 사라지더라고요."

"무척 다행입니다."

순희는 머리맡에 놓인 포트의 물을 글라스에 부어 마신 뒤 〈오 솔레미오〉를 콧노래로 부르면서 욕실로 갔다. 순희의 콧노래는 욕실 바깥까지도 들렸다.

......
마 나뚜 쏘레
끼우 벨르, 오이 네
오 쏘레 미오
스딴프론떼 아 떼!

순희가 샤워를 마친 뒤 타월로 몸을 감싸고 욕실에서 나왔다. 그러자 준기도 휘파람을 불면서 욕실로 갔다. 준기가 샤워를 하는 동안 순희는 객실 냉장고에서 맥주를 꺼내 탁자에 차려 놓았다. 준기가 욕실에서 나오자 두 사람은 탁자에 앉아 맥주를 마셨다.

"맥주가 이렇게 시원할 수가…."

"기렇구만요. 어느 소설에서 보니까 욕실에서 갓 나온 여인이 가장 아름답다 하더만….."

준기는 그 말이 미처 끝나기도 전에 순희를 번쩍 들어 침대에 누였다. 그들은 다시 열락의 강을 천천히 노 저어 갔다. 24년간의 긴 기다림의 공백을 메우려는 듯…. 그들이 가는 물길에는 여울도 나오고 폭포도 나왔다. 그 강을 다 거슬러 오르자 비경의 계곡이 나타났다. 순희는 그때마다 승마장애물 기수처럼 사뿐히 오르내리며 그 비경을 만끽했다. 준기가 잠이 들었다. 그러자 순희는 준기 등에 머리를 얹고 자그맣게 〈섬집 아기〉 노래를 불렀다. 24년 전 밤새 낙동강을 건넌 뒤 형곡동 행랑채에 숨어 밤을 기다리던 그날처럼.

엄마가 섬 그늘에 굴 따러 가면
아기가 혼자 남아 집을 보다가
바다가 불러 주는 자장노래에
팔 베고 스르르르 잠이 듭니다.
……

두어 시간 뒤 준기가 잠에서 눈을 뜨자 순희는 준기 곁에서 바느질을 하고 있었다.

"어머, 깨셨군요."

"당신 바느질 솜씨는 빈틈이 없지요."

준기는 시트를 걷고는 자기 배의 꿰맨 수술자국을 보였다. 그러자 순희가 준기 배의 수술자국을 유심히 살피며 말했다.

"어머, 아직도 그때의 봉합자국이 선명하네요."

"아주 확실하게 당신의 바느질 솜씨가 내 배에 새겨졌지. 내레 이 자국을 없애려다가 그냥 뒀소."

"…"

"기때 몹시 아파 몸부림을 쳤지요."

"그럼요, 수건으로 입을 틀어막았고, 윤성오 전사가 붙잡아준 탓으로 간신히 봉합수술을 마칠 수 있었어요."

"그 윤성오 상등병을 포로수용소에서도, 서울 창신동에서 만났소. 목사님이 되었더만. 내레 그분 때문에 포로수용소에서도 살아났지요."

준기는 그때의 얘기를 들려주었다.

"그분은 정말 당신 생명의 은인이네요. '종교는 인민의 아편'이라고 하던 인민군 전사가 목사님이 되시다니…."

"기게 인생이야요, 한 치 앞두 모르는 게…."

"그러게요. 참 우리 사이는 사연도 많습니다."

"기래서 우린 이렇게 다시 만난 겁니다."

준기는 순희가 단추를 달아둔 바지를 입었다. 순희도 나들이옷을 입었다.

"발쎄 저녁시간입니다. 뭘 드시갓소?"

"여기 와서도 호텔 밥을 먹기가 좀 그러네요. 뭐, 이 고장의 별식은 없나요?"

"내레 구미서 살 때 국시를 좋아했지요. 가축병원 앞집에 살았던 수길이 오마니가 밀가루에다 날콩가루를 넣고 홍두께로 밀어 만든 그 국시가 아주 구수했지요."

"그럼, 우리 그걸 먹어요."

"좋습니다. 아까 요기로 오다보니 채미정 앞에 밥집이 수태 보이던데 아마 거기 가믄 국시집도 있을 거야요."

그들은 호텔을 벗어나 채미정(採薇亭) 쪽으로 나란히 걸었다. 순희는 슬며시 준기의 팔짱을 꼈다. 그러자 준기는 흐뭇한 미소를 지었다. 곧 채미정이 나왔다. 그 어귀 큰 바위 돌에 길재 선생의 회고가가 새겨져 있었다.

"어머, 이 시조! 나 초등학교 다닐 때 줄줄 외웠던 시조예요. 지금도 이 시조는 욀 것 같아요. 오백 년 도읍지를 필마로 돌아드니…."

"잘 외시네요. 순희 씨는 우리 고향 진달래꽃 시도 잘 외우더만."

"집안 형편이 좋았더라면 간호학교에 가지 않고 대학 국문학과나 영문과에 갔을 거예요. 펄벅이나 에밀리 브론테와 같은 작가가 되고 싶었거든요."

"지금도 늦지 않아요."

"그건 과욕이에요. 작가는 아무나 되는 게 아니예요. 나이가 들어도 시나 소설을 좋아하는 걸로 만족할래요."

그들은 채미정 정자에 나란히 앉았다. 준기는 주머니에서 포장된 상자를 꺼냈다.

"순희씨, 이것 받으시라요."

순희가 포장지를 뜯자 상자에서 쌍금가락지가 나왔다.

"웬 거예요?"

"순희 씨가 그때 구미 형곡동 행랑채에서 출발에 앞서 나에게 준 금가락지 참 요긴하게 잘 썼지요."

순희는 그 금가락지를 손가락에 끼어 보았다.

"언제 내 손가락을 쟀나요?"

준기는 대답 대신에 싱긋 웃었다.

"당신은 나를 또 한 번 놀라게 하네요."

"더 비싼 반지를 사려다가 기게 우리에게는 더 의미 있는 것 같아."

"그럼요. 나 평생 이 반지 간직할게요."

이튿날 아침, 느지막이 일어난 두 사람은 구내식당에서 아침밥을 먹은 뒤 금오산 등산에 나섰다. 등산로 들머리에서 케이블카를 타자 명금폭포와 도선굴 어귀에 이르렀다. 명금폭포에서는 폭포수가 우렁차게 쏟아졌다. 그 소리를 뒤로 하며 바위벽을 타고 도선굴에 오르자 구미 시가지와 낙동강, 천생산, 유학산 일대가 환히 보였다.

"저기 낙동강을 보니까 그날이 생각나네요. 그때가 9월 초순이었을 거예요. 당신과 낙동강을 건너는데 밤 강물이 어찌나 차던지…. 낙동강 물귀신이 될 뻔했지요. 그전 야전병원에 있을 때도 융단폭격 날 당신 때문에 살아났고."

"참 우리는 호상 간 추억도, 빚도 많습니다. 추억이 많은 사람은 늙어서도 외롭지 않다지요."

"그 빚 때문에 제가 한국행 비행기를 탔지요."

19

아메리칸 드림 (2)

준기와 순희는 금오산 도선굴에서 낙동강과 유학산을 바라본 뒤 케이블카를 타고 하산했다. 그들은 객실로 돌아온 뒤 탁자에 앉아 커피를 마시며 못다한 얘기를 나눴다.

"나 과거가 복잡하고 죄 많은 여자예요. 내 입으로 덕수궁 대한문에서 당신을 기다리겠다고 굳게 약속까지 하고는…."

"기만 됐수다."

"사실 나 미국에 아들 있어요."

"우리 사이 그새 24년의 세월이 지났는데…. 사실 나도 요기서 멀지 않는 곳에 딸이 살아요."

"부인과는 사별했나요?"

"아니오. 기냥 헤어졌어요. 왠지 마음이 가지 않더만."

"…."

"우리 과거를 캐묻지 맙시다."

"고맙습니다. 무슨 영화 제목 같아요."

"〈과거를 묻지 마세요〉라는 영화가 있었어요. 해방과 6·25를 겪는 동안 사람들이 살아남기 위하여 별의별 일을 다 겪었지요. 저마다 본의 아니게 죄도 많이 지었지요. 우린 이렇게 다시 만났으니 다행입니다. 아직두 만나지 못한 이산가족은 일천만 명이 넘는다고 하더만요."

"당신은 북에 두고 온 가족을 만나지 못했지요."

"내 생전에 만나보기나 할지. 아직두 휴전선 철조망은 요지부동이야요."

"미국으로 오세요. 재미동포 가운데는 중국이나 동남아 아니면 유럽 등, 제삼국에서 북의 가족을 만난 이도 있대요."

"기래요?"

준기가 동그란 눈으로 되물었다.

"재미동포들은 앞으로 직접 고향집에도 갈 날도 있을 거래요. 이태 전에 미국 닉슨 대통령이 중국을 방문하였지요. 곧 미·중 두 나라 국교가 정상화되면 중국에 가서 북한 가족을 만날 수 있다고 하더군요."

"당신을 만나자 이제는 오마니를 만나고 싶은 욕심이 불쑥 솟네요."

"그건 자식으로 당연한 거예요."

"내레 고향을 떠나올 때 오마니는 '눈을 감을 때까지 기다리가서'라고 하셨지요."

"그게 어머니 마음입니다. 꼭 고향집에 돌아가 부모님 생전에 만나 뵈세요. 아마도 부모님은 지금 이 순간에도 전쟁터로 나간 아들을 기다리고 있을 거예요."

"아마 기럴 거야요."

준기의 눈에는 눈물이 어렸다. 그 눈물을 순희가 손수건으로 닦아 주었다. 두 사람은 다시 한바탕 질펀하게 섹스를 즐긴 뒤 곧장 서울로 향했다.

순희가 미국으로 떠나기 전날 밤에도 그들은 호텔방에서 긴 이야기를 나눴다. 준기는 자기도 미국으로 이민 가고 싶다는 소망을 얘기했다. 그러자 순희는 준기의 말에 적극 찬성하면서 이민생활은 한국에서 생각하는 것처럼 그렇게 장밋빛만이 아니라는 얘기를 자신의 체험으로 에둘러 이야기했다. 그들은 베갯머리 이야기로 여름밤이 짧았다. 순희는 미국인들을 얘기했다. 그들은 남의 눈을 의식치 않고, 남의 사생활은 간섭치 않는다. 간혹 한국이 그들 일에 간섭하다가는 "당신 일에나 신경 쓰라"라고 망신당한다고 했다.

"우리도 기런 점은 배울 만합니다."

"그럼요. 그들은 생각보다 매우 검소해요. 한국 사람들은 대체로 지나친 과시욕에 겉치레나 값비싼 사치품을 추구하는데, 그들은 대단히 실용적이에요."

"갸네는 웬만하믄 넥타이도 매지 않더만요."

"그럼요. 수십 년 된 구닥다리 승용차도 몰고 다녀요."

순희는 준기가 온갖 고생을 하겠다는 독한 마음으로 미국으로 이민 와서 한 10년 정도 이민자의 설움을 참고 열심히 일하면 자리 잡을 수 있다고 했다. 그러면서 핸드백에서 녹색의 미국 여권을 꺼내 보여주었다.

"이건 미국 여권이에요. 이 여권만 가지면 세계 어느 나라에도 갈 수 있어요."

"내레 어떻게 하든 미국으로 갈 수 있갔소?"

"왜 '하늘은 스스로 돕는 자를 돕는다'는 말이 있지요. 서울 용산역 앞이나 삼각지 미군부대 근처에는 이민 대행사들이 많아요. 그들은 그런 일에 빠꼼이들이에요."

"고맙습니다. 미국 이민생활 성공 방법과 이민수속 방법을 자세히 가르쳐 줘서."

준기는 순희의 마지막 말이 이별의 긴 키스보다 더 진하게 머릿속에 남았다.

'미국인 여권만 가지면 세계 어느 나라에도 갈 수 있다.'

'하늘은 스스로 돕는 자를 돕는다.'

이 말들은 계속 준기 머릿속을 떠나지 않았다. 준기는 마음속으로 굳게 다짐했다.

'내레 이제는 오마니를 만날 거야.'

순희는 고국에서 열흘을 머문 뒤 미국행 비행기를 탔다. 준기는 김포공항 출국장에서 순희가 탄 비행기가 사라지자 마치 꿈에서 현실로 돌아온 기분이었다. 그들에게 재회의 열흘은 잃어버린 행복을 되찾은 달콤한 시간이었다. 하지만 현실 여건은 두 사람을 더 이상 한데 묶어둘 수 없었다. 준기는 순희를 만나기만 하면 이 세상 모든 소망이 다 이루어지고 여한이 없을 줄 알았다. 그런데 막상 다시 헤어지니까 새로운 아픔이 돋아났다. 준기는 그제야 자신의 지난 삶은 고통만이 아닌 기다리는 기쁨 속에 산 희망의 세월이었음을 새삼 깨달았다.

준기는 김포공항에서 돌아오는 길에 새로운 목표를 세웠다. 곧 미국 이민을 준비했다.

'내레 미국에 가는 건 한꺼번에 두 마리 토끼를 잡는 일이야. 미국에 이민 가서 반드시 최순희랑 결혼하고, 성공하여 오마니를 만날 거야.'

준기는 먼저 서울 삼각지에 있는 한 이민 대행사를 찾아가 상담했다. 이민 상담사는 준기가 군대와 의료기관에서 전문적으로 일한 경력이 20년 넘기에 숙련직 취업이민 자격은 충분하다고 매우 희망적으로 얘기를 했다. 그렇지만 막상 미 대사관에서 취업이민 비자를 받기는 하늘의 별따기처럼 어렵다는 말도 여러 번 강조했다. 준기는 이민 상담사의 조언에 따라, 그날 돌아오는 길에 서점을 들러 영어회화 테이프와 교재를 한 세트 샀다.

'내레 낙동강 다부동전선에서도, 부산과 거제포로수용소에서도 살아남았는데, 이까짓 미국 비자 관문 하나 뚫지 못하랴.'

준기는 그런 오기가 치솟았다. '쇠는 단김에 벼려야 한다'는 말처럼 그날 밤부터 준기는 영어회화 공부를 시작했다. 외국어는 어린 시절 배워야 능률이 높은데, 이미 혀가 완전히 굳어버린 40대에 기초 영어회화부터 배우자니 여간 고역이 아니었다. 마침 준기는 김교문 수의사가 늦깎이로 영어공부를 하면서 포켓수첩에 단어를 적어 때와 장소도 가리지 않고, 중얼

중얼 외던 일이 떠올라 자기도 그렇게 실습해 보았다. 늘 습관처럼 보던 텔레비전도 아예 방에서 치워 버리고, 그 자리에 영어회화 테이프 세트를 들여놓았다. 준기는 병원 일과가 끝나면 만사 제쳐 놓고 미국인 회화학원으로 갔다.

준기는 영어회화 공부를 본격으로 시작하면서 시간 단축을 위해 미리 미 대사관에 취업이민 비자신청서를 냈다. 그러자 곧 경찰서에서 신원조회가 왔다. 담당 형사가 준기의 미국 취업이민 이유를 꼬치꼬치 캐물었다. 그는 준기가 인민군 출신이라는 전력을 들추며 사상을 의심한 듯, 신문 태도가 사뭇 거칠었다.

"여보시오. 내레 대한민국 국군 중사로 36개월 동안 최전방 화천 7사단에서 복무하고 제대한 사람이야요. 내레 인민군으로 지낸 기간은 석 달도 안 되지만 국군복무 기간은 그 열 배가 넘지 않수. 내레 부모형제도 버리고 대한민국에 남은 사람이야요."

준기가 육군 중사 전역증을 보여 주며 볼멘소리로 항의하자 그제야 형사의 신문태도가 다소 부드러워졌다. 준기가 영어회화 공부를 시작한 지 6개월이 지나자 영어로 더듬거릴 수 있었다. 준기가 미 대사관에 비자 신청을 한 지 1년 6개월 만에 대사관 측에서 인터뷰 통보가 왔다. 인터뷰 전에 미 대사관이 지정한 세브란스병원에서 신체검사를 받아 무사히 통과했다.

첫 고비는 잘 넘겼다. 마침내 가장 어려운 관문인 비자인터뷰 날이었다. 그날 준기는 긴장하지 않으려고 우황청심환까지 미리 먹고 대비했지만, 막상 비자인터뷰 때는 좀체 입이 떨어지지 않았다. 몹시 깐깐해 보이는 미 대사관 젊은 여성 영사가 뭐라고 묻는데, 너무 긴장한 탓인지 귀에 들리지도, 입이 열리지도 않았다. 준기는 배석 통역을 통해 묻는 말에 뒤늦게 몇 마디 대답했지만, 이미 버스가 지난 뒤 손들기였다.

젊은 여성 영사는 싱긋 웃으며 준기에게 회화를 좀더 배우라고 권했다. 준기는 다시 여섯 달을 더 공부한 뒤 이민 비자 인터뷰를 했지만, 이상하게도 영사 앞에만 서면 또 혀가 굳었다. 준기는 두 차례 낙방을 하고 나니까 그만 자신감도 용기도 사라졌다. 모든 희망이 물거품처럼 사라지고 하늘이 노랬다. 준기는 한동안 끊었던 술도, 담배도 다시 입에 댔다. 그런 낌새를 알아차린 황 병원장이 퇴근길에 단골 주점으로 불렀다. 술이 한 순배 돌았다.

"미국에 가서 성공하려면 철저한 미국 사람이 돼야지요. 사무장, 영어공부를 더하세요. 아주 죽고살기로 하세요. 그래야 미국에 가서 걔네와 원활히 소통할 수 있어요. 말을 잘하는 것은 큰 재산입니다. 성공의 지름길이기도 하고요. 미국이란 나라가 그렇게 허술치 않아요. 그저 이꼴 저꼴 안 보고 살려면 한국에서 이대로 혼자 사는 수밖에."

"…."

"사무장, 왜 포로 송환 때 대한민국에 남았소?"

"…."

"최순희라는 그 여자 때문이지요?"

"기렇습니다."

"그렇다면 그만한 일로 좌절해요?"

"…."

황 병원장은 유학시절의 이야기를 들려줬다. 자기 친구는 서울공대 화공과를 나온 뒤 서울시내 고등학교에서 화학 선생을 하다가 이민 갔다. 처음에는 영어가 서툴러 제약회사에서 약상자 포장을 했다. 한국에서 대학을 졸업하고 미국으로 이민 간 여성들도 이민 초기에는 대부분 봉제공장에서 미싱사로 일하는 걸 보았다는 등, 이민생활의 힘든 뒷이야기를 했다.

"그리고 그 여자와 잠자리를 같이했다고 쉽게 결혼할 수 있다는 생각은 아예 버려야 해요. 그 여잔 이미 미국인이에요. 걔네는 섹스와 결혼을 별개로 치는 세상에 살고 있어요. 정말로 그 여자를 부인으로 삼고 싶다면, 그 여자에게 꼭 필요한 남자, 그 여자의 모든 단점을 감싸 주는 남자로, 아무튼 감동을 줘야 해요. 그래야 그 여자가 당신한테 결혼하자고 프러포즈할 거요."

"제가 잘 몰랐던 걸 가르쳐 줘서 고맙습니다."

"미국인들은 '돈이라면 신도 웃는다'고 생각하는 사람들이에요. 그들은 지독한 수전노 같지만, 일단 돈을 벌면 대부분 사회에 환원하고 저세상에 가지요. 그들 가운데는 우리나라 사람들은 거들떠보지도 않은 장애아를 입양하여 제 자식처럼 키우면서 삶의 보람을 느끼는 휴머니스트들도 많아요."

황 병원장은 다양한 정보를 들려주며 준기에게 이민 준비를 다시 도전케 했다.

"고맙습니다. 원장님!"

준기는 그 이튿날부터 다시 비자인터뷰 준비를 했다. 준기는 영어학원 미국인 강사 '조이(Joy)'를 사귄 뒤 그를 자주 초대하여 밥을 샀다. 주말에는 그에게 이곳저곳 관광이나 쇼핑 안내도 자청했다. 준기는 그를 안내하는 동안 더듬더듬 영어로 대화를 나누며 회화를 익혔다. 그것이 준기에게는 가장 효과적인 회화공부 방법이었다. 준기는 근무시간 외는 가능한 회화 테이프를 듣거나 단어장을 보며 단어를 외우고, 자주 극장에서 미국 영화를 보며 본토 원음을 익혔다.

준기는 부엌에도, 화장실에도, 거실에도 여기저기 영어회화 문장을 너덜너덜 붙여두고 중얼중얼 외웠다. 정말 죽기 아니면 까무러치기로 공부했다. 준기가 그렇게 독한 마음으로 공부한 탓인지 조이를 사귄 지 석 달이 지나자, 그조차도 눈을 둥그렇게 뜰 정도로 회화 실력이 부쩍 늘었다.

마침내 준기는 미 대사관 3차 비자인터뷰 날 영사 앞에 섰다. 그날은 준기가 미국 이민을 준비한 지 꼭 2년 6개월이 되는 날이었다. 그날은 준기에게 행운이 따르는지 영사의 인터뷰는 예상한 질문에서 크게 빗나가지 않았다. 준기는 영사가 묻는 말에 또박또박 대답했다. 곧 영사는 활짝 웃으며 준기의 비자서류에 서명했다.

준기는 두 손을 번쩍 치켜들며 인터뷰 장을 빠져 나왔다. 그러자 비자 인터뷰 대기자들이 박수를 치면서 부러운 눈길로 준기를 바라보았다. 준기는 그날로 광화문 미 대사관 건너편에 있는 외무부로 가서 여권을 신청했다. 그러자 2주 만에 대한민국 여권이 나왔다.

준기는 출국에 앞서 구미 처가에 살고 있는 딸 영옥을 주말에 인천으로 불렀다. 그새 영옥은 구미초등학교 6학년이었다. 준기는 딸에게 아버지가 미국으로 이민을 간다는 이야기와 함께 나중에 꼭 만나자고 약속했다. 그런 뒤 준기는 이민지참금 한도액 외의 돈은 모두 딸 이름으로 입금한 뒤 통장과 도장을 건넸다. 영옥은 말없이 그걸 받고는 눈물만 주룩주룩 흘렸다.

"미국에 가는 대로 편지할게."

"알겠어예."

영옥은 고개를 끄덕였다. 그 모습에 준기는 마음이 아팠다. 어쨌든 딸에게는 자기가 큰 죄를 지은 것이다. 준기는 이를 악물었다.

'내레 미국에서 성공하여 영옥의 앞길을 열어 주는 게 속죄하는 길이야.'

준기는 딸에게 인천과 서울 구경을 시키며 백화점에서 옷을 한 벌 사 입힌 뒤 서울역에서 열차로 외가에 돌려보냈다.

"아버지, 잘 가이소."

"아버지가 미국에서 꼭 성공해서 너를 꼭 부를게."

"잘 알겠어예. 아버지 어째든동 외국에서 몸조심하이소."

1977년 8월 24일, 마침내 준기는 김포공항에서 미국행 비행기에 올랐다. 순희가 한국을 다녀간 지 꼭 3년 만이었다.

김준기는 미국 엘에이에서 이민생활을 시작했다. 준기의 취업조건은 취업이민 스폰서 역할을 해준 엘에이의 한 병원에 의무적으로 3년을 근무하는 조건이었다. 그것도 방사선 기사가 아닌 방사선 기사의 조수직이었다.

　준기는 그 병원에서 주로 허드렛일을 했다. 병원에서 가장 힘든 일이나 더러운 일, 자질구레한 일은 모두 준기의 몫이었다. 카트로 엑스레이 찍을 환자 나르는 일, 병원 각과로 엑스레이 필름 나르는 일, 방사선실 청소, 아이들을 엑스레이로 검진할 때 그들을 달래고 붙잡는 일 등은 그의 몫이었다. 준기의 주급도 미국인보다 훨씬 적었다. 그가 일하는 시간도 주로 밤 아니면 새벽이었다. 준기는 초기 이민생활이 힘들 때는 이따금 산타모니카 해변으로 가서 고국 쪽을 바라보며 속눈물을 흘리면서 흐트러진 마음을 다시 다잡았다.

　'내레 요기서 반다시 성공하여 아바지, 오마니를 만나러 갈 거야.'

　준기의 이민생활은 시계바늘처럼 늘 팍팍했다. 준기는 이민생활에서 인천 황재웅 원장이 일깨워 주던 '아는 것이 힘'이라는 말이 더욱 뼈저리게 가슴에 닿았다. 그래서 준기는 여건이 어려운 가운데도 엘에이의 한 초급대학에 입학하여 무섭게 공부했다.

　준기는 미국에 오면 최순희를 자주 만날 줄 알았는데 실상은 그렇지 못했다. 그들은 일 년에 두어 차례로 추수감사절이나 크리스마스 휴가, 그리고 여름휴가 때 이삼일 정도 만날 수 있었다. 그나마 때로는 상대방 사정으로 건너뛰기도 했다. 엘에이에서 시카고까지는 비행기로 네 시간 거리라 항공료도 만만치 않았다. 이민 초기에는 매번 미국 생활에 익숙하고 주머니 형편이 나은 순희가 엘에이로 날아왔다. 그들의 만남은 늘 짧고도 아쉬웠다.

준기는 1980년 8월 말로 취업이민 스폰서였던 병원과 3년간 의무 근무기간이 끝났다. 그 무렵 준기는 초급대학도 졸업했다. 준기는 더 이상 그 병원에서 방사선 기사 조수로 희망이 보이지 않았다. 준기는 이를 악물고 정식 미국 방사선 기사 자격증 취득에 도전하여 마침내 이듬해 여름에는 그 자격증을 땄다. 준기는 엘에이의 다른 큰 병원에서 방사선 기사를 모집한다는 광고를 보고 이력서를 냈다. 그러자 그 병원에서 정식 방사선 기사로 채용해 주었다.

준기는 이민생활 4년 만에 비로소 자기 전공을 살릴 수 있었다. 그러자 주급도 껑충 올랐다. 준기는 자그마한 아파트도 얻었다. 그제야 저축도, 딸에게 학비도 보내줄 수 있었다. 그때부터 준기와 순희는 서로 번갈아 상대 지역을 방문했다. 준기가 크리스마스 휴가 때 시카고를 찾아가면, 다음 해 여름휴가 때는 순희가 엘에이로 찾아왔다. 두 사람이 만날 때는 주로 준기가 요리를 했다. 순희는 매번 준기의 요리 솜씨에 감탄했다. 준기는 구미 가축병원 조수시절부터 자취생활을 했기에 요리가 손에 익었다. 그뿐 아니라 준기에게 요리는 하나의 취미생활이었다.

1981년 크리스마스 휴가 때 준기가 시카고로 가자 마침 순희 아들 존이 여자 친구 수잔(Susan)을 집으로 데려와 자연스럽게 네 사람이 처음 만났다. 그때 준기의 요리로 네 사람은 크리스마스 휴가를 즐겁게 보냈다.

"당신 솜씨는 '베리 굿'이에요. 존도, 수잔도 당신 요리 솜씨에 '원더풀'했어요."

"기래요. 내레 이참에 아주 요리사로 전업할까?"

"그거 우리 한번 진지하게 생각해 봅시다. 사람은 자기 달란트대로 살아야 성공할 수 있지요."

1983년 여름휴가 때에는 순희가 엘에이로 오기로 약속돼 있었다. 그런데 약속 날짜가 이틀이 지나도 그는 오지 않았고, 전화도 연결되지 않았다. 준기는 불안한 나머지 다음 날 곧장 시카고로 날아갔다. 천만뜻밖에도 순희는 한 병원에 입원하고 있었다. 그 닷새 전 순희는 아침 출근길에 짙은 안개로 고속도로에서 교통사고를 당해 골절상을 입고 있었다.

"와 연락하지 않았소?"

"걱정할 것 같아…."

"매우 섭섭합니다. 기건 나를 가족으로 생각지 않은 거야요."

"죄송해요. 내 생각이 짧았네요."

준기는 순희를 퇴원시킨 뒤 집에서 치료했다. 오랫동안 외과의사 조수로 일해 온 준기가 아닌가. 준기는 온갖 정성을 다해 순희를 돌보았다. 순희는 준기의 정성어린 간호와 물리치료를 받자 몰라보게 좋아졌다. 일주일이 지났다.

"당신이 해준 밥을 먹고, 당신의 마사지와 물리치료를 받으니까 매우 행복해요. 우리 이제 결혼해요."

"뭬라구?"

준기의 큰 눈이 더욱 커졌다.

"우리 결혼하자고요."

"정말?"

그 말에 준기는 어린아이처럼 두 손을 치켜들며 좋아했다. 준기는 순희의 말이 믿기지 않는 듯, 다시 확인했다.

"우리 정말 결혼하는 거야요?"

"그럼요."

그 대답에 준기는 너무 감격한 나머지 순희를 번쩍 들어 안았다

"아, 당신 정말 고맙소."

"아니 내가 더 감사해요. 사실 그동안 고민 많이 했어요. 나는 당신의 아내로 너무 늙었다는 생각 때문에 많이 주저하기도 했고요."

"기럼, 내레 젊었소."

"하지만 우리 이제 결혼해도 나는 당신의 아이를 낳을 수 없을 거예요."

"일없습니다. 우린 이미 두 자식을 두지 않았소. 이미 내가 딸을 낳았고, 님자가 아들을 낳았으니 둘 다 우리 자식이 아니오. 이만해도 우리는 행복해요. 아, 미국 사람들은 생판 모르는 남의 나라 아이들도 데려다 키우는데…."

"네에? 당신은 또 한 번 나를 울리네요. 솔직히 나이든 여자가 결혼을 결심하는 데는 상당한 용기가 필요해요. 저울질도 많이 했고요."

순희는 그동안 병상에서 골똘히 생각한 끝에 두 사람이 홀로 사는 것보다 둘이 사는 게 피차 더 행복하리라는 판단이 섰기 때문이다.

"남은 내 인생을 당신에게 의지하며 살고 싶어요. 당신은 이 세상에서 나의 가장 성실하고 든든한 후원자이고요."

"갑자기 웬 소쿠리 비행기야요."

"아니예요. 언젠가 구미 임은동 야전병원에서 준기 씨가 온종일 수술을 돕고도 밤을 새우다시피 의료기구를 죄다 소독하는 성실성에 감동도 했고요. 그리고 한 여자를 20년 동안 끊임없이 기다리는 그 진정성에 껌뻑하지 않을 수 없었어요. 당신에게는 남다른 성실성과 진정성이 있기에 무슨 일을 해도 성공할 거예요. 또 그런 달란트도 있고요. 제가 앞으로 당신의 그 달란트를 개발하는 데 도움이 되어 드리고 싶어요."

"뭬라구?"

"존이 수잔과 올 가을에 우리 교회에서 결혼한대요. 걔들 결혼식이 끝나면 우리도 곧 거기서 조용히 결혼식을 올려요."

"정말 당신은 생각이 깊습니다."

준기의 눈에서 감동의 눈물이 흘렀다.

"그건 어머니로서 최소한 양심이에요."

"내레 두 가지 소원은 당신 덕분에 이뤘소. 이제 하나만 남는구만요."

"그 소원도 꼭 이루세요."

"당신이 도와주시라요."

"…."

순희는 말없이 고개를 끄덕였다.

"당신의 간호와 물리치료 덕분으로 많이 나은 것 같아요."

"알갓습니다."

준기는 순희를 번쩍 안아 들고 침실로 갔다. 그들은 침대 위에서 두 사람만의 약혼 기념식을 뜨겁고도 길게 가졌다.

"이러다가 님자 골절상 덧나는 게 아니오?"

"일없습니다."

"님자도 이제 평안도 사람이 다 되었구려. 평안도 말두 다하고."

"곧 평안도 며느리가 될 거잖아요."

"내레 꿈을 꾼 것 같소."

"내 프러포즈를 받아줘 고맙습니다."

"내레 할 말이야요. 우리 남은 인생은 더 열심히 삽시다."

"그럼요. 지금 출발해도 늦지 않아요. 인생은 육십부터라고 하던데 우리는 이제 오십대 초반이잖아요. 남은 날 서로에게 진 빚도 갚고요."

"그저 고맙구, 감사합니다."

20
용문옥

준기는 이튿날 아침 전화로 엘에이 병원에 휴가를 연장했다. 시카고에 며칠 더 머물며 순희를 돌보기 위해서였다. 순희는 자기는 혼자 지낼 수 있다고 말했다. 하지만 준기는 무슨 병이든 회복기가 중요하다고 시카고 순희 집에 머물렀다.

"이 세상에서 당신이 가장 소중합니다. 직장이야 해고당하면 다시 구하면 되잖소."

"고마워요."

"내레 요기로 오기 전에 시민권을 신청해시오. 이제 곧 미국 시민이 될 거야요."

"당신 미국 시민이 되는 것 미리 축하해요."

순희는 준기를 끌어안고 축하의 키스를 했다.

"사람이 아프면 병상에서 별 생각을 다하나 봐요."

"무슨 생각?"

"당신 이번에 엘에이로 돌아가시거든 이참에 퇴직하세요. 사실 미국에서는 직장에서 받는 돈은 아무리 모아도 부자가 되기 매우 힘들어요. 그동안 미국에서 살아봐서 알겠지만 이곳에서 월급으로는 큰돈을 모을 수가 없어요. 급료에서 각종 세금과 연금을 칼같이 떼어 가니까요."

"정말 기렇더구만."

"이참에 아주 내 사업을 시작하세요. 서양 사람들은 '돈을 가지고 노크하면 문은 저절로 열린다'고 했어요. 당신이 부자가 되면 아마 고향집에 계신 어머니도 쉬 만날 수 있을 거예요."

"그걸 몰랐군."

"당신 솜씨라면 미국에서 한국식당을 내도 성공할 수 있을 거예요. 나도 당신 덕분에 늘그막에는 여왕처럼 우아하게 살고 싶어요."

"나두 언젠가는 당신을 귀부인으로 만들고 싶소."

"말씀 고맙습니다."

"하지만, 내레 이 솜씨로?"

"당신 솜씨로 충분해요. 세계 일류 요리사는 모두 남자들이에요."

"사실은 오마니 솜씨가 아주 좋으시오. 어린 시절에 오마니가 만들어 준 냉면이나 만둣국 맛은 아직두 내 입에 남아시오."

"그 어머니의 냉면이나 만둣국 맛을 되살리세요. 재료는 한국에서 부쳐 오면 돼요."

"알가시오."

"우선 음식 재료를 적어 보세요. 내 순옥이한테 중부시장이나 동대문시장에서 구해 보내라고 할 테니."

"이참에 처제에게 냉면 뽑는 틀도 하나 사 보내게 하라요."

"그러지요. '쇠뿔도 단김에 빼라'고 했어요. 우리 오늘 이 자리에서 아주 가게 이름도 지읍시다. 당신 고향을 정확히 말씀해 보세요."

"평안북도 영변군 룡산면 구장동이야요."

"출신학교는 어디예요."

"룡산소학교와 룡문중학교를 댕기시오. '룡문'이란 학교이름은 우리 고향에 룡문산에서 땄지요. 또, 고향 마을 앞에는 청천강이 흐르지요."

"그럼, '영변' '용산' '구장' '용문' '청천' 이 다섯 개 지명을 후보로 좁힌 뒤 이 가운데서 결정합시다."

"매사 당신 아이디어를 따를 수 없수. 당신이 결정하라요."

"음… '룡문옥'이 좋겠어요."

"좋습니다. 룡문산은 묘향산맥에서 우뚝 솟은 멧부리지요. 이 산에는 천연동굴도 많아요. 앞으로 개발만 하면 아마두 세계적인 관광지가 될 겁니다."

"그럼, 우리가 '룡문옥'으로 먼저 룡문산을 미주에 알립시다."

"좋습니다."

그해 가을, 준기는 엘에이에서 병원을 퇴직했다. 곧장 준기는 엘에이 생활을 정리하고 추수감사절 휴가에 맞춰 아예 시카고 순희 집으로 봇짐을 싸서 왔다. 준기는 순희를 만나자마자 시민권을 보여 주었다.

"내레 이 시민권을 받은 건 오로지 당신 때문이야요. 이걸 받을 때 기분 참 묘하더만. 내레 미제를 타도하겠다고 붉은 머리띠를 둘렀던 사람이 미국에 충성을 하겠다고 성조기 앞에서 선서를 하고 미국 국가를 불렀지."

"왜, 억울하세요?"

"기게 아니라 내레 인생이 천박한 것 같아…."

"그런 말씀 마세요. 아직 다 산 게 아닙니다. 우리는 이제 밑바닥에서 솟아오르는 일만 남았어요. 언젠가 당신이 찰스 다윈의 말을 했지요. '살아남는 종은 변화에 가장 빠른 종'이라고요. 우리가 미련스럽게 살았다면 아마 그때 유학산 구더기밥이 되었을 거예요. 너무 심각하게 생각지 말아요. 건강에 좋지 않아요."

"알갓습니다."

"우리가 앞으로 양쪽 조국을 위해 살게 될 날도 있을 거예요. 그러기 위해 지금 우리가 열심히 살면 되는 거예요. 사람이 죽은 뒤에는 그가 한 일만 남지요."

"당신은 늘 나보다 한두 수 앞을 내다봅니다."

그들은 존과 수잔의 결혼식 한 달 뒤 시카고 교회에서 결혼식을 올렸다. 증인 겸 하객은 존 부부였다.

결혼 후 준기가 먼저 시카고에서 뉴욕으로 갔다. 준기는 뉴욕의 지리도 익힐 겸 현지 적응을 하고자 플러싱의 한 한인식당에 허드레 일꾼으로 취업했다. 준기가 한인식당에서 일 년 남짓 열심히 일하자 요리 실력을 인정받아 정식 요리사로 승진할 수 있었다.

준기는 쉬는 날이면 일부러 뉴욕 일대를 순회하면서 지리를 익혔다. 일 년 새 준기는 뉴욕 지리와 도시 분위기에도, 식당 운영에도 어느 정도 자신감이 생겼다. 그래서 준기 부부가 이전에 계획했던 한식식당 '용문옥'을 곧장 열기로 했다. 준기 부부는 그 계획을 구체적으로 확정 지은 뒤 순희도 시카고에서 아주 뉴욕 플러싱의 한 아파트로 이사해 왔다.

1985년 봄, 준기 부부는 뉴욕 플러싱에다 용문옥 간판을 달았다. 다행히 준기가 근무했던 한식식당 전 주인이 고령으로 한국에 영구 귀국하면서 아주 싼값으로 준기에게 물려주었다. 준기는 그동안 미국에서 저축한 돈으로 그 식당을 인수받을 수 있었다. 준기는 용문옥의 주방장 일을 맡았고, 순희는 카운터와 홀의 서빙 등, 나머지 일을 맡았다. 개업에 맞춰 서울에 사는 처제가 냉면 뽑는 기계를 사서 보내주었다. 준기는 용문옥의 주 메뉴를 냉면과 만둣국, 그리고 불고기, 비빔밥 등으로 하고, 밑반찬 하나에도 온갖 정성을 기울였다. 준기는 모든 음식의 간을 알맞게 하고, 밑반찬인 김치를 맛있게 담가 손님상에 푸짐하게 내놓았다.

용문옥의 기본방침은 음식에 대한 사랑과 정성으로, 손님상에 오르는 모든 음식은 자기 가족이 먹는다는 자세로 요리했다. 손님상에 요리를 내놓을 때 더운 것은 더욱 더 뜨겁게, 찬 것은 더욱 차게, 그리고 조금씩 내놓으면서 밑반찬은 별도 값을 더 받지 않고, 손님의 요구대로 넉넉하게 드렸다. 그 상술은 그대로 적중했다.

용문옥은 곧 손님들의 반응이 좋아 특별히 광고를 하지 않았는데도 입소문으로 미주 동부지역 동포사회에 널리 알려졌다. 용문옥을 한 번 다녀간 손님들이 또 다른 손님을 데리고 왔다. 그러자 용문옥의 고객은 재미 한인동포뿐아니라, 미국인과 다른 외국인으로 붐볐다. 하지만 세상사는 계속 좋은 일로만 이어지지 않았다. 준기가 용문옥을 개업한 지 얼마 되지 않았는데도 눈부시게 번창하자 여러 곳에서 방해와 견제가 들어왔다. 그 첫 시련은 이웃 동업 한국식당의 방해였다. "사촌이 땅을 사면 배가 아프다"라는 속담은 미국 동포사회에서도 통했다.

준기는 어느 날 영주권이 없는 한국인이 찾아와 일할 수 있게 도와달라고 하소연하기에 자신의 지난 처지를 생각하여 그를 고용했다. 하지만 이웃 한국식당의 고발로 준기는 상당한 벌금을 무는 곤욕을 치렀다. 더 큰 견제는 이웃 동업자들의 집단행동이었다. 플러싱의 한식식당들은 용문옥을 제쳐둔 채 자기네끼리 가격 담합을 하는 바람에 손님이 갑자기 뚝 끊어져버렸다. 그 밖에도 이런저런 악재가 잇따라 겹치고, 또한 뜻밖에 화재로 용문옥은 개업 1년 만에 문을 닫아야 했다.

준기 부부는 이런 악재들의 원인을 곰곰 되짚어 보았다. 골똘히 지난 일을 냉정히 되새겨 보자 그 원인은 자신들에게 있었다. 그들은 불우이웃에 대한 기부에 인색했고, 돈을 한꺼번에 왕창 벌어야겠다는 과욕이 빚어낸 결과라는 것을 깨닫게되었다. 그리고 준기는 한식 전문요리사로서 실력이 매우 부족하다는 것도 알았다. 명장 요리사는 결코 취미로서는 될 수없었다.

"이번 시련은 하늘이 우리를 한 단계 더 도약하라는 계시이에요."

순희는 준기에게 좌절하지 말라고 용기를 북돋아 주었다.

"내레 이참에 한국에 가서 한 일 년 동안 한국요리를 제대로배워 오가시오."

"같이 갑시다. 나도 한국요리를 제대로 배우고 싶어요. 어린시절 가난한 집에서 자랐기에 고급 한식을 제대로 먹어 본 적도, 만드는 법도 잘 몰라요."

준기 부부는 한국대사관을 찾아가 1년 동안 한국에서 체류할 수 있는 비자를 받아 조용히 귀국했다. 대부분 친지들에게도 귀국 사실을 알리지 않았다. 그들은 귀국 후 먼저 서점에서전국 맛집을 소개하는 책을 샀다. 그런 뒤 전국 방방곡곡에 있는 그 업소들을 순례하듯 찾아다녔다. 그러면서 그 음식의 맛을 깊이 음미하면서 카메라에 담고 주방장에게 조리의 비법을물어 배웠다.

맛집 주인이 그 비법을 공개하기 꺼려할 때는 재미동포라고 신분을 밝혔다. 그런 뒤 국내에 개업하고자 묻는 게 아니라

고 말하면 대체로 친절히 잘 가르쳐 주었다. 준기 부부는 석
달 동안 전국 소문난 맛집은 거의 다 돌아다녔다. 맛집은 특히
호남지방 쪽이 많았다. 전주, 광주, 담양, 남원, 목포, 영광 등
지에서 비빔밥, 장국밥, 산채비빔밥, 굴비백반 등 그 본고장의
맛을 보고 배웠다.

　서울로 돌아온 뒤 그제야 황재웅 병원장을 찾았다. 그새 그
의 병원은 서울 종로로 이전했다. 그는 준기 부부에게 가회동
에 있는 평양옥이 서울 장안에서는 가장 소문난 맛집이라고
소개해 주었다. 황 병원장은 평양옥의 단골로, 창업자 조혜정
여사를 오래전부터 잘 알고 있었다. 준기 부부는 황 병원장과
함께 가회동 평양옥을 찾아가 조 여사에게 큰절을 드리고 성
공비결을 물었다. 그는 평양 출신으로 뒤늦게 요리업을 시작
하여 성공한 입지전적 인물이었다.

　"요리는 예술입니다."

　조 여사의 그 한마디가 준기 부부에게는 복음처럼 들렸다.
준기는 그제야 명장이 되자면 끊임없는 공부와 노력, 그리고
자신의 솜씨를 예술의 경지로 끌어올리려는 열정이 있어야 된
다는 것을 깨달았다. 준기 부부가 곁에서 지켜보니까 조 여사
는 요리를 단순한 밥벌이 수단이 아닌, 당신 인생의 평생 친구
로, 삶의 보람으로 여겼다. 준기 부부는 조 여사의 요리에 대
한 철학을 듣고 감동하여 그 자리에서 다시 큰절을 드리고는
무릎을 꿇고 간청했다.

　"선생님, 저희를 제자로 받아 주십시오."

"미국 뉴욕에다 명품 한식집을 열려고 합니다. 그 비법을 가르쳐 주시라요."

순희에 이어 준기도 무릎을 꿇고 간청했다.

"…."

조 여사는 그들 부부의 진정성을 확인한 다음 이를 허락했다.

"매주 수요일 오전에 이곳 평양옥으로 오세요. 그날은 서울 시내 평양옥 각 분점 주방장 교육일입니다."

준기 부부는 그때부터 평양옥으로 출근하여 조 여사에게 고급 한식 요리법을 직접 배웠다. 그는 이론보다 체험에서 우러난 실습 위주로 교육했다. 첫날은 먼저 평양옥의 창업 뒷이야기와 요리철학을 강의한 뒤, 비빔밥 등 요리 실습을 했다.

조 여사는 별난 평양의 친정어머니에게, 까다로운 서울의 시어머니에게 아주 혹독한 요리 교육을 받았다. 시어머니 칠순 때 친구들이 잔칫상 음식을 맛보고 이구동성으로 말했다.

"이 좋은 솜씨를 왜 집에서 썩히고 있니?"

그는 그 말에 용기를 얻어 평양옥을 개업하게 되었다. 그때가 쉰한 살이었다. 그가 평양옥 개업을 준비하면서 가장 신경을 썼던 것은 음식의 맛이었다. 음식점은 무엇보다 맛이 좋아야 한다. 음식 맛이 좋으면 입소문으로 손님이 몰려오기 마련이다. 그는 평양옥을 개업하면서 음식 메뉴를 정하는 데 대전제는 평소 자기가 가장 잘 만들 수 있는 메뉴를 선정했다. 그리고 일단 음식의 종류가 많지 않게 단순화시켰다. 메뉴 선정을 두고 여러 날 고민하던 중 문득 어린 시절 고향의 맛, 곧 서울과 평양 고유의 음식을 재현하고 싶었다.

그가 개업 당시 수많은 음식 중에서 주 메뉴로 골라낸 것은 비빔밥과 만둣국, 그리고 평양냉면 세 가지였다. 비빔밥은 별로 마땅하게 먹을 것이 없을 때 한 끼 간단히 들 수 있는 음식으로, 밥 위에 얹을 재료들만 미리 준비해 두면 손님이 한꺼번에 몰려와도 감당할 수 있었다. 하지만 여느 한식점에서 먹는 비빔밥과는 달라야 했다. 그래서 그는 어릴 적에 집에서 자주 먹었던 비빔밥의 기억을 더듬었다.

비빔밥의 밥은 질지도 되지도 않도록 고슬고슬하게 짓고, 쇠고기는 잘게 다져 볶고 전유어를 부쳐서 가늘게 채를 썰었다. 거기에 그 철에 구할 수 있는 각종 나물들을 볶거나 무쳐 넣고 다시마튀각을 잘게 부수어 위에 뿌렸다. 그 다음 무엇보다 중요한 고추장 만들기였다. 비빔밥에 넣은 나물과 전들에 조금씩 양념이 되어 있기에 고추장은 너무 맵거나 짜지 않게 마늘·파·참기름·깨소금 등 양념을 넣어 따로 만들어 두곤 입맛에 따라 양을 조절케 했다. 조 여사는 한식 비빔밥에 이어 준기 내외가 가장 관심이 많았던 평안도 지방의 음식과 평양냉면에 대한 강의와 실습도 했다.

평안도 동쪽은 산악지대로 험하지만 서쪽은 바다와 넓은 평야지대로 해산물도, 곡식도 풍부하다. 예로부터 평안도는 중국과 교류가 많아 대륙적인 기질로 사람들의 성품은 진취적이고, 스케일이 크다. 따라서 평안도 음식은 먹음직스럽게 크게 만들고 양도 푸짐하다. 평안도 음식 중에는 메밀로 만든 냉면과 만두 등 가루로 만든 게 많다. 겨울에는 매우 추운 탓으로 육류 음식을 즐기며, 콩과 녹두로 두부나 부침개를 즐겨 만든다. 음식의 간은 대체로 심심하고, 맵지도 짜지도 않다. 평안도 음식으로 가장 널리 알려진 것은 냉면과 만두, 녹두빈대떡 등이다.

해방 전에 평양에서 살았던 사람들은 '평양냉면'의 그 시원하고 구수한 맛을 잊지 못한다. 함흥냉면은 회냉면으로 유명한 데 견주어, 평양냉면의 핵심은 바로 시원하고 구수한 물냉면 곧 육수 맛에 있다. 원조 평양냉면의 맛은 추운 겨울밤에 사르르 얼음이 낀 동치미 국물에 말아먹는 메밀국수로 이가 시리도록 차고 시원한 맛이다.

평양냉면을 제대로 만들려면 국물, 곧 육수 맛을 그대로 재현해야 한다. 냉면의 육수는 쇠고기와 돼지고기, 닭고기를 똑같은 비율로 섞어 찬물에 넣고 끓이면서 파, 마늘, 통후추를 함께 넣는다. 고기가 무르게 삶아지면 건져 젖은 행주에 싸서 눌러 편육으로 하고, 육수는 기름을 걷어 내고 차게 식힌다. 동치미 무는 반달형 또는 길쭉하게 얇게 썬다. 오이는 반으로 갈라 어슷하고 얇게 썰어 소금에 절였다가 기름에 살짝 볶는다. 배는 껍질을 벗겨 납작하게 썬다. 달걀은 노른자가 중심에 가도록 삶아 반으로 가른다. 눌러놓은 편육을 얇게 썬다. 차가운 육수와 동치미 국물을 합한 다음 식초, 소금, 설탕으로 간을 맞춘다. 꾸미와 육수 준비가 다 되면 물을 넉넉히 끓여 냉면 국수를 헤쳐 넣어 심이 약간 남을 정도로 잠깐 삶아 찬물에 여러 번 헹군다. 그런 다음 1인분씩 사리를 지어 채반에 건져 놓는다. 대접에 냉면사리를 담고 위에 편육 등 꾸미를 고루 얹은 다음 육수를 옆에서 살며시 부어 상에 올린다. 그때 따로 매운 맛을 내는 겨자즙, 설탕, 식초 등을 곁들여 낸다.

준기 부부는 이 밖에도 만둣국 만드는 법, 녹두빈대떡 부치는 법 등, 석 달 동안 매주 수요일마다 평양옥에서 조 여사한테 직접 강의와 실습을 받았다. 그래도 요리 강습이 부족하여 다시 여섯 달 동안 평양옥 주방에서 요리사로 일했다. 준기 부부가 6개월 동안의 실습기간이 끝나자 조 여사가 말했다.

"그만하면 됐소. 모든 음식은 만드는 이의 사랑과 정성이 듬뿍 담긴 손끝에서 우러난 손맛이오. 아무쪼록 잔꾀 부리지 말고 성실하게 열심히 밥집을 운영하면 아마 미국에서도 성공할 수 있을 거요."

준기 부부는 조 여사에게 요리사로 합격 판정을 받자 뛸 듯이 기뻤다. 그들 부부는 미국으로 출국하기 전 항공권 예약이 순조롭지 않아 일주일 정도 여유가 있었다. 그들은 그 참에 친지와 친구들을 만났다.

준기는 이 세상 많은 분에게 빚을 졌지만 그 누구보다 남진수 독전대장을 빠뜨릴 수 없었다. 준기는 그에게 큰 감동과 빚을 지고 산다는 느낌으로 늘 마음이 무거웠다. 준기가 그 이야기를 순희에게 하자, 그 역시 그렇다고 했다.

"우리가 남 대장 돌아가신 곳을 찾아뵌다고 속죄할 수는 없을 테지만 기래도 요번 기회에 찾아봅시다."

"사실은 나도 그분에게 큰 죄의식을 지니고 있어요."

출국 사흘 전, 그들 부부는 가벼운 차림으로 오대산 동피골을 찾아갔다. 그새 그 일대는 산림이 매우 우거져 천연동굴을 찾느라 꽤 헤맸다. 마침내 남 대장과 함께 은신했던 천연동굴을 찾아 거기에서 아래 계곡을 바라보며 깊은 묵념을 드렸다.

'너들 사는 모습 보니까 내레 흐뭇하다야. 아무튼 열심히 살라.'

남 대장이 흐뭇이 웃는 모습이 그려졌다.

미국에 도착하자마자 순희가 제의했다.

"우리 이참에 플러싱을 떠나 맨해튼으로 가요."

"머이, 맨해튼으로? 거기서 개업하려면 돈이 수태 들 거야요."

"'하늘은 스스로 돕는 자를 돕는다'고 했지요. 우리 한식은 맨해튼으로 가면 안 되나요. 미국의 역사는 5백 년도 되지 않는데, 우리나라 한식의 역사는 자그마치 반만년이에요."

"당신은 언제나 나보다 배포도 크고, 앞도 잘 내다봅니다. 까짓것 우리 한번 도전해 봅시다. 맨해튼에서 크게 시작하자면 아무래도 주방과 홀에 사람이 더 필요하지요. 우리 존 부부를 불러다 룡문옥 매니저로 씁시다."

"네?"

"걔들이 아주 착하고 성실하더라구요."

"당신이 걔네까지 생각해 줘 고마워요."

"기런 말 마시라요. 다 우리 자식이 아니요."

"하긴 요즘 걔네가 무척 힘이 드나 본데… 그래도 그들 자존심이 허락할지."

"내레 걔들의 의사를 물어보지요."

준기는 주말에 찾아온 존 부부에게 정식으로 같이 일할 것을 제의했다. 그러자 그들도 한식 레스토랑은 매우 흥미 있는 사업이라고 깊이 생각해 보겠다고 하더니 다음 주에 만나자 쾌히 승낙을 했다.

1987년 봄, 마침내 준기 부부는 맨해튼 매디슨 가에다 한식집 용문옥 간판을 내걸었다. 개업 자금은 주로 순희가 끌어들였다. 순희는 그동안 미국에서 성실하게 산 까닭에 동포들뿐아니라 미국인에게도 많은 신뢰를 받고 있었다. 순희의 개업자금 모금에 꽤 여러 동포가 출자했고, 나머지 부족한 돈은 준기가 이따금 나가는 뉴욕 이북도민회, 평안도민회에서 소문을 듣고 소매를 거둬 줬다.

준기는 뜻밖에도 이곳 뉴욕 이북도민회에서 지난날 다부동 전선 전우였던 윤성오 상등병을 다시 만났다. 그는 1966년 동대문 옆 창신동에서 목사로 만난 뒤 꼭 21년 만이었다. 윤 목사는 1970년대 초에 미국인 선교사의 도움으로 이민 온 뒤 뉴욕 브루클린에서 목회활동을 하고 있었다.

윤 목사는 준기의 개업 자금이 부족한 줄 알고 재미동포들에게 그 사정을 널리 광고하여 모금해 주었다. 대부분 이북 실향민들은 미국 이민생활에서도 악착같이 산 탓인지 알부자들이 많았다. 아마도 맨주먹으로 38선을 내려왔기 때문에 그런 모양이었다. 그들은 준기의 성실성을 알고 예상 외로 큰돈을 투자했다. 언저리 사람들의 도움으로 가장 큰 장애물인 개업 자금이 해결되었다.

순희는 용문옥 실내장식을 모두 한국의 들꽃과 열매로 꾸몄다. 손님이 용문옥에 들어서면 한국의 여느 양반집 안방에 앉아 있는 착각에 빠지도록 그렇게 실내 장식을 꾸몄고, 용문옥 안팎 빈 공간에는 한국의 꽃나무로 심었다. 또 용문옥 실내는 가곡이나 가야금이나 해금 소리가 은은히 울리게 했다.

미국에 사는 동포들이 용문옥에 오면 마치 고국 고향집을 찾아온 느낌을 가질 수 있게 했다. 외국인이 용문옥에 오면 한국의 여염집을 찾아온 것처럼 꾸몄다. 하지만 준기 부부의 맨해튼 상륙작전은 시련의 연속이었다.

개업 초기에는 뉴욕 이북도민회, 평안도도민회, 윤성오 목사 교회의 신도회 등에서 적극으로 도와줘 반짝했지만 연고 손님은 한계가 있었다. 새로운 손님, 곧 한인 외 미국인이나 다른 외국인들을 끌어들여야 했다. 거기에는 커다란 벽이 있었다. 그렇다고 적은 밑천으로 신문이나 방송에 광고를 할 수도 없었다. 뉴욕 용문옥은 막대한 투자에 견주어 수입이 별로 신통치 않아 개업 일 년이 지날 무렵에는 파산 직전에까지 몰렸다. 그런데 구세주는 뜻밖에도 아들 존이었다.

존은 어린 시절부터 농구를 좋아했다. 시카고 고교시절에는 한때 농구선수로 활약하기도 했다. 그래서 자신의 고향인 시카고를 연고지로 하는 미국 프로농구팀 시카고 불스의 열성팬이었다. 존은 노스캐롤라이나 대학을 다녔는데, 농구선수 마이클 조던은 그의 대학 후배였다. 1984년 마이클 조던이 시카고 불스에 입단하여 좋은 성적을 내자 열성팬인 존은 그를 응원코자 일부러 비행기를 타고 원정 경기장으로 가기도 했다. 그러자 개인적으로 마이클 조던과 식사도 할 만큼 아주 친한 사이였다.

존은 마이클 조던이 원정경기로 뉴욕에 왔을 때 그를 용문옥에 초대하여 정성껏 접대했다. 그때 마이클 조던은 한국 음식, 특히 불고기 맛에 매료되어 '원더풀!'을 연발했다. 그날 이후 마이클 조던은 뉴욕 경기가 있을 때 이따금 한두 동료들과 조용히 용문옥을 찾아왔다. 그때마다 준기 내외는 지성껏 그를 접대했다. 이런 사실이 한 언론에 가십으로 나가자 갑자기 손님이 폭발적으로 늘어났다. 그 조그마한 가십 기사는 몇 백만 불짜리 광고보다 더 큰 위력을 발휘했다. 준기가 존을 용문옥 매니저로 앉힌 것은 기막힌 묘수였다.

준기는 용문옥 실내에 장애인을 위한 특별실을 만들었다. 용문옥 바깥문에서 거기로 가는 통로는 휠체어가 지나갈 수 있게 넓히는 등 조그마한 불편함도 없도록 세심한 배려했다.

그리고 용문옥 수입의 3퍼센트를 장애인 단체에 정기적으로 꼬박꼬박 기부하는 한편, 계산대 옆에 불우이웃돕기 성금 저금통을 마련하여 매월 말일에는 그 성금을 자선단체에 보냈다.

어느 하루 미8군 출신의 한 칼럼니스트가 장애인 아들과 용문옥에 와서 한식을 먹고 갔다. 그는 한국에서 먹었던 지난 날 코리언케첩(고추장)을 토마토케첩으로 알아 잘못 먹고는 혼이 나 눈물 흘린 추억을 이야기하며 용문옥에 마련한 장애인 특별실에 찬사를 아끼지 않았다.

그 며칠 뒤 그는 이런저런 한식 이야기를 한 신문에 칼럼으로 소개했다. 그러자 미담을 좋아하는 미국 손님들이 계속 줄을 이었다. 그래서 용문옥은 동부 미국인뿐 아니라 다른 지역의 미국인도 뉴욕에 오는 경우 일부러 들러 가기도 했다. 유엔에 파견된 북한 대표부까지도 이따금 들렀다. 용문옥은 곧 뉴욕의 새로운 명소가 되었다. 준기 부부는 수입이 많아지는 대로 그에 비례하여 기부액을 늘렸다. 그러자 그만큼 수입도 따라 늘어났다.

개업 이듬해에는 88서울올림픽이 열렸다. 서울올림픽 열기는 뉴욕 맨해튼 용문옥에도 크게 영향을 미쳤다. 올림픽 기간 용문옥은 한국인뿐 아니라 외국인 고객들로 늘 북적거렸다. 어떤 손님은 기다리다 못해 그냥 돌아가기도 했다. 이런저런 일들이 입소문으로, 가십으로 계속 보도되자 그때부터 맨해튼 용문옥은 미국 동부지방 최고의 한식집으로 알려졌다. 워싱턴 일대에 사는 동포들이 용문옥 분점을 권유했다. 그러자 순희가 제의했다.

"금오산 아홉산골짜기 해평 할머니가 '고사리도 제때에 꺾어야 한다'고 했어요. 기회는 자주 오지 않아요. 우리 워싱턴에도 룡문옥 분점을 냅시다."

"좋습니다."

1993년에 개업한 워싱턴 케이스트리트의 용문옥 분점은 뉴욕 용문옥의 이름 탓인지 단시간에 궤도에 올랐다. 이번에는 순희가 워싱턴 용문옥 지배인은 한국에 있는 영옥이를 데려다 앉히자고 제의했다.

"고맙습니다. 내레 걔에게 늘 죄진 마음으로 살았는데…."

"당신이 먼저 존 부부를 지배인으로 썼잖아요."

준기 부부는 영옥이를 미국으로 불렀다. 준기 내외는 뉴욕 용문옥은 아들 존에게, 워싱턴 용문옥은 딸 영옥에게 지배인 직을 맡겼다. 그들 부부는 번갈아 뉴욕과 워싱턴을 오가며 두 곳을 관리했다. 준기는 미국 이민 16년 만에 마침내 아메리칸 드림을 이루었지만 어딘가 허전하고 심장이 저렸다. 그것은 두고 온 고향과 어머니에 대한 그리움 때문이었다.

21
평양

1988년 3월, 뉴욕에 '이산가족찾기위원회'가 발족했다. 이 기구는 뉴욕에 사는 몇 동포들이 순수한 민족애로 북에 고향을 둔 이산가족들의 생사 여부를 알아보고자 만들었다. 마침 윤성오 목사도 준비위원으로 참여하고 있었다. 준기는 윤 목사에게 이 위원회의 발족 소식을 듣고 창립총회에 참석했다.

준기는 무엇보다 재미동포 이산가족찾기위원회와 북측 해외동포위원회의 합의사항 가운데 "이산가족의 과거는 불문에 붙인다"라는 대전제가 그의 마음을 편케 했다. 준기는 창립총회 날 그 자리에서 약간의 후원금과 함께 북의 가족을 찾는 신청서를 냈다. 준기는 일 년 만에 이산가족찾기위원회 측으로부터 고향집에 어머니가 동생 철기 내외와 함께 살고 있다는 반가운 소식을 들었다. 하지만 용문탄광에서 일하시던 아버지는 퇴직한 뒤 1983년 일흔다섯 살로 돌아가셨다는 슬픈 소식이었다. 이산가족찾기위원회 실무자들은 계속 북한을 오갔다. 준기는 이들 편에 어머니에게 편지와 용돈도 보냈고, 동생 철기가 쓴 답장도 받았다.

1993년 10월, 북녘 문화예술인들이 뉴욕에 왔다. 윤 목사는 그들을 용문옥으로 데려왔다. 준기는 고향사람을 만나는 반가운 마음으로 그들에게 만찬을 베풀었다. 준기는 그들이 돌아갈 때 약간의 후원금도 기부했다.

그 이듬해 준기 부부가 윤 목사의 권유로 고향 방문을 신청하자 1995년 여름 북측에서 비자가 나왔다. 아마도 지난날 문화예술인들을 후하게 접대하고 후원한 탓이었나 보다. 곧 준기 부부는 뉴욕에서 베이징으로 날아간 뒤 평양행 고려항공기를 갈아탈 수가 있었다.

1995년 8월 5일, 마침내 준기 부부는 베이징 공항에서 오전 11시 30분발 평양행 고려항공기에 올랐다. 기내 어귀에서 빨간 투피스를 입은 여승무원들이 활짝 웃으며 인사했다.

"안녕하십니까?"

"예. 반갑습니다."

승무원 인사말에 순희가 답례를 했다. 준기는 그 인사말에 정말 고향집 가는 비행기에 오른 기분에 젖었다. 곧 기내에서는 〈반갑습니다〉라는 노래가 그들 부부를 새로운 세계로 이끌었다. 준기의 고향집 가는 길은 참으로 긴 여정이었다. 가까운 길을 두고서 한국에서 미국으로, 다시 중국으로 간 뒤 북한행 비행기에 올랐다. 준기는 마치 꿈을 꾼 듯 눈이 황홀하기도 하고, 귀가 멍멍하기도 했다. 하지만 준기는 고향집 가는 길이 무척 조심스러웠다. 준기는 45년 전 고향 구장역에서 열차를 타고 떠나올 때 "이 오마니는 눈을 감을 때까지 너를 기다리가서"라고 하던 어머니 모습과 말씀이 어제 일처럼 다가왔다.

조선민항 고려항공기가 베이징공항 활주로를 이륙했다. 여객기가 고도에 진입하자 곧 여승무원이 수레에다 여러 가지 음료수를 싣고 왔다. 준기 부부가 망설이자 승무원은 배단물을 권했다. 그것을 마시자 배 맛에 사이다 맛으로 입안이 산뜻했다. 이어 기내식이 나왔다. 오랜만에 먹는 고국의 밥이 아닌가. 기내식은 도시락으로 맛이 아주 담백했다. 승무원은 준기 부부의 차림과 행동이 여느 손님과 달라 보였는지 가까이 다가와 순희에게 물었다.

"손님, 무슨 일로 평양에 가십니까?"

"신행 가요."

"네에?"

승무원 눈동자가 커지며 깜짝 놀랐다.

"휴전선 때문에 이렇게 늦었네요."

"아, 네. 기러세요. 어데서 오십니까?"

"미국에서 왔어요."

"아주 멀리서 오셨구만요."

승무원은 계속 놀란 표정이었다. 준기가 불쑥 끼어들었다.

"결혼 후 처음으로 고향집 가는 길이야요."

"오마나! 매우 귀하신 려행이십니다."

"기런 셈이지요."

"오마니께서 아주 반가워하시겠습니다."

"아마 기러실 겁니다."

"손님, 지금 기분이 어떠십니까?"

"비행기를 탄 기분입니다."

"지금 비행기를 타셨지 않습니까?"

"기래서 비행기를 탄 기분이라고 했지요."

"아무쪼록 즐거운 고향 방문 려행이 되십시오."

"고맙습니다."

기내 창으로 밖을 내다보자 고려항공기는 어느새 조중 국경선을 넘어 신의주 상공에 접어들었다. 준기로서는 자나 깨나 그리던 고국강산이 아닌가. 준기의 심장은 요동쳤다. 그러자 순희가 미리 준비한 신경안정제 약을 꺼냈다. 준기는 그 약을 입에 넣고 생수를 마셨다. 조금은 감정이 가라앉는 듯했다. 곧 여승무원이 우리말과 영어로 안내방송을 했다.

"우리 비행기는 지금 신의주 상공을 날아가고 있습니다. 잠시 뒤 우리 비행기가 평양공항 땅에 닿을 것이니, 손님 여러분은 지금 바로 안전띠를 매야겠습니다. 현재 평양의 기온은 섭씨 29도이고 날씨는 매우 맑습니다. 그럼 손님 여러분의…."

그 방송에 준기는 상기되어 있었다. 45년 만의 귀향이 아닌가. 준기는 북받치는 감정을 자제하고자 눈을 지그시 감았다. 마침내 고려항공기가 평양공항 활주로에 닿으면서 언저리 산천이 기내 창밖에 펼쳐졌다.

미루나무, 버드나무, 소나무, 아카시아나무… 벼가 익어 가는 논, 콩밭, 옥수수밭, 그리고 어디선가 울려오는 듯한 매미 소리….

준기는 평양공항이 아니라 남녘 여수나 원주공항에 내리는 것 같은 착각에 빠졌다. 평양공항 청사 위에 김일성 주석의 사진만 없다면 남녘의 여느 중소도시 공항과 조금도 다름이 없는 언저리 풍경이었다.

준기는 비행기에서 내려 고국 땅을 밟았다. 활주로에서 조금 떨어진 공항청사 위에는 '평양', 그리고 대형 김일성 주석 초상, 'PYONGYANG'이라는 붉은 글씨가 일렬로 새겨져 있었다. 준기는 만감이 교차했다. 순간 울컥한 감정이 북받쳐 왈칵 눈물이 쏟아지려고 했다. 하지만 준기는 그런 감정을 극도로 자제했다. 준기는 평양공항 청사로 걸어가면서도 현실이 아닌 꿈만 같아 계속 언저리를 두리번거리며 심호흡을 했다. 준기가 내린 곳은 분명 평양이요, 현실세계였다. 준기에게는 45년 만에 다시 밟아 보는 조국 땅이었다. 공항 활주로에는 다른 나라 비행기들은 거의 눈에 띄지 않았다. 평양공항은 활주로뿐 아니라 청사도 매우 고즈넉했다. 공항청사에서 입국수속을 마치고 대기실로 나오자 두 사람이 손을 내밀며 활짝 웃고 있었다.

"김준기 선생 내외분이십니까?"

"네. 그렇습니다."

"해외동포위원회 리동구입니다."

"홍남표입니다."

준기 부부는 그들이 내민 손을 잡았다.

"저희 부부를 초청해 주셔서 고맙습니다."

"두 분의 고향 방문을 진심으로 환영합니다."

준기 부부는 해외동포위원회 북녘 두 선생에게 거듭 고맙다고 인사했다. 두 북녘 선생들은 볕에 그을린 탓인지 얼굴도 까맣고 손도 까칠했다. 준기는 어머니나 동생들이 공항에 마중 나오지 않았을까 하여 공항청사에서 계속 언저리를 포로수용소 서치라이트처럼 두리번거렸다. 하지만 준기의 가족은 보이지 않았다. 준기의 마음은 부풀었던 고무풍선이 펑 터진 기분이었다. 하지만 준기는 혀를 깨물며 극도로 감정을 자제했다. 45년 만의 고향 방문, 부모 상봉이 그렇게 쉽게 이루어지겠는가. 그래도 자기는 선택받은 사람이다. 고향 방문을 먼저 한 윤성오 목사가 출국 전에 충고한 말이 새삼 떠올랐다.

"그저 그들이 하자는 대로 느긋하게 기다리라요."

준기는 그 말을 곱씹으며 공항청사를 빠져나갔다. 청사 바깥은 더운 열기와 함께 가까운 숲 속의 매미가 준기 부부의 고향 방문을 환영하는 듯 요란하게 울부짖었다.

"경험은 지혜의 어머니다"라는 말이 있다. 먼저 고향 방문을 하고 돌아온 윤성오 목사는 준기 부부에게 북녘에서 지켜야 할 언행에 대해 자세하게 얘기해 줬다. 그는 북녘에서는 불만사항이 있더라도 일단 그쪽 스케줄에 따르면서 조용히, 그리고 천천히 자기 의사를 말하라고 주의를 단단히 주었다. 그의 말은 준기 부부에게 금과옥조였다. 만일 윤 목사에게 그 말을 듣지 않았더라면 공항청사에서 준기는 불만을 터뜨렸을 것이다. 그랬더라면 자칫 평양까지 와서 가족 상봉 일을 그르칠지도 몰랐다.

준기 부부는 윤 목사가 들려준 말을 마음속으로 되새기며 북녘 안내원의 처분만 기다렸다. 45년 만에 고향을 찾아왔건만 어쨌든 준기 부부는 그들에게 손님이었다. 손님은 주인의 말에 따라야 하고, 로마에 가면 로마법을 따라야 실리를 얻을 수 있다.

북녘 두 선생은 리동구가 해외동포위원회 선임이고, 홍남표는 그 차석인 모양이었다. 홍 선생은 준기 부부의 가방을 뺏어 공항 주차장 승용차 짐칸에 싣고는 핸들을 잡았다. 평양공항에서 평양 시내로 가는 길은 한산했다. 달리는 승용차 차창 밖에는 준기가 어린 시절 눈에 익었던 붉은 흙, 소나무, 아카시아, 옥수수, 잔디밭, 오솔길, 콩밭, 벼가 익어 가는 논들이 보였다. 승용차가 교통신호로 잠시 섰을 때는 어디선가 매미소리도 들렸다. 그리고 큰길 옆에는 자전거를 타고 가거나 보도에는 걸어가는 평양시민들도 띄엄띄엄 보였다.

준기는 갓길에서 자전거 앞 짐칸에다 아이를 태우고 지나가는 이를 바라보면서 어린 시절 아버지를 추억했다. 준기 아버지는 자주 자기를 그렇게 태워 주곤 했다. 곧 학교 건물이 보였고, 그리고 산등성이 시골집 굴뚝에서는 밥을 짓는 연기가 모락모락 피어오르고 있었다. 준기는 소학교, 중학교 다닐 때 두어 차례 평양을 다녀간 적이 있었고, 한국전쟁이 일어난 뒤 인민군 입대 후 전선으로 가는 길에도 평양을 지나간 적이 있었다. 그때의 평양과는 전혀 딴 모습이었다. 지난날 평양의 수많던 기와집은 한 채도 보이지 않았다.

"숱한 기와집들은 어드러케 된 겁니까?"

"미제 쌕쌕이들이 조국해방전쟁 때 평양을 아주 불바다로 만들었지요. 기때 모조리 불타 버렸습니다. 위대한 우리 수령님께서는 잿더미가 된 평양을 이처럼 다시 건설한 겁니다."

승용차 앞자리에 앉은 리 선생이 준기의 질문을 기다렸다는 듯이 궁금증을 시원하게 속사포처럼 풀어주었다. 당시 한국전쟁에 참전한 미 해군소장 스미스는 "밤낮 없이 폭격했다. … 그것은 아마도 한 도시에 이루어진 함포공격이나 공중폭격으로 역사상 최장 시간이었을 것이다. … 원산에서는 길거리를 걸어 다닐 수조차 없었다. 24시간 내내 어느 곳에서도 잠을 잘 수가 없었다. 잠은 곧 죽음을 의미했다"라고 말했다.

또 다른 이는 한국전쟁 당시를 증언하는데, 유엔군 측은 정전회담에 공산군 측을 끌어들이고자 1952년 7월 11일과 12일 평양에 대규모 공습을 감행했다. 첫 공습에서 2천 명이 사망하고, 4천 명의 부상자가 발생했다. 그래도 공산군 측이 정전협정에 순순히 응하지 않자 미군은 '압력펌프작전'이라는 암호명으로 더욱 북폭을 강화했다. 그해 8월 미군은 평양을 비롯한 북한의 78개 도시와 마을을 집중 폭격하는 초토화 작전을 전개했다. 8월 29일 평양 폭격에서는 6천 명이 사망하였다. 그해 10월로 들어서자 폭격 목표물을 삼을 만한 도시와 산업시

설들이 더 이상 남아 있지 않을 정도였다고 말했다. 그래서 한국전쟁 정전 무렵 북한은 석기시대로 돌아갔다는 말이 나돌기도 했다.

이윽고 준기 부부를 태운 승용차가 평양 시내 중심가로 접어들자 아파트와 같은 우람한 건물은 보였지만 역시 거리는 한산했다. 곧 텔레비전에서 이따금 보았던 개선문, 천리마 동상, 만수대 의사당 등이 눈에 띄었다. 도로 옆 우람한 건물에는 '김일성 원수님 고맙습니다' '영광스러운 조선로동당 만세!' 등의 플래카드가 펼쳐 있었다. 승용차가 평양 시내를 가로지른 뒤 북녘 선생이 안내한 곳은 창평거리에 있는 고려호텔이었다. 리 선생은 대외연락부 부위원장이 특별히 이곳으로 숙소를 정해 주셨다고 말했다.

"감사합니다. 부위원장께 감사하다는 말씀 꼭 전해 주시라요."

준기는 고개 숙여 감사의 뜻을 전했다. 북녘 두 선생은 호텔 수속을 도와준 뒤 객실 열쇠를 건네주며 말했다.

"긴 려행으로 피로하실 텐데 저녁밥 시간까지는 푹 쉬시라요."

"기러겠습니다."

"배려에 감사합니다."

홍 선생은 객실 앞까지 짐을 날라 주었다. 준기 부부가 묵을 객실은 고려호텔 20층으로 평양 시가지가 한눈에 내려다보였다. 평양은 사회주의 국가 수도답게 철저한 도시계획 아래 건설된 도시로, 건물 사이에는 드문드문 녹지도 있었지만 서구의 도시와 같은 현란함이나 다양성은 부족해 보였다. 북녘 선생들은 저녁 6시에 오겠다고 약속한 뒤 떠났다.

그들이 떠나자 준기는 잔뜩 쌓였던 긴장이 풀렸다. 순희도 안도의 긴 숨을 쉬었다. 하지만 그들은 꼭 필요한 말 외에는 침묵으로 일관했다. 그래야만 가족을 만날 수 있다고 윤 목사에게 단단히 사전 교육을 받았다. 준기 부부는 객실에 짐을 푼 뒤 몸을 씻고 간편한 옷으로 갈아입었다. 6시 정각 초인종이 울렸다. 북녘 두 선생이었다. 준기 부부는 그 시간에 맞춰 이미 나들이옷으로 갈아입고 대기하고 있었다. 객실 문을 열자 두 선생이 활짝 웃으며 들어왔다.

"이제 조국의 품으로 돌아오셨는데 긴장치 마시라요."

"알갓습니다."

준기는 대답은 하였지만 '긴장치 마시라'는 그 말에도 긴장이 되었다. 저녁은 두 선생의 안내로 고려호텔 구내식당에서 먹었다. 저녁 밥상에는 여러 가지 음료와 술이 놓여 있었다. 평양소주, 백두산들쭉술, 룡성맥주, 탄산수, 흰 포도주 등이었다. 밥상 위의 차림표를 보니 오리향구이, 낙지깨장무침, 청포랭채, 숭어단즙튀기, 고기다짐구이 등 열 가지가 넘었다. 준기 부부는 그 요리들을 하나하나 맛보면서 수첩에 메모를 했다.

"뭘 그렇게 적으시오?"

"우리가 미국에서 용문옥이란 밥장사를 합니다. 기래 조국에서 많이 배워 가려고요."

"기럼, 많이 배워 가시라요."

밥상의 술병이 비워질수록 네 사람의 대화가 차츰 부드러워져 갔다. 술은 동서고금을 막론하고 서먹한 관계를 이어 주는 촉매제였다. 하지만 준기 부부는 되도록 말을 삼갔다.

"다시 한 번 김준기, 최순희 두 분 선생의 조국방문을 진심으로 환영합니다."

몇 차례 건배가 오갔다.

평양 도착 이튿날이었다. 긴 여독과 시차로 많이 피곤할 줄 알았으나 긴장한 탓인지 일찍 잠에서 깼다. 의외로 몸도 가뿐했다. 오랜 소망이 이루어졌다는 기쁨과 휴전선 너머 조국을 찾았다는 긴장감 등이 포함된 때문일 것이다.

순희는 준기보다 먼저 일어나 거울 앞에서 화장을 하고 있었다. 준기도 세면을 한 뒤 부부는 아침 산책을 겸하여 평양 거리 구경을 하려고 호텔을 빠져나오자 호텔문을 지키는 복무(종업)원이 멀리 가지 못하게 제지했다. 준기 부부는 매우 당황스러웠다. 여행 중 아침 산책을 저지당하기는 처음이었다. 호텔 어귀에서 잠깐 거리 풍경을 살펴보았다.

이른 아침이라 대부분 학교로 가는 학생이거나 출근하는 직장인들이었다. 남녀 학생들이 목에 붉은 스카프를 둘렀다. 한 젊은 여성이 어린이를 데리고 호텔 앞을 지나갔다. 준기는 그 여성에게 접근하여 물었다.

"지금 어디 가십니까?"

"탁아소에 아이를 맡기려 갑니다."

"무슨 일을 하십니까?"

"창광 옷 공장에서 일합니다."

준기 부부는 그들 모자와 헤어진 뒤 마침 아침 식사시간이라 호텔 2층 구내식당으로 갔다. 아침밥은 자유식으로 쌀밥 외에 녹두죽, 팥죽, 흰죽이 있었다. 반찬은 주로 나물들로 고사리, 도라지, 콩나물 따위에다 봄남새말이 지짐, 낙지튀기, 닭고기 튀김도 있었다. 준기는 녹두죽을, 순희는 팥죽을 공기에 담고 큰 쟁반에 반찬들을 빠짐없이 조금씩 담아 와 하나하나 천천히 그 맛을 보았다. 순희는 봄남새말이 지짐을 들고서 감격하듯 말했다.

"반찬 이름도 예쁘고 맛도 깔끔하고 상큼해요."

순희는 반찬을 하나하나 입에 넣을 때마다 그 맛에 감탄했다. 준기는 그 반찬들을 모두 카메라에 담았다.

"이번 여비는 매끼 음식 맛보는 것으로 뽑을 것 같아요."

"기러게 말입니다. 몇 가지는 만드는 법까지 배워 가서 우리 용문옥 일품요리로 씁시다."

그들이 구내식당에서 일하는 복무원들에게 반찬 조리법을 물어 배우고 있는데 북녘 두 선생이 왔다.

"안녕히 주무셨습니까?"

"네, 선생들도 잘 주무셨는지요."

"기럼요. 조금 전 방으로 전화했더니 받지 않아 요기로 왔습니다."

"바깥에 잠깐 산책 나왔다가… 곧장 식당으로 왔습니다."

"앞으로 자유행동은 삼가시라요."

"알갓습니다."

준기는 순간 뜨끔했다. 서로 다른 체제에 길들여진 이질감을 다시 느꼈다. 손님은 주인의 말을 따르는 게 원칙이요, 예의다. 준기는 군말을 하지 않고 꾹 참았다. 만일 서울이나 서방세계라면 기자들이 준기 부부의 45년 만의 고향 방문을 요란하게 보도하며 법석을 떨었을 것이다. 하지만 북녘 사회에서 이 정도로는 뉴스거리가 되지 않는 듯했다. 북녘 두 선생도 거기서 함께 아침밥을 들었다.

준기 부부는 4박5일 고향 방문 일정으로 북한에 입국했지만, 세부 일정은 자세히 몰랐다. 그들 부부는 첫날 공항에서 북의 가족들을 으레 만날 줄 알았고, 떠날 때까지도 가족들과 줄곧 함께 지내는 줄로 알았다. 하지만 북녘에서는 그들 부부도 다른 고향방문단의 한 일원처럼 이미 북한 당국이 정해 놓은 통상 일정에 따랐다. 그 방문일정 가운데 준기 부부에게는 특별히 하룻밤 가족상봉이 허용된다는 것을 도착 이튿날 아침에야 북쪽 선생을 통해 비로소 알았다.

"오늘 두 분은 평양을 둘러보신 후 내일 묘향산으로 갑니다. 거기 향산호텔에서 선생 가족이 기다리고 있을 겁니다."

리 선생이 말했다.

"아, 기래요. 고맙습니다."

준기는 그 말에 고개를 숙이며 깍듯이 대답했다. 평양까지

와서 잠시라도 빨리 어머니가 보고 싶었지만 그렇다고 아이들처럼 칭얼대며 보챌 수도 없는 일이었다. 그동안 40년을 넘게 기다렸는데 하루를 더 기다리지 못하랴.

"교통편은 무엇입니까?"

"자동차로 갑니다."

"네? 난 렬차를 타고 가는 줄 알았습니다."

준기가 아쉬운 듯 말했다. 준기는 고향 구장역에서 열차를 타고 평양으로 다녔던 만포선의 추억이 머릿속에 아련했다. 이번 고향 방문에도 만포선 그 열차를 타고 가면서 지난날 추억에 대한 회포를 풀 줄 알았다.

"렬차를 타고 평양서 묘향산까지 가려믄 하루 종일 걸립니다. 선생의 편의를 위해 자동차로 가는 겁니다."

"아, 그렇습니까?"

준기가 다소 아쉬운 빛을 보이자 리 선생이 말했다.

"우리 조선 속담에 이런 말이 있지요. '첫술에 배부르랴.' 다음에 오실 때는 립국 전에 미리 렬차로 신청하시라요."

"오히려 잘됐습니다. 새로 닦은 고속도로를 달려 보는 것도 또 다른 고향 방문 추억거리를 만드는 일이지요. 시간도 절약하고요."

순희는 리 선생의 말에 얼른 자기가 나서 대답한 뒤 준기의 허벅지를 꼬집었다. 준기 부부가 평양에서 하룻밤 지내면서 느낀 점은 북녘 사회는 개인의 사생활은 사회 전체 문제에 파묻혀 있다는 것을 알았다. 그래서 북녘에서는 조국을 방문하는 해외동포들에게 그들 사회의 우월성을 보여주는 데 중점을 두고 미리 선별한 극히 일부 사람에게만 가족면회를 허용하는 듯했다. 이로 미루어 볼 때 김준기 부부의 고향 방문은 매우 이례적으로 특별대우였다.

그날 일정은 매우 팍팍했다. 준기 부부가 탄 승용차가 평양 시가지를 지나자 밖은 온통 버드나무로 덮였다. 예로부터 평양을 '유경(柳京)'이라 하였다고 할 만큼 평양은 가는 곳마다 버드나무가 우거졌다. 대동강 강가에도 온통 버드나무 가지가 휘휘 늘어져 있었다. 그 버드나무 가지 사이로 대동강은 겨레의 아픔을 아는지 모르는지 그저 아무런 말없이 천천히 흐르고 있었다.

그날 오전은 만경대와 평양산원을 둘러보았고, 오후에는 개선문과 평양 지하철, 그리고 만경대학생소년궁전을 살펴보았다. 특히 학생소년궁전에서 어린 소녀들이 무용을 연습하는 모습은 마치 나비들이 춤을 추는 양 마냥 깜찍하고 귀여웠다. 하기는 세계 어느 나라 어린이치고 예쁘고 사랑스럽지 않으랴. 하지만 북녘이 한껏 자랑하는 평양산원에서 본 산모의 핏기 없는 얼굴은 준기 부부의 가슴을 아프게 했다.

22
묘향산

평양 도착 사흘째로 준기 부부가 북의 가족을 만나는 날이었다. 그날 아침도 두 선생은 고려호텔로 왔다. 준기 부부는 그들과 함께 아침밥을 먹은 뒤 오전 8시 30분 승용차로 고려호텔을 출발했다. 잠깐 새 승용차는 평양 시가지를 벗어나 평양-묘향산 간 고속도로로 접어들었다. 고속도로에는 오가는 차들이 거의 없었다. 준기는 비로소 눈에 익은 조국의 산하가 펼쳐졌다. 고속도로 옆 넓은 들에는 벼이삭이 한창 패고, 옥수수도 한창 여물고 있었다.

준기가 차창 밖 벼가 자라는 논둑을 바라보자 거기에는 콩이 다닥다닥 심겨 있었다. 어린 시절에 본 벼논 그대로였다. 동구 어귀에는 하늘 높이 수양버드나무가 치솟았고 언저리 밭에는 고추밭이 있었다. 머리에 흰 수건을 쓴 아낙네가 밭고랑에서 붉은 고추를 따다가 도로에 지나가는 차를 향해 손을 흔들었다. 동구밖 느티나무 아래에는 누런 황소가 되새김질을 하며 꼬리로 파리를 쫓았다. 평양-묘향산 간 고속도로 언저리 산과 강, 그리고 들판과 마을을 보니 준기는 45년의 지난 세월이 그대로 정지한 듯 눈에 선했다. 그런데 도로 옆 산은 나무가 거의 없는 벌거숭이였다. 들판 논의 벼도, 산비탈 옥수수도 제대로 자라지 못했다.

"산에 나무가 없습니다."

"조국해방전쟁 때 미제 쌕쌕이들이 폭탄을 마구 쏟아 이러케 발가숭이가 된 거야요. 한번 황무지가 되니까 여간해서 숲이 우거지지 않는구만요."

앞자리 리 선생의 대답이었다.

"내레 전해 듣기로는 조국해방전쟁 때 북조선에는 남아 있는 게 아무것도 없었다 하더만요."

"기럼요, 미제는 정전회담이 자기네 마음대로 되지 않자 북조선의 온 도시마다 폭탄을 마구 뿌렸지요. 게다가 매가두(맥아더)란 놈이 원자탄을 터뜨린다는 말에 우리 인민들은 날마다 공포 속에서 살아시오."

리 선생이 그때를 회상하며 목청에 핏대를 세웠다. 준기는 그 얘기를 듣자 동대문시장 지게꾼 시절에 만난 함경도 출신 한 포목상 주인의 이야기가 되새겨졌다.

그는 유엔군 홍남철수 당시 함경도 함흥에서 살았다. 미군들이 철수한 뒤에 원자탄을 떨어뜨린다는 소문이 온 마을에 돌았다. 그래서 마을 사람들이 피난봇짐을 지고 나섰다. 그때 그의 아내는 만삭이었다. 그의 부모가 말했다.

"우리가 요기서 메느리 해산을 돌볼 테니 너만 한 보름 피난

갔다 오라."

그는 부모가 등을 떠미는 바람에 홀로 집을 나섰다. 그때 북한 사람들이 피난봇짐을 지고 흥남부두로 몰린 것은 미군이 곧 원자폭탄을 떨어뜨린다는 소문 때문이었다. 그때 그 지역 대부분 사람들은 원자탄 공포에 싸여 있었다. 그래서 그 강추위에도 모두들 보따리를 싸들고 피난길을 나섰다. 삭풍이 몰아치는 흥남부두에는 군인과 피난민들로 바글거렸다. 상륙작전함(LST)이 부두에 닿아 그물망을 내리면 피난민들이 서로 먼저 타려고 죽기 살기로 몰려들었다. 그 그물에 매달려 기어오르다가 떨어져 죽은 이도 있었다. 그걸 보고도 누구 한 사람 안타까워하는 이도 없었다. 서로 자기만 살겠다고 발버둥쳤다. 한마디로 그때 흥남부두는 생지옥이었다.

그 보름이 15년이 넘었다고 했다. 그는 남쪽에서 다시 결혼을 했다. 그동안 먹고살기에 바빠 그런저런 일들을 다 잊고 살았다. 그런데 그즈음은 밥술을 먹게 되자 고향에 두고 온 아내와 부모가 문득문득 생각이 났다. 그래서 남쪽 아내 몰래 이따금 술집에 와서 대폿잔을 들이키며 향수를 달래고 있었다. 준기는 포로수용소에서도 그와 비슷한 이야기를 숱하게 들었다.

"10년이면 강산도 변한다고 했지만 요긴 기대롭니다."

"조선 산수는 어데나 비슷하지요."

리 선생이 동문서답처럼 대꾸했다. 준기는 다시 차창 밖으로 시선을 돌렸다. 준기는 농작물들이 제대로 자라지 못한데 대한 이야기를 하려다가 참았다.

'무사히 살아 돌아올래믄 입이 바우(바위)처럼 무거워야
돼.'

어머니의 말이 되살아났기 때문이다. 고속도로 이정표에 나
타나는 평원, 숙천, 안주, 박천, 개천, 영변… 이어지는 지명들
이 모두가 눈과 귀에 익어 정겨웠다. 마침내 청천강에 이르렀
다. 어린 시절 여름날이면 아무 때나 달려와 멱을 감고, 고기
잡이를 하며 놀았던 강이 아닌가.

"아, 청천강!"

준기는 자신도 모르게 튀어나왔다. 핸들을 잡은 홍 선생이
준기의 기분을 알아차리고 청천강 금성다리 위에다 차를 세웠
다.

"요기서 잠시 쉬어 가겠습니다."

고속도로에는 워낙 차들의 통행이 뜸한지라 승용차를 갓길
에 세우고 네 사람은 도로 밖으로 나왔다. 청천강 옛 이름이
'살수'가 아닌가. 이 살수는 고구려 영양왕 때 을지문덕 장군
이 신묘한 계책으로 수나라 백만대군을 강물에 수장시킨 곳이
다.

청천강 강물은 예나 다름없이 흘렀고, 강둑에는 온통 옥수
수와 풀이 우거졌는데 소와 염소들이 평화롭게 풀을 뜯고 있
었다. 청천강 금성다리 아래로 두 소년이 꼴망태에 풀을 한 짐
지고서 집에 돌아가고 있었다. 준기는 그 소년들의 뒷모습에
서 50년 전의 자신을 본 듯 눈물 어린 눈으로 바라보았다.

"나두 저렇게 커시오."

"아, 예."

순희도 그 모습이 신기한 듯 청천강 언저리를 바라보며 대꾸했다.

"자, 고만 갑시다."

리 선생과 홍 선생이 담배 한 대를 다 태우고 차에 오르며 말했다. 거기서 조금 더 달리자 도로표지판에 '구장'이 나왔다. 바로 준기의 고향마을이 아닌가. 청천강에는 네댓 명의 아이들이 멱을 감다가 승용차를 향해 손을 흔들었다. 벌거벗은 그들은 고추가 다 보였다.

강 건너 미루나무가 우뚝 선 마을이 청천강 나루터였던 수구동이었다. 동네 어귀에는 한 농사꾼이 소를 몰고 갔고, 밭에서는 두 아낙네가 머리에 수건을 쓴 채 김을 매고 있었다. 고향마을 일대가 45년 전 모습 그대로였다. 시계바늘이 정지된 고향산천이었다. 준기는 고향산천을 바라보며 마음속으로 울고 있었다.

그날 오전 11시가 조금 넘을 무렵, 준기 부부를 태운 승용차는 묘향산 들머리에 닿았다. 리 선생은 곧장 향산호텔로 들지 않고 묘향산 어귀에 있는 국제친선전람관으로 안내했다. 그곳은 김일성 주석과 김정일 국방위원장이 세계 각국 지도자와 유명인사에게 받은 선물을 전시한 곳이었다.

준기 부부가 승용차에서 내리자 거기서는 국제친선전람관 전속 여성 안내원이 김준기 부부를 맡았다. 여성 안내원은 자기가 김일성대학 역사학부 출신의 오은미라고 소개했다. 그는 빼어난 미인으로 언행이 매우 곰살갑고 해설이 유창했다. 국제친선전람관 정문 앞에는 군인들이 착검한 채 경비를 서고 있었다. 오은미 안내원이 열어 준 육중한 문을 들어서자 내부는 온통 고급 대리석에 샹들리에로 장식된 전람관이었다. 안내원은 물품보관소에 관람객 카메라도, 모자도 맡기게 하고, 신발에는 덧신을 신게 하였다.

이 전람관은 1978년에 개관하였다는데, 조선식 합각지붕에 청기와를 올렸다. 오윤미 안내원은 일 년 내내 빛과 온도, 습도를 자동으로 조절할 수 있는 최신의 전람관이라고 한껏 자랑했다. 이곳에는 20만여 점의 선물이 전시되었다는데, 그 수가 너무 많아 준기 부부는 '수박 겉핥기'로 훑었다. 오 안내원은 준기 부부의 눈길이 머무는 곳을 정확히 집어내고는 그것을 보내준 인사들의 이름과 선물 내용을 유창하게 설명한 뒤 마지막으로 한껏 힘주어 말했다.

"우리 공화국 김일성 수령님과 김정일 장군님께서는 이 모든 걸 인민에게 기꺼이 바치시었습니다. 그리구 인민들은 수령님과 장군님께 모든 충성을 바칩니다."

두 시간 가량 국제친선전람관 관람을 마쳤다. 준기 부부는 오 안내원에게 감사의 인사를 한 뒤 약간의 돈을 팁으로 건넸다. 하지만 그는 한사코 거절했다.

"오루바니, 조국통일이 된 다음에 주시라요."

준기 부부가 물품보관소에서 카메라와 모자를 찾은 뒤 오

안내원과 작별인사를 나누고 주차장으로 나오자 북녘 두 선생이 대기하고 있었다.

"갑시다. 이제쯤이면 향산호텔에서 김 선생 오마니가 기다리고 있을 겁니다."

리 선생은 싱긋 웃었다.

"감사합니다."

"고맙습니다."

준기 부부는 짧고 담담하게 대답했다. 준기 부부는 그때까지도 마음이 편치 않은 채 마치 어려운 시험을 치르는 수험생마냥 무척 긴장하고 있었다. 하지만 줄곧 평정심을 잃지 않으려고 준기는 때때로 이를 악물곤 했다. 국제친선전람관에서 향산호텔까지는 엎어지면 무릎이 닿을 거리인데도 먼 길로 느껴졌다. 정말 윤 목사가 고마웠다. 그의 사전교육이 아니었다면 준기의 입에서는 불평이 쏟아졌을 것이고, 그랬다면 이후는 어떻게 되었을지 상상하고 싶지 않았다.

향산호텔이 나타나자 준기는 갑자기 감정이 북받쳤다. 준기는 평상심을 잃지 않으려고 마음속으로 다짐했다. 그러면서 자연스럽게 마음이 흐르는 대로 어머니를 맞아야겠다고 마음먹었다. 모자간 만남에 무슨 격식이 필요하겠는가.

마침내 승용차는 향산호텔 주차장에 들어섰다. 향산호텔은 겉모양은 산 모양의 삼각형으로 산뜻하고 날렵한 15층 현대식 건물이었다. 리 선생이 앞장서고 홍 선생이 트렁크에서 가방을 꺼내 끌며 따랐다. 리 선생은 향산호텔 2층 소연회장으로 안내했다. 거기에는 머리가 하얗게 센 할머니와 장년의 부부가 출입구를 향해 서서 준기 부부를 기다리고 있었다. 준기는 금세 어머니를 알아보았다. 그 순간 준기는 잽싸게 어머니에게 달려가 덥석 껴안았다.

"오마니!"

"준기라구?"

순간 준기 어머니도 아들을 얼른 알아보고 안겼다.

"네, 오마니 아들 준기야요."

"먼 길 오느라구 애썼다. 우리가 이렇게 만나는 건 오로지 어버이 수령님과 장군님 덕분이시다."

그 극적인 순간에도 준기 어머니는 수령님과 장군님에 대한 감사의 인사를 잊지 않았다. 준기 어머니 강말순은 의외로 담담히 아들을 맞았다. 하지만 곧 그동안 꽉 막혔던 모자의 눈물 샘이 뻥 터졌다.

"진짜로 준기 맞니?"

"네, 오마니. 내레 오마니 아들 준기야요."

준기는 어머니와 작별한 지 꼭 45년 만에 품에 안겼다. 어머니 품은 옛날 그대로였다. 준기 모자 눈에서는 뜨거운 눈물이 샘물처럼 솟아올랐다. 준기는 45년간 목구멍에 걸린 가시가 한순간에 쑥 내려가는 듯했다. 준기 어머니 강말순은 아들을 안고 오른손으로는 어깨를 도닥거렸다. 이 광경을 지켜보는 가족들도 눈시울을 적셨다.

"이 오마니와 '약속'을 지켜 준 내 아들 장하다. 장해. 그 먼

길을 마다 않고 이 늙은 오마니를 찾아줘서 고맙다. 이게 다 오로지 수령님과 장군님 덕분이시다."

준기가 손수건으로 눈물을 훔치며 어머니 품에서 벗어나자 곧장 순희가 어머니 품에 안겼다. 준기가 흐느끼며 말했다.

"오마니 메누리(며느리)야요."

"기래? 내레 이제까지 산 보람이 있군."

"어머니 며느리 최순희예요."

"서울 메누리군."

준기 어머니는 처음 보는 며느리를 보듬어 안았다.

"어머니 절 받으세요."

준기 부부는 그 자리에서 큰절을 드렸다.

"형님 철기입니다. 기러구 형님 제수이구요."

"아주바님 내외분, 먼 길 오시느라 고생하셨습니다."

동생 철기 내외가 나란히 큰절을 했다. 준기 부부도 그들에게 맞절로 답례했다.

"너들한테 볼 낯이 없다야. 내레 오마니를 모시지 못하고."

"기게 어디 형님 탓인가요. 이러케 먼 길을 찾아오신 것만도 고맙습니다."

"아무튼 그동안 애썼다."

"아바지가 살아 계셨으믄 더욱 좋았을 텐데…."

"기래, 아바지는 어디에 모셨지?"

"동네 뒷산에요."

"아주바님과 형님, 요기까지 오시느라 고생 많았지요?"

처음 보는 제수가 홀쩍이며 고개 숙였다.

"제수씨가 아바지 오마니 모시느라 수고 많이 하셨구만요."

"아니야요. 아주바님 내외분이 객지에서 더 고생을 하셨지요."

어머니가 준기 부부를 사랑스럽게 지켜보며 말했다.

"요기 식구들은 위대하신 수령님과 장군님 덕분에 이밥에다 고기국 먹고 잘살아야."

"그러믄요. 오늘 점심은 눈물이 반찬이겠수다. 자, 이제 저기로 갑시다."

리 선생이 향산호텔 2층 식당으로 안내했다. 식당에는 준기 가족을 위한 점심상이 이미 차려져 있었다. 조촐한 음식들이 깨끔하게 밥상 위에 놓였다. 평양에서도 그랬지만 북한 음식은 맛이 담백하고 산뜻하며 뒤 입맛이 향기롭고 개운했다.

이날 점심 주 메뉴는 산나물이었다. 그런데 나물국 맛이 어찌나 좋은지 준기 부부는 그 열띤 분위기에서도 또 여성 복무원에게 그 조리법을 꼼꼼하게 물었다. 복무원은 산나물국 원재료는 고비, 고사리, 곰취, 두릅, 버섯 등 다섯 가지로 그 나물들을 살짝 볶은 다음에 쌀뜨물을 넣어 끓였다고 조리법을 친절하게 가르쳐 주었다. 산나물국은 약간 쌉쌀한데도 깊은 맛이 있었다. 준기는 밥상에 있는 묘향산 특산물이라는 향어 튀김도 맛보면서 밥그릇을 다 비웠다. 순희는 맛난 고기반찬을 찢어 시어머니 밥 위에 연신 놓아드리면서 자기 밥그릇도 비웠다.

준기 가족은 점심밥을 먹은 뒤 다시 소회의실에서 북녘 두 선생과 다음 일정을 조정했다. 애초에 북녘 해외동포위원회가 마련한 세부 일정은 준기 부부가 어머니를 모시고 향산호텔에서 하룻밤을 잔 뒤 다음 날 아침 곧장 평양으로 돌아가게 되어 있었다.

"선상님, 우리 아들 메누리 고향집에서 밥 한 끼 해 멕이고 싶소."

준기 어머니가 북녘 두 선생에게 부탁했다. 리 선생은 다소 난처해 하더니 홍 선생과 귀엣말을 나누고는 말했다.

"좋습니다. 하지만 늦어도 내일 다섯 시까지는 평양에 도착해야 합니다."

"고맙습니다."

준기 어머니가 벌떡 일어나 두 선생에게 인사했다. 준기와 철기 부부도, 자리에서 일어나 그들에게 고맙다고 고개 숙여 인사했다.

그날 오후 일정은 보현사 관람과 묘향산 산행이었다. 묘향산은 준기가 학교 다닐 때 봄가을로 자주 원족을 다녔던 곳이었다. 산행에 어머니도 따라 나섰다. 어머니는 당신 평생 소원이 이루어진 탓인지 원기가 되살아난 듯하여 북녘 두 선생을 놀라게 했다. 리 선생이 덕담을 했다.

"심청전에 아바지 심학규는 왕비가 된 딸을 만난 뒤 눈을 번쩍 떴다는 게 꾸민 이야기만이 아닌 모양입니다."

"기런가 봅니다."

준기 어머니가 활짝 웃으며 대꾸했다.

일찍이 서산대사는 "묘향산은 장엄하면서도 수려하다"라고 이 산을 예찬했다. 먼저 보현사에 이르자 그곳에서 대기하고 있던 여성 안내원이 준기 가족을 반갑게 맞았다. 그는 매우 친절하고도 곰살맞게 사찰에 대해 설명했다.

"보현사는 우리나라 건축물을 대표하는 문화재의 하나로, 대웅전을 비롯하여 24채의 웅장한 건물로 가득 차 있었습니다. 하지만 조국해방전쟁 때 미제들의 야수적인 폭격으로 대부분 불타 버린 것을 위대하신 장군님 교시로 현재 복원 중입니다."

고려 인종 때 김부식이 썼다는 보현사비는 보현사 어귀에 세워져 있었고, 만세루 앞 4각 9층탑은 화강석을 정교하게 다듬어 만든 것으로, 높이는 6미터인데 일명 '다보탑'이라고 했다. 만세루는 대웅전 앞 다락 건물로 배부름기둥에 큰 종과 두 개의 큰 북이 달려 있었다. 보현사에서 가장 으뜸 볼거리는 대웅전 앞에 있는 8각 13층탑이었다. 이 탑은 고려 말에 화강석을 정교하게 다듬어 세운 것으로 높이는 8.58미터이며, 한 변의 길이는 1.2미터라고 했다. 안내원은 8각으로 된 매 지붕의 추녀 끝에는 바람방울(풍경)이 달려 있어 산들바람만 불어도 맑고 고운 소리를 내어 주위를 더욱 청아하게 해준다고 매우 자랑했다.

준기 가족은 대웅전에 들어가 부처님께 엎드려 삼배를 올렸다. 아마도 45년 만의 모자 상봉에 대해 부처님께 감사의 인사를 드렸다. 보현사 경내 수충사에는 임진왜란 때 의병을 일으킨 서산대사와 사명대사의 영정과 유물이 남아 있었다.

준기는 보현사를 벗어나 묘향산 만폭동 어귀 개울물에 손을 담갔다. 개울물이 부드럽기 그지없었다. 두 손으로 움켜 개울물을 그대로 마셨다. 간장까지 시원했다. 안내원이 산길에서 풀을 뜯어 준기 부부 코에 닿게 했다. 풀의 향기가 몹시 강했다. 그러면서 안내원은 '묘향산(妙香山)'은 산세가 기묘하고 초목의 향기가 좋아 묘향산이 되었다고 산 이름을 풀이했다.

준기는 어머니가 더 이상 산행을 한다는 것이 무리일 것 같아 상원동 등산로 들머리에서 멈췄다. 그러자 가족들도 거기서 산행을 중단한 뒤 돌로 만든 의자에 앉았다.

"우리는 요기서 선생의 해설 듣는 것으로 산행을 마칩시다."

"그게 좋겠네요."

준기의 말에 순희도 그렇게 하자고 호응했다. 그러자 안내원은 산행을 멈추고 준기 가족 앞에 서서 손으로 묘향산의 여러 산봉우리와 계곡을 가리키며 거기에 얽힌 유래와 전설들을 하나하나 이야기했다. 이야기도 들어주는 사람이 열중할 때 더욱 신이 나는 법이다. 안내원은 준기 가족이 모두 자기 말에 귀를 기울이자 신명나게 서산대사, 사명대사, 단군굴 이야기도 구수하게 들려줬다. 젊은 여성 안내원이 어찌나 유식하고 말도 구성지게 잘하는지, 준기가 어디서 배웠느냐고 물었더니 그는 평양사범대학 사적과를 졸업한 주인혜라고 소개했다. 준기가 묘향산 산봉우리를 훑으며 말했다.

"묘향산은 내레 룡문중학교 때 원족 온 산이야요."

"기럼, 내레 공자 앞에 문자를 썼구만요."

주 안내원의 볼이 발그레해졌다.

"아닙니다. 내레 선생만큼 전설도, 유래담도, 모르지요. 기냥 발길만 익을 뿐입니다."

그러자 안내원은 다시 신이 나서 만폭동, 비로봉 등의 이런저런 전설과 유래담을 청산유수처럼 해설했다. 준기 가족들은 그 이야기를 다 들은 뒤 향산호텔로 돌아왔다. 하지만 철기 내외는 향산호텔에서 잠시 쉰 뒤 곧장 고향집으로 돌아갔다. 준기 어머니는 집으로 돌아가는 철기 내외에게 뭐라고 일렀다. 아마도 다음 날 점심 준비 때문인 것 같았다.

준기는 북녘 리 선생에게 침대 방 대신 온돌방으로 바꿔 달라고 부탁했다. 45년 만에 만난 어머니와 온돌방에서 자고 싶었기 때문이었다.

"그건 어렵지 않아요."

리 선생은 곧 5층의 한 온돌방으로 숙소를 옮겨 주었다.

"얘, 피곤하지. 한잠 자라야."

어머니는 이불장에서 이부자리를 꺼낸 뒤 폈다. 준기는 여장을 풀고 세수를 한 다음 이부자리 위에 누웠다.

"너도 한잠 자라."

"아니예요. 어머니."

순희와 어머니는 윗목에 마주 앉았다. 난생처음 마주 앉은 고부는 도란도란 얘기를 나누었다.

"기래, 우리 준기를 어데서 만났니?"

"전쟁터에서요."

"머이, 조국해방 전쟁터에서?"

"네, 어머니."

"참 인연치고는 기구하다. 너들 부부 오래 해로하가서."

"그래요, 어머니?"

"기럼, 세상만사 공평하지. 어렵게 만난 부부는 오래 해로하기 매런이야."

준기는 고부간의 대화가 무척 듣기 좋았다. 준기는 긴 호흡을 했다. 이제야 긴장이 풀어진 모양이었다. 준기는 모든 소원이 다 이루어진 양 왠지 홀가분했다. 공중에 붕 뜬 기분이었다. 준기는 고부간의 도란도란 나누는 이야기 소리가 세상에서 가장 아름다운 자장가로 들렸다.

"야, 준기야. 저녁밥 먹자."

"오마니, 발쎄요."

준기는 벌떡 일어나며 대답했다. 얼마 만에 들어보는 어머니의 그 말인가. 어머니가 곁에서 준기를 흐뭇이 지켜보고 있었다. 그 모든 게 현실이었다. 준기 곁에서 풋잠이 들었던 순희도 얼른 일어났다. 준기 부부는 양쪽에서 어머니의 손을 잡고 아래층 구내식당으로 내려갔다. 밥상에는 칠색송어튀김, 애기돼지다리찜, 조기구이에 산나물과 버섯 등이 차려져 있었다. 순희는 시어머니 밥숟가락 위에 송어튀김과 애기돼지다리찜, 그리고 조기구이를 낱낱이 찢어 놓아드렸다.

"내레 이제는 죽어두 한이 없어야. 너들 보지 못하구 죽을 줄 알았지."

"오마니, 이제 길이 트였으니 자주 올게요."

"너들이 남조선에서 미국으로, 미국에서 중국으로 돌고 돌아 요기까지 찾아오느라구 얼마나 고생이 많구 힘들었네. 그만 돼서야. 사람은 욕심이 과하믄 탈 나. 우리 동네에서 조국해방전쟁에 나갔다가 아직까지 소식 모르는 집이 수태 많아. 긴데, 준기 네레 어드러케 살아왔네?"

"이게 다 오마니 덕분이야요."

"머이, 내레 무슨 일을 했다구?"

"오마니가 기러셨지요. '입이 바우처럼 무거워야 돼'라구요."

"기랬니? 내레 다 닛어버렸는데. 아무튼 내 아들 장하다. 기래, 아이들은 멫 남매를 두었니?"

"딸 아들 둘이야요."

준기가 얼른 대답했다.

"넷말에 말 타믄 종 두구 싶다더니, 내레 이제 갸들이 보구 싶구나."

"다음에 올 때는 데리고 오가시오."

"어드러케 구색을 맞춰 낳았니?"

"삼신할미가 점지해 준 대로 낳았지요."

준기의 대답에 준기 어머니는 며느리의 손을 잡았다.

"남정(남편)이 속을 안 썩이든?"

"아니예요, 어머니. 오히려 제가 서방님 속을 더 많이 썩혀드렸어요."

"기래? 네로부터 남정들은 젊을 때 속 썩이지 않는 이가 드물지."

"서방님은 그렇지 않았어요. 어머니."

"내레 기분 좋으라구 한 소리지."

"아니예요, 어머니."

준기 부부는 저녁을 끝내고 양쪽에서 어머니의 손을 잡고 호텔 마당으로 나갔다. 밤하늘의 별들이 금세라도 쏟아질 듯 반짝거렸다. 준기는 어린 시절, 이맘때면 여름밤 고향집 마당에 모깃불을 지핀 뒤 멍석을 펴놓고 가족들과 이야기를 나누거나 밤하늘의 별을 헤아렸다. 준기 가족은 호텔 마당 나무 의자에 앉았다. 개구리소리들이 요란히 울렸다. 준기 귀에는 그 소리들이 어린 시절이나 조금도 다름이 없이 들렸다. 지난 45년의 세월이 한바탕 꿈만 같았다. 준기는 어머니를 아내에게 맡긴 채 이런저런 추억에 젖으며 호텔 마당을 한 바퀴 돌았다. 깊은 산이라 밤공기가 금세 싸늘했다.

"여보, 그만 들어갑시다. 어머니는 낮잠도 주무시지 않으셨어요."

순희가 산책하는 준기를 불렀다.

"야, 오늘 하루는 자지 않아두 괜찮아."

"아니예요, 어머니. 오늘은 저희 곁에서 푹 주무세요."

세 사람은 방으로 들어왔다. 모두 몸을 씻고는 잠자리를 폈다.

"오마니, 오늘은 가운데 주무세요."

"싫어. 난 메누리한테 미움받기 싫어야. 가에서 잘래."

"괜찮아요, 어머니."

"싫테두. 넷날에 한 심술궂은 시어미가 아둘 메누리 가운데 누워 잠을 잤는데 메칠 후 고만 입이 삐뚤어졌대."

그 이야기에 세 사람은 한바탕 크게 웃었다.

"어머니. 오늘은 특별한 날이니까 꼭 가운데서 주무세요. 언제 또 우리가 다시 한방에서 자 보겠어요."

준기 부부는 어머니를 가운데 모시고 한 손씩 잡았다.

"내레 오늘 밤은 조선 천지에서 가장 행복한 사람이다야."

"어머니, 저도요."

"오마니, 내레 오마니 곁에 자다니 정말 행복합니다."

준기와 순희가 번갈아 말했다. 준기 어머니가 아들 며느리 가운데 누웠다.

"우린 이제 통일이 돼서야."

"기러네요, 오마니."

"기럼. 내레 이젠 죽어두 좋아. 오늘 밤 너들 손잡고 아주 눈을 감았으믄 좋갓다."

준기 어머니는 아들과 며느리 손을 당신 두 손으로 꽉 잡았다. 상현달이 창 너머로 흐뭇이 방 안을 비췄다.

그날 한밤중이었다. 준기는 누군가 손을 잡는 촉감에 잠에서 깼다. 어머니가 자기의 손을 꼭 잡았다. 준기는 일부러 잠을 잔 척했다. 그런데 어머니는 자기 손을 잡은 채 조용히 흐느끼고 있었다. 그제야 준기가 잠에서 깨어난 듯 어머니 귀에다 조용히 말했다.

"오마니, 어데 편찮으세요."

"아냐. 내레 그저 좋아 잠이 오지 않아 기래. 네레 내 옆에 누워 있다니 도무지 실감이 나지 않아."

"저두요."

"기래 네 손을 잡아 본 거지."

준기는 어머니 품에 안겼다.

"나두 오마니 옆에 누워 있다니 정말 실감이 나지 않는구만요."

모자는 서로 마주 보며 두 손을 잡은 채 말없이 흐느꼈다. 옆자리의 순희도 눈을 감고는 혀를 깨문 채 눈물을 주룩주룩 흘렸다. 묘향산의 밤은 그렇게 깊어 갔다.

고향집

준기 부부가 고향집으로 가는 날이었다. 세 가족은 향산호텔에서 아침밥을 들었다. 이날 아침 밥상에도 고비 나물국에 깨끗한 반찬들이 가득 나왔지만 준기는 그날따라 입맛이 없었다. 아마도 고향집을 찾아가는 설렘 때문인가 보았다. 준기 가족은 아침상을 물린 뒤 북쪽 두 선생과 고향집으로 가고자 향산호텔을 출발했다. 준기는 승용차에서 지그시 눈을 감았다.

준기는 1950년 7월 10일, 고향 구장역에서 머리에 붉은 띠를 두르고 입영열차를 탔다. 그날 이후를 정확히 헤아려 보니 꼭 45년 한 달 하루 만에 찾아가는 멀고 먼 고향 길이었다. 고향역에서 입영열차에 탔던 그날이 바로 어제처럼 떠올랐다.

"김 선생, 고향집 가는 기분이 어떠십니까?"

리 선생이 물었다.

"소학교 때 원족 가는 기분입니다."

준기가 다소 들뜬 채 대답했다.

"감사합니다. 선상님들, 우리 가족이 이렇게 다시 만난 것은 오로지 수령님과 지도자 동지, 그리고 앞에 두 분 선상님 덕분이야요."

옆자리 어머니도 들뜬 채 두 선생에게 감사의 인사를 했다. 그 말을 받아 리 선생이 말했다.

"오로지 수령님과 지도자 동지 덕분이지요."

준기는 향산호텔을 출발하자 눈과 귀에 익은 산천과 지명들이 마구 펼쳐졌다. 신흥, 어룡, 구장… 곧 저 멀리 용문산이 보이고, 그 밖에 크고 작은 고향 산들이 엊그제 본 듯 눈에 익었다. 준기의 고향마을 구장동에서 영변읍으로 가자면 매생이를 타던 나루터에는 그새 고속도로가 뚫리고 큰 다리가 놓여 있었다. 준기는 승용차 차창을 열고 사방을 두리번거리며 말했다.

"'산천은 의구하다'는 넷말 그대롭니다. 긴데 고향마을 구장동이 구장군이 된 건 대단한 발전이구만요."

"1952년 행정개편 때 위대하신 수령님 교시로 구장군은 영변군에서 분리 승격 설치되었지요."

준기는 계속 언저리 산천을 두리번거렸다. 이윽고 고향 '구장'에 이르렀다. 고향마을은 새로 지은 구장군 인민위원회청사 외는 옛날이나 거의 다름이 없었다. 동구밖 미루나무나 논과 밭, 그리고 들판은 옛 모습 그대로였다. 다만 고향 마을의 집들이 준기가 어렸을 때는 초가지붕이거나 억새지붕이었는데, 지금은 대부분 비슷한 모양의 콘크리트나 벽돌로 지어진 문화주택으로 변해 있었다.

준기가 타고 간 승용차가 고향 집에 들어서자 남동생 철기 부부와 강계에 사는 여동생 옥순 부부, 정주에 사는 막내 여동생 옥매 부부, 그리고 낯모르는 조카들이 마당을 가득 채운 채 반겨 맞았다. 준기 부부는 그들과 일일이 인사를 나눈 뒤, 곧장 철기의 안내로 아버지 무덤으로 갔다. 준기 아버지 무덤은 가까운 마을 뒷산 공동묘지에 있었다. 준기 부부는 아버지 무덤 앞에 깊이 고개 숙였다. 문득 아버지의 얼굴이 떠올랐다.

'준기야, 와 이렇게 늦었네?'
'남조선에서 미국으로, 중국으로, 돌아오다 보니 이렇게 늦었구만요.'
'그 먼 길을 애써 찾아줘 고맙다야.'
'이제야 찾아봬 죄송합니다.'
'기게 어디 네 탓이네. 아무튼 요기까지 오느라고 수고 많아서.'
'아바지, 메누립니다.'
'너들 부부 함께 찾아줘 정말 반갑구 고맙다야. 부디 해로하라.'
'네, 아바지.'

 준기 부부가 동생 집으로 돌아오자 잔치가 벌어졌다. 준기 피붙이만 열넷에다 북녘 두 선생까지 모두 열여섯, 그리고 이웃사람까지 찾아와 스무남은 사람들로 벅적거렸다. 어머니와 제수, 그리고 누이는 마당에 임시로 마련한 큰 밥상에 점심상을 차려 놓느라고 바빴다.

"네레 좋아하는 냉면을 만들어서."
"잘하셨어요. 내레 오마니가 만든 고향 냉면이 가장 먹고 싶었지요."

동생 내외는 씨암탉도 잡아 백숙을 만들어 내놓았다. 준기
가 냉면을 먹자 옛 맛 그대로였다. 준기 내외는 어머니와 제수
한테 냉면을 만드는 법, 특히 담백한 육수 만드는 법을 즉석에
서 묻고 일일이 밥상 위의 반찬도 카메라에 담았다.

"오마니, 내레 미국에서 밥장사를 합니다."

"잘했다. 사람이 몸으로 돈 벌어 사는 게 가장 좋아."

"미국에서 가장 번화한 뉴욕 맨해튼에서 룽문옥이란 밥집을
해요."

"뭬라구, 룽문옥?"

"네, 오마니."

"아주 잘했다. 네래 우리 룽문산을 아주 빛내 주는구나."

고향집에서 가족 만남 시간은 화살처럼 지나갔다. 오후 세
시가 되자 북녘 홍 선생은 그늘에 세워둔 승용차의 시동을 걸
었다. 그게 출발신호였다.

"오마니, 이제 떠날 시간입니다."

준기는 울먹이며 말했다.

"머이? 발쎄…. 고향집에 와서 하룻밤 자지두 않구…. 오늘
가지 않으믄 안 되나?"

"…."

준기는 얼른 대답을 하지 못하고 머뭇거렸다. 그러자 준기
어머니가 다가가 아들과 며느리를 한꺼번에 끌어안았다.

"이 오마니를 두고, 또 먼 길을 떠나가야 하네?"

준기 어머니는 이전과는 달리 큰소리로 울부짖었다. 그러자 곁에 있던 준기 가족들도 함께 훌쩍였다.

"와 우린 부모 자식 간에 마음대로 만나지두 못하네? 이게 무슨 사람 사는 세상이네!"

철기 내외가 당황하여 달려들어 모자간, 고부간을 떨어뜨려 놓았다. 그러자 이번에는 준기가 어머니 품에 달려들었다. 순희도 함께 시어머니에게 달려들었다.

"울고 싶을 때는 울어야 합니다. 기냥 내버려 두시라요."

북쪽 리 선생은 이런 일을 많이 겪어 본 듯 오히려 담담히 철기 내외에게 말했다.

"짐승들도, 새들도 기렇지 않는데 무슨 사람 사는 세상이 이 모냥이네!"

준기 어머니는 다시 크게 울부짖더니 그만 그 자리에서 까무러쳤다. 그러자 준기 내외가 얼른 어머니 아래위를 들고 방안에 눕혔다. 순희는 여행용 가방에서 비상약으로 가지고 온 약을 시어머니에게 먹이고 가슴을 열어젖힌 뒤 인공호흡을 시켰다. 가족들과 북쪽 두 선생은 초조하게 준기 어머니를 지켜보았다.

"날래 병원으로 모십시다."

리 선생의 말에 순희가 대꾸했다.

"더위와 갑작스런 심적 충격 때문입니다. 이제 막 약을 드셨으니 잠시 후면 깨어나실 거예요."

"최 선생은 어드러케 잘 아십니까?"

"우리 집사람은 간호삽니다."

준기가 대신 대답한 뒤 북쪽 선생에게 물었다.

"아무래도 오마니가 깨어난 뒤에 가야겠수다. 오늘 저녁 일정은 뭡니까?"

"우리 당 대외연락부 부위원장께서 두 분 선생의 고향 방문 환영 모임이야요. 내레 지금 이곳 사정을 부위원장께 보고하가시오."

리 선생은 철기 집 안방 전화를 빌려 평양 대외연락부로 연락한 뒤 싱긋 웃으며 말했다.

"오늘 저녁 모임을 취소했시오. 부위원장께서 김 선생 오마니를 극진히 모시라는 말씀을 전하십니다."

"고맙습니다."

순희는 동서에게 차가운 우물물을 가져오게 한 뒤 시어머니의 이마에 연신 물수건을 갈아 댔다. 곧 준기 어머니는 잠이 들었다. 가족들은 그제야 한숨을 돌렸다.

한 시간 뒤쯤 준기 어머니는 거짓말처럼 깨어났다.

"내레 공연히 너들 발걸음만 무겁게 했지."

"아니예요, 어머니. 곧 깨어나셔서 다행이에요."

"서울 메누리 정성으로 얼른 깨어났군. 네 손이 약손이다."

준기 어머니는 순희의 손을 잡았다.

"오마니, 내레 곧 아이를 데리고 고향집에 다시 오가시오."

"알가서야. 너들, 잘 가라. 아무튼 먼 길을 둘러 이 늙은 오마니를 찾아줘 정말 고맙다."

준기 어머니는 담담하게 말했다.

"네, 오마니. 부디 오래 사시라요. 기래야 우린 또 만납니다."

"알가서."

"오마니 때문에 한바탕 울고 나니까 아주 속이 시원하네요."

"네로부터 우리 조선 사람은 기래서야. 그동안 쌓였던 한이 눈물과 함께 쑥 내려간 게지. 나두 아주 시원하다."

준기 어머니는 언제 까무러친 듯 밝은 표정으로 말했다.

"어머니, 부디 건강하세요. 또 찾아뵐게요."

순희가 시어머니 손을 잡고 작별 인사를 했다.

"기래 알가서. 너들두 객지에서 부디 건강하라."

"네, 어머니."

북쪽 홍 선생이 그늘에 세워둔 승용차의 시동을 다시 걸었다.

"오라바니 내외분, 안녕히 가시라요."

"옥순이, 옥매 누이, 잘 이시라."

두 누이는 눈물을 주룩주룩 흘리며 손을 흔들었다.

"우리 가족은 이제 통일이 되어서야. 기렇지 않니?"

준기의 그 말에 마당을 가득 메운 가족들은 모두 눈물을 글썽인 채 고개를 끄덕였다.

어느새 준기 부부를 태운 승용차는 평양행 고속도로로 접어

들었다. 준기는 차창 밖으로 멀어져가는 고향산천을 눈물 어린 눈으로 바라보았다. '평양 45km'라는 표지판이 지나쳤다.

"김 선생, 하나 물어봅시다."

앞자리 리 선생이 뒤를 힐끔 돌아보며 말했다.

"우리 당 대외연락부 장남철 부위원장 동무를 어드러케 아시오?"

"예? 장남철 부위원장 동무라고요?"

그 말에 순희도 눈이 둥그레졌다.

"와, 기렇게 놀라시오."

리 선생이 다소 놀라며 되물었다.

"장 부위원장 동무 왼쪽 귓바퀴에 상처 자국이 있지요?"

"어드러케 그것까지…."

"조국해방전쟁 때 한부대에서 복무했지요. 쌕쌕이 폭격 때 거길 다치셨습니다."

준기가 대꾸했다.

"제가 그 상처를 치료해 드렸고요."

순희가 말했다.

"아, 네. 호상 간 인연이 대단히 깊구만요."

"장 부위원장님 덕분에 우리 부부가 고향 방문 잘하고 돌아간다는 감사의 말씀을 꼭 전해 주시라요."

준기의 부탁 말에 리 선생이 대꾸했다.

"기러지오. 이 모든 게 오로지 어버이 수령님과 위대한 장군님 덕분입니다."

순희는 여독 탓인지 눈을 지그시 감았고, 준기가 계속 바깥 풍경에 두리번거리는 새 승용차는 평양에 이르렀다.

"오늘 저녁은 우리가 사갓습니다. 평양냉면 집으로 안내해 주시라요."

"알갓습니다. 대동강 옆 옥류관으로 모시지요."

"감사합니다. 덕분에 본고장 평양냉면을 맛보갓습니다."

"미처 몰랐구만요."

준기 내외의 4박5일 고향 방문은 후딱 지나갔다. 이튿날은 준기 내외가 평양공항에서 베이징으로 떠나는 날이었다. 그날 아침도 북쪽 두 선생은 아침 일찍 호텔로 찾아왔다. 네 사람은 고려호텔 구내식당에서 아침밥을 먹은 뒤 준기 내외는 곧장 출국준비를 서둘렀다.

오전 11시 비행기라 하여 8시 30분 고려호텔을 출발했다. 호텔에서 평양공항까지는 미처 한 시간이 걸리지 않았다. 북쪽 홍 선생은 평양공항에 도착하자 곧장 공항사무실에서 출국 수속을 한 뒤 항공권을 준기에게 건네주었다. 항공권에는 고려항공 '자리표'라는 우리말이 적혀 있었다. 준기내외는 공항 매점에서 북한산 몇 가지 특산물을 샀다. 들쭉주 두 병과 고사리, 그리고 곰취 등 산나물 말린 것이었다.

준기 내외는 탑승 시간이 조금 남아 공항 대기실 찻집에서 북쪽 두 선생과 오랜만에 커피를 마시며 이런저런 얘기를 나누는데 갑자기 북쪽 리 선생의 표정이 굳어지며 말했다.

"장 부위원장 동무께서 요기루 오십니다."

그와 홍 선생은 동시에 벌떡 일어나 부동자세로 장남철 부위원장을 맞았다. 장 부위원장은 준기 부부에게 만면에 웃음을 짓고 있었다. 준기 내외도 벌떡 일어나 깊이 고개를 숙이며 인사를 드렸다.

"이거 얼마 만이야요? 김준기 선생, 반갑습니다."

"거제포로수용소에서 만나고는 처음이니 발쎄 40년이 넘었구만요."

"김 선생이 우리 공훈배우들에게 베푼 동포애는 잘 보고 받았습니다."

"별 게 아닙니다."

"해외에 살믄서 기렇게 신경 쓰는 게 쉽지 않지요."

장 부위원장은 먼저 준기와 포옹했다.

"반갑습니다. 장 부위장장님!"

장남철은 준기와 포옹을 푼 뒤 옆에 있는 최순희의 손을 잡고 흔들었다.

"반갑습니다. 최순희 선생!"

"저도요. 장 부위원장님!"

"늦었지만 두 분 결혼 축하합니다."

"감사합니다."

장남철은 너털웃음을 지었다. 그리고 그는 고개를 돌렸다.

"최 선생, 내 귀를 보라요. 내레 이 귀를 볼 때마다 늘 최순희 동무를 고맙게 생각하지요."

"면목 없습니다."

최순희가 고개 숙이며 말했다.

"일없습니다. 이미 다 지나간 일이지요. 내레 그때 과수원에서 총 쏘는 솜씨가 서툴러 두 분이 살아난 모양입니다."

"우리는 늘 그때 일을 고맙게 생각하고 있습니다. 생명의 은인이십니다."

순희의 감사의 말에 장 부위원장은 별로 대수롭지 않은 듯 시익 웃고는 화제를 돌렸다.

"두 분 선생, 고향 방문은 잘하고 가십니까?"

"네. 부위원장님 배려 덕분에…."

준기가 대답했다.

"오로지 수령님과 장군님 덕분이지요. 이제 길이 트여시니 자주 고향 방문하시라요."

"네, 자주 오갓습니다."

그때 공항 안내방송은 비행기 탑승시간이라고 알렸다. 장 부위원장과 두 분 선생이 작별인사를 했다.

"기럼, 두 분 선생 잘들 가시라요."

"잘들 가시라요."

준기 내외가 손을 흔들며 답례를 했다.

"안녕히 계시라요, 부위원장님! 두 분 선생님, 고맙습니다."

"감사합니다."

준기 내외는 세 사람의 환송 인사를 뒤로 한 채 공항 활주로 나가 평양발 베이징행 고려항공기에 올랐다. 곧 고려항공기가

평양공항 활주로를 이륙하자 준기는 순희의 손을 꼭 잡으며
말했다.

"고맙소."

"일없습니다. 오로지 당신 덕분입니다."

두 사람은 서로 마주 보며 싱긋 웃었다.

"고향집 한번 멀구만…."

준기는 그 말을 마치고 안도의 숨을 길게 쉬었다.

"앞으로 차차 가까워지겠지요."

옆자리 순희도 안도의 숨을 내쉰 뒤 준기를 흐뭇한 눈빛으
로 바라보며 말했다.

"어디 첫 술에 배부르갓시오."

"그럼요, '천 리 길도 한 걸음부터'라고 했어요."

"기림, 기렇구 말구. 중국의 양자강과 같은 큰 강도 그 시작
은 술잔에 넘치는 작은 물줄기라고 하더만요."

그들은 곧 긴 여로에 지친 듯 등받이에 기댄 채 이내 눈을
감았다.

작가의 말
향연(香煙)

작가는 모름지기 평생을 두고 꼭 쓰고 싶은 작품이 있다. 나에게 『약속』은 그런 작품이다. 나는 고향 구미에서 중학교를 다닐 때 집안이 기울어져 큰고모 댁에서 1년 남짓 지냈다. 어느 겨울 깊은 밤 고종형한테 앞집 가축병원 조수 김준기 아저씨의 인생역정을 가슴 조이며 흥미진진하게 들었다. 나는 그때 그 이야기를 나중에 소설로 써야겠다고 마음속에 새겨 뒀다. 그때가 1950년대 말이었으니까 그새 반세기가 훌쩍 지났다.

그 뒤 대학 재학시절 조동탁(趙東卓, 조지훈) 교수님은 '작문' 시간에 이따금 자작시를 낭독해 주셨다. 나는 그 가운데 당신이 한국전쟁 종군문인으로 포화(砲火) 속에서 쓴 시집 『역사 앞에서』의 「절망의 일기」 「다부원에서」 「너는 지금 38선을 넘고 있다」 등의 작품을 낭독해 주셨던 게 아직도 감명 깊게 남아 있다. 나는 지금도 그 작품들을 대하면 당시 지훈 선생의 그 굵직한 옥음과 처절했던 전투 현장의 생동감이 물씬 그려진다. 그리하여 그 시들은 이 소설 『약속』의 창작배경과 영감이 되었음은 무론이다. 또 소설가 정한숙 교수님은 '창작연습' 시간에 틈틈이 제자들을 담금질하셨다.

"한국인은 지난 6·25전쟁으로 엄청난 수난을 겪었지만, 한국 작가에게는 큰 축복이다. 분단에다 골육상쟁의 전쟁, 이보다 더 좋은 작품 제재가 어디 있느냐? 너희들 가운데 한국전쟁을 깊이 공부하고 대작을 쓰라."

나는 1969년 7월부터 1971년 6월까지 학군단(ROTC) 장교로 전방 보병 소대장 근무를 했다. 나와 소대원 총구가 휴전선 너머 동족을 겨눌 때는 단장의 아픔이었다. 군복무 중 대남·대북방송을 들으며, 매주 한 번씩 수색작전 때 대남 및 북으로 넘어가지 못한 대북 삐라를 포대에 수거하면서 왜 동족끼리 이런 유치한 장난을 하는가에 대해서도 몹시 분개했다. 그때가 40여 년 전인데도 여태 남북관계는 조금도 개선되지 않은 채 통일의 길은 더욱 아득히 멀기만 하다.

1997년 9월, 나는 정한숙 교수님의 이승에서 마지막 유택 가는 길을 운구하면서 관 속의 고인에게 약속했다.

"선생님, 제가 한국전쟁을 배경으로 소설을 쓰겠습니다."

"그래, 박도! 내 말을 기억해 줘 고맙다. 바둑판(원고지)을 메우는 게 고역이지만 재미도 쏠쏠하지. 작가는 작품을 쓸 때가 가장 행복한 거야."

나는 그날 관 속의 스승님이 벌떡 일어나 내 등을 두드리며 격려해 주시는 그런 느낌을 받았다. 그 후 나는 2005년 남북작가대회에 참가하였다. 그때 방북하여 북녘 동포들의 손을 잡고 서로 이야기를 해보니까 일반 백성들 사이에는 분단의 벽이 없다는 것을 확인할 수 있었다. 다만 한반도를 에워싼 강대국들과 남과 북의 지도층, 일부 기득권자만이 자기들 지위나 부(富)를 잃지 않으려고 분단의 벽을 더욱 공고히 쌓고 있다는 것도 깨달았다.

나는 이 소설 『약속』을 쓰고자 국내외에서 수년간 자료를 모으고, 농익은 작품을 쓰고자 오랜 인고의 숙성기간을 가졌다. 그런 뒤 2010년 10월에 기필하여 2014년 11월에 마무리했다. 꼬박 4년 남짓 집필한 셈이다. 이 작품을 쓰거나 다시 가다듬는 동안 숱한 기쁨과 그 몇 배의 아픔을 맛보았다. 나는 여러분의 도움으로 마치 오케스트라의 지휘자처럼 혼신의 힘을 다해 이 작품을 썼다.

사람이 약속을 지킨다는 것은 아름다운 일이다. 이 작품에서 준기와 순희, 그리고 준기와 어머니의 약속은 총알이 우박처럼 쏟아지는 전장(戰場)에서도 지켜졌다. 일찍이 나는 어려운 여건 속에서도 약속을 지키는 그런 아름답고 숭고한 사랑을 소설로 그려 보고 싶었다. 그 소망도 이 작품에 오롯이 담았다. 무엇보다 10대 소년이 나 스스로에게 다짐했던 약속을 늘 빚으로 남겨 두다가 일흔의 나이에 이르러 실천했기에 더욱 기쁘다.

삼가 이 작품을 조국통일 제단에 바친다. 이 작품이 한 올 향연(香煙)으로 한국전쟁에 희생된 수많은 영령들을 조상(弔

喪)하기를 바란다. 아울러 아직도 분단의 질곡에서 헤어나지 못하고 있는 가엽고 불쌍한 남과 북, 그리고 해외동포의 눈물을 닦는 동시에 그분들에게 위안과 희망이 되었으면 좋겠다. 이 작품 『약속』이 한 줄기 시냇물로 부디 통일의 큰 강으로 흘러가기를….

2015년 1월
원주 치악산 아래 '박도 글방'에서

박도